Albert Cohen

Solal / Roman

Klett-Cotta

Ins Deutsche übertragen von
Franz Hessel und Hans Kauders

À SA MÉMOIRE

Erster Teil

I

Onkel Saltiel war früh aufgewacht. Da stand er, der kleine Alte, am Fenster des »Taubenschlags«, der schief auf dem Dach der außer Betrieb gesetzten Fabrik saß und ihm seit ungezählten Jahren zur Wohnung diente, bürstete mit übertriebener Sorgfalt seinen nußbraunen Bratenrock und sang aus voller Kehle: »Der Ewige ist meine Kraft und mein Turm, mein Turm und meine Kraft.« Manchmal hielt er inne, um die Wohlgerüche einzuatmen, die der Märzwind über die Insel Kephalonia wehte. Dann nahm er mit gerunzelter Stirn seine wichtige Beschäftigung wieder auf. Wenn er daran dachte, daß er in vier Stunden den üblichen Montagsspaziergang mit seinem heißgeliebten Neffen machen werde, mußte er vor lauter Glück leise vor sich hin pfeifen.

Er benetzte seine Backen mit Wasser und ließ ohne weitere Umstände ein wohlgeschärftes Rasiermesser über sie hingleiten. Energisch wusch er sich, behende zog er sich an. Schließlich bespiegelte er sich, die Hand in der Hüfte, mit Wohlgefallen in der zerbrochenen Fensterscheibe, strich seinen Schopf aus feinen weißen Haaren hoch und setzte seine Bibermütze schief auf, schief, wie der Taubenschlag auf dem Dache saß.

Draußen vor dem Fenster stand sein Frühstück! Drei Gänge: eine Olive, eine Zwiebel, ein kleiner Käsewürfel. Er griff mit spitzen Fingern nach der Olive und verzehrte sie mit einer alten Brotrinde. Dann pfiff er die Marseillaise, beträufelte den Käse mit ein paar Tropfen Öl und genoß, während er mit der Linken seinen Bratenrock schützte und beifällig die Augen zudrückte, feinschmeckerisch das vorzügliche Aroma. Eine Fliege setzte sich auf den Teller mit der Zwiebel. Onkel Saltiel warf die beschmutzte Knolle in die verödete Gasse, sprach den Wassersegen und trank voll menschenfreundlicher Gefühle.

Er goß Wasser aus dem Krug in seine hohle Hand, bespritzte sein Gesicht mit den feinen beweglichen Zügen, strich langsam mit der Handfläche über die gestraffte Haut, öffnete die Augen, erkannte die Welt wieder, atmete kräftig ein und köstlich aus und bemerkte dabei gar nicht, daß sein geliebter Feiertagsrock reichlich naß geworden war.

»Meine Herren, wir sind fertig«, verkündete er dann, allein wie er war. »Ein wenig reut es mich allerdings, mich so schnell gewaschen zu haben. Morgen will ich mich zehn Minuten lang einseifen, das gelobe ich hiermit feierlich. Schön, das wäre in Ordnung, mein Gewissen ist rein. Vorwärts. Ach, ich habe ja die Blume vergessen. Ohne Blume kann man den Tag nicht richtig anfangen.«

Das Männlein drehte sich gewandt, beugte sich aus dem Fenster, riß vom Dach ein Büschel Jasmin ab und befestigte es, die Waden straffend und die Brust geschwellt, auf einem seiner Samtrevers. Er betrachtete sich in einem Spiegelscherben und wurde nachdenklich: Fünfundfünfzig Jahre war er alt, hatte in seinem Leben nichts Gescheites getan, seine vielerlei schillernden Berufe waren, einer nach dem andern, wie Seifenblasen zerplatzt, seine großartigen Erfindungen hatten ihn ruiniert. Und jetzt war es so weit mit ihm gekommen, daß er, mit einer Lupe und einer ganz feinen Nadel bewaffnet, Kapitel aus dem fünften Buch Mose in Kastanien oder Hühnerknochen eingravierte. Er seufzte, gewann jedoch wieder seinen Mut zurück, als sein Blick auf die goldkäferfarbenen Strümpfe und die Kniehosen fiel, die er am Abend vorher gebürstet hatte.

»Meine Schuhe! Sehen wir uns die Schuhe noch einmal an.«

Ach die Seligkeit! Die Schnallenschuhe knarren vornehm: ganz Kephalonia wird merken, sie sind neu.

»Schön bin ich offenbar nicht, aber, je länger ich mich

betrachte, desto klarer wird mir, daß ich auch nicht häßlich bin. Seien wir unparteiisch. Sympathisches, lebhaftes, offenes, freimütiges Gesicht, der Intelligenz keineswegs ermangelnd, ja sogar nicht ganz ohne Bosheit. Mein Schwager, der Rabbiner, hält mir Strafpredigten, weil ich mich rasiere; er behauptet, es sei schamlos, sein Gesicht nackt zu zeigen. Meine Seele ist so rein wie die deine, höchst großmächtiger Gamaliel Solal, Ehrwürden Großrabbiner der Gemeinde von den sieben ionischen Inseln mit Sitz in Kephalonia! Und wenn es mir nun beliebte, in bezug auf mein Antlitz den Angelsachsen zu gleichen? Aber ich will mich nicht ärgern. Ach, das Geschenk für den Neffen meiner Seele, das kleine Geschenk. Solal von den Solal. Vorname und Zuname sind gleich. Eine Überlieferung, meine Herren, in dieser großen Familie (ein hochachtungsvolles Grinsen nach links für die Familie Solal, ein verächtliches nach rechts für alle andern). In jeder zweiten Generation heißt der Erstgeborene des Familienoberhaupts Solal von den Solal. Das gefällt mir. Ich für mein Teil nenne ihn einfach Sol. Das ist liebevoller. Die andern haben auch diese Gewohnheit angenommen, was mir gar nicht paßt. Na, meinetwegen. Und wer ist der wahre Vater dieses Knaben? Ich bin es, denn mich liebt er mehr als seinen Vater. Haha, ihr Herren mit dem Geldsäkkel, versuchts mit mir! Saltiel bleibt immer Sieger!«

Nachdem er so seine abwesenden Gegner erledigt hatte, ging er aus dem Zimmer, kam aber gleich wieder zurück, um sein Taschentuch mit ein paar Tropfen Bergamotteessenz zu parfümieren, stieg dann mit Grandezza die Treppe hinab und bummelte, immer wieder auf seine dicke eiserne Uhr schauend, ziellos in den leeren Gassen des Judenviertels umher.

Saltiel Solal und sein Neffe waren den Jasminweg hinaufgestiegen und ergingen sich nun in dem silbrigen Olivenwald. Das Kind blickte liebevoll auf seinen kleinen Onkel, der mit seinem Kaschmirshawl um die Schultern recht drollig aussah.

»Mein Herzenskind, zehn Grad über Null haben wir heute nur, das ist der Kältetod der Welt«, sagte Saltiel mit zufriedenem Gesicht.

Ein Greis mit leeren weißen Augen flehte in kunstvoller Rede um ein Almosen. Zum freudigen Entsetzen des Onkels legte Solal in die Hand des Blinden all seine kleinen Silbermünzen. Zypressen hielten Wache rings um die Zitadelle der Podestaten. Das glatte Meer trennte Solal vom schönen fremden Leben. In unbeschreiblicher, fast übersüßer Schönheit lag jetzt die Insel vor ihnen.

»Die Kuppel der Residenz«, stellte Saltiel stolz vor.

Fern auf dem Hügel jenseits des Golfes beherrschte die überwölbte Behausung der Solal das Meer und überwachte das Ghetto mit seinen hohen, aussätzigen Häusern. Ketten trennten es vom Zollamt und vom Hafen, wo zerlumpte Griechen, langsame Albanesen und schmutzschillernde Priester umherspazierten. Solal betrachtete neugierig die Christenstadt mit ihren pyramidenförmigen baufälligen Hütten, den Kirchlein, die oben auf den Treppen nisteten, den kleinen Kapellen, den schlängelnden Gäßchen und den Laubengängen. Hundert Meter weiter klatschte im Wind die Fahne des französischen Konsulates; und schon trat sie heraus, die Göttin, die Solal erwartete. Die beiden Kinder, die die junge Frau begleiteten, spielten lärmend um sie herum. Der Knabe warf dem Mädchen, das Solal anlächelte, einen Ball zu.

»Er wirft schlecht«, sagte Solal laut.

»Sei still, um Himmels willen!« flüsterte Saltiel und legte seinem Neffen ängstlich die Hand auf die schwarzen Locken. Solal zog seine dichten Brauen zusammen und wich der Berührung geärgert aus. »Das ist doch der kleine Bruder der Konsulin. Es sind großmächtige Leute. Und die Kleine ist die Tochter eines französischen Senators. Morgen fahren sie ab von Kephalonia mit dem Schiff, die beiden Kinder. Du siehst, ich weiß Bescheid. Um Himmels willen sei vernünftig, Kind, vergiß nicht, daß du morgen dreizehn Jahre alt wirst.«

Solal betrachtete die beiden, die aus einem Lande kamen, das er nicht kannte. Er stellte sich Paris als einen riesigen Marmorsaal vor, wo blonde Frauen sangen, blond wie die da, vor der Saltiel sich immer so ehrfurchtsvoll verneigte.

»Das ist die Konsulin von Frankreich«, redete er prahlerisch darauf los, »Frau von Valdonne. Sie kennt mich nicht. Ich sie auch nicht.«

Die Dame rief die Kinder: »Aude, Jacques!«

Saltiel mußte sich beeilen, um Solal einzuholen, der vorausgelaufen war. Ein paar Gänse kamen gravitätisch vorbei.

»Schau doch, Liebling, schau, wie hübsch die Gänse sind!«

Aber selbst die Schönheit des Federviehs half nichts. Der Knabe lief schnurstracks auf die Frau zu, in die er verliebt war, seit er sie bei der Preisverteilung im französischen Gymnasium gesehen hatte und die er bei sich die Göttin Monpensier nannte. Nun war er an ihrem Kleid vorbei, blieb stehen, sah voll Schreck auf das goldene Haar und in den Spott der veilchenfarbenen Augen. Frau von Valdonne sah den samtenen Knaben an und griff nach ihrer Halskette, deren Faden riß. Perlen fielen zu Boden. Solal bückte sich, hob zwei auf und reichte sie lächelnd hin; dann plötzlich änderte er seine Absicht, schloß die Hand, hielt seine Beute fest und lief weg, auf seinen Onkel zu, der betroffen dastand. Er hob einen Stein auf und zielte nach dem kleinen Mädchen, das endlich auf das Rufen der Frau von Valdonne herbeigekommen war.

»Bist du verrückt? Was ist denn passiert? Du hast mit

der Konsulin gesprochen? Und warum willst du die kleine Aude umbringen?«

»Ich hatte Lust zu spielen«, sagte Solal mit sanftem Lächeln.

Den ganzen Nachmittag tat er zu Hause unter des Onkels forschendem Blick, der durchdringend wirken wollte, als ob er in der »Abhandlung über die Segenssprüche« läse. Zwei Perlen hatte er ihr genommen, und sie hatte nicht gewagt, zu protestieren. Würde sie kommen, sich zu beschweren? Wie sie ihn angesehen hatte! Vielleicht liebte sie ihn auch. – Eine nackte Frau. – Er wurde rot.

Mühsam sein Lachen verbeißend, trat der Janitschar des Rabbiners ein und überreichte dem Onkel ein rechteckiges Stück Karton, das gezähnt und mit Blümchen verziert war. Um sich wichtig zu machen, setzte Saltiel eine eiserne Brille auf, deren verzerrende Gläser seine scharfe Sehkraft schwächten. Er las mit lauter Stimme:

»Besuchskarte des Meisters Pinhas Solal
Von den Solal entstammend dem Gesegneten Frankreich
Jedoch im Exil seit Jahrhunderten Ach
Auf Kephalonia griechischer Insel im Ionischen Meer
Französischer Staatsangehöriger Papiere in Ordnung
Mit Beinamen Ehrenwort
Genannt Eisenbeißer Professor und
Emeritus der Rechte gewandter Advokat
Doctor juris und medicinae ohne Diplom
Fertigt treffliche Kontrakte aus
und stark vergiftete Klauseln
Daß Du nicht aus noch ein weißt!
Auch geheißen der Verwickler von
Prozessen Der eines Tages eine hölzerne Tür ins
Gefängnis werfen ließ Man findet ihn

Sitzend auf den Stufen der verschiedenen
Tribunale zwischen sechs und elf Uhr des
Morgens Größter Rechtsberater von
Kephalonia Ehrenmann Die Zahlungen
in Bar bevorzugt Ungebildeten wird
Auskunft erteilt über zierliche Ausdrucksweise Bar
Heißt Geld Aber es werden auch Nahrungsmittel
Akzeptiert Man findet ihn bei Nacht zu Hause Er
Übernimmt auch andre Geschäfte Er wäre
Diplomiert worden wenn er geruht hätte Doch
hat er nicht geruht Nicht die Karte zerreißen
Genug gekostet hat sie Gold und Silber.«

Angekündigt von seinem Husten, dessen Echo in den zahlreichen Höhlen seiner ebenso tuberkulösen wie kräftigen Lungen widerhallte, trat nun der falsche Advokat Eisenbeißer ein; ihm folgten zwei Freunde, Salomon und Mattathias. Breitbeinig, auf nackte Füße gestellt, ließ er seine riesigen Hände, die aus nichts als Knochen, Haaren und Adern bestanden, knacken, knöpfte den schwarzen Überrock zu, lüftete ein wenig seinen Zylinderhut, rückte eine Gänsefeder hinterm Ohr zurecht, setzte ein sinnlos hämisches Lächeln auf und verlangte dringend den Großrabbiner zu sprechen.

Dieser lange hagere Eisenbeißer, auch Bey der Lügner und Vater des Schmutzes genannt, war ein geschickter, aber bettelarmer Mann. Sein Hunger und sein Durst waren in allen Mittelmeerhäfen berühmt. Die Leute von Kephalonia nannten ihn auch den Kapitän der Winde, womit sie auf eine physiologische Eigentümlichkeit anspielten, auf die Eisenbeißer besonders stolz war. Er besaß tatsächlich juristische Bildung, doch die Geschäftsleute nahmen nicht gern seine Talente in Anspruch, denn er gefiel sich aus Liebe zur Kunst allzusehr darin, die Prozesse zu komplizieren. Er war mit zahlreichen Töchtern behaftet, die der Argwöhnische nie aus dem Hause ließ, – und mit einer Frau, die er in bester Absicht jeden Freitagmorgen prügelte, um sie für die Übertretungen zu strafen, die sie heimlich begangen haben mochte oder in den kommenden Jahren begehen würde. (»Ich bin ein Freund der Gerechtigkeit«, pflegte er jedesmal nach Beendigung dieser wöchentlichen Zeremonie zu sagen.)

Eisenbeißer hatte unzählige Berufe. Er genoß einen glänzenden Ruf als Arzt und hatte die Heilwirkungen der meisten Gemüse und Früchte in Verse gebracht. (»Die Zwiebel mehrt den Samen und lindert die Kolik – Auch für den Wackelzahn ist sie ein Spezifik.«) Von Pflanzenarten, über deren Eigentümlichkeiten er keine besonderen Aufschlüsse hatte, pflegte er ohne Unterschied zu sagen: »stillt Blähungen und treibt den Harn.« Zudem war er Augenarzt, Schuhflicker, Führer, Lastträger, Zuckerbäkker, Grundstücksagent, Lehrer des Provenzalischen und der Tanzkunst, Gitarrenspieler, Dolmetscher, Sachverständiger, Ausstopfer, Schneider, Glaser, Geldwechsler, Augenzeuge von Unglücksfällen, Altkleiderhändler, Hauslehrer, Spezialarzt, Maler, Veterinär, Kelterer aller Traubensorten, Hundearzt, Improvisator, Setzer von furchtbaren Schröpfköpfen, Kantor in der Synagoge, Beschneider, Mazzes-Locher, Kartenleger, Lotse, Vermittler nach geschlossenem Geschäft, Taschenspieler, würdevoller Bettler, Zahnreißer, Veranstalter von Serenaden und Liebesentführungen, Querpfeifer, Totengräber, Zigarrenstummelsammler, Steuereinnehmer, der falsche Militärabgaben von kaum noch lebendigen, höchst überraschten Mümmelgreisen eintrieb, Privatdetektiv, Pamphletverfasser, Talmudeinpauker, Schafscherer, Latrinenräumer, Unterstützungsempfänger bei etlichen wohltätigen Vereinen, Maikäfervertilger, Leichenbitter, Gläubiger bankrotter Kaufleute, Heiratsvermittler und Roßtäuscher, Makler mit echten Talmiedelsteinen, Kammerjäger und besoldeter

Schwänkeerzähler. Im übrigen ein vortrefflicher Mensch und, soweit es ihm möglich war, sehr mildtätig.

Vor zwei Wochen war er vierundzwanzig Stunden lang Bankier gewesen. Von Saltiel kommanditiert, hatte er die »Ambulante Diskontobank für den Orient, G. m. b. H.« gegründet. Binnen weniger Stunden war Saltiels kleines Vermögen in Notarkosten und verzwickten Protokollgebühren für nebelhafte und überflüssige Gesellschaftsverträge vergeudet. Saltiel blieb nur ein einziger Louisdor. Den hatten die beiden Teilhaber in eine Glasbüchse – den Geschäftssitz der Bank – placiert, die Eisenbeißer an einem Riemen mit sich herumtrug. Doch schon am zweiten Tag war der falsche Advokat über den trägen Fortgang der Geschäfte in Zorn geraten: er verlangte die Auflösung der Gesellschaft mit beschränkter Haftung, forderte hitzig von seinem Teilhaber Rechnungsablegung und Teilung des Gesellschaftsvermögens.

Eisenbeiser war erfindungsreich. So pflegte er zum Beispiel allen kleinen Jungen von Kephalonia zu prophezeien, sie würden eines schönen Tages Millionäre werden. Er ermahnte sie, am Tage ihres Glückes sich seiner Prophezeiung zu erinnern und an ihn zu denken. Indem er seine ganze Hoffnung auf die Wahrscheinlichkeitsrechnung setzte, legte er sich auf diese Weise ein künftiges Einkommen an und verfolgte mit großem Eifer den geistigen und geschäftlichen Aufstieg seiner jungen, späteren Gönner. Wenn die Zeit gekommen war, würden sie ihm sicher ihre Dankbarkeit bezeugen.

Manchmal ging er sogar soweit, einem besonders begabten Rotzbuben einige Kupfermünzen zu schenken; doch mußte dieser einen Schuldschein auf zwanzigtausend Drachmen unterschreiben, zahlbar in zwanzig Jahren, falls der kleine Unterzeichnete es zum Millionär brächte. Ja, es kam vor, daß er mit diesen imaginären Werten Handel trieb, und er hatte zu diesem Zweck eine Art Börse der

Hoffnungen gegründet. Wenn der junge Schuldner zunahm an Kraft und Klugheit, pflegte Eisenbeißer, den seine Gläubiger unablässig bedrängten, einen solchen von dem Favoriten unterschriebenen Schein mit einem ungeheuren Gewinn zu verkaufen, der übrigens immer noch unzureichend war. Nun aber genug von Eisenbeißer!

»Seit wann brauchst du denn eine Visitenkarte, um hier hereinzukommen?« fragte Saltiel.

»Das ist jetzt Mode bei den Advokaten von Marseille«, sagte Eisenbeißer und aß dabei seinen in Öl getunkten und mit Knoblauch eingeriebenen Laib Brot auf. »Aber lassen wir das, ich habe mit dem Rabbiner zu sprechen und ihm etwas Wichtiges mitzuteilen. Etwas sehr Wichtiges!«

Er drehte die Haare, die ihm aus dem Ohr wuchsen, zu einer Locke, rieb die fieberrote Rundung seiner Backen und lenkte seine Schritte in das Zimmer, wo der Rabbiner mit einem seiner Amtsbrüder, der aus Bagdad gekommen war, eine Besprechung hatte.

»Wir kommen tatsächlich, um das Ende der Welt anzumelden!« sagte der dicke kleine Salomon, noch ganz atemlos.

»Jawohl«, setzte der sparsame Mattathias schlicht hinzu.

Der Janitschar Michael, ein gutmütiger Gewaltmensch, der über seine Gewohnheit getrunken hatte, kniff Salomon in den feisten Arm und summte dabei eine türkische Melodie. Dann zwirbelte er, stolz über seine fette Stimme, die er für süß schmachtend hielt, den mächtigen buhlerischen Schnurrbart, stemmte die massige Faust auf eine der mit Silber eingelegten Pistolen, die seine Fustanella zierten, und ließ die Muskeln seines Halses stark wie Stricke anschwellen.

»Wissen möcht ich, Eisenbeißer«, sagte Saltiel, dem all diese aufgeregten Übertreibungen weiter keinen Eindruck machten – er war daran gewöhnt –, »wissen möcht ich, kann man eine Forderung in türkischer Valuta flüssig machen in französischen Napoleons, und zwar zum Wechselkurs des Vertragsabschlusses, wenn dieser im 17. Jahrhundert in der Berberei stattgefunden hat...?«

Doch da bemerkte er, daß Eisenbeißer verschwunden war. Salomon fuhr inzwischen fort, ein nicht weiter ausgemaltes Weltende anzukündigen.

»Ja, was ist eigentlich los, du Plappermaul?« »Sprich doch«, sagte Saltiel und hielt die Hände über die Kohlenpfanne.

»Au, laß mich doch, Michael!« schrie Salomon. »Was hast du davon, mich zu quälen, mich deinen Freund, mich, einen Sohn vom Stamme Juda, der sich nicht wehren kann? Du bist groß und stark, und ich bin schwach und klein. Was hast du davon? Ich hab's nicht gern, wenn man mich zwickt, und zwar deshalb, weil es mir weh tut« – das kam resolut und sehr vernünftig heraus –. »Ich soll reden, Onkel? Gut, ich werde reden, Also, Eisenbeißer, der Beziehungen hat zum Dolmetsch des französischen Konsulates, hat eben von dem erfahren, die Konsulin wird morgen unsern verehrten Herrn Rabbiner besuchen. Jawohl! Und da sind wir flugs hergekommen.«

Da blätterte Solal heftig die Seiten seines Talmuds um. Es war klar: sie kam, sich über den Perlendiebstahl zu beklagen. Um so besser; er wird sie wiedersehen. Onkel Saltiel nahm die Feldmarschallsmiene an, die dieser Neuigkeit gebührte.

»Fahre fort, mein lieber Salomon.«

Aber Salomon wußte weiter nichts. Aus der Küche scholl Geschrei. Glückele, die älteste der Mägde, die durch das Alter ihren Verstand verloren hatte, war bei der Nachricht von der bevorstehenden Ankunft der Fränkin ans Fenster gelaufen, löste ihr Haar auf und heulte: »Zu Hilfe, Männer von Juda, Mörder über uns!«

Endlich kam Eisenbeißer zurück. Saltiel drehte krampfhaft den goldenen Ring an seinem rechten Ohr, steckte zwei Finger in die Weste und wartete. Allein der falsche Advokat ließ sich zu keinerlei Enthüllungen herbei und behauptete, um seinen Freund ein wenig zu ducken, der Rabbiner habe ihm geboten, zu schweigen. Zu Solal sagte er, sein verehrungswürdiger Herr Vater erwarte ihn.

Gamaliel Solal benahm sich seinem Sohn gegenüber wie gewöhnlich. Er hieß ihn, vielleicht auf Veranlassung des Amtsbruders aus Bagdad, die Auslegung der Talmudstelle vorlesen, die er ihm als Aufgabe gestellt hatte. Rahel Solal, ein dickes, larvenartiges Geschöpf, das sich nur mühsam fortbewegte, sah mit ihren falschen Augen, die bald furchtsam, bald gierig glänzten, abwechselnd ihren Gatten und ihren Sohn an. Solal gehorchte und las mit nüchterner Stimme. Zuweilen glitt sein Blick unter der Franse der langen hochgeschwungenen Wimpern, die wie geschminkt aussahen, vom Vater zur Mutter. Er versuchte, ihre Gedanken zu erraten und das *verhaßte* Bild ihrer nächtlichen Umarmung zu verdrängen.

»Die Arbeit ist weniger schlecht als gewöhnlich«, sagte Gamaliel.

In Wirklichkeit fand er die Talmudstudie seines Sohnes ausgezeichnet. Er stellte ihm einige kasuistische Fragen und warf dabei mißbilligende Blicke auf den unförmigen Amtsbruder aus Bagdad. Der hatte aus Diskretion seine nachdenklichen Tränensäcke mit grämlichen Lidern beschattet; er registrierte innerlich Solals Antworten und war überzeugt, sein eigener Sohn sei dem des Gamaliel doch überlegen. Solal antwortete gescheit und scharfsinnig und dachte dabei an den Skandal, den die Ankunft von Frau von Valdonne hervorrufen werde. Oder – kam sie vielleicht einfach aus Liebe zu ihm her und nicht, um sich zu beklagen?

Später würde er sie entführen, diese Frau, und mit ihr nach Italien reisen!

Aber wie machte man das wohl mit einer nackten Frau? Wieder wurde er rot und biß sich in die dunkle Lippe.

II

Am nächsten Morgen erhob sich Onkel Saltiel noch früher. Er fürchtete, den Morgengottesdienst zu versäumen, bei dem die religiöse Mündigkeit seines Neffen, der nunmehr sein dreizehntes Lebensjahr vollendet hatte, verkündet werden sollte. Solal von den Solal gegenüber fühlte er große Verpflichtungen. Zunächst galt es, die verschiedenen Äußerungen der öffentlichen Meinung zu belauschen, sodann über die Geschenke, die geschickt werden würden, sich im einzelnen zu unterrichten und endlich Freunden und Feinden seine Glückseligkeit zu schildern sowie die köstlichen Gerichte zu beschreiben, die in der Behausung des Rabbiners zubereitet wurden. Er stellte sich neidgelbe Gesichter vor und empfand dabei ein Vergnügen, das er für satanisch hielt, während er doch nur ein lieber alter Kindskopf war.

Die Feierlichkeit sollte um neun Uhr beginnen. Um sechs Uhr früh befand er sich unten am Jasminweg, der schmalen Straße, die längs des Meeres anstieg. Eine rauhe Stimme scholl durch die Morgenfrische:

»Holla, Gevatter Saltiel! Was gibts Neues?«

Einen grünen, mit einem Lederriemen gegürteten Leinenkittel hatte der Mann an, der jetzt auftauchte und Saltiel begrüßte, indem er eine Art eisernen Enterhaken schwenkte, in welchen sein Armstumpf endigte. Mattathias Solal, auch Harzkauer und Kapitän der Geizhälse genannt, Besitzer der Barkasse, auf der für die Seifensieder der Insel die Soda transportiert wurde, warf Anker, kam auf Saltiel zu und schüttelte ihm die Hand. Seine Augen waren schief vom Schielen in die Ecken, und seine Ohren standen ab vor lauter Horchen.

»Laß mich in Frieden, Bruder, denn ich habe tausend Sorgen«, sagte Saltiel, der auf dem Gipfel der Wonne war.

Mattathias ließ das Stück Pistazienharz, an dem er lutschte, von einer Backe in die andre wandern und streichelte die roten Fäden seines Bocksbartes. Sein Blick war heute besonders umsichtig.

»Gott soll behüten, lieber Onkel! Was hast du denn für Sorgen? Hoffentlich sind es keine finanzieller Art!«

»Dreizehn Jahre ist er. Wird er die Tephillin binden können? Er ist jetzt ein Mann in Israel. Ach, man hat seine Sorgen!« Saltiels gespielter Kummer legte die straffe Haut seines harmlosen Gesichtes in hübsche Fältchen.

»Herzlichen Glückwunsch«, sagte Mattathias. Seine blauen Augen ließen sich nichts vormachen. »Gesundheit, Kraft und langes Leben für Solal von den Solal.«

»Schon gut, schon gut, Mattathias. Wenn du auch leihst zu sechs Prozent, du bist ein guter Kerl, das hab ich immer gesagt.«

»Wie heißt sechs Prozent?« sagte Mattathias gekränkt, denn er borgte nicht unter siebeneinviertel. »Mach mir keinen schlechten Ruf, ich bitte dich.«

Da drüben, hundert Meter von ihnen, stand der dicke kleine Salomon. Er war Verkäufer erfrischender Getränke, trug mit vorgeschobenem runden Bäuchlein an einem langen Lederriemen einen riesigen Tonkrug und rief unsichtbare Kunden herbei, indem er zwei kupferne Becher aneinanderschlug. Dieser Poet in kurzem, gelbem Rock und roten Pluderhosen schrie ganz für sich allein im Rausch der Morgenfrühe:

»Aprikosenwasser, Zitronenlimonade! Frisch ist meine Limonade wie die Liebe im Lenz! Frisch ist das Aprikosenwasser wie die Augen der Gazelle und wie die Lippen der Sulamith!«

Sein gutmütiges bartloses Gesicht leuchtete auf, seine Stülpnase bibberte, als er die beiden lieben Freunde erblickte. Er lief auf sie zu, so schnell ihn die feisten Beine und nackten Füßchen trugen.

»Oh, Sie sind es, Onkel Saltiel«, pustete er atemlos, aber mit vollendeter Höflichkeit. »Bitte schön, trinken Sie ein Glas frisches Wasser mit Aprikosensaft! Und du, Mattathias, trink auch ein Glas gratis! Ich werde, so Gott will, auch ein Glas mittrinken. Und somit ist alles schön und gut, und wir sind alle glücklich!«

Er spülte die Gläser aus und suchte den Eindruck zu erwecken, als verbrauche er dabei sehr viel Wasser, er rieb sie mit einem Orangenblatt ab und füllte sie, zierliche Glückwünsche murmelnd, bis zum Rand mit goldfarbener Flüssigkeit.

»Danke, Salomon«, sagte Saltiel. »Da, nimm die Zigarette! Kannst sie heut' abend rauchen.«

»Nu? Wie steht's auf der Welt?« Harmlos drehte Salomon seine winzige Hand hin und her.

»Schlecht, lieber Freund. Ich habe Kopfweh. Das macht dies traurige Wetter.« Bei diesen Worten warf Saltiel einen Blick auf das wunderschöne straffgespannte wolkenreine Himmelszelt. »Ich habe ein fabelhaftes Geschäft verpaßt.«

»Vielleicht ein Lotterielos, dessen Nummer Sie im Traum gelesen haben?« fragte eifrig der unschuldige Salomon, der vor den kabbalistischen Kenntnissen seines Freundes große Hochachtung empfand.

»Ganz was andres als Lotterie! Ich bin aufgefordert worden, ein Kontor für Stockfischfang in Spitzbergen zu leiten«, sagte Saltiel und sah dem leichtgläubigen Wasserverkäufer fest ins Auge. Mattathias fragte sich, wo Onkel Saltiel seine Lügengeschichten und all seinen Unsinn hernahm und untersuchte dabei gelegentlich die Wagenspuren nach kleinen Geldstücken.

»Und ich habe es abgeschlagen, um auf meiner Insel und bei meinen Freunden zu bleiben. So wahr Gott lebt und wir am Leben sind!«

»Aufgeschoben ist nicht aufgehoben. Sie können morgen noch reisen«, sagte Salomon, und seine Augen funkelten vor Gier bei der Vorstellung eines so poetischen und fernen Postens.

»Macht nichts. Es gibt noch andre Geschäfte. Zum Beispiel in Ceylon. In Ceylon. Ja, in Ceylon, lieber Freund, da gibt es massenhaft Perlen. Das ist so: du tauchst. Du verkaufst deine Perlen. Hundert Louisdor. Nach dem Tauchen rauchst du eine Zigarette. Und du bist reich und glücklich.«

Einem so angenehmen Wunschbild konnte selbst der skeptische Mattathias nicht widerstehen. Unwillkürlich faßte er nach seinem Portemonnaie, ob es auch noch gut schlösse.

»Du sagst es, Herzensfreund Saltiel«, seufzte er.

Aufgeregt rieb sich Salomon heftig den kleinen geschorenen Schädel und das in die Stirn wuchernde rebellische Haarwäldchen.

»Du tauchst!« sagte er ganz verdattert. »Du fischst Perlen. Hundert Louisdor! Tausend Zigaretten! Und du bist glücklich fürs ganze Leben. Ich täte gern fischen in Ceylon, der glückseligen Gegend.« Und während er immer noch den Stirnschopf mißhandelte, der den Scheren vieler Barbiere widerstanden hatte, schrieb er sich die Zahlen in das kleine Notizbuch, das er immer bei sich führte.

»Ja, und zuweilen«, fuhr Saltiel fort, »enthält das indische Meer bei Ceylon Austern mit Diamanten oder Rubinen, Seeschnecken, deren Schale aus Saphir besteht, und Kügelchen von Rakamalardinisfaronf. Ihr wißt, das ist von allen kostbaren Edelsteinen der allerkostbarste und so gut wie unauffindbar.«

»Wir haben es gewußt«, sagte Mattathias

»Wir haben es gewußt«, wiederholte Salomon. (Eine kleine Pause.) »Oder vielmehr, die Wahrheit zu sagen, ich habe es nur ein wenig gewußt.« Er senkte den Kopf.

Auf diese Weise glänzte der arme Saltiel vor seinen schlichten Freunden und entschädigte sich für die abweisende Haltung seines hochfahrenden Schwagers.

»Erzähl uns doch von einer deiner Reisen, Kamerad; aber lüge nicht zu sehr«, forderte ihn Mattathias auf, seinen Ziegenbart streichelnd.

Saltiel holte einen kleinen Schlüssel hervor und zog seine Uhr auf.

»Auf Ehre, es ist schon sieben Uhr, liebe Freunde! Die Feierlichkeit findet um neun statt, und am Nachmittag kommt die Konsulin. Na setzen wir uns, Kinder des Bundes, und plaudern wir noch zwei Minütchen.«

Wie gewöhnlich erklärte Salomon, er habe für heute genug gearbeitet; er sei müde, er habe keine Lust, vor Überanstrengung jung zu sterben; morgen werde er weiter arbeiten; er habe übrigens noch zwanzig Leptas, das reiche für zwei glückliche Tage. Damit ging er, sein Tongefäß bei einem Nachbar abzustellen. Bald war er wieder bei seinen Freunden, die auf den Stufen vor dem Kloster der Barmherzigen Schwestern Platz genommen hatten, und zog eine Tüte mit gerösteten Kichererbsen hervor. Die drei begannen, sich von hohen Herrschaften, Rangordnung, Generälen, Politik und Ministern zu unterhalten. Wie immer, wenn sie dieses ihr Lieblingsthema anschnitten, disputierten sie sehr lange, stritten sich und gerieten schließlich ins Schimpfen.

»O schwachsinniger Sohn eines hirnlosen Vaters, die Pest sollst du kriegen! Hast du denn jemals einen Minister gesehen?«

»Ja, mein feiner Herr, ich habe welche gesehen.«

»Und weißt du, daß er Schmiergelder in Höhe einer halben Million bezieht?«

»Die Tatsache ist mir bekannt. Sogar von einer Million. Du siehst, ich bin im Bilde. Da, nimm dir Rosinen!«

»Gelobt seist du, und hundertdrei Jahre sollst du leben! Da, nimm Mandeln!«

Sie waren glücklich und bedauerten nur, daß ihre beiden andern Freunde, Eisenbeißer und Michael der Starke, nicht mit dabei waren.

»Wir fünf lieben uns alle sehr«, erklärte Salomon, sich die Hände reibend. »Selbst auf dem Schafott werden wir von unserer Freundschaft nicht lassen. Darauf tue ich einen feierlichen Eid! Die Freundschaft, die uns vereint, ist sprichwörtlich. Wir sind fünf, wie die Finger der Hand, wahre Freunde, bejammern einer des andern Unglück und freuen uns einer an des andern Freude. Gibt es etwas Schöneres, als wenn wir alle fünf zusammen Arm in Arm miteinander spazieren gehen? Hoffentlich finde ich euch alle im Paradiese wieder, o meine Freunde! Habe ich nicht recht?« (»Ja, du hast recht«, sagten die beiden andern.) »Und alle fünf sind wir Solals, alle fünf! Was für eine große Familie sind wir!«

In der Tat waren alle fünf Freunde entfernt miteinander verwandt. Sie stammten von der jüngeren Linie der Solal, welche nach fünf Jahrhunderten des Herumschweifens in verschiedenen französischen Provinzen sich schließlich am Ende des achtzehnten Jahrhunderts auf der griechischen Insel Kephalonia niedergelassen hatte. In dieser jüngeren Linie der Solal erbte sich die französische Sprache von Geschlecht zu Geschlecht fort. Ihre zuweilen mit altertümlichen Brocken durchsetzte Redeweise brachte die französischen Touristen, die die Insel besuchten, zum Lachen. Aber diese Anhänglichkeit an das geliebte Land und die edle Sprache war rührend. Während der Winterabende lasen die fünf Freunde, »um den gewählten Ausdruck nicht zu verlernen«, gemeinsam Villon, Rabelais, Montaigne oder Corneille, bis Saltiel oder Salomon Tränen der Rührung oder der Sehnsucht in die Augen traten. Gewiß, die fünf Freunde waren stolz darauf, Franzosen geblieben zu sein – wie es bekanntlich ein Teil der kephalonischen Juden ist. Mattathias, Salomon und Saltiel waren aus verschiedenen Gründen und trotz ihres Drängens vom Militärdienst befreit worden, während Michael und Eisenbeißer sich damit brüsteten, ihrer militärischen Pflicht beim hunderteinundvierzigsten Infanterieregiment in Marseille genügt zu haben. Der Janitschar war ein prächtiger Tambourmajor und Eisenbeißer ein schneidiger Korporal gewesen.

Wenn diese fünf auf die andern Juden der Insel, die griechische Staatsangehörige waren, herabsahen, so empfanden sie gegenüber den Solal von der älteren Linie eher ein wenig Neid. Diese stammten aus Spanien und waren zu Anfang des sechzehnten Jahrhunderts nach Kephalonia gekommen. Die ältere Linie, deren Oberhaupt zur Zeit der Rabbiner Gamaliel war, hatte zum Stammvater den Exilarchen Juda, und der Chef der Familie führte seit undenklichen Zeiten den Titel »Fürst der Diaspora«. Diese reiche Familie, die Paläste in Venedig, in Kairo und in Neapel besessen hatte und mit hervorragenden und abenteuerlichen Männern prunken konnte, zählte unter ihren Ahnen große Ärzte, Philosophen (von denen einer berühmt war), Astronomen, Hofleute, Dichter und Ritter, die sich in Turnieren hervortaten. In Gamaliels Bibliothek befand sich ein Porträt von Don Solal ben Gamaliel Solal, der erster Minister des Königs Alfons von Castilien und Freund der Königin gewesen war.

»Es ist mir zu Ohren gekommen, daß man uns seit einiger Zeit den Spitznamen ›die Tapferen von Frankreich‹ gibt«, sagte Salomon. »Pure Eifersucht, weil wir untereinander die traute Sprache unserer fernen Heimat sprechen, die süß wie Muskattraube ist, und weil wir alle (mit Ausnahme von Mattathias) unsere Güter untereinander teilen. Wenn einer von uns bankrott macht, dann befällt die Verzweiflung auch die vier andern, und sie laufen überall umher und zerbrechen sich den Kopf, wie sie ihn retten können. O, ich bürde mir furchtbar gerne Geschäfte für meine Freunde auf, wenn sie mir einen Auftrag geben!«

»Wir haben nur diesen einzigen kleinen Salomon«, dachte Saltiel, »Gott erhalte ihn uns!«

»Das ist nun mal so, alle Welt weiß, daß wir auf immer Freunde sind und uns mehr lieben als leibliche Brüder«, sagte er dann. »Erinnerst du dich an die Talmud-Schule, Salomon? Du warst fünf Jahre alt und ich zwanzig. Du warst immer der letzte.«

»Und Sie, Onkel, immer der erste!« versetzte Salomon, indem er stolz das Haupt erhob. »Und nun bitte ich Sie, wenn es Ihnen beliebt, Ihre Geschichte zu erzählen!«

Saltiel, der wußte, daß sein Schwager es ihm übel nahm, wenn er sich in geringer Gesellschaft kompromittierte, hielt Umschau, ob nicht irgendwo am Horizont ein Honoratior auftauche. Beruhigt tat er einen Griff in Salomons Tüte und begann mit folgenden Worten: »Zunächst, o Söhne Israels, o meine Lieben und Getreuen, o Mitgenossen meines Lebens und meines Schicksals, will ich den Namen des Ewigen preisen, denn er ist der Eine und der Langmütige! Sodann muß ich euch sagen und zu wissen tun, daß es in Spitzbergen kalt ist.«

»O weih!« rief Salomon aus, während er einige Kichererbsen zum Mund führte. »Und ich glaubte gerade das Gegenteil. Wo ist denn dieses Land der Kälte und des Schauders?«

Er kreuzte seine kurzen Beine und sog mit Genugtuung die laue Luft ein. Saltiel warf einen Blick voller Strenge auf den kleinen Ignoranten und erwiderte, daß sich Spitzbergen in der Enge von England befinde.

»Das Pfund-Sterling-Land«, nickte Mattathias mit Würde und Kompetenz.

»Wer kann gegen die Bank von England kämpfen?« seufzte Salomon, indem er sein bartloses, rundes, mit

Sommersprossen gesprenkeltes Antlitz rieb. »Mir ist Frankreich lieber.«

»Es lebe und gedeihe«, sagte Saltiel, »denn es ist das schönste Land von der Welt. Bleiben wir seiner Sprache treu. Denn das Engeland besteht, wie sein Name sagt, aus lauter Engen.«

»Wann warst du denn in diesem Spitzbergen?« fragte Mattathias argwöhnisch.

»In einer Zeit meines Lebens«, erwiderte Saltiel trokken.

»Und was tut sich denn dort?« fragte Salomon gänzlich befriedigt von dieser Antwort.

»Nichts. Manchmal ist es kalt, manchmal ist es warm. Du ißt Stockfisch beim Scheine der Mitternachtssonne. Das ist alles.«

Saltiel Solial war in der Tat nach Spitzbergen gereist, und zwar infolge eines Versehens. Jeder andere wäre auf die Abenteuer, die ihm in diesem fernen Lande wirklich zugestoßen waren, stolz gewesen und hätte sich darauf beschränkt, sie der Wahrheit gemäß zu erzählen.

»Ich sollte also nach Argentinien reisen, doch der Sohn Moabs am Schalter des Reisebureaus gab mir aus purem Haß gegen unser heiliges Volk eine falsche Fregatte an. So kam ich denn nicht in jenes Argentinien...«

»Argent heißt Geld, Land des Geldes«, setzte Mattathias dem Salomon auseinander.

»Stimmt«, sagte Salomon. »Und ›tinien‹ ist wegen der Hübschheit.«

»Da ich also nicht dahinkam, habe ich das größte Geschäft meines Lebens versäumt. Nie bin ich in solche Schlinge geraten! Statt Millionär zu werden, habe ich Seehunde gesehen. Auf den Bergen Seehunde, auf dem Meer Tiere, welche man Löwenphanten heißt. Und Schlangen und Krokodile auf allen Wegen. Übrigens ist dieses Spitzbergen vielleicht nur eine Erfindung der Schiffahrtsgesellschaften, die, wie ihr wißt, von den Jesuiten geleitet werden«, schloß Saltiel mit blasierter Miene.

»Das ist wahr«, sagte Mattathias.

Er wußte zwar nichts davon, aber das unerwartete Auftauchen der Jesuiten gefiel ihm unaussprechlich. Salomon riß ganz erstaunt den Mund auf und vergaß seine gerösteten Kichererbsen zu kauen. Was für Wunderdinge würde er zu Hause seiner Frau erzählen! Er flehte Saltiel an, ihm diese Tier- und Ländernamen, die er zu vergessen fürchtete, doch in sein Notizbuch zu schreiben.

»Eine furchtbare Polizei haben die Jesuiten«, fuhr der erfindungsreiche Onkel fort, »kaum haben sie einen von unserer Rasse erblickt, der in Argentinien sein Glück machen will, flugs geben sie Befehl, ihn nach Spitzbergen zu schicken! Und auf diesem Schiff, das nach Spitzbergen ging, gab es tatsächlich nichts als Juden...«

»Wir sind eine große Menge«, sagte Mattathias ernst.

»Zahlreicher als die Heuschrecken und die Sandkörner der Wüste!« ergänzte Salomon, strahlend von schüchternem Stolz.

Durch die leichte Luft und die Bewunderung seiner Gevattern berauscht, nahm Saltiel sein Gefasel wieder auf.

»Alle diese Juden waren Verratene gleich mir! Übrigens, ich hab's euch ja schon gesagt, ich glaube nicht, daß jenes Spitzbergen ein wirkliches Land dieser Erde ist. Es müßte wohl eigentlich mehr in der Mitte liegen. So bei Marokko. Schwer daraus klug zu werden. Heiß war es übrigens in Spitzbergen. Ein Beweis, daß es nicht ein Land von dort oben ist. Das reime sich einer zusammen.«

»Einer unserer Väter hat gesagt...«, begann Mattathias.

»Einer unserer Weisen, müßtest du sagen«, meinte Salomon, der auch etwas Gescheites anbringen wollte.

»– hat gesagt: Bevor der Faden in der Nadel ist, kannst du nicht sagen, das Kleid ist genäht.«

Das hatte zwar nichts mit Saltiels Erzählung zu tun,

aber Mattathias wollte auch, wie es sich für Leute von Bildung gehört, eine Sentenz vorbringen. Saltiel liebte es nicht, wenn man ihn unterbrach.

»Hört auf mein Wort, wenn ihr wollt, daß ich spreche, und wenn ihr nicht wollt, daß ich spreche, sagt es mir, aber wenn ihr wollt, daß ich spreche, so schweigt!«

Langes Schweigen.

»Bei dieser traurigen Spitzbergener Geschichte«, begann dann wieder Saltiel mit tragisch verzogener Miene, »ist mir die Bosheit der Gojim in ihrer ganzen Schwärze aufgegangen. Und wenn ich mich bei dem Kommandanten erkundigte, lachte er spöttisch. Ihr versteht: er bekam doppeltes Schmiergeld!«

»Ei gewiß«, sagte Salomon – er begriff zwar nichts von all diesen Verwicklungen, aber seine Seele war gütig und gefällig –, »vielleicht sogar dreifaches.«

In genießerischem Gespräch merkten die drei Träumer nicht, wie die Stunden verrannen. Diesen Söhnen des Orients machte es wenig aus, daß ihre Unterhaltung phantastisch und wirr war. Die Hauptsache war, in brüderlichem Verein traulich zu plaudern und von weiter Ferne zu reden. Der sparsame Mattathias ließ sich zu einer großmütigen Geste hinreißen. Er zog sein Taschentuch hervor, in das er Kürbiskerne eingebunden hatte, gab Saltiel zwölf davon ab und vier dem Salomon, der sich überschwenglich bedankte. Sie kauten und lächelten einander behaglich zu. Ein Moskito flog vorsichtig tastend herum, täuschte sich, verweilte einen Augenblick mit zartem Trompetenton auf Saltiels nußbrauner Kniehose und ließ sich dann auf seinem Strumpf nieder. Mattathias erhob die Hand, um das Insekt zu zerquetschen.

»Nein, töte das Tierchen nicht, Mattathias!« eiferte der kleine Salomon.

»Ja, laß es leben«, sagte Saltiel. Er dachte, daß dies Geschöpf eines anderen Moskitos Neffe sei. »Auch die Mükken haben eine Seele, nur ist sie sehr klein und nicht unsterblich. Flieg hin, du Mücke, deinem Schicksal entgegen und ergötze dich, solange du am Leben bist!«

Er seufzte, ermüdet von seinen Lügen.

»Ich weiß nicht mehr – weiß nicht mehr, wo dies Spitzbergen lag, und wenn man es recht bedenkt, ist es gleichgültig, denn Gott ist überall. Gibt es Straßen im Meer? Wasser hüben, Wasser drüben. In Marokko wird irgendein Bär oder ein Eskimo abgesetzt – Söhne Hams, alle beide. Und wer sollte darunter leiden, daß er sich nicht in Argentinien befindet? Hundertfünfzig jüdische Opfer der Unterdrückung und der religiösen Intoleranz! Aber der Tag des Herrn wird leuchten, und unsere Feinde werden hinweggefegt.«

Salomon bewunderte seinen Freund.

»Kommen Sie zu mir Mittag essen, Gevatter«, bat er. »Wir werden den Triktrak spielen.«

»Nein, mein Sohn. Riech mal!«

Er hielt ihm sein parfümiertes Taschentuch hin.

»– Köstliche Myrrhe!« sagte Salomon, und beschnüffelte mit Genuß das Taschentuch.

»Ein andermal werde ich kommen. Und du wirst dran denken, daß ich Ochsenmilz in Essig liebe. O weh! Es ist elf Uhr und ich habe die Feier in der Synagoge versäumt. Ich muß in die Residenz. Es findet ein Empfang der Notablen statt, und dazu gehör ich. Auf Wiedersehen, Kinder, der Himmel sei mit euch!«

»Ich glaube, ich bin auch eingeladen«, äußerte Salomon schüchtern.

»Das stimmt nicht. Aber komm trotzdem mit, mein Sohn«, sagte Saltiel mit leutseligem Lächeln.

Mattathias machte sich auf den Weg, um den Engländern, die aus dem Hotel traten, Andenken an Kephalonia zu verkaufen. Er suchte in den Augen der Touristen den Wunsch nach seiner Ware zu erspähen. Er wandelte mit gesenktem Kopf, aber sein schräger Blick spionierte flink, treffsicher, gierig. Von Zeit zu Zeit bückte er sich, um ein »noch sehr sauberes Stück Brot« aufzuklauben, das ein Verschwender liegengelassen hatte, irgendein Unbedachter, ein Mann der Sünde. Daraus pflegte er sich ausgezeichneten Brei zu kochen.

Inzwischen durchquerten Saltiel und Salomon den Hafen, das Zollamt und die Griechenstadt.

In den Läden zitterte die Luft von Fliegen und Moschus, die Barbiere bearbeiteten eintönig ihre Mandolinen oder die Epidermis ihrer Kundschaft. Neuigkeitskrämer und Politiker summten herum. Getrocknete Stockfische schaukelten über den Kramläden, aus aufgeschlitzten Fässern ergoß sich gipsfarbenes Käsegerinnsel. Unter den Arkaden tranken die Gendarmerieobersten ihren Kaffee und aßen rosenfarbenes Rahat-Lokum, ihre Backen glänzten von vornehmer würdevoller Genäschigkeit; dann wischten sie ihre Hände mit seidenen Taschentüchern ab, atmeten auf und lächelten. Enthäutete Lämmer hingen an gekalkten Mauern. Blaues Zuckerzeug und Lotterielose wanderten von Hand zu Hand. Verkäufer von Nougat, von Rosenkränzen und harten Eiern schrien aus voller Kehle. Zwei Priester diskutierten miteinander: der jüngere mit scharfer Stimme, während der alte, die Ärmel mit zwei zierlichen Fingern zurückschiebend, höflich Beifall nickte und ruhig die Zeit seines dialektischen Sieges abwartete. Starr stand ein Bettler in einsamer Gasse, sagte immer wieder seine Klage her und beschwor das Mitleid der Mildtätigen, die ihm keinen Blick schenkten.

Salomon bat seinen Freund um die Erlaubnis, einen Augenblick nach Hause zu gehen, um sein Haar zu pomadisieren und seine Gitarre zu holen. Saltiel wartete, ohne die Geduld zu verlieren, und beobachtete die Fliegen, die auf den Augenlidern eines schlafenden Bettlers herumspazierten. Auch die sind zufrieden, dachte er, sie reiben sich die Vorderbeinchen.

Endlich kam der kleine Kerl wieder, und sie gingen weiter. Salomon trällerte eine Melodie eigener Erfindung und begleitete sich dabei auf seiner Gitarre, von der bläulich schillernde, hitzetrunkene Fliegen aufschwirrten.

Da sie sich verspätet hatten, nahmen sie einen Wagen. Bevor der Kutscher seinen Gaul, der in üppigem Strahl pißte, in Gang brachte, schloß er wollüstig die Augen, bog sich, in die Zügel greifend, nach hinten und gab den Ruf von sich: »Vorwärts, Sohn der Stute!«

Ein kleiner Junge streichelte frech eine Dirne, die ihn ausschimpfte und zugleich den griechischen Soldaten zulächelte und sie mit dem Mittelfinger lockte. Ein Betrunkener sang ein bäurisches Lied, kam dann ins Lästern und brüllte schließlich liebestoll weiter. Ein Zuhälter verfolgte einen Engländer mit geflüsterten unauffälligen Angeboten. Eine Alte mit erdfahlen Wangen kniete mit einem Lächeln voll Verachtung und Entzücken vor ihrem Hammel, der auf den Kohlen briet.

Saltiel und Salomon stießen das Gittertor mit seinen rostbedeckten Verschnörkelungen auf. Sie betraten den mit runden Steinen gepflasterten, von der Sonne versengten Hof, wo im Schatten die Schmarotzer ihre kleinen Teppiche ausgebreitet hatten und, während sie auf ihre Mahlzeit warteten, disputierten, an ihren Wasserpfeifen sogen und in den Kügelchen ihrer Ketten und den Verschlingungen ihrer Dialektik herumspielten. Im Hintergrunde hob die Residenz der Solal ihre weiße Kuppel schwellend ins Blaue. Michael saß auf der Wachtbank und fegte mit seinem Pallasch die Schwärme ungeladener Gäste weg. Als er Onkel Saltiel erblickte, erhob er sich und begrüßte ihn mit ehrerbietiger Grandezza. Vom Herzen ging seine Hand aus, erhob sich bis zur Stirn und streifte das in die Mauer gemeißelte Solalsche Wappenschild mit der Doppelhand . . .

Saltiel warf einem alten Bettler, der erst inständig um Almosen flehte und gleich hinterher wieder seinen gewöhnlichen neiderfüllten Ausdruck annahm, drei Leptas zu und betete, daß diese gute Tat seinem Neffen auf das himmlische Konto geschrieben werde. Salomon blieb vor dem Brunnen mitten im Hof stehen und trank aus dem kupfernen Eimer. Dann stand er vor den Arkaden des Nebengebäudes herum, in dem sich die Küchen und die Gesindewohnungen befanden. Duft von gebratenen Lämmern und salzige Käsedünste stiegen auf. Mit offenem Munde und den Zeigefinger freimütig im Nasloch, betrachtete Salomon die Friese von Paprikaschoten und bestaunte die Mägde, welche die Glut anfachten.

»Weih geschrien!« jammerte Saltiel. »Gütele, mein frisches Täubchen, ich habs vergessen, putz mir meine Schnürstiefel.«

Die Magd kauerte sich vor ihn hin und rieb heftig ... Im Schein der Sonne, die grausam auf ihren Nacken einstach, verfolgte Saltiel streng und zugleich entzückt die Arbeit Güteles, die eifrig und mit allen Schikanen bei der Sache war. Aus Freude über den glorreichen Glanz seiner Schuhe versprach er der häßlichen Magd, daß Michael sie heiraten werde. Sie kratzte sich am Bauch und lachte verschämt.

»Ach, liebe Freunde«, rief Salomon, »hätte ich eine Küche wie diese Stätte der Schönheit hier, ich würde meine Gäste in der Küche empfangen. Und wenn der König mich besuchen käme, in meiner Küche würde ich ihn empfangen! Diese Bratroste von zwanzig Dimensionen, dieses Prachtgeschirr und die Reibeisen!«

Mit geschlossenen Augen, wie im Rausch, zählte er in hymnischem Tonfall, ganz erdrückt von der Himmelsglut, die Gegenstände auf und erklärte schließlich seufzend, Reichtum sei eine heilige Sache.

»Was willst du, mein Kind«, bemerkte Saltiel, »der Herr hats gegeben.«

»Ja, aber nicht mir.«

Heftiger Lärm ließ sie aufhorchen. Der aufgeregte Salomon stellte sich gleich die unwahrscheinlichsten Geschichten vor: vielleicht schossen die großbritannischen Panzerschiffe.

»Die Engländer kommen, uns das Leben zu retten, uns gegen die Pogrome zu verteidigen!«

»Reg dich nicht auf«, sagte der Onkel, »das ist Eisenbeißer, der hustet.«

Der Fünfte der Tapferen von Frankreich kam hustend und gestikulierend heran. Entrüstet zog er an den beiden Spitzen seines sich gabelnden Bartes. Seine rauhe Stimme toste holprig wie ein Bergstrom.

»Mir, mir den Eintritt zu der Feierlichkeit zu verweigern, der ich ein halber Advokat bin, mir, meine Herren, der vor dem rabbinischen Tribunal plädiert und verbotenerweise auch vor dem griechischen Gericht!«

»Vielleicht will dich meine Schwester nicht haben, weil du die Prozesse zu sehr verwickelst«, sagte Saltiel.

»Schau mich an«, trompetete Salomon stolz, »ich, ich habe einen vorbildlichen Lebenswandel.«

»Schweig. Ich bin erhaben über diese Kleinlichkeiten. Ich erwähnte es nur, um meine Zunge zu üben. Höre, teurer Saltiel, ich möchte dir ein Wort im Vertrauen sagen. Schenk mir was, o du, der Onkel des Gefeierten, schenk mir irgendwas. Meinetwegen nur ein paar Lepta für eine Tasse Kaffee. Sonst bin ich imstande, deinen Neffen zu verfluchen.« (Furchtbares Grinsen.)

Saltiel gab ihm einen Taler, küßte den Geleitspruch, der mit einem Nagel an dem Gesims befestigt war, und begab sich in das Innere des Hauses.

Dreißig Männer und dreiundzwanzig Frauen schrien sich im Vorraum an. Die halboffenen klappernden Fenster ließen den Wind herein, der den Wasserstrahl bog, um den herum fromme Handelsleute süß lächelnd über Agio schwatzten. An diesem wichtigen Tage trugen sie den Bauch vorgeschoben und wandelten mit bedecktem Kopfe auf dem schachbrettartig gemusterten Marmor hin und her. Die Frauen wiegten sich unter ihrer Edelsteinlast in wildfarbigen, blütenreich gemusterten Kleidern. Die Kleider der Männer waren in matten Tönen gehalten wie die Fruchtsorbets, die sie zerstreut schlürften. Der Luftzug wühlte in den Astrachanmähnen der schwitzenden Weiber, die gegen die schrägen Strahlen der Sonne anblinzelten.

Oben von der Galerie, auf die die Zimmer des ersten Stockes gingen, sah Solal auf seine drei Vettern herab, die Söhne von Jakob Solal, der in Jerusalem gestorben war. Auf Ruben, der mit vereinheitlichender Gier sechs Bonbons und den Zahn, den er sich soeben ausgebissen hatte, knackte, auf Saul den Schwärmer und auf Nadab, den Hochmütigen. Die Anwesenden mieden diese drei Jünglinge, von denen man glaubte, sie seien dem Wahnsinn geweiht wie ihr Vater.

Dann betrachtete Solal seine Mutter bis in alle Einzelheiten. Rahels Augen strahlten in dem breiten aschfahlen Gesicht einen Glanz aus wie die Bruchflächen von Kohle. Warum empfand er gegen diese Frau, die ihn mit hassenswertem Scharfblick durchschaute, einen solchen Widerwillen? Adrienne de Valdonne. Was wollte die beim Rabbiner? Was gab es Gemeinsames zwischen der Göttin und diesem bösen Manne, den man den »Rabbi des Mittelmeeres« oder die »Leuchte der Verbannung« nannte?

Saltiel suchte in dem Gesicht seines Neffen zu lesen und glaubte darin die Ergriffenheit zu entdecken, die der Knabe an diesem Tage religiöser Weihe zweifellos empfinden mußte. »Er sieht mir ähnlich. Und er ist schön. Der Rabbiner kann sagen, was er will, der Junge hat meine Nase, meinen Mund und meine Zähne. Die Zähne der älteren Linie sind ja nicht übel, aber neben dem Gebiß der jüngeren sind sie nur faulige Stummeln.«

Rahel wurde unruhig, weil ihr Gatte nicht kam. Sie bat ihren Bruder, zur Talmudakademie zu gehen, wo Gamaliel zwanzig Rabbiner lehrte, die aus verschiedenen Gemeinden des Orients gekommen waren. Der kleine Onkel zauderte ein wenig, denn er hatte Angst vor seinem Schwager, der seine Aufgeregtheit, seine Träumereien und seine Trägheit verachtete.

»Immer diese undankbaren Laufereien! Die Solal älterer Linie sind prächtige Löwen, sie eilen nicht, sie schauen gemächlich nach hüben und drüben!«

Aber da er von diensteifrigem Naturell war, entschied er sich doch zu gehen. Er öffnete die Tür. Zwei junge Mägde, die sich vor dem Schlüsselloch gegenseitig ablösten, prallten zurück. Saltiel machte es Spaß, den Herrn zu spielen.

»In die Küche, ihr Horcherinnen, ihr Schleicherinnen, ihr Verräterinnen!«

Eine Viertelstunde später hörte man das Rollen des Wagens, in dem Gamaliel Solal saß. Perlchen, die die Ankunft des Gebieters verwirrte, drehte sich im Kreise und trank, um sich beschäftigt zu zeigen, ein Glas Wasser.

Aus den Fenstern des Goldenen Gäßchens spähten zwischen der Wäsche, die von Haus zu Haus gespannt war, aufgeregte Gesichter hervor. Sie unterhielten sich über die Großmut des hochwürdigen Rabbiners, der zehntausend Taler für die Witwen und Waisen gestiftet hatte. Und sein Bruder, der Bankier, hatte doppelt soviel gegeben. Gott segne sie beide! Hände zeigten lebhaft auf die Kutsche mit den beiden Pferden und auf den violetten Turban Gamaliels, der jetzt, von seinem Bruder Josef gefolgt, ausstieg. Der Bankier war von Ägypten gekommen, um dem älteren Bruder seine Huldigung darzubringen und seinen jährlichen Anteil auszuzahlen. Nackte Bengelchen verneigten sich mit Kinderwürde, als der Rabbiner vorbeiging. Ein gar zu kleiner und gar zu feister purzelte hin. (Ich finde ihn ganz entzückend!) Den beiden großen Herren folgte Saltiel, wie ein kleiner dienender Genius; er grüßte das Volk gönnerhaft und ging dabei auf den Fußspitzen, um durch den hohen Wuchs der beiden von der älteren Linie nicht ganz zunichte gemacht zu werden.

Die Gäste schwiegen. Das schwere rabbinische Gewand raschelte wie trockenes Laub. Einige Männer baten, sich aus Ehrfurcht des Plurals bedienend, »Unsere Rabbiner Gamaliel«, sie zu segnen. Er hob die Hand, dic dic Sonne vergoldete. Solal war wie eine Frau verliebt in dieses Schreiten, in diese dichten Brauen, die, in der Mitte zusammenstoßend, gleichsam eine struppige Schranke über der edel geformten Nase bildeten; darunter floß wie ein grauer Strom der Bart eines weltklugen Gottvaters. Er war ganz benommen von dem Zauber, der von dieser Hoheit ausstrahlte. Gamaliel lächelte seinem einzigen Sohne gütig zu.

Trotzdem es ihm peinlich war, mit seiner Frau zu sprechen, richtete er einige höfliche Worte an sie. Er nahm auf einer Art Thron Platz und winkte Solal, näher zu treten. Mit gesenkten Augen sprach er in müdem, wie gelangweiltem Ton zu seinem Sohne, der von diesem Tage an für seine Handlungen verantwortlich war.

»Handle gerecht, ohne Hoffnung auf Belohnung, damit dein Volk verherrlicht werde. (Pause.) Verachte das Weib und was die Leute Schönheit nennen. Das sind zwei Giftzähne der Schlange. Fluch über den, der stille steht, um einen schönen Baum zu betrachten. (Pause.) Die Barmherzigkeit ist ein Vergnügen der weibischen Völker. Der Barmherzige genießt den Weihrauch seiner Güte, heimlich in seinem Innern erklärt er sich für überlegen; die Barmherzigkeit ist eine Eitelkeit, und die Liebe zum Nächsten kommt aus den unreinen Körperteilen. Der Arme hat nach den Geboten ein Eigentumsrecht auf einen Teil deines Gutes. (Pause.) Laß dich später von unserer Mißgestalt nicht abstoßen, wir sind das Menschheitsungeheuer, denn wir haben der Natur den Krieg erklärt.«

Er schien glücklich, endlich fertig zu sein, segnete seinen Sohn, reichte ihm die Gebetsriemen, stand auf und ging hinaus. Die Anwesenden waren peinlich berührt. Sie hatten eine schöne Rede erwartet, und diese wenigen grämlichen Sätze hatten sie enttäuscht. Sollten Studien und Nachtwachen den Geist des Rabbiners gestört haben? Doch die Notabeln trösteten sich damit, daß der Exilarch reich und gebietend von Aussehen war, daß die Verehrungswürdigsten unter den Schriftgelehrten ihn als einen Meister betrachteten, und daß sein »Kommentar der Kommentare« als maßgebend galt.

Aufatmen, Beglückwünschungen, Umarmungen. Michael bestreute den Boden mit Bonbons, die Ruben aufsammelte. Die Frauen in Rosa und Grün tranken, stießen sich vergnügt an, ihre dicken Hände hielten vornehm die Honig- und Ölkuchen. Sie überfielen Solal mit Ausrufen und Gelächter und brachten ihm Geschenke. Dreiundzwanzig Münder gackerten, die feuchten Öffnungen verzogen sich zu sklavischem oder gebieterischem Lächeln; zwar waren die Worte gewöhnlich, doch in den Augen blitzte mancher feine Schimmer von Spott und Einsicht auf.

»Teure Rabbinerin«, sagte eine Dicke, die sich heftig fächelte, »jetzt werden wir an eine Braut denken müssen.« – »Ja, möge er bald unter dem Hochzeitsbaldachin schreiten!« – »Hundertfünf Jahre soll er leben!« – »Und noch zehn Jahre mehr!« – »Tausend Napoleondor Mitgift wollen wir haben!« sagte Glückele. – »Zehntausend«, säuselte Salomon. – »Hunderttausend!« berichtigte Saltiel. – »Und bar aufgezählt!« forderte Eisenbeißer, der plötzlich aufgetaucht war.

Die Notabeln verabschiedeten sich einer nach dem andern, doch das Volk wimmelte noch vor der Tür. Die Kuchenverkäufer hatten zu Ehren des Festes ihr Backwerk noch dampfend gebracht, die Wasserverkäufer überreichten Palmzweige und Zitronat, und das Oberhaupt der Fleischerinnung hielt in seinen Armen ein Lamm mit einem Halsband aus blauen Perlen. Die Käsehändler, die Verkäufer von geröstetem Mais, die Nachtwächter, die Synagogendiener brachten Michael Hörner aus Koralle, vergoldete Kupfermünzen, Jasmin- und Zitronenblüten. Der Janitschar wies diese geringen Leute unter Gelächter und großen Gebärden weg. Die Menge entrüstete sich, behauptete, daß Michaels Mutter diesen Abschaum von Sohn in einer Winternacht von dem Bösen empfangen habe.

»Und deine Großmutter hat deiner Mutter dabei die Beine auseinandergehalten!«

Als diese Festteilnehmer sich nach Herzenslust in Verwünschungen ergangen hatten, zogen sie friedlich ab, während Saltiel, neun ungleiche Nägel zwischen den Zähnen, mit lautem Gehämmer ein paar Hörner über der Tür befestigte, um den bösen Blick zu beschwören. Gewisse Gäste hatten das gute Aussehen von Solal gerühmt, es konnte nichts schaden, wenn man seine Vorsichtsmaßregeln traf. Er trat zurück und betrachtete voller Genugtuung seine nützliche Arbeit. Dann befahl er den Mägden, einige Handvoll Mehl und Rosinen auf den Boden zu streuen. Aufgestört durch den Lärm, öffnete der Rabbiner die Tür.

»Das ist für die, die man nicht nennen darf, um sie zu beschwichtigen«, sagte Perlchen. »Ihr Schwager hat es uns anbefohlen, hoher Herr«, erklärte Gütele, indem sie mit ihren sieben Zähnen lächelte.

Der Rabbiner schloß die Tür. Saltiel schickte, ganz beschämt über die Entdeckung seiner Vorsichtsmaßregeln, die Ungläubigen, die Abergläubischen, die Dienerinnen

Baals in die Küche. Doch hütete er sich wohl, mit seinem Fuß den magischen Häufchen zu nahe zu kommen, als er in den jetzt von einem Gewitterhimmel überschatteten Hof ging, um Michael, Mattathias, Eisenbeißer und Salomon zu treffen. Sie aßen eine Wassermelone mitsamt den Kernen und erörterten dabei die verschiedenen Verdienste sowohl des Königs Saul als auch des Königs David. Um Salomon zu erschrecken, erklärte sich Eisenbeißer – eigentlich ein sehr frommer Mann – plötzlich für einen »materialistischen, wissenschaftlichen Atheisten« und setzte hinzu, Mose sei ein großer Lügner gewesen, den es niemals gegeben habe.

»Und ich lästere Gott!« schloß er mit Wollust und etwas schlechtem Gewissen.

Der kleine Salomon hielt sich die Ohren zu, dann versetzte er voll Entrüstung dem Lästerer einen Fußtritt. Ein Donner rollte und Eisenbeißer murmelte andächtig, daß der Herr der Heerscharen der Eine sei.

Nach Abzug des Gewitters holte er aus seiner Tasche eine eben erstandene Rosette hervor und legte sich den Rang eines Offiziers der Ehrenlegion bei. Die Freunde beglückwünschten ihn. Die »Tapferen« verstanden es, sich mit unnützen Komplikationen nicht zu belasten: wenn einer Lust auf eine Auszeichnung verspürte, dann staffierte er sich eben ein oder zwei Tage lang mit ihr aus. Damit ersparten sie sich demütigende Schritte und empfanden unendlich mehr Vergnügen als die wirklich Dekorierten. Laßt uns von ihrer Weisheit lernen.

Onkel Saltiel saß bei seinen Freunden und pfiff aus dem letzten Loch. Die Freudenstunde war vorbei, und er hatte zahlreiche Gläubiger. Er entdeckte, daß er mit allen seinen Unternehmungen gescheitert war und nichts taugte. Er seufzte, dann lächelte er wieder einem Schmetterling zu, der ungeschickt dahinflatterte. Der Himmel wurde wieder klar und schön. Die Freunde schwiegen.

»Wieviel Worte!« sagte mit einmal Salomon.

»Was willst du damit sagen, kleiner Dummkopf?« forschte Eisenbeißer.

»Ich will sagen, wieviel Worte gibt es auf der Welt, wieviel Sätze, wieviel Gedanken! Das kommt mir plötzlich ganz merkwürdig vor.«

»Und wieviel Schweigen auch«, sagte Saltiel.

»Was ist eigentlich die Wahrheit?« fragte Salomon träumerisch.

»Das, was zwischen den Worten liegt«, sagte das Onkelchen, »und was man in der Freude empfindet.«

Er bestellte sich Fleischbuletten mit Spinat, ließ sich in einem schattigen Winkel des großen Hofes nieder, aß und schlief mit einem Stückchen Brot zwischen den Zähnen ein.

Als er erwachte, machte er sich auf die Suche nach einer Gänsehirtin, einer Christin, die wegen ihres übernatürlichen Wissens berühmt war. Er fand die Alte, die mit ihren zahnlosen Kiefern unablässig Kräuter mahlte. Unterwegs suchte er sie zu bekehren.

»Warum, ehrwürdige Mutter, glaubst du nicht an unsern Gott, der wahrhaft Gott ist? Ein wirklicher, ein heiliger Gott! Warum glaubst du an Statuen, an Dinge von Holz und Eisen wie das da?«, und er stieß zur Erklärung mit seinem Fuß an einen zerbrochenen Topf, der mitten in dem Gäßchen lag und dessen Klirren einen mit Pusteln behafteten Bettler weckte, der seinen fliegenbedeckten Mund auftat und sowohl die Ahnen als auch die Nachkommenschaft von Saltiel Solal beschimpfte... »Erklär' mir das doch, Mütterchen! Schau, das ist doch schade. O, wenn du wüßtest, wie groß unser Gott ist! Obendrein ist er der Eine, verstehst du?« Mit diesen Worten öffnete er die Tür zur Residenz.

Solal lauerte am Fenster auf das Kommen von Madame von Valdonne. Er rollte die beiden Perlen an seiner Wange hin und her und hatte Angst.

Die Greisin führte ihr borstiges Kinn auf Solals Hand spazieren. Der ließ sie gewähren. Ein starkes Zittern überkam sie, sie küßte die Hand und entfernte sich ohne ein Wort. Saltiel lief ihr nach und fragte sie, vor Ungeduld bebend, aus.

»Mann, ich kann dir nur das eine sagen, das Kind hat das Zeichen.«

»Was für ein Zeichen, o meine überaus geschätzte Tante?«, fragte Saltiel erschreckt.

»Er hat dieselben Handlinien, dieselben!«, sagte die Alte in Verzückung.

»Dieselben wie wer, wie was, o siebenundsiebzigmal Verfluchte, der ich für nichts einen Taler gegeben habe?«

»Ich kann dir nicht antworten, Jude«, sagte die Alte und verschwand.

III

Frau von Valdonne wurde, überall freudig und ehrerbietig gegrüßt, von Michael zum Rabbiner geführt. Saltiel tat sehr wichtig, er befahl Salomon sofort zu laufen, zu fliegen und überall zu erzählen, daß die Konsulin ... ja zu erzählen, was er wolle, aber gut zu erzählen! Sodann ließ er durch Eisenbeißer die Notabeln alarmieren. Jetzt betrat er mit gespielter Zerstreutheit die Bibliothek des Rabbiners, tat, als wäre er ganz in die Lektüre eines dicken Buches versunken, und näherte sich dabei heimlich der Gruppe.

Die Frau des Konsuls schien Solal nicht mehr zu kennen. Sie stellte ihm leutselig Fragen, während ihre Blicke in dem riesigen, mit kostbaren Teppichen bedeckten Saal über die gekalkten Mauern und die in die Balken inkrustierten Topase wanderten. Solal stotterte, weil sein Vater zuhörte, weil er fürchtete, Fehler im Satzbau zu machen, und weil er noch nicht wußte, aus welchem Grunde diese Frau eigentlich gekommen war. In seinem Bestreben, alles zu sagen und zu zeigen, daß er viel gelesen habe, gab er schlechte Antworten über Racine. Ohne seine vorgebliche Lektüre zu unterbrechen, sagte Saltiel mit tonloser Stimme und »beiseite«:

»Dreizehn Jahre. Sehr gebildet. Beherrscht Corneille, den Fürsten der dramatischen Dichter, Molière und alles andere.«

Madame von Valdonne machte ein belustigtes Gesicht. Solal nahm sich vor, seinen Onkel noch am gleichen Abend zu töten. Durch die Schuld dieses widerlichen Alten war er entehrt. Ohne das Schicksal, das ihn erwartete, zu ahnen, glaubte der einfältige Saltiel, als glückliche Wirkung seiner geschickt angebrachten Bemerkung auf dem Gesicht der Dame Gefühle der Bewunderung zu lesen. Er trat, indem er die Hand um sein Ohr höhlte, näher und starrte sachverständig und liebenswürdig grinsend, Frau von Valdonne an, die den Zweck ihres Besuches auseinandersetzte, während Solal, hinter seinem Vater mit den beiden Perlen Ball spielend, seine Göttin herausforderte.

Die Frau des Konsuls, die Präsidentin des Komitees für das Pasteur-Institut war, sprach beiläufig von dem Betrag, der noch zum Ausbau des Hospitals fehlte, und lud den Rabbiner zu dem Empfang ein, der übermorgen nach der Einweihung des Hauptgebäudes im französischen Konsulat stattfinden sollte. Sie errötete, denn es fiel ihr plötzlich ein, daß ihr Ansinnen vielleicht sonderbar erscheinen könnte. Im Verlaufe ihrer Rede glaubte Saltiel, nach dessen Meinung niemand fragte, diese dennoch durch ein diskretes Gebärdenspiel kundgeben zu müssen. Gewissen Punkten stimmte er zu, gegenüber andern verhielt er sich zurückhaltend, doch auf einen sehr langen Blick des Rabbiners hin ging er mit schlappen Beinen aus dem Zimmer.

Frau von Valdonne schloß mit der Bemerkung, sie würde sich freuen, auch dem jungen Sohne des Rabbiners eine Einladung zu schicken. Sie griff an ihr Halsband, ihre Nasenflügel zitterten ein wenig.

Gamaliel antwortete mit müdem Lächeln, daß er die Schäfchen seiner Herde gerne auffordern werde, dem Komitee ihre finanzielle Hilfe zu gewähren, doch, so setzte er mit gesenkten Augen hinzu, weder er noch sein Sohn könnten an der Einweihung teilnehmen, denn die schmerzlichen Ereignisse in Frankreich verlangten stille Sammlung und ständiges Gebet. Frau von Valdonne, die Antisemitin war und leidenschaftlich an die Schuld des Hauptmanns Blum glaubte, stimmte ihm aus Höflichkeit bei. Solal beschloß, zu dem Empfang zu gehen. Warum war dieser Blum auch Offizier geworden!

Rahel Solal brachte den goldfarbenen Kaffee und die Mandelkuchen. Dann reichte sie der Besucherin unbeholfen und mißtrauisch die Hand und lächelte, ohne die Liebenswürdigkeiten der Dame zu verstehen, die sich bald darauf verabschiedete.

Onkel Saltiel lauerte ihr vor der Tür auf, er hatte eine Ansprache vorbereitet. Doch Frau von Valdonne machte einen so vornehmen Eindruck, daß er nur stottern konnte:

»Schönes Wetter, gnädige Frau.«

Es regnete leise. Die von Eisenbeißer herbeigerufenen Notabeln disputierten im Hofe. Saltiel trat zu ihnen, er hielt den Zeigefinger an die Nase. Zwanzig fragende Hände bildeten einen Halbkreis um ihn. Was sonst an Fingern übrig blieb, war gichtisch und knackte. Die Schar betrat, von Saltiel, der Schritt für Schritt zurückwich und hochtrabend redete, geführt, das Haus.

»Ich glaube, meine Herren, die Lage ist ernst, und ich habe es der Konsulin zu verstehen gegeben. Können wir denn in Wahrheit...?«

Da tauchte Gamaliel auf und Saltiel sagte, er sei fertig. Er verließ das Haus und ging im Hofe auf und ab, in dem Solal herumgaloppierte und Luftsprünge machte.

Am übernächsten Tage brachte der Konsulatsdiener drei Einladungskarten. Solal übergab sie schnell seinem Vater, der einen Blick darauf warf und sie zerriß. Am Tage vorher hatte er die telegraphische Nachricht von der Verurteilung des Hauptmanns Blum erhalten. Solal ballte die Fäuste, gelobte sich, dennoch zum Empfang zu gehen, und folgte dem Vater in die Synagoge, wo der Bußgottesdienst stattfinden sollte.

Das Bethaus war wie am Jahrestage der Zerstörung des Tempels von Jerusalem durch Titus mit schwarzem Stoff ausgeschlagen, ein einziges Lämpchen brannte. Die Männer, barfuß und mit Asche bestreut, wehklagten. Onkel Saltiel entwarf phantastische Fluchtpläne für den unschuldigen Hauptmann. Seine Freunde beteten von ganzer Seele für den Elsässer und wiegten sich dabei hin und her. Um sich zu wärmen, behielt der dicke kleine Salomon die Hände in den Taschen, die ganz voll heißer Kuchen waren, bei jedem Vorneigen fiel er beinahe hin. Mattathias drehte mit seinem Enterhaken die Seiten des Gebetbuches und kaute. Solal hatte den Gläubigen gegenüber in dem Lehnstuhl Platz genommen, der den Nachkommen Arons vorbehalten war. Er dachte an sein künftiges Leben. Später mal, wenn er groß wäre, würde er diesen Ruchlosen Geld an den Kopf werfen und seine Adrienne sollte einen Wagen aus purem Golde haben.

Nach dem Gottesdienst zog Saltiel die französische Zeitung hervor, die täglich die Unschuld des Hauptmanns Blum verkündete. Alle fünf Freunde hatten sie seit kurzem gemeinsam abonniert. Die Tapferen von Frankreich setzten sich auf die Stufen, die zur Bundeslade führten, und horchten auf die hoffnungsvollen Worte, die Saltiel mit einem Tonfall lieblich wie Thymian und Lavendel vorlas. Zuweilen störte sie eine summende Fliege, ein Schrei von draußen. Salomon weinte treulich und drückte Michaels Hand. Mattathias ging entmutigt davon, dabei stieß er mit seinem Enterhaken gegen mehrere Bänke.

Saltiel hörte zu lesen auf, fuhr sich mit der Hand über den weißen Schopf und sah auf den träumerischen Solal, der immer noch da oben thronte. Jetzt stand der Onkel auf und brachte seinem Neffen eine Flöte, die er aus Schilfrohr geschnitten hatte. Der Knabe dankte mit ungewohnter Liebenswürdigkeit und sagte, während er das angebotene Zepter in seiner Hand wog:

»Bitte verschaffen Sie mir eine Einladung zu dem Fest im Konsulat. Sie sind ja so erfinderisch.«

»Erfinderisch, mag sein, mein Herzenskind, ich tu ja alles, was du willst. Aber was fällt dir denn da nur ein? Unser armer Glaubensbruder, der Hauptmann, ist verurteilt worden. Sie werden ihn auf die Teufelsinsel verschikken, wo es so und soviel Grade über dem Thermometer heiß sein soll. Und du willst dich amüsieren! Und schließlich: wer bin ich, daß man mir eine Einladung geben wird?«

Solal zog die prächtigen Bogen seiner Brauen zusammen. Also man verbot ihm das Fest wegen dieses Teufelsblums, der offenbar ein Verräter war – man brauchte bloß seinen Zwicker zu sehen. Da fiel ihm sein Französischlehrer ein, der zu Hause auf ihn wartete. Dieser Lefèvre hatte sicher eine Einladung. Er würde sie ihm, koste es, was es wolle, wegnehmen.

Herr Alois Lefèvre skandierte die Verse von Racine mit nervösem Feingefühl. Solal besah sich den mageren, auf diese griechische Insel verschlagenen jungen Mann mit seinem viel zu hohen Stehkragen, der sich ironisch vorkam und sich etwas zugute tat auf seinen klaren Geist. Für Herrn Lefèvre war alles, was ihn betraf, von höchstem Interesse; er wollte arrivieren, seine Augen waren unablässig auf der Jagd nach Beziehungen, nach Zwecken und Zielen.

Solal empfand einen Augenblick lang Mitleid mit ihm,

bereute es aber sofort und preßte seine Zähne mit einem Knirschen zusammen, vor dem der Sprößling einer vornehmen, aber ruinierten Familie erschrocken zusammenfuhr. Der Knabe ging hinaus und bat Michael um seine damaszierte Pistole, die Herr Lefèvre, wie er behauptete, zu sehen wünschte. Er kam wieder, hatte die Waffe in seiner Bluse verborgen. Der Lehrer rückte seine Krawatte zurecht und fragte sich, woran der kleine Glaubensgenosse des Verräters wohl denken mochte, da ein so seltsames Lächeln seinen Mund umspielte.

»Ich denke an die Feier im Konsulat«, sagte Solal. »Sie haben doch eine Einladung?«

Wenn es sein mußte, würde er ihn umbringen. Herr Lefèvre knöpfte seinen Bratenrock zu, vergewisserte sich, daß das Lilienabzeichen an seinem Platz war, und erwiderte, er habe in der Tat eine Einladung und würde sich in einer halben Stunde nach dem Konsulat begeben. Die Tür ging auf. Der Rabbiner, der nicht ohne Gewissensbedenken seinen Sohn in die profanen Wissenschaften einweihen ließ, schaute herein. Solal rezitierte, zum Lehrgegenstand zurückkehrend, die Antwort Eliacins an die Königin Athalie. Der Vater schloß die Tür.

»Geben Sie mir Ihre Karte!«

Dieses Lächeln war unerfreulich. Der Lehrer fuhr sich mit der empfindsamen Zunge über die Lippen, sprach ein entschiedenes Nein aus und drohte zu gehen, wenn Herr Solal weiter eine so unwürdige Komödie spiele. Das Kind wurde fast verrückt vor Ungeduld und Gier. Diese Karte bedeutete für ihn alle Pracht einer verschlossenen Welt. Das Leben voll Gefahr begann, sein Schicksal sollte sich entscheiden. »Stark muß man sein, nicht wohlerzogen. Weh den Lammfrommen!«

Herr Lefèvre korrigierte gerade einen Aufsatz. Solal ergriff auf einem Tische hinter dem Lehrer ein Tintenfaß aus Bronze, er zögerte. Die Haare des Lehrers waren so schön gekämmt. Doch wenn er *sie* nicht noch heute sah, so würde er sterben. Schließlich war das Tintenfaß noch besser als die Pistole.

Im klaren Bewußtsein seiner Tat gab er genau acht, damit er nicht zu stark zuschlage. Er hob die mit dem Bronzefaß bewaffnete Hand über des Lehrers geneigten Kopf und ließ es, plötzlich von einem Krampf des Ekels erfaßt, fallen. Herr Lefèvre griff mit schlaffer Hand nach seiner Krawatte und glitt in langsamem Tempo seitlich zu Boden. Solal war zuerst regungslos, heftige Gewissensbisse befielen ihn, dann entschied er sich. Er durchstöberte die Brieftasche, nahm die Einladungskarte heraus und wandte sich zur Tür. Doch kam er noch einmal zurück, um sein Taschentuch in ein Glas Wasser zu tauchen und es über den Nacken des Niedergeschlagenen zu breiten. Ein wenig beruhigt verließ er das Zimmer.

Zwei Mägde, die eine Art Bahre trugen, suchten ihn im Gange aufzuhalten. Der Herr Maimon Solal, der Vater von Rahel und Saltiel, verlangte nach seinem Enkelkind. Der Knabe, der den Mut besessen hatte, Herrn Lefèvre niederzuschlagen, besaß nicht den Mut, dem Neunzigjährigen, der seit Monaten zum erstenmal sein Schlafgemach verließ, den Gehorsam zu verweigern.

Schon vor drei Jahren hatten die Ärzte das unmittelbar bevorstehende Ableben des Herrn Maimon prophezeit, dessen Körper- und Geisteskräfte durch die Nachtwachen über den Büchern der Kabbala seit langem geschwächt waren. Als das Haupt der jüngeren Linie Solal erfuhr, daß sein Ende nahe sei, gebot er, ihn lebend in den für ihn bestimmten Sarg zu legen. Auf diese Weise, so sagte er, müßten die Weisen den Tod, den Boten des Herrn, in Ehrerbietung empfangen. Sein Befehl wurde befolgt, aber der Tod kam nicht, und der Greis wollte mit dem Starrsinn eines Narren die Kiste nicht mehr verlassen, in der er sich wohlfühlte und manchmal in die Synagoge tragen ließ.

Zwischen den Vorhängen kamen ein paar Barthaare zum Vorschein. Dann hob eine durchsichtige Hand den Schleierstoff, und aus einem Vogelkopf spähten vor Neugier brennende Augen. Unter der durchscheinenden Haut schwoll die Stirnader in blauen Wellenlinien.

»Ich bin zu dem einzigen Zweck gekommen«, meckerte die Stimme, »um meine Enkelin zu segnen.«

Die Mägde klärten ihn über seinen Irrtum auf und teilten ihm mit, daß es ein Enkel sei. Während der Halbtote angestrengt nachdachte, wechselten die Frauen Blicke. Wußte man denn, woran man mit diesem Mann war, der in tönenden Runen sprach? Plötzlich fing der Greis, der unablässig auf den wie gebannt dastehenden Solal schlaue Blicke geworfen hatte, zu schreien an.

»Verderbtes Volk, das mich über das Geschlecht meiner Nachkommen täuschen will! Komm her, du kleines Männchen, komm, daß ich dich segne. Möge das Pferd des feurigen Wagens dich beschützen und das Wasser des Ulai dich baden! Mögen deine Feinde Kerze sein und du Flamme, die sie verzehrt!«

In der Küche fiel ein Becher zu Boden. Maimon, dem der Begriff von Zeit und Ort verlorengegangen war, glaubte bei seinem Urgroßvater in Toulouse zu sein und behauptete, ein hoher Beamter käme ihn zu besuchen.

»Sagt dem Ratsherrn, daß ich mich besser befinde, vielleicht werde ich sogar bald ein Eheweib heimführen. Es ist angenehmes Wetter, und der Duft des Jasmins behagt mir. Ja, ich will diesem Kinde, das ein Mann ist und kein Weib, sehr wohl! Wenn meine Nummer in der Lotterie von Cremona herauskommt, werde ich schwer reich sein und ihm ein kleines Ungeheuer, genannt Leviathan, kaufen oder einen Wagen mit einem starken kleinen Pferde, das innen verborgen ist.«

Solal entriß sich endlich der Anziehung, die der alte Irre auf ihn ausübte, und lief vergnügt dem Jasminweg zu.

Der Garten des Konsulats summte von den Gesprächen der Gäste; Adrienne hatte sich in plötzlicher Abgespanntheit von den andern entfernt und dachte über ihr trauriges Leben nach.

Vor einem Jahr war ihr Bräutigam Vivian Pourtalès unter tragischen Umständen gestorben, der Graf von Valdonne, sein Freund, hatte ihren Schmerz so herzlich geteilt, daß sie sich nach einigen Monaten entschlossen hatte, sein Anerbieten, sie zu heiraten, anzunehmen. Sie war damals zweiundzwanzig Jahre alt, und ihr Gatte war um zwanzig Jahre älter. Ein Jahr nach der Heirat wurden sie durch Spekulationen ruiniert. Der General von Nons – ein reicher, geiziger, heftigen Zornanfällen unterworfener Herr – wollte seine Tochter, deren Heirat er mißbilligte, nicht empfangen und weigerte sich, seinem Schwiegersohn finanzielle Hilfe zu gewähren. Herr von Valdonne, der einige Freunde im Ministerium des Äußeren hatte, beschloß, den Posten eines Konsuls auf Kephalonia anzunehmen, dort verbrachte er seine Zeit hauptsächlich mit archäologischen Ausgrabungen. Er war ohne Ehrgeiz und mit seinem Los zufrieden. Obwohl er der protestantischen Linie des Adelsgeschlechtes der Valdonne angehörte, war er Royalist; er wußte, daß er auf Beförderung nicht rechnen konnte.

Adrienne seufzte, sie lächelte bei dem Gedanken an den Sohn des Rabbiners. »Ein komisches Kind.« Erst vor einer Weile war er, stolz und glühend vor Begeisterung, in den Garten eingetreten, jetzt fühlte er sich sicher verloren in dieser Gesellschaft, in der er niemand kannte. Einige Minuten war er umhergeirrt, dann hatte er vereinsamt eine Portion Eis verzehrt und sich in eine Laube zurückgezogen.

Sie stand auf und ging zu dem Knaben, der damit beschäftigt war, Zahlen in den Tisch zu ritzen. Er hatte sie kommen hören, hob aber nicht den Kopf. Er zitterte vor

Angst. Er hatte so sehr gehofft, sie würde ihn nicht entdecken.

»Wie artig Sie in Ihrer Ecke sitzen. Ich freue mich, daß Ihr Vater Ihnen erlaubt hat, zu kommen.«

Sein Schreck verwandelte sich in Wut. Ah, er war also schüchtern! Nun, er würde ihr sein Verbrechen gestehen, und sie würde ihn davonjagen. Dann würde er sie erdolchen, und seine Augen würden auf alle seine Feinde Blitze der Empörung schleudern.

»Nein«, sagte er mit heiserer Stimme, »er hat es mir nicht erlaubt. Ich habe meinen Lehrer ermordet, der eine Karte hatte.«

Und als sie ihn ganz verblüfft ansah, fügte er hinzu, er habe ihn nur ein bißchen niedergeschlagen. Sie vermutete eine bloße Prahlerei und beruhigte sich, dann fragte sie ihn, warum ihm denn so sehr daran gelegen war zu kommen.

»Ich weiß es nicht mehr. Übrigens langweile ich mich hier.«

Sie sah mit ihren ein wenig kurzsichtigen Augen blinzelnd auf die Zahlen, die er eingeritzt hatte. Er sagte, das erste Datum, das wäre nichts, das wäre nur das Datum seiner Geburt.

»Und das zweite? Ist das Ihr Todestag?«

»Ich glaube nicht«, sagte er lächelnd.

Er stand auf, seine Augen glänzten, plötzlich war er sicher, daß er immer Sieger sein werde. Er verlor seine Schüchternheit, sprach ohne Furcht in der Überzeugung, bewundert zu werden. In Wirklichkeit fand sie ihn hübsch und ein wenig lächerlich. Er erzählte ihr von seiner Sehnsucht, nach Frankreich zu reisen. Bald würde er Kephalonia entfliehen und dorthin fahren, in die Bibliotheken, in alle Theater gehen, in alle Museen und alle Gemälde sehen.

»Ich habe schöne Reproduktionen, die ich Ihnen zeigen kann, wenn Sie wollen«, sagte Frau von Valdonne.

Er tat, als ob er ein Gähnen unterdrücke. Sie fragte nach seinem Alter. Er antwortete, daß er in drei Jahren sechzehn sein würde.

»Und was bedeutet das zweite Datum?«

»Ich werde es dir ... ich werde es Ihnen nie sagen.«

»Ich weiß nicht einmal Ihren Vornamen.«

»Ich habe keinen. Ich heiße Solal. Ich mag nicht, daß Sie mich ausfragen. Ich will Ihnen die Perlen zurückgeben, die ich Ihnen gestohlen habe.«

Sie sagte, sie verstehe ihn nicht, sie habe keine Perlen verloren. Er sah sie an. Welches Spiel trieb sie mit ihm? Das würde man ja sehen. Er steckte die Perlen wieder in seine Tasche.

Herr von Valdonne kam hinzu, er wischte erst seine Stirn, dann seine schlaffen Wangen, dann sein Monokel ab. Der Knabe, der vor dem konsularischen Zweispitz stramm stand, wurde vorgestellt. Ich werde auch einen haben und mit noch mehr Federn darauf, dachte er, als er bemerkte, daß ihn Frau von Valdonne nicht mehr mit der beinahe unterwürfigen Aufmerksamkeit von vorhin betrachtete.

Hinter dem Gitter schwamm Saltiel in Begeisterung über den Wunderneffen, der mit den Mächtigen dieser Welt plauderte. Saltiel umschlang die Schulter Salomons, dieser stützte sich auf Eisenbeißer, welcher sich wiederum an Mattathias lehnte. Solal fühlte sich wie ein gehetztes Wild. Sollte er diesem Menschen die Hand reichen? Er war als Herr Solal offenbar eine lächerliche Figur. Er verneigte sich tief wie die Personen in dem französischen Roman, den er voll Gier und Verachtung gelesen hatte.

»Aber ich kenne Sie doch«, sagte der Konsul zu dem Knaben, der mit drohender Miene zurückwich. »Sie sind doch der Junge, der bei der Verteilung der Schulpreise am vierzehnten Juli über die Stufen gefallen ist.«

»Die Prämienbücher waren viel zu schwer.«

Im selben Augenblick bereute er seine Worte. Alberner, alberner kleiner Schwätzer! Alles verloren! Sie machte sich jetzt über den eitlen kleinen Schuljungen lustig. Er mußte die Situation retten. (Und Lefèvre, den er niedergeschlagen hatte! O Mißgeschick über Mißgeschick! Das ganze Leben ein Trauerspiel!) Jetzt die Situation retten, derjenige sein, der der Unterhaltung ein Ende setzt. Sollte er bei dem Mann oder bei der Frau beginnen? Er wußte nichts von ihren dummen Anstandsregeln. Er streckte die Hand hin, die der Konsul etwas langsam ergriff, verbeugte sich kurz (wenn der erste Bückling ein Fehler war, so sollte diese verächtliche Gebärde ihn aufheben), schritt langsam und majestätisch dem Gittertor zu. Dann lief er, den Tapferen ausweichend, wie ein Narr der Residenz zu; er war völlig verwirrt und biß sich vor Wut in die Faust. Der Sieg fing gut an!

In seinem Zimmer angekommen, schloß er sich ein, betrachtete sich im Spiegel, zerkratzte sich die Wangen, warf sich auf das Bett, wühlte den Kopf unter das Kissen und weinte vor Wut und Scham. Einige Minuten darauf vernahm er ein lautes Gespräch und erinnerte sich, daß er Lefèvre getötet hatte. Sicher wollte man ihn verhaften. Er spannte den Hahn seiner Pistole und öffnete die Tür, entschlossen, sein Leben teuer zu verkaufen.

Über das Geländer der Galerie gebeugt, hörte er im Vorraum Michael, der lachend und strengstes Geheimnis gebietend den Mägden erzählte, er habe den Lehrer wütend und hin- und herschwankend angetroffen und seine Empörung dadurch beschwichtigt, daß er versprach, schwatzhaften Zungen in einer mondlosen Nacht einen bösen Streich zu spielen. Alles, was der junge Herr tat, war wohlgetan. Vielleicht hatte ihn dieses finnige Ziegengesicht beleidigt!

»Einen starken Knebel für das meuchlerische Maul!«

sagte Perlchen, die, um ihre Erregung zu dämpfen, den Rest eines alten Medikaments trank, das sie im Keller entdeckt hatte. Die Eigenschaften dieses Mittels waren ihr zwar unbekannt, doch es wäre schade gewesen, aus ihnen nicht Nutzen zu ziehen.

»Du hast eiserne Gedärme, meine Schöne«, sagte Michael galant, denn er hatte eheliche Absichten.

Solal ging in sein Zimmer zurück. Eine Stunde später kam seine Mutter und sagte, das Essen sei bereit. Er ging hinunter und setzte sich an den Tisch. Vater und Sohn wurden von der Mutter und den Mägden bedient. Schweigen, Blickewechseln. Nach einigen Minuten erhob sich der Rabbiner, murmelte ein Gebet und verließ das Zimmer.

Saltiel seufzte erleichtert auf, setzte sich mit Würde auf den Diwan, streichelte elegant die Sohle seines rechten Fußes, befahl seiner Schwester Platz zu nehmen und Michael, die Freunde hereinzubitten, die draußen im Hofe warteten.

Eisenbeißer zerstückelte die Reste eines Lamms und eines Hammels, die eine verstörte Magd wieder hereingebracht hatte. Beim Nachtisch erzählte er, während er in seinen Zähnen stocherte, erdichtete Abenteuer von Salomon, wie nämlich ein gewisser kleiner Wasserverkäufer eines Tages Mitglied der Regimentsmusik des Präsidenten der Republik war und von dem Schlund einer Posaune so angezogen wurde, daß er hineinfiel und sich den zehnten Rückenwirbel brach. Hierauf aß er, um seinen Atem zu reinigen, eine Schüssel mit Knoblauchmakkaroni leer. Dann rülpste er würdig, sowohl aus Wohlanständigkeit als auch um zu zeigen, daß er gesättigt sei. Endlich bestätigte er unparteiisch und melancholisch, daß er ziemlich gut gegessen habe; er hatte dem Weltall gegenüber jetzt eine gewisse Distanz.

In der vorgeblichen Absicht, sich zu überzeugen, ob

ihm auch wirklich ein Wirbel fehle, versetzte Michael dem mit Knoblauch und Eierfrüchten vollgestopften Salomon einen Stoß. Doch der schlief während eines Plädoyers von Eisenbeißer ein, der den Fall setzte, er müsse ihn dreier Vatermorde wegen verteidigen und vor dem Schafott retten. Der sparsame Mattathias spaltete Zündhölzchen.

Solal schüttelte die schwarzen Wellen seines Haares, stand auf und ging. Er konnte den nackten Fuß seines Onkels und das Schnarchen Salomons, der über seiner Gitarre lag, nicht mehr ertragen. Für diese Rasse also hatte er sich im französischen Gymnasium mit seinen christlichen Mitschülern viele Male geschlagen, weil sie ihn auf jede Weise piesackten und sich über seine Schönheit, um die sie ihn beneideten, lustig machten. Warum war er Jude? Wozu dieses Unglück? Mit zehn Jahren war er noch so rein, so voller Staunen, so gut gewesen, aber die Bitterkeit und die Unruhe waren mit dem Tage des Judenpogroms gekommen. Die hochgeschlagenen Röcke der ermordeten Frauen, die Kinderhirne in den Gossen, die aufgeschlitzten Bäuche! Er hatte ein müdes, wissendes Lächeln. Und seine Mutter, die sich seit jener Zeit immer fürchtete: diese niedrige Vorsicht, dieses verächtliche Sichgewöhnen an das Unglück. Würde er in seinem späteren Leben auch ein Gehetzter sein? Seine Mutter würde sicher im Wahnsinn enden. Im Gymnasium ließ er sich zuweilen aus Überdruß prügeln. Wozu auch sich wehren? Die Feinde waren immer in der Überzahl. Und doch, wenn er einmal den Willen hatte, diese Schlaffheit abzuschütteln, wie konnte er sie schrecken! Hatte er nicht dem großen Albanesen die Haare ausgerissen und ihn blutig geschlagen? Und wie sie sich fürchteten, wenn er nach seiner Schleuder griff! Schon mit zehn Jahren hatte er die Bosheit der Menschen kennengelernt; und das Kind wußte, daß ihm sein Leben lang eine Wunde bleiben würde. Hingegen diese Aude und dieser Jacques. »Wüßte doch die Welt, was an Güte und

Ehrfurcht in meiner Seele wohnt. Warum will man sie mir rauben?«

Er warf sich auf sein Bett, ließ seine Hände über seine Schenkel hinirren und träumte, bis die Morgenröte aufstieg. Sie kam, ihr Gewand streichelte ihn. Zusammenzukkend, von Ekel erfüllt, wachte er auf. Er hatte sich lächerlich gemacht, sie würde ihn nicht wiedersehen wollen. Er ging in eine der Küchen und holte sich Nougat mit Sesam. Er aß es in seinem Bett, um sich zu trösten. Verzweifelt schlief er wieder ein, einige süße Körner klebten noch an seinen Lippen. Draußen auf der Straße rief der Wächter die Männer zum Morgengebet.

Um acht Uhr morgens kam Saltiel herein. Er stelzte mit hochwichtigen Schritten dem Bette seines Neffen zu und hielt ihm schweigend zwei Briefe hin, von denen einer den Aufdruck des französischen Konsulats trug. Er beobachtete mit durchdringenden und begeisterten Augen das Wunderkind, das schon offizielle Sendschreiben erhielt. Solal öffnete die Briefe nicht, warf sie auf den Boden, ersuchte seinen Onkel, ihn allein zu lassen, und drehte sich zur Wand. Sicher war es von ihr; sie schrieb ihm wohl ein paar Worte der Verachtung.

Es klopfte. Wahrscheinlich Perlchen. Hatte er dieser Gans nicht gesagt, am Morgen, wenn er im Bett lag, sollte sie nicht ins Zimmer kommen? Ja die, die war verliebt in ihn. Und wenn sie wußte, daß sie allein mit ihm im Hause war, benutzte sie den geringsten Vorwand, um ihn zu sehen. Er würde dieser Idiotin eine Lektion erteilen – übrigens war sie hübsch. Er zog sein Nachthemd aus und öffnete. Der Atem ging ihr aus beim Anblick seiner bernsteinfarbigen Nacktheit, dann kam sie wieder zu sich und stotterte:

»Nachthaar, Goldgesicht, der hohe Herr Rabbiner will Euer Gnaden sehen, mein Gold.«

»Ich bin nicht dein Gold. Wasche mich.«

Im Hofe vertraute Saltiel dem Janitscharen an, Solal sei ein wahrer Löwe, er habe einen Brief vom Konsulat erhalten und sich nicht einmal beeilt, ihn zu öffnen. »Einen Brief mit echtem Siegel, nicht gefälscht!« Glückele bat ihn, auf den Markt zu gehen. Er machte sich auf und sang vor sich hin: »Wir wollen gehen, wir wollen gehen und schöne Fische sehen!«

Aber er vergaß den Auftrag, den man ihm gegeben hatte, und träumte vor dem Konsulat. Er betrachtete die Fahne der geliebten Republik und hob seine Bibermütze, die in das violette Meer fiel. Mattathias rief ihn von seiner Barkasse an. Saltiel bat ihn, »vor dem Palaste Frankreichs« weniger Lärm zu machen. Er schwätzte eine Stunde lang närrisches Zeug, kam dann, ohne die Fische eingekauft zu haben, zur Residenz zurück, beschimpfte die Mägde, die ihm seine Unzuverlässigkeit vorwarfen, und flehte seinen Neffen an, ihm den Inhalt der konsularischen Botschaft mitzuteilen.

Solal ließ nichts von dem Briefe verlauten, in dem Lefèvre den jungen Banditen seiner asiatischen Gesittung überließ und ihm seine Abreise von der Insel für den nächsten Tag ankündigte, er sei zu einem Amt berufen worden, das ihm nicht mindere Hochachtung eintragen würde als diejenige, mit der er die Ehre habe und so weiter. Solal erzählte auch nicht, daß er Michael geschickt habe, um dem Lehrer zum Zeichen der Verehrung und Reue zwanzig Mangofrüchte, einen ungeheuren Rosenstrauß und Zitronen- und Orangenmarmelade zu überbringen. Aber er zeigte dem von soviel Vornehmheit ganz geblendeten und beinahe ein wenig eifersüchtigen Onkel die prächtige Karte von Herrn von Valdonne. Der französische Konsul bat ihn für denselben Nachmittag zu einer Tasse Tee. Saltiel betastete die Erhabenheiten der gestochenen Karte und verschwand wie auf dem Theater, um die Neuigkeit auszuposaunen. Während er lief, dachte er über das Teegewächs nach. Ob nicht die Chinesen ihre Schlitzaugen vom vielen Teetrinken hatten?

Als er wieder zur Residenz zurückkam, um dem Mahl der beiden hohen Herren beizuwohnen, hörte er mit froher Verwunderung den Rabbiner diesen Besuch billigen, während Rahel abzuraten wagte. Gamaliel, der sich in seinem Innern von der Einladung des Konsuls geschmeichelt fühlte, sagte mit gesenkten Lidern, das Kind müsse die Welt kennenlernen. Im letzten Augenblick kamen ihm allerdings Bedenken, und er befahl seinem Sohne, unreine Speisen, die man ihm zweifellos anbieten würde, zurückzuweisen. Solal versprach es, küßte die Hand seines Vaters und ging.

Mit gespielter Nachlässigkeit, aber stark klopfendem Herzen schritt er durch den Hof, wo das Gesinde mit kindlichem Staunen dem Knaben nachsah, der den Vertreter von Frankreich besuchte.

Michael, in roter Tracht, peitschte freigebig die beiden prächtigen Pferde, die den Paradewagen mit dem jungen Königsohn im schwarzen Samtanzug davontrugen. Dem glänzenden Gespann folgte von ferne eine erbärmliche Droschke, aus der Saltiel herausspähte. Mattathias, Eisenbeißer und Salomon folgten dem Onkel in ungleichem Abstand. Der kleine Wasserverkäufer kam zu guter Letzt. Er hatte einen Esel gemietet, der nicht laufen wollte.

IV

Dreimal haben die Augenlider des Ewigen sich gehoben und gesenkt, und drei Jahre sind vergangen.

Das weiße Pferd erklimmt den Jasminweg. Der sechzehnjährige Reiter modelliert seine Nase, die in seinem länglichen Gesicht mit dem matten Teint ein kräftiges Vorgebirge bildet. Er weiß jetzt, aus welchem Grunde sein Vater von ihm verlangt hat, er solle Adrienne nicht so oft besuchen. Der Konsul ist vor einigen Tagen zu dem Alten gekommen und hat den Wunsch ausgesprochen, der junge Mann möge seine Besuche einschränken. Der Dummkopf! Drei Jahre vorher hätte dieser Valdonne handeln müssen. »Einschränken!« Was haben sie denn Böses getan? Allerdings, im Anfang war es die Liebe eines Knaben, die bald verging. Er achtet sie. Sie ist seine Gönnerin, seine Freundin; sie sagt, daß er ihr großer Sohn sei, daß sie sich neben ihm so alt fühle. Alt, nein. Sie ist sechsundzwanzig Jahre alt und wunderschön. Aber ganz gewiß, er liebt sie nicht. Er fühlt sich wohl in ihrer Nähe und wünscht sich nichts anderes. »Einschränken!« Er wird sich mit ihm auseinandersetzen. Zum Glück hat Michael geschwatzt. Darum also hat er seit acht Tagen keine Nachricht von ihr. Die Arme, wie sie leiden mag.

Wenn der Valdonne wüßte, wie schön es zwischen ihnen beiden zugeht. In einem Punkt ist sie sogar streng mit ihm. Sie verbietet ihm, sich mit anderen Frauen einzulassen. Sie verachtet die Frauen. An dem Tage, an dem er ihr erzählt hat, daß er der Engländerin eine Blume zugeworfen habe, war sie wütend. Eifersucht? Nein, da sie ihm ja eine Braut ausgesucht hat. Sie hat ihm sogar die Photographie von Aude von Maussane gezeigt, dem kleinen Mädchen mit dem Ball. Der Rabbiner würde ein schönes Gesicht machen! Diese Aude gefällt ihm gar nicht. Schränk dich doch selber ein, du dummer Valdonne mit den Blinzelaugen!

Alle haben gemerkt, daß er ihr die Gefühle eines Sohnes entgegenbringt. Sogar sein sonst so argwöhnischer Vater hat ihn gehen lassen, freilich ohne Begeisterung. Allerdings haben bisher alle geglaubt, seine Besuche gälten vor allem dem Manne. Er hat sich gegenüber diesem Valdonne denn doch wie ein Heuchler benommen. Dieses vorgebliche Interesse, das er für die Ausgrabungen und die verstümmelten Statuen zeigte! Nein, ein gar so großer

Heuchler ist er nicht. Wenn er Lust hat, vor dem Konsul zu gähnen, gähnt er. Dieser Konsul wird nicht befördert. Warum ist er denn noch nicht Botschafter?

Adrienne hat ihm soviel Gutes erwiesen! Dank ihrem Unterricht konnte er die erste Prüfung zum Bakkalaureat im französischen Gymnasium in Athen ablegen. Das einzige, was sie geheimgehalten haben, ist der Kuß auf die Wange, wenn er kommt und der Gatte nicht da ist. Na was denn, ist es etwa verboten, seine Mutter zu küssen?

Soviel Gutes. Mit wieviel Takt hat sie ihm die guten Manieren beigebracht und ihn beim Ankauf von Büchern beraten. Sie wählt die Stoffe und den Schnitt seiner Anzüge. Und sie war es, die diese zwanzig Seiten an eine Pariser Zeitschrift schickte. Als sie die Beschreibung der nackten Frau las, hat sie ihn aus halbgeschlossenen Augen mit durchdringendem Blick wie ein Lehrer angesehen. Selbstverständlich hat er noch keine nackte Frau gesehen, er hat alles erfunden. Und diese Pariser haben gesagt, er sei talentvoll. Sollen sich auch »einschränken«! Er hat diese Dinge geschrieben, um sie loszuwerden. Unwillkürlich entfallene Tropfen seines köstlichen Blutes. Am meisten liebt er es, wenn sie ihm seine Haare frisiert. Sie sagt, er habe zehntausend schwarze Schlänglein auf dem Kopfe. Und sie nennt ihn Prinz Sonne, den sonnigen Solal oder den Reiter des Morgens.

Wie sie sich lustig über ihn gemacht hatte, als er voriges Jahr in seinem schönen Kostüm geritten kam, das er sich selbst ausgedacht hatte! Und die Wut des Rabbiners, als seine Mutter eines Tages von dem Kostüm und dem Pferde erzählte. Er hat den Kittel aus weißem Leinen, die goldgeflochtene Gürtelschnur und die weichen, hohen Stiefel aufmerksam betrachtet und kein Wort gesagt. Er hat sogar das Pferd bezahlt, das durch Onkelchens Vermittlung auf Kredit gekauft worden war. Der Rabbiner muß ihn schon sehr lieben, daß er ihm das Reiten erlaubt. Das ist das

Konsulat. Und gleich wird er das Lächeln der Freundin sehen.

Das Stubenmächen antwortete ihm, der gnädige Herr und die gnädige Frau seien zur Feier ihres vierten Hochzeitstages nach Italien verreist und hielten sich in Florenz auf. Solal biß sich in die Lippen, und seine schönen Augen schielten ein wenig, wie immer, wenn er zornig oder befangen war.

Sie waren miteinander weggefahren! Plötzlich wurde er sich darüber klar, daß sie Mann und Frau seien, daß sie nachts allein miteinander waren, zweifellos in einem Bette. Und drückte dann der Valdonne seinen schlaffen Mund auf die Wangen oder die Lippen dieser Frau? Das war ja eine furchtbare Entdeckung! Und drei Jahre lang hatte er nicht daran gedacht! Er war ein Einfaltspinsel. Verrat! Sie sagte, sie sei seine Mutter, aber er, der Valdonne, war nicht sein Vater, also war sie Ehebrecherin. Ehebrecherin!

Sie war treulos! Sie hatte ihm nicht einmal mitgeteilt, daß sie verreise. Jetzt umarmten sie sich unaufhörlich in dieser widerlichen Schönheit von Florenz, sie ließ es sich gefallen, sie hielt ihm noch den Mund hin! Was für ein gemeines Weib! Sie hatte ihn also belogen, als sie ihm sagte, daß er ihrem Herzen am nächsten stünde? Alle Welt betrog ihn! Er sah das hassenswerte Geschöpf, wie es, in den Arm des stupiden Gatten eingehängt, in wunderbaren Museen herumging. Und nachts, wenn sie nackt war – denn sie war nackt, wie all die andern Frauen, mit tausend Brüsten! –, ahmte sie die Sprache und die Gebärden Solals nach! Und der andere machte sich lustig über ihn und lachte! Drei Jahre hatte er nichts begriffen! Sie hatte ihn an der Nase herumgeführt. Sie erlaubte sich mit ihm ganz einfach kleine gefahrlose Vergnügungen, unsaubere Vergnügungen. Ein Vampir! Und der Hotelier in Florenz kam sicher, um sich über den Radau ihrer Küsse zu beklagen, und alle Reisenden reisten angeekelt ab! Ein gemeines Weib!

Ein Bauer kam und sagte ihm, sein Pferd, das er offenbar schlecht angebunden habe, irre im Wald herum. Wozu brauchte er jetzt, wo sie nicht mehr da war, ein Pferd? Er schenkte es dem Manne.

Zwei Wochen lang war er wie vor den Kopf geschlagen, er schlief bei Tag und lief bei Nacht herum. Der Rabbiner, dessen medizinische Kenntnisse in allen jüdischen Gemeinden Griechenlands berühmt waren, rief ihn eines Tages in seine Bibliothek, er betrachtete ihn lange schweigend mit prüfendem Blick. Er verschonte ihn mit Vorwürfen, schlug ihm sogar vor, mit Onkel Saltiel eine Reise zu machen, doch der Jüngling weigerte sich und führte sein verzweifeltes Leben weiter.

Eines Morgens meldete ihm Michael schüchtern, daß der Konsul mit seiner Gattin zurückgekommen sei. Solal knallte heftig die Tür seines Schlafzimmers zu. Was scherten ihn die beiden, sie sollten einander nur umarmen und ihn in Frieden lassen. Trotzdem war er nach einer Stunde ausgegangen und befand sich vor dem Garten des Konsulates.

Das verhaßte Geschöpf war im Garten und schnitt Rosen. Er stürzte auf sie zu und hielt sie einen Augenblick lang umarmt. Aus Angst, von den Dienstboten gesehen zu werden, stieß sie ihn zurück und ging die Stufen zum Haus hinauf. Mit der ihr eigenen Gebärde zerrte sie an ihrer Halskette. Unter Tränen streckte er die Arme nach ihr aus und nannte zum erstenmal den Vornamen der Treulosen. Sie schob ihn etwas ärgerlich beiseite.

»Adrienne, ich kann nicht mehr, ich kann nicht mehr ohne Sie sein. Ich wußte es nicht, ich weiß es jetzt, es ist furchtbar. Ich sterbe alle Tage, seitdem ich dich nicht sehe. Ich brauche dich so sehr. Ich rief nach dir, und du warst nicht da. Ich wollte mich töten.«

Von seinen Tränen gerührt, führte sie ihn in ihr Zimmer und tröstete ihn.

»Vernünftig sein, kleines Kind. Wir dürfen uns nicht mehr sehen. Ich habe es ihm versprochen.«

Ganz von Sinnen, bat er sie um einen letzten Spaziergang an der Zitadelle. Sonst würde er sich sofort töten. Sie willigte ein. Sie hoffte, ihn zu beruhigen und das Verhältnis allmählich zu lösen. Sie hatte Mitleid mit ihm, aber vor allem fürchtete sie einen Skandal.

Sie stiegen in einen Wagen, der vorbeikam. Er ergriff ihre Hand und sah sie verzückt an. Ein Bettler lief hinterher und hielt einen Nelkenstrauß hin. Solal kaufte die Blumen und vergaß, sie ihr zu geben. Bald darauf schickten sie den Wagen weg und gingen bis zum Olivenwald.

Sie stolperte über einen Stein und wäre beinahe gefallen. Er fing sie auf und zog sie mit Gewalt an sich. (Erst sechzehn Jahre, jawohl, aber er war größer als sie!) Sie blieben eine Minute lang in einer Umarmung, die wie eine Ewigkeit war. Eine Orange fiel zu Boden. Solal hob sie auf, biß hinein, warf sie weg und blickte auf die Frau, die mit geschlossenen Augen an einen Baum lehnte.

Er sagte ohne Umschweife, er werde heute um Mitternacht kommen, und befahl ihr, die Tür offen zu lassen. Sie sah ihn entsetzt an und lief davon. Er wollte ihr folgen, doch sie flehte ihn an, sie allein gehen zu lassen. Er bestand nicht auf seinem Willen, warf sich platt auf den Bauch, riß Grasbüschel aus der Erde und lachte im Gefühl der Befreiung.

Eine junge, mit Zechinen bekränzte Bäuerin kam vorbei, sie trug auf ihrer üppigen Hüfte ein großes Kupfergefäß. Er lächelte sie an. Sie setzte ihre Last nieder, lächelte und streckte sich neben ihm aus. In der Hitze summten die Bienen.

Er ging nicht zum Stelldichein. Er litt die ganze Nacht, aber die Vorstellung von Adrienne, die in Angst auf ihn wartete, verlieh ihm die Kraft zu bleiben. Er wetzte seine Krallen. Adrienne sollte nur warten und in ihrem Leide schmoren. Er würde kommen, wenn es ihm gefiel, und sie dann um so mürber finden. Das Leben war über die Maßen schön.

Drei Tage später erhielt er einen Brief. Frau von Valdonne schrieb, sein Schweigen beunruhige sie, sie fürchte, daß er krank sei, sie bat ihn, ihr doch kurz Nachricht zu geben oder einmal selbst mit seinen Vettern zu kommen, die sie sehr gern kennenlernen würde. Seine Vettern! Warum nicht gleich Onkel Saltiel und Salomons Gitarre? Er würde allein kommen. Er war Solal. Er war da, und sie hatte jetzt bemerkt, daß er da war. Ausgezeichnet! Er war lebendig, und die Toten lagen dumm in ihren Gräbern. Nieder mit den Toten! Schande über die Toten!

Gamaliel waren die Träumereien und die Feuerblicke seines Sohnes nicht entgangen. Diese Verfluchte war schön und Solal war schön. Der andere, der Ehegatte, hatte das schlaffe Gesicht eines Amoriters. Er fragte seinen Sohn aus, der ruhig zugab, Frau von Valdonne wiedergesehen zu haben. Er packte ihn am Arm.

»Du wirst nicht wieder zu diesem Weibe gehen! Ich verbiete es dir!«

Solal verließ ohne Antwort das Zimmer. Er vertraute sich Michael an, der voll Sachverständnis mächtig seinen Schnurrbart zwirbelte. Das Abenteuer, zu dem ihn der junge Löwe aufforderte, ergötzte ihn, und er sang den ganzen Tag buhlerische Lieder.

Am nächsten Abend gegen elf Uhr brachte der Janitschar Solal den Hausschlüssel und verabredete sich mit ihm für eine Stunde später vor dem Gittertor. Der Jüngling schloß die Tür hinter Michael und wartete in seinem Zimmer. Um Mitternacht ging er hinab. Die Tür kreischte. Plötzlich legte sich eine Hand auf seine Schulter. Er wandte sich um, erkannte den Vater und sagte unterwürfig, er wolle ihm den schwerwiegenden Grund seines späten Ausgangs erklären. Gamaliel lockerte seinen Griff. Im selben Augenblick stieß Solal den Vater heftig zurück, entwischte durch die Tür und schloß sie von außen ab.

Er lief auf Michael zu, den er neben dem Gittertor sah. Um ihn nicht zu beunruhigen, erzählte er nicht, was sich zugetragen hatte. Ein Pferd stand bereit, Michael hatte es soeben im Stall der Gendarmerie gestohlen. Der Weg sei lang, der junge Gebieter dürfe nicht vom Gehen erschöpft bei der Damc Konsulin ankommen, versicherte der Janitschar. Hm. (Mächtiges Schnurrbartzwirbeln, erfahrener Blick.)

Michael ergriff die Zügel, Solal saß hinten auf. Die Frühlingssterne glitzerten. Das Pferd, freigebig mit Peitschenhieben bedacht, warf die beiden Ausreißer hin und her auf ihrem Weg durch den betäubenden Blumenduft. Unter dem Jasminhügel liebkoste der Wind den Sand, den das drängende Meer leckte. Katzen miauten inständig.

Im Parke des Konsulates glänzten die Leuchtkäfer in bläulicher Liebe. Michael band sein Pferd an das Gittertor, zündete sich eine Zigarette an und folgte Solal. Die Tür der Villa war verschlossen, aber ein Fenster im ersten Stock war halb geöffnet. Der Janitschar nahm den Jüngling auf die Schultern; der erreichte das Fenster, schwang ein Bein hinüber und drang in das Zimmer ein.

Sie schlief mit ein wenig hochgezogenen Brauen, ein spöttisches Lächeln auf ihren Lippen, die er küßte. Sie stieß einen Schrei aus, erkannte ihn, schloß die Augen wieder. Sie zog ihn an sich, und die Wellen schlugen über ihnen zusammen. Sie tauschten den langen, rotglühenden Kuß. Gesang der kämpfenden Leiber.

Mit hohlem Kreuz, mit schwellenden Adern und grausamen Zähnen ließ der Jüngling seinen Muskeln freies Spiel und bot der Betäubten die Opfergabe dar, die sie stöhnend hinnahm. Erster Rhythmus, Urväter-Rhythmus. Lenden, die der Ewige hebt, Lenden, die der Ewige senkt, tiefe Stöße des Ewigen. Das prangende Leben brach hervor, ergoß sich zuckend in jauchzenden Tränen. Die Frau sank vom Himmel zu Himmel in schwarze Tiefe, breite Flügel schlugen. Tragische Rufe, Ausdruck der Wonne, Worte des Mannes an die Frau, die er besitzt und die verloren in irgendeine Ferne lächelt. Solal fühlte sich allein, verscheuchte das Bild seiner Mutter, das sich dazwischenstellen wollte, der Tod schauerte ihm durch das Gebein, und das Leben entfloh in glücklichem Taumel. Für einen Augenblick schlummerte er ein, fuhr dann erwachend auf und lachte über die Verblüffte, die in ihm ihren Meister erkannte.

Sie erhob sich, mit den Händen ihre Brüste verbergend, und öffnete das Fenster. Das Sternenzelt, ein ausgeschütteter Blumenkorb, verströmte alle seine Düfte. Der Himmel wölbte sein Antlitz über der brünstigen Erde, die ihren Schoß öffnete. Geruch von Jasmin, Gesang des Meeres. Unsterblicher Hauch der ruhend bewegten Unendlichkeit. Und so weiter.

Adrienne ging an die Tür und drehte den Schlüssel herum. Sie kam zurück und küßte die Stirn des Jünglings, der sie das verzweifelte Lachen gelehrt hatte, die Weihe der Hingabe, ja das Leben selbst, das dahinstürmt und sich Ewigkeit verleiht. Er sah ihr zu, wie sie ging. Dieses sanfte Wogen regte seine Kraft auf. Heute morgen noch wußte er nichts, und jetzt war er ein Mann. Er hob sein Weib auf, warf es hin und deckte die große blutvolle Blume mit seinem Leibe. Die Brandung schwang und schüttelte sie. Die süß Hinsterbende stöhnte:

»Liebster, o Liebster, wie soll ich mit dir entfliehen, Liebster, ich bin alt, schon sechsundzwanzig Jahre, und du, du bist jung, Liebster, mein Liebster, ich kann nicht mehr; wie schön du bist, Liebster!«

Ganz berauscht davon, eine solche Rolle zu spielen, entschied er, sie würden in drei Tagen reisen, oder in zweien, nein, schon morgen. Er habe alles vorbereitet und habe Geld. Im Genusse des pulsenden Friedens und des Glückes übervoll, stimmte sie allem zu. Dieser Mann war ihr Gebieter. Den andern mit seinen Nücken eines impotenten Gehirnmenschen haßte sie: bei Tage sprach er ein klassisches Französisch, und nachts hatte er das Bedürfnis nach gemeinen Wörtchen.

Er nahm eine Zigarette aus dem Behälter, und der erste Rauchversuch gelang ihm, ohne daß er husten mußte. Er erblickte, beleuchtet von einem Strahl des Mondes, einen Stich nach Michelangelo und fand diesen nackten Burschen mit dem wehenden Haar abscheulich. Mit einem einzigen Satz stürzte er sich auf das Bild, riß es aus dem Rahmen, zerstückelte die Kanaille und warf die Fetzen in den Garten, wo Michael die zwanzigste geschmuggelte Zigarette rauchte. Er sagte, sie dürfe keinen andern nackten Mann ansehen als ihn. Sie war damit einverstanden und küßte seine Hand und seine Leiste.

Ein Geräusch von Schritten ließ sie erstarren. Es klopfte an die Tür. Sie bat Solal, zu gehen. Doch er wollte bleiben; er konnte sein Weib nicht im Stiche lassen. Das Klopfen wurde stärker.

»Das ist er. Zieh dich an! Geh, Liebster! Morgen reisen wir.«

Auf das Pochen folgte eine Stille. Solal gürtete sich mit seiner goldenen Schnur, beugte sich aus dem Fenster. Unten kämpften zwei Gestalten. Wackrer Michael! Bevor er sie verließ, kniete er wie einer seiner spanischen Vorfahren zum Handkuß nieder, dann schwang er sich aus dem Fenster und sprang in den Garten.

Er schob Michael beiseite. Herr von Valdonne erhob sich mit geschwollenem Gesicht. Der Janitschar, der wußte, was sich schickte, ließ den Liebhaber an seiner

Stelle kämpfen. Mit einem schönen Kinnschlag betäubte der Jüngling den Konsul. Michael überzeugte sich, daß das Herz des Besiegten schlug, und warf seine rote Pelerine über den hingestreckten Körper.

Der Liebende schwang sich rittlings auf sein Pferd, diesmal saß der Janitschar hinten auf. Auf die Nüstern gepeitscht, raste das Tier dahin. Im heißen Winde des Rennens knisterten Funken in den Haaren der Reiter. Zuweilen wandte sich der Sieger um, und die beiden Kumpane sahen sich mit leuchtenden Augen an. Freudig, den Kopf zurückgeworfen, ritten sie dahin, das Leben war wunderbar aufregend, herrlich und jung!

Vor der Rückkehr in die Residenz badeten sie im Meer. Sie lachten aus voller Brust, die beiden Räuber. Solal schwamm zu dem Vorgebirge hin, wo die Zypressen seufzten. Im Lichte des Mondes begann er mit den ruhigen Wellen ein herrliches Spiel und sang seinen Freudengesang, einen Hymnus der Jugend.

Nachdem sie sich wieder angezogen hatten, fielen sie einander begeistert in die Arme. Aber plötzlich erinnerte Solal sich an seinen Vater und erschauerte. Der Rabbiner wartete auf ihn und würde ihn vielleicht töten. Meinetwegen, es lebe die Gefahr! Etwa fünfzig Meter vor der Residenz machten sie halt. Michael führte das Pferd in den Stall zurück und Solal öffnete die Haustür.

Der Rabbiner Gamaliel stand im Vorraum, auf der Stelle, wo ihn sein Sohn verlassen hatte. Er ging langsam auf ihn zu, packte ihn bei den Haaren, zögerte einen Augenblick, hob suchend die Augen zur Decke, riß mit einem einzigen Griff die Messingkette, an der eine sternförmige Lampe befestigt war, herunter und peitschte den jungen Leib. Solal fiel ohnmächtig auf die Marmorfliesen, wo sein Vater ihn liegen ließ, um ein Gebet zu verrichten (oder vielleicht an Adriennes Schönheit zu denken).

Um fünf Uhr morgens stahl sich Solal aus dem Hause

und lief zum Jasminweg, der zwischen Orangen-, Zitronen-, Zedrat-, Pistazien-, Granaten- und Feigenbäumen, zwischen Myrthen und Kaktus anstieg. Von einem scharlachroten Felsen floß ein diamentener Strahl ins Meer, das der Atem der Gerechtigkeit seit Ewigkeiten hob und senkte. Die Sonne steckte ihr brennendes Haupt aus dem dampfenden Meer. Drei weißgoldene Wolken umrahmten sie. Sie türmte auf dem amphitheatralisch aufsteigenden Kephalonia gelbe Würfel übereinander, deren Fensterscheiben in rosige und grüne Schreie ausbrachen. Solal erhob seine Arme und grüßte sein abenteuerreiches Leben, das mit diesem Aufgang des morgendlichen Gottes begann.

V

Der zweite Maimorgen hauchte über die griechische Insel seinen Blumenatem. Onkel Saltiel träumte, daß sein Neffe in Spitzbergen sei und in Gesellschaft von Frau von Valdonne auf Seehunde schösse, die ein Monokel trügen. Er erwachte mit schweißbedeckter Stirn.

Gott sei Dank, es war nur ein Traum gewesen! Hatte er nicht übrigens am Tage vorher einen Hahn schlachten lassen, um alles Unglück vom Haupte Sols abzuwenden? Und hatte er nicht mit dem Hahnenblut auf die Stirn seines Neffen das magische Kreuz gemalt? Solal ließ es sich allerdings nur unter der Bedingung gefallen, daß sein Onkel ihm vierhundert Drachmen gab, die er, wie er behauptete, zur Bezahlung der von Frankreich angekommenen Bücher brauchte. Saltiel gab das Geld, den einzigen Verdienst dieses Jahres. Er hatte es als Maklergebühr für ein Geschäft in Olivenöl erhalten, das auf Grund eines Mißverständnisses zustande gekommen war.

Er beugte sich aus dem Fenster seines Taubenschlags und klatschte in die Hände. Das war das mit dem türkischen Kaffeewirt verabredete Signal. Er zog an einem Strick einen riesigen Waschkorb herauf, in dem sich eine winzig kleine Tasse befand. Er begutachtete das Aroma des Kaffees, warf seinem Lieferanten drei Leptas hinunter und dachte, es müsse ganz nett sein, am Rande des Daches eine kleine Kanone zu befestigen oder aber am Korb. Der Kaffeewirt würde auf einen Knall viel besser hören.

Saltiel fütterte an seinem Fensterbrett die kleinen Vögel, die sein Lob sangen, alle ihre Rhetorik spielen ließen und ihn gut kannten. Dann blätterte er in dem Buche von Lazare Bernard, in dem die Unschuld des Hauptmanns Blum bewiesen wurde. Er bat Gott, das herrliche Haupt dieses lieben Bernard mit seinem Salböl zu übergießen. Doch war er etwas beunruhigt, denn die Buchstaben, aus denen der Name eines der Verfolger des Hauptmanns zusammengesetzt war, ergaben eine siegreiche Quersumme. Wenn schon! Gott würde den Oberst Henry nach seinen Verdiensten richten. Dann holte Onkel Saltiel aus einem Versteck ein Neues Testament hervor, sah sich um, ob er auch nicht beobachtet würde, las voll Interesse, seufzte und vergoß einige Tränen der Rührung und Bewunderung.

Plötzlich erblickte er am unteren Ende der Straße seine drei Kumpane, die ihm schon von weitem durch die an die Nase gelegten Finger Schweigen geboten. Er wischte sich die Zahnpasta ab, die er sich zur Heilung einer Entzündung auf die Wange geschmiert hatte, und überlegte, was seine Freunde wohl von ihm wollten, daß sie schon um neun Uhr morgens kamen. Er öffnete seinen Schrank, versteckte die Evangelien darin und überflog mit stolzen Blikken seinen kleinen Schatz: die Porträts seiner Mutter, Napoleons und Racines, Bücher von Descartes und Pascal, einen Elefantenzahn, einen Plan von Paris, eine französische Trikolore, einen Lampion für die Feier des Vierzehnten Juli, ein Generalskäppi und Schulaufgaben von Solal.

Salomon stürzte ganz atemlos ins Zimmer und ließ den Gevatter Saltiel wissen, daß er eine außerordentlich furchtbare Neuigkeit zu hören bekommen werde. Mit gesenktem Kopf – eine Angewohnheit, die er sich beim Suchen der von etwaigen Engländern verlorenen Münzen zugezogen hatte – kam Mattathias herein und schob Salomon beiseite. Er setzte sich und verkündete einen ganz unangebrachten Spruch, nämlich, daß der Regenwurm von einem Grashalm in Schrecken versetzt werde, während das Krokodil des Schilfrohrs lache. Eisenbeißer schob als letzter herein, seine Augen rollten hin und her, seine langen Arme hingen vor Erschöpfung schlaff herunter, und seine Lungen pfiffen kaum noch.

»Laß mich sitzen, Mattathias, auf daß ich rede!« (Der Herr der Barkasse erhob sich, denn er erwies der Beredsamkeit Ehre.) »Zunächst«, sagte Eisenbeißer, indem er Platz nahm, »will ich dir, teurer Saltiel, trotz allem eine glückliche Woche wünschen und für diesen Kaffee danken, denn ich habe Durst und übrigens auch Hunger.«

Er trank den Kaffee. Salomon wog den Elefantenzahn in seiner Hand. Saltiel nahm ihn ihm weg, schloß die Schranktür, zog den seidenen Gürtel, der seine Kniehosen hielt, enger und steckte zwei Finger in seine Tabaksdose.

»Ich sitze auf feurigen Kohlen der Ungeduld, teurer Eisenbeißer, was geht denn vor?«

Salomon nieste.

»Du sollst leben!« sagte der höfliche Hausherr.

»Nun denn«, begann Eisenbeißer, indem er seine Brust abklopfte.

Salomon nieste.

»Du sollst wachsen!« sagte Saltiel langsam. »Ich bin ganz Ohr, teurer Eisenbeißer.«

Salomon nieste.

»Zerspringen sollst du!« sagte Saltiel.

Salomon wischte sich an der Serviette die Augen ab. Saltiel öffnete den Schrank, faltete die Serviette zusammen, legte sie neben das Kästchen, das Erde aus Palästina enthielt, schloß den Schrank wieder, steckte den Schlüssel in seine Tasche und sah Salomon fest an.

»Nun denn«, sagte Eisenbeißer, »du kennst mein Herz und weißt, wie sehr ich dich liebe, Saltiel Ezechiel Mose Jakob Israel von den Solal! Mein Ehrenwort, ich zöge es vor, dir den Tod deines Vaters, den Tod deiner Schwester oder den Tod deiner Nichten zu verkünden, falls du welche hättest.«

»Wir sind nicht vor Gericht«, sagte Saltiel, der sich um so geringfügiger Dingen willen nicht aufregte. »Drücke dich klarer aus!«

Doch der kleine Salomon konnte das Geheimnis nicht länger bei sich behalten und brach los:

»Der Sohn des Rabbiners ist entflohen.«

»O Zerstörer des Redebeginns!« schrie Eisenbeißer. »Ist es möglich, daß deine gottselige Mutter neun Monate verloren hat, um ein so vorlautes Würmchen auf die Welt zu setzen?«

»Jawohl«, sagte Mattathias, indem er in seiner einzigen Hand eine Zigarette drehte. »Er ist mit einer Teufelin entflohen.«

»Und es ist mir zu Ohren gekommen«, glaubte Eisenbeißer erfinden zu müssen, »daß sie verliebt ist wie ein Widder.«

Saltiel war bleich geworden. Seine Knie bebten dort, wo die Hosenschnalle saß. Er fragte die drei, ob die Nachricht auch wirklich wahr sei. Sie antworteten nicht, sie entrüsteten sich nicht über seine Frage, sie schworen keine Eide, also hatten sie die Wahrheit gesprochen.

»Mit der Konsulin?«

»Möge Gott ihre Haut durchlöchern und einen Bankrott auf sie schleudern!« sagte Mattathias.

»Sechzehn Jahre«, träumte Salomon. »Mit dreißig war

ich noch rein. Mit sechzehn Jahren die Frau eines Konsuls zu entführen und noch dazu eine so lange, schöne! Was für ein Leopard!«

»Schweig«, sagte Saltiel, »das Kind ist mein Augapfel und Diamant. Wann sind sie abgereist?«

»Heute morgen um sieben Uhr mit dem italienischen Schiff. Man erzählt, der Gatte habe sie weggejagt. Michael, der Mitschuldige, hat sich ins Gebirge geflüchtet.«

Saltiel erhob sich sehr bleich, hielt mit Mühe seinen kleinen Körper aufrecht, strich glättend über seine Bibermütze und bat die Freunde, seiner Schwester zu sagen, daß er komme. Die drei gingen die Gasse hinunter, hinter ihnen her die Lastträger aus den Fabriken und die Tuchhändler, die ihre Buden geschlossen hatten, um ihren Frauen das unerhörte Ereignis zu erzählen.

In dem Zimmer mit den geschlossenen Läden flackerten knisternd die vergessenen Öllämpchen. Gamaliel kniete auf einem Samtkissen. Neben ihm das harte Ei, die Speise der Trauernden.

Wie oft hatte er beim Anblick der Sterne gedacht, daß sein Sohn der ›Erwartete‹ sei. Die erste Dirne auf seinem Wege, und der Schamlose war ihr gefolgt! Seine Hände tasteten, suchten das Ei, er zerdrückte die Schale und führte eine Hälfte an seinen Mund. Seine Hand hing schlaff über sein Knie. Dieser Knabe, dessen Nacktheit er sich niemals vorzustellen gewagt hatte, dessen lange Wimpern er für sein Leben gern geküßt hätte, ein geiler Hund! Die Tür öffnete sich, und Rahel flehte:

»Erlaubt, daß man ihn sucht. Bei der Ehre unseres Namens erlaubt es! Sie wird ihn verlassen; was wird dann aus ihm?«

»Geh weg! Sag meinen drei Neffen, sie sollen kommen. Sie werden mein Trost sein.«

»Ihr seht die Dinge nicht wie sie sind. Er ist ein Verirrter. Gott hat ihn zu seinem Unglück so schön geschaffen.«

Er fühlte den heftigen Wunsch, die Wangen und den unschuldigen Hals seines Sohnes zu küssen, und zugleich sah er das Haar und den beschwingten Gang von Frau von Valdonne vor sich. Er hob den Kopf und sah in dem Spiegel sein gealtertes Gesicht, das zu den Freuden des Blutes und der Erde nicht mehr taugte. Er atmete den Duft der Orangenbäume ein, der durch das Fenster drang, öffnete seine Lippen – sie waren noch röter als sonst – und spie aus.

»Ich habe keinen Sohn mehr. Geh!«

Sie ging in ihr Zimmer, nahm die Rohrfeder und malte folgenden Brief:

»Gepriesener, teurer Bruder Saltiel!
Er hat verboten, daß Du kommst und will von dem Kinde nichts mehr hören. Nimm das Sechsuhrschiff und fahr nach Brindisi. Die beiden müssen dort sein. Spare kein Geld und handle, um des Himmels willen. Finde das Kind und vertraue es ehrenwerten Erziehern an, bei Deinem Leben! ehrenwerten. Deine Schwester und Dienerin, Rahel von den Solal. Sag den Erziehern, daß das Kind von guter Herkunft ist und daß das Geld regelmäßig bezahlt wird. Schicke Deine Briefe an den Namen unseres Vaters. Bei der Liebe des Herrn, Saltiel!«

Sie übergab Mattathias den Brief, Dukaten und ihren Stirnreif aus Napoleondors.

VI

Saltiel schritt die ganze Nacht ungestüm auf dem Verdeck hin und her. Er las beim Scheine des Mondes abwechselnd in einem Detektivroman und in einem Wildwestbuch. Er hoffte, in diesem den Umständen angepaßten

Lesestoff Anregungen zu finden und nahm sich vor, der Fährte seines Neffen zu folgen oder in Brindisi einige blonde Haare von Frau von Valdonne zu finden. Zuweilen unterbrach er seine Lektüre, um die Matrosen zu fragen, ob die Kohle auch von guter Qualität sei und ob das Schiff pünktlich ankommen werde, oder um sich zu überzeugen, daß sein Reisepaß und der seines Großvaters sich noch in seiner Tasche befänden. Wozu der Reisepaß seines Großvaters, der seit vierzig Jahren tot war? Vorsichtsmaßregeln. Man kann nie wissen. Es ist immer nützlich, einen Reisepaß aufzubewahren. Und übrigens, steht nicht geschrieben, daß die Toten auferstehen werden?

Um acht Uhr morgens legte das Schiff am Quai von Brindisi an. Saltiel schubste die Passagiere, wollte der Erste beim Ausgang sein, irrte sich in der Treppe, geriet auf die Rampe, auf der das Vieh ausgeladen wurde, stieß mit Kühen zusammen, suchte angstvoll zwischen Hörnern, Schweifen und heißen Mäulern seinen Weg, geriet in die unteren Räume, dachte schon voll Schreck, das Schiff würde gleich nach Kephalonien zurückfahren. Schließlich gab er einem Heizer zehn Drachmen und ließ sich an der Hand bis auf den Quai führen. Große Übel erfordern schmerzliche Heilmittel.

Er fragte einen Karabiniere, ob er nicht einen sehr schönen jungen Mann gesehen habe. Der Soldat schickte ihn auf die Quästur. Vor den Polizeibüros angelangt, überlegte er es sich und machte kehrt! Es war klüger, die Polizei nicht ins Vertrauen zu ziehen. Ein Kutscher wollte den Herrn Grafen fahren. Saltiel nahm sich nicht die Zeit, diese Titulierung auszukosten, und fragte nach der Synagoge. Der Vetturino verstand falsch und schickte ihn in das Irrenhaus. Da der arme Alte dort ganz atemlos ankam, wurden die Ärzte argwöhnisch, beinahe hätte man ihn behalten.

Um drei Uhr nachmittags ließ er sich vor dem Rathaus nieder und knüpfte die verwickelten Knoten seines Reisesacks auf. Er war ganz entmutigt und davon überzeugt, daß die Kühe ihm Unglück gebracht hätten. Wie sollte er Sol in diesem tausend Kilometer langen Stiefel finden? Er aß langsam seine Knoblauchkuchen und wurde heiterer.

»Sehen wir uns den Sachverhalt an, und sehen wir scharf!«

Doch er sah nichts. Zwei Krankenschwestern kamen vorbei und mit ihnen die Freude und die Jugend. Er drehte sich eine Zigarette und zündete sie an. Sie waren hübsch, aber die Verfluchte war noch hübscher. Sie würde ihm seinen Neffen ruinieren. Er legte seine Bibermütze neben sich und tat einen kräftigen Zug.

»Wo soll ich die beiden suchen? Wo? Man sage es mir, und ich eile. Aber wenn man es mir nicht sagt, wie soll ich eilen? In Neapel oder in Brindisi, in Triest, in Como oder in den Kirchenstaaten? Bin ich ein Detektiv oder bin ich ein Oberst? Ja, warum schickt man mich dann auf die Suche, was habe ich denn getan, um so gestraft zu werden?«

Er versuchte, sich der Kriegslisten in den Detektivromanen zu erinnern. Täte er vielleicht gut daran, sich einen roten Bart anzukleben. Beamte des Rathauses rempelten ihn an. Ein dickbäuchiger Herr warf einen Soldo in seine Mütze. Saltiel lachte bitter. Das waren ja gute Vorzeichen. Er gab den Soldo einem Straßenjungen, der ihn anstarrte und sich am Kopf kratzte.

»Hast du nicht eine Dame mit einem kleinen Knaben gesehen?«

»Ja.«

»Sei gesegnet und tritt näher. Wo?«

»Im Hotel.«

»Und wie heißt das Hotel?«

»Da drüben liegt's, gegenüber von den Schiffen.«

»Und wie sah der Knabe aus?«

»Ein Reicher mit Schuhen.«

»Reich, das stimmt. Welche Farbe hatten seine Haare?« fragte der Detektiv.

»Blond.«

»Pack dich zu deiner Hure von Mutter und zu deiner übel beleumdeten Schwester!«

Aber der Junge hatte trotzdem recht. Er mußte in den Hotels Nachforschungen anstellen. Er stand auf. Ah, schon wieder Kühe! Was war das nur für ein Land?

Im Hotel verlangte er den Direktor. Der Portier warf einen Blick auf die löchrige Reisetasche und schickte Saltiel zum Hilfsportier, der ihm sagte, daß eine Dame und ein junger Mann in der Tat die Nacht im Hotel verbracht hätten. Die Dame war blond und der junge Mann brünett. Sie hatten Fahrkarten nach Florenz genommen, aber vielleicht machten sie unterwegs Station.

»Unterwegs«, plapperte Saltiel gedankenlos nach. »Selbstverständlich können sie sich unterwegs aufhalten.«

Am Bahnhofsschalter verlangte er eine Fahrkarte, schlief für drei Sekunden ein und erwachte, um eine Ermäßigung vorzuschlagen.

»Ja, wer sind Sie denn? Sind Sie Kriegsinvalide?«

»Mein Freund, das kann ich dir nicht sagen. Aber mein Großvater hat den Krieg in der französischen Armee unter Napoleon mitgemacht – er war Franzose und kein Italiener.«

Der Schalter knallte zu.

Im Eisenbahnabteil zerquetschte eine Alte eine Tomate zwischen ihren zahnlosen Kiefern. Daneben im Güterwagen stöhnten Kälber.

Saltiel erlaubte sich den Hinweis: »Am Morgen die Mütter, am Nachmittag die Jungen.«

Die Alte verstand ihn nicht und versicherte, während ihr Körper im Takte des Zuges hin- und herschwankte, Kinder seien immer undankbar. Nachdem sie seine ganze Geschichte angehört hatte, riet sie ihm, dem heiligen Antonius eine Kerze zu weihen. Saltiel enthielt sich der Antwort und schlief ein. Der Zug schnaubte eisenrasselnd und heulte seinen Rausch.

Um vier Uhr morgens stieg er infolge einer falsch verstandenen Auskunft in Foggia aus. Um zwölf Uhr mittags stieg er in einen gemischten Zug ein und wählte ein Abteil, in welchem polnische Juden saßen. Sie hatten ursprünglich die Absicht gehabt, nach Jerusalem zu fahren, waren aber in Konstantinopel zurückgewiesen worden und begaben sich jetzt nach Amerika – einer von ihnen ist gestern zum Rektor der Harvard-Universität ernannt worden.

Saltiel erzählte seine Geschichte auf Hebräisch. Die Reisegenossen gaben ihm Adressen von Gönnern und boten ihm den Paß eines der ihren an, der auf der Fahrt gestorben war. Ein Magerer riet ihm, beim französischen Ministerium des Äußeren Klage zu erheben. Ein anderer drehte seinen Bart und wollte ihm einen Ring mit echten Talmi-Smaragden für die französische Dame anhängen. Ein Dicker hielt ihm die Hälfte eines in Kischinew gepökelten Karpfens hin. Saltiel teilte eine Mandeltorte mit ihnen. Seine unruhigen Hände waren ganz überkrustet von Rauch und Schmutz. Das Onkelchen hatte Kopfschmerzen. Der zukünftige Rektor bot sich ihm als Dolmetsch an. Saltiel war entrüstet. Wofür hielt man ihn denn, vielleicht für einen Serben oder Mongolen? Er ließ plötzlich seiner Verachtung freien Lauf.

»Und ihr, was seid ihr denn? Seid ihr echte Söhne Israels? Ihr tragt deutsche Namen und sprecht einen Jargon, vor dem Gott mich behüte!«

»Ruhe!« gebot ein in Dunkel und Mißtrauen gehüllter Patriarch. »Wir sind vor den Verfolgungen geflohen.«

»Das kann jeder sagen«, trällerte Saltiel und schlief ein.

Als der Zug in Florenz hielt, nahm er mit Segenssprüchen Abschied von seinen Glaubensgenossen und versprach, ihnen den Erfolg seiner Nachforschungen brieflich mitzuteilen. Er entstieg schwankend dem Abteil, ging mit Vergnügen durch die leeren Gassen und freute sich der perlenden Tropfen: Morgentau und Glockenklang. Er war recht froh, diese Polnischen los zu sein, sie hatten vielleicht den bösen Blick. Vor einem Kramladen legte ein Bariton seine frischen Teigwaren und seinen Fenchel aus. Saltiel bat ihn um ein Glas Wasser und um Auskunft.

»Unsere antike Stadt . . .«

»Laß deine antike Stadt. Wo sind die Hotels und wo ist das beste? Denn sie ist reich.«

»Sind Sie der Bediente einer englischen Dame?«

Saltiel begann eine Auseinandersetzung, bemerkte aber, daß er selbst nicht recht wußte, was er sei. Schließlich nannte ihm der Kaufmann das Grand Hotel. Er ging hin. Triumph! Die beiden Reisenden waren seit gestern da. Der Portier ging, den jungen Herrn zu wecken.

Zehn Minuten später kam Solal herunter. Er war blaß und verschlafen. (»Sie hat mir ihn schon ruiniert!«) Als ihn der Onkel fragte, ob er Gepäck habe, lächelte er statt aller Antwort.

»Also komm«, sagte Saltiel, »wir können abreisen.«

»Aber ich möchte doch . . .«

Saltiel sagte sich, das Kind habe schließlich recht. Solal mußte sie noch ein letztes Mal sehen. Das war in allen Romanen so.

»Aber ich möchte doch gern dem Zimmermädchen ein Trinkgeld geben.«

»Laß das«, sagte Saltiel enttäuscht, »laß das! Seit drei Tagen bereichere ich Italien mit meinen Trinkgeldern.«

Der Jüngling hängte sich in den Alten ein, und sie verließen das Hotel. Das Wetter war schön. Solal fragte, ob sie gleich wieder nach Kephalonia zurückfahren würden. Saltiel dachte an die arme, wunderschöne Frau, die in diesem Augenblicke schlief und noch nicht wußte, daß sie verlassen war. Er antwortete frostig:

»Mein Herr, Ihr Vater will Sie nicht mehr sehen. Und ich, mein Herr, möchte schlafen gehen, denn ich suche Sie seit vier Tagen.«

Solal stieg auf die Brüstung und warf Steine in den Arno. Saltiel bebte vor Entrüstung. Die arme Frau! Sie hatte ihren Gatten verlassen und ihr Leben war für immer verpfuscht. Ja, wie hatte es dieser Teufelskerl nur angestellt, daß sie ihn, den Sechzehnjährigen, liebte? Er, Saltiel, war reich an Erfahrung und voll poetischer Gefühle, und die Frauen hatten ihn immer ausgelacht.

»Gehen Sie gefälligst an meiner Seite. Wir werden ein Hotel suchen. Der Krämer hat mir eine Liste gegeben.«

Solal gehorchte, nahm die Hand des Onkels und streichelte sie.

»Was meinst du zu dem Hotel ›Zu den drei Palästen‹, das hier als vierten Ranges angegeben ist? Diese drei Paläste gefallen mir, und das Briefpapier mit dem Aufdruck wird in Kephalonia gewaltiges Aufsehen machen. Was meinen Sie dazu?« sagte Saltiel, der sich daran erinnerte, daß er auf Solal böse war.

Sie nahmen zwei Zimmer. Nach langen Berechnungen auf der Rückseite einer Zigarettenschachtel, nach Erwägungen, Befehlen und Gegenbefehlen bestellte Saltiel ein »komplettes Bad, ja meine Dame, mit allen Finessen«, in welchem er eine Stunde lang blieb, um jeglichen Nutzen daraus zu ziehen und seine drei Lire nicht umsonst ausgegeben zu haben. Dann verlangte er ein Dutzend Briefbogen und drei neue Federn. In den Bademantel gehüllt, schnitt er sich die Gänsefeder, prüfte sorgfältig den Spalt, pustete auf sein Papier, befeuchtete die Lippen, schneuzte sich, stützte sich auf seine Ellbogen, suchte nach Inspiration, steckte die Zunge heraus und kalligraphierte:

Liebe Schwester!
Nach einer glücklichen, wenn auch mühseligen Überfahrt landete ich mit gutem Wind in Brindisi im fünftausendsechshundertvierundsiebzigsten Jahre nach der Erschaffung der Welt und zwar an einem Sabbat ich habe mich selbstverständlich gehütet an diesem heiligen Tage zu rauchen! Ich will dir nicht Stück für Stück die Fallstricke und Hindernisse aufzählen, welcher der Herr Gelobt Sei Sein Name! mir in den Weg gelegt hat, hat Er doch gestattet, daß ich sie überwinde. Schon bei der Ankunft, geliebte Schwester, war Mein Leben in Gefahr! Eine Horde wilder Stiere wie man sie aus den Gebirgen Albaniens kommen läßt mit Hörnern wie eine Harfe stürzte sich mir entgegen! Dir meine Verwundungen, meine Standhaftigkeit meine Tapferkeit zu schildern ist ein unmögliches Ding und meine Feder sträubt sich!

Um kurz zu sein. Nach genauen Nachforschungen, nach Aufenthalten in verschiedenen Städten und mich auf meinem Pfade von wilden Früchten nährend. Nachdem ich in die Hände von Gaunern gefallen war, die mir einen wahrscheinlich gestohlenen Ring verkaufen wollten, das Unglück weiche von hinnen und komme nicht wieder! Gelangte ich glücklich nach Florenz von wo dein Sohn dir einen Gruß schickt. Ich werde für ihn eine Schule suchen und zwar in Frankreich der liebenswerten Zuflucht unserer Vorfahren und unserm vielgeliebten Vaterlande! Gepriesen sei der Höchste! Seine Macht erschreckt mich!

Saltiel von den Solal!

Und auch Seine Güte erschreckt mich! Einzelheiten werden mit der nächsten Lokomotive folgen. Das Leben in Italien ist sehr teuer. Dem Kohlenmann auf dem Schiff habe ich zehn Drachmen gegeben, das kann ich beschwören bei dem Grabe unseres Großvaters der es gut hat wo er ist und wir hienieden haben es noch besser. Das Wetter ist ziemlich schön und ich beabsichtige die Stadt zu besichtigen in welcher sich Greuel aus Stein die aber ziemlich anmutig sind befinden. Möge der Himmel sie zuschanden machen und den der sie schuf! Ich möchte mir auch einen Strohhut kaufen, denn meine Bibermütze wurde von einem Hornstoß durchbohrt. Siehe obige Beschreibung. Wenn Eisenbeißer kommt sage ihm, daß ich auch die Geschichte mit den Stieren eidlich beschwören kann. Es ist unnötig, daß Salomon es auf der ganzen Insel erzählt, sollte er es dennoch tun so wisse er, daß die Hörner die Größe eines dreijährigen Knaben hatten. Dank den falschen Angaben des andern Knaben konnte ich die richtigen des Portiers erhalten. Du siehst daß der Himmel Wunder auf meinen Weg gestreut hat. Eine andere Merkwürdigkeit: in der Foggia genannten Stadt habe ich eine Frau gesehen, denk dir sie aß verächtliches Gewürm in einer Muschel gekocht! Die Welt ist groß teure Schwester und sehr schrecklich. Es ist unnötig wegen der Geschichte mit den Stieren eine öffentliche Danksagung zu veranstalten. Die Kälber scheinen Glückbringend (im Güterwagen) gewesen zu sein aber das muß nachgeprüft werden und ich beabsichtige diesen Fall unserem verehrten Vater zu unterbreiten, dessen Hand ich mit unaussprechlicher Ehrerbietung küsse. Ich bin wiederum

Saltiel von den Solal!

Pst! Ich bewundere die Katholiken aus tausend Gründen und die Protestanten ebensosehr. Aber ich würde mich gerne mit ihnen über Glaubensfragen unterhalten um ihnen zu beweisen daß der Ewige schlechthin Einer ist.

Onkel Saltiel, der sich für seine Leiden entschädigen wollte, war fest entschlossen, sich einen schönen Bummelmonat zu leisten. Sie reisten. Pisa, Lucca, Bologna, Modena, Mantua, Parma.

Saltiel brach vor den Monumenten in Ausrufe aus, und Solal schaute. Abends gingen sie mit Vorräten beladen in ihr Hotel zurück. Der Onkel holte aus seiner Reisetasche einen Spiritusbrenner hervor und kochte, dabei Psalmen singend, ein ausgezeichnetes kleines Abendessen. Nach dem Mahle ergingen sie sich in den stillen Gassen, unter den Arkaden, zwischen hohen Häusern mit steinernen Wappenschilden. Sie hakten sich mit ihren kleinen Fingern ein, Saltiel näselte alte Melodien. Literaten drehten sich nach dem kleinen muntern Greise mit den kurzen Hosen um und machten sich Notizen über pittoreskes Italien.

Am Tage, bevor sie sich programmgemäß auf die Suche nach einem französischen Pensionat begaben, in dem Solal sich auf den zweiten Teil der Reifeprüfung vorbereiten sollte, saß Saltiel lange am Bette seines Neffen und erzählte von den Wanderungen vergangener Generationen. Der Jüngling hörte aufmerksam zu, er fühlte, daß dieses Leben ihm bald fremd werden würde.

Nach zwei Stunden stellte er sich schlafend und umschlang sein Kissen. Bald würde er Adrienne wiedersehen. Er wußte, sie hatte in Cimieu bei Aix-en-Provence eine Besitzung. Dorthin hatte sie sich wahrscheinlich zurückgezogen. Er fühlte den heftigen Wunsch, sie wiederzusehen. Eigentlich liebte er sie schrecklich. Aber warum war er dann mit dem Onkel gegangen? Weil ihm der kleine Alte sympathisch war. Vor seiner Abreise von Florenz hätte er ihr doch wenigstens Lebewohl sagen müssen. Das war nun nicht zu ändern, er würde sie schon wiederfinden.

Saltiel hob die prächtig schwarze Franse, die sich über das Auge des Scheinschläfers senkte, streifte mit einem Kusse seine Stirn und entfernte sich, seine knarrenden Schuhe verwünschend, auf den Fußspitzen.

Am nächsten Morgen erschien er mit einem feierlichen Einkauf. Er öffnete das Paket und zog einen mächtigen haarigen Zylinderhut hervor. Solal rief aus, es gäbe nichts

Schöneres. Der Onkel setzte ihn auf und warf einen Diktatorenblick in den Spiegel, dann auf seinen Neffen, dann wieder in den Spiegel. Darauf setzte er den Hut schief auf und betrachtete sich wieder, indem er die Arme abwechselnd kreuzte und sinken ließ.

»Jawohl, er steht mir nicht schlecht«, sagte er voll Vornehmheit. »Doch lassen wir diesen Flitterkram. Also wir reisen heute, und zwar nach Frankreich, um für dich eine Schule zu suchen. In einem Jahr wird dein Vater verziehen und vergessen haben und du wirst nach Kephalonia zurückkehren, und man wird weiter sehen, und Gott ist groß. Ein solcher Kerl bin ich. Also reisen wir. In der Tat, der Zylinder steht mir ganz gut. Vorwärts.«

Er seufzte und drückte sich seine feierliche Kopfbedekkung bis in die Augen. Solal schlug Aix-en-Provence vor. Der Onkel war einverstanden, weil einige seiner Vorfahren in dieser Stadt gelebt hatten und weil ein Räuber- und Ritterroman, den er in seiner Jugend gelesen hatte, dort spielte.

Zwei Tage später waren sie angekommen. Der Bahnhofsvorstand riet ihnen zum Pensionat Bosq. Auf dem Weg dorthin blieb Saltiel bei den warmen Quellen in bemoosten Granitbecken stehen und betrachtete abschätzend die Karyatiden. Um die Wasserspeier, in welche die gerieften Rinnen endigten, besser zu begreifen, schnitt er, während er mit kleinen Schritten vorbeiging, Fratzen wie sie.

Er hatte mit dem Leiter des Instituts eine lange Unterredung und bot ihm einen Pensionspreis an, der höher war als der im Prospekt verzeichnete. Dann stellte er Solal vor und sagte:

»Das ist dein dritter Vater, mein Kind. Ich glaube, es ist am besten, wenn ich jetzt gehe.«

Der Direktor verließ das Zimmer. Saltiel segnete seinen Neffen und gab ihm sinnreiche Ratschläge. Plötzlich sanken seine Hände zitternd herab, er betrachtete den Sohn seines Herzens mit den Augen eines verlassenen Hundes und ging, wobei er seinen Regenschirm vergaß.

In der akazienduftenden Straße ging er aufs Geratewohl vor sich hin und hielt seine haarige Angströhre, seinen Reisesack und seine löchrigen Handschuhe. Humpelnd verschwand er.

Im Wartesaal redete er mit sich selbst. Die Windmühlenbewegungen seines rechten Armes machten ihm die Vorteile des Instituts Bosq klar, aber seine linke Faust widersetzte sich entschieden. Einen Augenblick lang schlief er auf seiner Bank beim Zirpen der Grillen ein. Ein Pfiff weckte ihn.

Er hatte geglaubt, in den Pariser Zug einzusteigen, war aber tränenblind in den nach Marseille geraten. Er hatte Angst, seinen Neffen für immer verloren zu haben.

Zweiter Teil

VII

Ans Brückengeländer gelehnt, sah er das biedere Wasser des Genfer Sees fließen. Das Licht der Bogenlampen glitt in Streifen über die smaragdene Flut, in der winzige Fische sich regten. Die Nacht war kalt. Er stellte seinen Rockkragen auf. Vor ihm erhob sich das offizielle römische Standbild des erbärmlichen Landstreichers, den die Offiziellen gehetzt hatten.

»Jean-Jacques Rousseau, ich bin verloren. Bin einundzwanzig Jahre alt und habe keinen Heller. Wenn du wüßtest, wie Adrienne zu mir gesprochen hat. Es scheint, sie hat alles vergessen, ich soll sie nicht mehr wiedersehen. Fünf Jahre ist es schon her, und ich habe nichts vergessen. Es scheint, ich bin ein Teufel, bin das Unglück ihres Lebens und noch sonst allerhand Schmeichelhaftes. Sie lebt behaglich beim Pastor Sarles. Du, du hast nie so ein Haus gehabt. Da unten in Cologny liegt es, dir gerade gegenüber. Schöner Park. Ihre Seele leidet, und sie hat schöne Juwelen. Ists meine Schuld, daß ihr Gatte an Harnvergiftung gestorben ist? In zehn Minuten hat sie mir bewiesen, daß aus mir zwei Dutzend Schlangen zischen. Mitten auf der Straße. Natürlich, um im Salon empfangen zu werden, bin ich zu schlecht angezogen. Seit drei Tagen habe ich nichts gegessen. Macht nichts, wir werden sie bald wiedersehen, und sie wird uns lieben, und wir werden sie heiraten, und wir werden reich sein, mächtig und von großer Güte; meinem Onkel und sympathischen französischen Bettlern werde ich Renten aussetzen. Laß mich nachdenken über mein Leben und einen erstaunlichen Entschluß fassen!«

Er näherte sich dem Standbild, legte die Hand auf Jean-Jacques' nackten Fuß, erzählte die fünf verflossenen Jahre und fragte ihn um Rat.

Ein paar Tage nach seiner Ankunft in Aix war er aus der

Pension entwischt und hatte sich nach Cimieu begeben. Die Auskunft des Gärtners war ungenau: die gnädige Frau war nur einige Tage geblieben; jetzt war sie auf Reisen, wo, wußte er nicht; vielleicht bei ihrem Vater, dem General de Nons, in Anduze. Solal hatte einen Brief hinterlassen und war in die Pension zurückgekehrt. Dort hatte er sich eifrig an die Arbeit gemacht.

Die Schüler liebten diesen Fremdling nicht mit seiner Höflichkeit, seiner Undurchdringlichkeit, seiner Eleganz, seinen zerstreuten, spöttischen Manieren. (Bisweilen kam Blanche Bosq um fünf Uhr morgens aus dem Zimmer dieses schlimmen Gesellen.)

Nach Verlauf zweier Monate war ein Brief aus Paris eingetroffen. Frau von Valdonne schrieb ihm, sie freue sich, daß er nach Frankreich gekommen sei, seine Studien zu vollenden, sie gehe auf längere Zeit nach Italien; Paris sei traurig in diesem Kriegswinter; es sei zwecklos, nach Cimieu zu kommen, denn da würde er sie nicht finden; sie wünsche ihm aufrichtig die glänzendsten Erfolge auf der Schule.

Er bestand sein Abiturium und erhielt einen Brief von seinem Vater, der ihn, ohne irgendeine Anspielung auf seine Flucht, aufforderte, sofort nach Kephalonia zurückzukommen. Zurück nach da unten, wozu? Dic Welt war weit und keine Zeit zu verlieren. Er hatte Geld, war siebzehn Jahre alt. Ausgestattet mit prachtvollen Koffern und eleganten Zigaretten, hatte er sich nach Cimieu begeben, um dort zu erfahren, sie sei in Spanien. Gut. Also auf nach Spanien, sie zu finden.

In Marseille hatte er mehrere Wochen im Hotel du Louvre verbracht. Hatte auf dem Bett gelegen und dreihundert großartige Gedichte geschrieben, die in einem Schrank liegen blieben – um später einen andern berühmt zu machen. Die russische Fürstin, die im Hotel wohnte, verfügte über einen fabelhaften Hüftenschwung, aber er war all dieser Frauenlippen und Frauenzungen müde. Immer dieselbe klebrige Nässe. Er hatte nicht den Mut gefunden, den Brief seines Vaters wieder zu lesen. Der sollte ihn nur als berühmten Mann wiedersehen. Wer war er, Solal, allein auf der Welt? Lächerlich mit seinen beschriebenen Blättern auf dem Bett. Geld hatte er übrigens nicht mehr. Die Elenden mit ihrem Geld!

Er hatte das Hotel und die schöne blonde, schmutzige Russin verlassen, die ihn aushalten wollte. Entweder ruhmvoll siegen oder sterben. Aber siegen über wen und wie? Er hatte im Alten Hafen Orangen ausgeladen. Mit zwei Italienern, Gipsfigurenverkäufern, zusammen gesottene Saubohnen gegessen und ihnen Hymnen des Aufruhrs vorgelesen, geschrieben auf Packpapier.

Auf dem Schiff, das ihn nach Spanien brachte, hauste er mit dem Zwischendeckgesindel zusammen. Neben ihm grub ein Armenier in dem grünlichen Schmutz, der zwischen seinen Zehen filzte, machte ein Kügelchen daraus und besah es, als wäre es sein Schicksal. Oben auf dem Deck der ersten Klasse machten Holländer ihren Verdauungsspaziergang. Stattliche Burschen, für die alles da war. Er fühlte sich entwurzelt, ein Unglückskind. Keine Kraft mehr in den Händen. Dem Armenier hatte er seine letzten zehn Franken gegeben. Von der andern Seite kamen Engländer entlang, voll Soda und Sicherheit, und begegneten muntern, von sich selbst überzeugten, überflüssigen Amerikanern. Russen standen zaudernd umher. Franzosen waren keine mehr da. Und er, zu welcher Nation gehörte er eigentlich? Er sah auf seinen Paß. Ach ja, griechischer Staatsbürger. Komisch.

Spanien. Elend. Verschiedene Gewerbe. Keine Adrienne. Dann war er eines Morgens in Valladolid, nachdem er wieder mal in Racine und Rimbaud gelesen hatte, aufs französische Konsulat gegangen und hatte sich für die Dauer des Krieges anwerben lassen. Fremdenlegion. Truppenübungsplatz. Schwindende Feuerblumen der Leuchtraketen. Verwundungen. Lobende Erwähnung. Orden und Ehrenzeichen. Drei Monate Gefängnis wegen schwerer Gehorsamsverweigerung.

Waffenstillstand – in welchem Jahr? Paris. Nachhilfestunden. Die Eltern des kleinen Brasilianers zahlten gut. In einem Café hatte er sich mit Börsenleuten angefreundet, aufgepaßt und viel behalten. Im Lauf eines Monats hatten sich seine achttausend Franken verfünffacht. Zehn Wochen später spielten seine Finger mit hunderttausend Franken, die auf seinem Bett ausgebreitet lagen. Er hatte bald genug davon. In einer Woche hatte er sie verjubelt, an nette Unbekannte verschenkt und war mit leeren Händen und leichtem Herzen von Paris abgereist. Irgendwohin, den Glücksfall erwischen, aufgehen in der Bewegung.

Wieder Marseille. Am Hafen lungerte ein Alter, an einen Sack Erdnüsse gelehnt. Den fragte er auf hebräisch, ob er zu seinem Vater zurückkehren solle –. »Ja, nach Haus, Kind. Oder nach Jerusalem. Was Besseres gibt es nicht. Wenn ich werde Geld haben, nach Jerusalem geh ich, sicher nach Jerusalem.« – »Ich nach Cimieu. Ich werde herausbekommen, wo sie ist!« – »Gott ist überall. Kann sein, daß wir in deinem Cimieu den Messias finden. Wenn du willst, komm ich mit dir, denn du kommst mir jung und sehr unbesonnen vor. Da, nimm dein Teil von meinem Essen.«

Er hatte die Mahlzeit des alten Rehabeam geteilt, der sich als ein Solal herausstellte. Dann hatte er sich im Schatten hingelegt, von dem ersten Lächeln zu träumen, mit dem Adrienne ihn begrüßen würde, von ihren langsamen Bewegungen. Und ihre Brüste. Ach, ihre Brüste! Beim lebendigen Gott, ihre Brüste!

Sie hatten sich auf den Weg gemacht. Nachts schliefen sie am Straßenrand. Der wundergläubige Alte hörte mit schauderndem Staunen seinen jungen Verwandten hebräisch aus dem Schlaf sprechen. War er vielleicht Der, der da kommen sollte? In Cimieu hatte Solal für seinen Mentor, den das Fieber schüttelte, eine Herberge gesucht. Er hatte ihm die Füße gewaschen, ihn aufs Bett gelegt. Er streichelte ihm immer wieder die Hand, er solle doch ruhig schlafen, morgen werde er sicher IHN finden, IHN, den sein Herz suchte. – »Gutes Kind«, murmelte der Alte.

Als die Nacht gekommen, war er über den Zaun geklettert, hatte mühelos die schlecht schließenden Läden aufgestoßen und die Schreibtischschublade erbrochen. Ein Brief an Adrienne, abgeschickt von Aude de Maussane: oben links war eine Adresse in Kupferstich: »Les Primevères Cologny Genf«. Aude freute sich auf die Ankunft der Freundin. Also auf nach Genf!

Vorher hatte er noch auf ein schönes Porträt von Adrienne einen Schnurrbart gezeichnet.

Und nun war er in Genf. Adrienne hatte ihn weggejagt: offenbar schämte sich sich noch immer sehr über ihr Abenteuer. Recht hatte sie, sich nicht mit einem schmutzigen Landstreicher zu belasten. Frei und reich seit dem Tod ihres Vaters, führte sie ein schönes Leben. Den armen Teufel von Hungerleider war sie elegant losgeworden. Was war zu tun, um leben zu können, hochzukommen und Adrienne zu kapern?

Mitternacht. Die Gesellschaft war ein Raubtier, also wollte er seine Zähne zeigen. Er wählte unter denen, die aus dem Theater kamen, den Ansehnlichsten aus und ging ihm nach. Es war ein Bürger mit einem Kinnbart und kurzem Mantel. Er drehte sich um und ging dann schneller, er hatte sichtlich Angst vor dem Spitzbuben. Den alten Brauch befolgend, kam Solal näher, bat um Feuer und begann ein Gespräch mit dem erschrockenen Biedermann. Er erzählte ihm sein Leben und preßte dabei liebevoll seinen Arm:

»Ich habe keine Lust, diesen abgeschmackten Zustand noch länger zu ertragen. Lauf nicht davon. Nicht erst in acht Tagen will ich das Leben ganz genießen, sondern heut abend. Ich will Adrienne haben, morgen oder übermorgen. Übrigens nehme ich sie nicht wichtiger als sie ist. Um sie zu erobern (dummes Wort!), brauch ich Geld. Gib mir Geld. Ich gebe es dir wieder, das versprech ich dir. Gibst du mir's aber nicht, so hab ich – so leid es mir tut – das Recht, es dir wegzunehmen. Zehnfach das Recht, schau her.«

Er zeigte seine Hände. Dem Spitzbart fing das linke Augenlid zu zittern an, er zog seine Brieftasche heraus. Solal hatte Glück. Da waren zwanzig Tausendfrankenscheine. Er nahm vierzehn und gab den Rest dankend zurück. Er könne das Darlehen gut gebrauchen. Schade, daß der Stich dieser Schweizer Scheine etwas schäbig aussah. Solal machte noch ein bißchen höfliche Konversation, bot eine Zigarette an und ging. Aber er kam noch einmal zu dem Bestohlenen zurück. Der wollte fliehen; er holte ihn ein, fragte ihn nach Namen und Adresse; denn er hatte die Absicht, ihm eines Tages das Geld zurückzugeben.

»Marquet? Avenue de Crets? Gut. Mußt keine Klage einreichen. Wenn man mich durch deine Schuld festnimmt, gehts dir an den Kragen! Es tut mir leid, daß ich so aufdringlich sein mußte. Aber was soll ich tun? Heut abend läßt sich das Leben gut an, Bruderherz. Gib mir die Hand. Recht so. Wir sind alle Gottes Kinder. Geh deine Straße, Bruder, ich will die meine gehen. Verlaß dich auf mich. Vergiß ihn nicht, Gamaliels Sohn.«

Er gab dem Verdutzten einen Kuß auf die Schulter und ging weg, froh und mit großen Lebensplänen.

Die Pakete kamen ins Hotel Ritz, er schnürte sie auf und breitete alles aus.

»Sechs Anzüge von himmlischem Stoff und bestem Schnitt. Drei Schlafröcke, leichtester, feinster Samt. Vierundzwanzig Seidenhemden, hochwertige, reine Seide. Sechs Paar Schuhe. Zwölf Dutzend seidene Socken. Sechs Lordmäntel. Hundert feinste Taschentücher. Eine Platinuhr. Zwölf Liter Kölnisch Wasser. Fünfzehn Hüte. Hinreißende schweinslederne Koffer. Smoking. Jackett. Frack.«

Er blieb eine Stunde im Dampfbad des Hotels. Als er geknetet, mit erfrischter Haut herauskam, war aller Schmutz aus seinem Leben weggespült. Der Masseur machte dem hohen Herrn ehrerbietige Komplimente über seinen athletischen Wuchs und führte ihn in den Friseursalon. Die Tür war niedrig. Solal mußte sich beim Eintreten bücken. Er ließ sich auf dem komplizierten Sessel nieder.

»Was ist gefällig?« fragte der Gehilfe.

»Schön sollst du mich machen. Geh und tu deine Arbeit nach deiner Bestimmung. Milliardärwässer auf mein Haar, ein engelhaft zartes Rasiermesser an meine Haut und die Hand wie ein Gedicht!«

Während der Friseur sich um ihn bemühte, vertraute sein Kunde ihm an, Judentum, Katholizismus und Protestantismus seien die Mystik der Wüste, des Rittertums und der bürgerlichen Gemeinschaft; das Weltall sei weder endlich noch unendlich, sondern unendlich endlich. Ein verblüffendes Trinkgeld belohnte den Gehilfen für seine qualenvolle Aufmerksamkeit.

Solal zog sich um und verließ das Hotel, mit sich und den Menschen äußerst zufrieden. Von den vierzehntausend Franken, die er vor drei Tagen von Herrn Marquet entliehen hatte, waren ihm nur noch zwei Fünfhundertfrankenscheine geblieben. Wunderbar!

Er ging zu Fuß, die Welt zu sehen und sich anschauen zu lassen. Er streichelte ein Kind, trat in eine Konditorei und ließ einen monumentalen Kuchen an Herrn Marquet schicken. Er besah sich im Spiegel und fand sich verführerisch. Hinter ihm stand ein schlecht gekleideter junger Mensch. Dem drückte er einen Schein in die Hand.

Es war zehn Uhr morgens. Auf dem Quai am Wasser, wo die Schwäne schwammen, streichelte ein Kutscher sein Hündchen. Solal war entzückt von dem wohlerzogenen Tierchen. Wer wagte zu behaupten, es gebe kein Glück auf Erden?

»Nach Les Primevères in Cologny.«

»Zu Herrn Sarles? Schön.«

Der Alte klatschte mit der Peitsche. Zu Herrn Sarles fuhr er gern seine Fahrgäste. Ein großer Bürger war das, ein Herz von Gold. Genf soll leben!

VIII

Herr Theodor Sarles, ehedem Pastor und Professor an der Universität, erhob sich und erschien vor seinem Gott. Lange betete er für seine liebe Ehefrau, für sein Patenkind Adrienne – und insbesondere für Aude, seine Enkelin, deren Verlobung mit dem Grafen Jacques de Nons, Stiefbruder der Frau von Valdonne, gerade gefeiert worden war. Als er fertig war mit seinem Gebet, strich er seinen weißen Bart, gürtete seinen Schlafrock und verließ das Zimmer mit vorsichtigen Schritten, um niemand aufzuwecken.

In seinem Arbeitszimmer las er unter der Moderateurlampe zunächst ein Stück aus dem Neuen Testament in der griechischen Fassung und schrieb dann eine neue Seite in sein Tagebuch, welches er in seinem dreißigsten Lebensjahr begonnen hatte und seit fünfundvierzig Jahren führte. Er warf einen etwas schwermütigen Blick auf seine Studentenmütze, die an der Wand hing, setzte sich ans Harmonium und übte leise den Choral des Tages. Um siebeneinhalb Uhr zog er seinen Gehrock an, nahm das Jagdhorn vom Haken und setzte es an den Mund, um seine Familie zur Morgenandacht zu rufen, wie das seit langer Zeit seine Gewohnheit war. (An einem heiter gelaunten Tage junger Ehezeit hatte er so seine Frau zum frommen Frühstück gerufen. Verwandte und Pfarrkinder hatten an dieser geschmackvollen Absonderlichkeit Gefallen gefunden.)

Im Eßzimmer wartete auf gelb und weiß kariertem Tischtuch der Porridge in einer Walliser Suppenschüssel. Tee, Schokolade und Kaffee rauchten in Aargauer Zinn. Herr Sarles kaute nun nicht länger an dem Stengel der Blume, die er im Garten abgepflückt hatte, er setzte die Brille auf den Nasenknochen, stellte mit blauem Wanderblick fest, daß alle versammelt waren, und fragte seine Frau – ein bißchen fürchtete er sich immer vor ihrer unerbittlichen Sanftmut und brachte nur, wenn er ganz allein in seinem Zimmer war, den Mut auf, energisch mit ihr zu sprechen –, ob sie gut geschlafen habe. (Ich habe eine Vorliebe für diesen alten Pastor.)

Frau Sarles schüttelte sich, verbreitete einen Duft von Eukalyptus und Pfefferminz, seufzte und lächelte, und das bedeutete, sie habe kein Auge zugemacht, wisse aber das Unglück als echtes Gotteskind fromm zu ertragen. Sie setzte sich. Aus schwarzer Atlasbluse stieg etwas plötzlich – die kurze Zwischenstufe Hals war mit einem violetten Samtband abgesperrt – das runde kupfrige Altedamengesicht, das mit der unerschöpflichen Neugier seiner kleinen Stumpfnase dauernd herumspürte.

Dann begrüßte Herr Sarles seine Nichte Ruth Granier, die gerade mit heftigem Ruck Frau Sarles ihre ziegelrote Backe hingehalten hatte. Mit ihren vornehmen Kehllauten, dem Entzücken aller Mitglieder der »Gesellschaft zum Austausch religiöser Erfahrungen«, deren Vorsitzende sie war, fragte Ruth den Onkel nach seinem Befinden und entblößte dabei liebevoll ihre kräftige Zahnreihe. Seit ihr Vater und ihre Mutter, Missionare in Südafrika, kurz hintereinander gestorben waren, gehörte sie hier zur

Familie. Seit zehn Jahren entbot sie dem Pastor jeden Morgen denselben zähnebleckenden Gruß, er hatte sich noch immer nicht ganz daran gewöhnt und mußte vor diesem Lächeln, mit dem Fräulein Granier ebenfalls die Kranken beglückte, die sie dreimal wöchentlich besuchte, jedesmal ein leises Zurückzucken unterdrücken.

Um den Großvater zu küssen, hob sich Aude auf die Spitzen ihrer ledernen Sandalen, die mit runden Riemen an den nackten Knöcheln hafteten. Herr Sarles fühlte sich sanft beglückt vom Anblick des stolzen, schlanken, wohlbeschaffenen Mädchens, das schön anzusehen war in dem hinten tief ausgeschnittenen russischen Kleid.

Als die alte Köchin, der Kammerdiener, der Gärtner, der Chauffeur und die Zimmermächen eingetreten waren, begann die Morgenandacht. Genießerisch las der Pastor den achtzehnten Psalm vor, ging leicht über die Stellen hinweg, in denen von Vernichtung und Haß die Rede war, verweilte mit Nachdruck auf den Versen voll Barmherzigkeit und rundete ehrerbietig die Lippen um das Wort »der Gesalbte«, was die Köchin ganz besonders sympathisch anmutete.

Jeder las einen Vers aus Lukas 12. Frau Sarles empfindsam meckernd. Ruth in dem energischen Tonfall, dem sie die leidenschaftliche Zuneigung ihrer jungen Schützlinge verdankte. Aude mit groben Unaufmerksamkeitsschnitzern; sie drehte dabei immer an ihrem hölzernen Wappenring, den sie am kleinen Finger trug, und verglich innerlich ihre Großmutter mit der Gottesanbeterin, jener Fangheuschrecke, die ihren Gatten verspeist.

Zum Schluß stellte Herr Sarles eine Betrachtung an, mit geschlossenen Augen, die Hände auf die Heilige Schrift gelegt. Er hatte den rührend mangelhaften Vortrag des gewissenhaften Gelehrten. Als er fertig war, schüttelten die Dienstboten erleichtert die feierliche Stimmung ab. Er setzte sich ans Harmonium, und man sang.

»Schlägt jemand einen anderen Choral vor?« fragte Herr Sarles.

Der Gärtner räusperte sich umständlich, bewegte die Schultern, schob das Knie vor, spreizte die Ellbogen und brachte »In dieser Morgenstunde« in Vorschlag. Der Pastor warf dem Gärtner einen dankbaren Blick zu. Beim Singen fiel Frau Sarles ein, daß man vergessen hatte, die Heidelbeermarmelade aufzutragen, für die sie schwärmte. Trotzdem stimmte sie freudig den Refrain an; sie liebte diese Stunde, in der, angesichts des Milchkaffees und ihrer geliebten Gesundheitshörnchen, von Gottes Güte die Rede war.

Gefolgt von seiner scheinheiligen Gesindeschar, ging der alte Pastor, der zum Frühstück nur schwarzen Kaffee nahm, den er sich selbst früh um halb sieben Uhr bereitete, hinaus, um mit seinem Kammerdiener, der die heimlichen Almosen zu verteilen hatte, zu beraten. Frau Sarles sprach, mit einem traurigen Blick auf den Tisch, auf dem sie ihre Flasche Paraffinöl vermißte, von Selbstbeherrschung, Opferwilligkeit und Zuversicht. Aude träumte von einem Wunderland, in dem sie leider ihren Verlobten nicht unterzubringen vermochte; dort lebte sie mit drei Freunden und einem jungen Einsiedler; schon zum dritten Male baute sie die orientalische Szenerie auf, die ihr immer noch zu unvollständig vorkam, und verfügte großzügig über Himmel, Urnen und blaue Grotten.

»Wach auf, das Frühstück ist aus!« rief Frau Sarles. Aude schrak auf, sah mit fahlen, verhetzten Augen um sich, zog die Schultern ein und lief davon, die Stille zu suchen. Aber kaum hatte sich sich erhoben, so gab ihr das Gefühl von dem glücklich frischen Umlauf ihres Blutes Schwung, und sie lief in die Tischlerwerkstatt, wo der Theologieprofessor an einem kleinen Türkensäbel hobelte.

»Da schau, ich mach dir ein Papiermesser«, sagte er

schüchtern, denn das war er sehr – nur nicht in den Augenblicken religiöser Erhebung.

Sie küßte die alten Hände wieder und wieder.

»Großvater, laß deine Holzspäne. Großvater, lieber Großvater, komm mit, den Garten anschauen! Wir haben Venushaar gesät. Jacques kommt auch.«

»Und was macht seine Schwester?«

»Adrienne, die badet in irgendwelcher Eselsmilch.«

Hastig schleppte sie den Pastor mit, der sich böse stellte. Ja, nun hatte er sein Käppchen liegen lassen. Mit einem stendhalisch jähen Flug des Gewandes eilte Aude zurück. In ein paar Sprüngen erreichte sie die Tischlerei. Da hing das Käppchen über der Calvinlithographie. Sie vergaß, es dem Großvater mitzunehmen, und lief traumverloren weiter, wobei sie sich ausmalte, daß sie sieben kleine Jungens an der Hand führte, wie die Orgelpfeifen aufgereiht, und sie selbst war die geliebte und verehrte Mutter.

Herr Sarles sah Adrienne die Stufen zum Garten herunterkommen und nahm feierlich das leichte Ersatzkäppchen ab, das man auf alle Fälle dem Zerstreuten in die Tasche zu stecken pflegte. Er dachte an den Vater seiner Patentochter, den General Grafen de Nons – den er in dem Städtchen Anduze zu Beginn seiner Amtstätigkeit kennengelernt hatte und der ihm der liebste seiner zahlreichen Freunde geworden war. Er freute sich darauf, ihn bald im Himmel wiederzufinden, dachte an das schöne Legat, das der General der theologischen Fakultät von Genf vermacht hatte, und nahm sich vor, seinem Beispiel zu folgen. Dann versank er vor seinen geliebten Rosen in Träumereien und Betrachtungen über das Pfropfen.

Aude hatte ihre Freundin in dem kleinen blauen Salon aufgesucht. Adrienne von Valdonne las einen Roman von Dostojewski mit dem leeren, fernen bequemen Lächeln der gebildeten Frau, die alles versteht. Eine Stelle gefiel ihr, an einer andern hatte sie etwas auszusetzen. Bald ließ sie das Buch sinken und dachte an ihren tollen Streich vor fünf Jahren.

Florenz. Das Erwachen, als Solal fort war. Die Schande. Durchgegangen mit einem Kind von sechzehn Jahren. Lächerlich. Welcher Teufel war in sie gefahren? Schlafmittel. In Rom das Spiel mit dem Gedanken, sich zu bekehren und den Schleier zu nehmen. Dann der – eigentlich recht zuvorkommende – Tod ihres Ehemannes. Dann der ihres Vaters. Rückkehr nach Anduze. Die Erbschaft. Ein großes Vermögen, das sie geschickt zu verwalten verstand, und das Audes Kinder erben würden. Im ganzen ein glückliches Dasein in Les Primevères mit den Frühlingstagen in Cimieu oder Anduze und den beiden Wintermonaten in Paris. Schöne Bücher; Proust. Meredith ... Ganz unnütz war ihr Leben übrigens nicht. Sie hatte gut daran getan, dem Komitee des Roten Kreuzes beizutreten. Der junge Solal mochte jetzt in Konstantinopel sein oder in Hamburg. Das war alles vorbei. Gottseidank! Ihrem Bruder stand eine schöne Laufbahn bevor. Sie würde ihr Leben teilen zwischen Genf, Cimieu, Anduze, Paris – und Rom, wo die Jungverheirateten zu wohnen beabsichtigten. Schön war die Kleine, erschreckend schön.

Aude saß an ihrem Cello, sie las mit angestrengtem Stirnrunzeln in den Noten. Es verdroß sie, schlecht zu spielen: sie lehnte das Instrument an einen Sessel und setzte sich Adrienne auf den Schoß. Es war ihr eine reine Lust, die Wange an den schönen festen Busen der großen Freundin zu schmiegen. Sie spielte in Adriennes Haar, brachte es in Unordnung und flocht dann wieder die flammenden Wellen.

»Adi, manchmal bin ich drauf und dran, dich zu verachten. Nie sagst du mir etwas, vielleicht hast du gar nichts zu sagen. Dein Schweigen zwingt mir Respekt ab. Das mag ich nicht. Du hältst Herrn Tagore für einen großen Dichter und verstehst nichts von Dostojewski.«

Sie schloß die Augen und seufzte sehnsüchtig bei dem Gedanken an ein Leben voll von echtem Leid. Adrienne legte das Lesezeichen hinein, schloß das Buch und hob lächelnd den vollen veilchenblauen, etwas spöttischen Blick.

»Du mußt heiraten, Kindchen.«

Aude wurde rot. Die geringste Erregung wurde sichtbar auf ihren goldbraunen Wangen. Sie haßte diese Aufrichtigkeit ihrer Natur, durch die sie sich der gelassenen Freundin unterlegen fühlte.

»Du imponierst mir nicht. Du weißt, ich habe drei Jahre lang Fechtstunde gehabt! Wo bleibt Jacques so lange? Ihr seid schön und blond, ihr beiden. Wenn er erst Militärattaché in Rom ist, werde ich am Quirinal glänzen. Er ist eine gute Partie, und das bin ich auch. Übrigens liebe ich ihn. Komm, wollen wir nicht spazieren gehen?«

Graf de Nons stieß das Portal auf und schlang die Zügel seines Pferdes mit ebenso exakter wie nachlässiger Bewegung um einen Ast. Ein flauschiger Mantel hing ihm wie eine Pelerine über die Schultern. Er klopfte seiner feinen normannischen Stute den Hals; dann hob er die grünen Augen zu Frau Sarles, die kokett eingeschüchtert dastand, und tat, als sehe er sie erst jetzt. Er machte der alten Dame, die er nicht leiden konnte, eine heftige Verbeugung, schien dabei Arme und Beine zu verlieren und sie mit wunderbarer Leichtigkeit und Geschicklichkeit wieder in seine Gewalt zu bekommen. Mit geblähten Nasenflügeln unterdrückte er ein Gähnen und hörte nachlässig zu, ohne auf die verliebten Fragen des aufgeregten alten Dämchens zu antworten. Nach ein paar Minuten verabschiedete er sich wieder mit höchst eleganter Geste.

Aude sah ihren Verlobten, lief auf ihn zu, wußte nicht, was sie ihm sagen sollte, und zog ihn in den Salon. Als sie eingetreten waren, behauptete sie, sie müsse ihn etwas fragen, streifte mit dem Knöchel seine Sporen und berührte vorsichtig mit dem Zeigefinger sein rotes Ordensband.

»Ich wollte Sie etwas fragen, Jacques. Da, nimm.« (Sie bot ihm ängstlich ihre Lippen.)

Frau Sarles wollte die Verlobten nicht gern allein lassen (»Das Fleisch ist schwach«), sie ging ans Fenster des Salons mit dem winzigen Körbchen, in dem ihre Brille, ihre Zeitung, ihre Missionsrundschau und die Briefe lagen, die sie vor einer Stunde erhalten und noch nicht geöffnet hatte (sie verlängerte gern die Freude der Erwartung und bekam übrigens nur angenehme Nachrichten), ferner lag darin der Strumpf, den sie für die halb bekehrte Tochter eines sehr reuigen katholischen Trunkenbolds strickte.

Ihre Augen flimmerten vor Neugier. »Hat er ihr einen Kuß geraubt?« fragte sie sich. Sie beschloß, nachsichtig zu sein. Jacques de Nons besaß ein ebenso großes bewegliches Vermögen wie seine Verlobte und obendrein gemeinsam mit seiner Schwester das herrliche Landgut bei Anduze. Ohne sich gewisser geheimnisvoller Kausalitätsbeziehungen bewußt zu werden, war Frau Sarles plötzlich von dem Gefühl durchdrungen, Audes Verlobter sei ein ausgesprochener Idealist. »Ein bißchen zu weltlich ist er, aber eine Elitenatur. Es liegt eine so innige Geistigkeit in seinem Blick. Wenn nur der Quirinal meiner kleinen Aude nicht den Kopf verdreht, dann wird alles gut gehen. Reizend ist dieser Landsitz bei Anduze, so vornehm, man fühlt, es haben da immer Elitemenschen gewohnt.«

Als sie an ihrem Fenster angekommen war, hielt sie es für angebracht und reizend zu jodeln, um zu zeigen, sie sei bei all ihren Sorgen doch immer ein frohes Sonnenkind geblieben.

»Hallaho, ihr junges Volk! Soll ich euch die Zeitung vorlesen?«

Aude wußte, daß Frau Sarles diesen ehrwürdigen

Brauch gern im Familienkreise vollzog, und wollte ihrer Großmutter das Vergnügen nicht rauben. Die beiden Verlobten ließen das also über sich ergehen.

Frau Sarles legte sich auf den Diwan und begann mit einer Klage über die modernen Ideen. Sie hatte gewiß nichts gegen angemessene Neuerungen, aber immerhin ... So hatte sie, war es gestern oder wars vorgestern, gehört, ein Pastor der Landeskirche sei darauf verfallen, gelbe Schnürschuhe zu tragen. Oder waren es vielleicht Lackschuhe? Nein, schwarze Schnürschuhe! Oder nicht doch, es waren weiße Schnürschuhe, aber es handelte sich um die Enkelin einer Freundin von ihr, die Trauer hatte. Na kurz, die einzige Hoffnung heutzutage war eine religiöse Erweckung!

Endlich schlug die alte Dame die Zeitung auf, las die Todesanzeigen und wunderte sich, keinen bekannten Namen zu finden. Es tat ihr immer so wohl, zu sagen: »Ach der Gute, ich hoffe, er ist sanft verschieden!« Sie las weiter und blieb in dunklem Bekehrungstrieb bei den Unglücksfällen hängen. Kopfschüttelnd ließ sie sich genauer auf die verschiedenen Unternehmungen des bösen Geistes ein: Einbrüche, kalifornische Fabrikbrände, Zyklone und Typhone, Boxkämpfe, Hagelschlag in den Weinbergen, Ehescheidungen und sozialistische Versammlungen.

Als sie mit ihrer Lektüre zu Ende war und die Verlobten erleichtert aufatmeten, begab sie sich in ihr Zimmer, um nach dem Thermometer zu sehen und festzustellen, ob sie frieren dürfe. Da das Instrument zwölf Grad zeigte, fröstelte sie und nahm ihr Jackett um. Sodann schnitt sie Coupons der Berner Stadtanleihe 1905. Sie seufzte und fand die Arbeit recht mühselig. Die abgenutzte Schere machte der armen stöhnenden Dame die Haut am Daumen schwielig. Und da behaupteten die Arbeiter, bei den Wohlhabenden sei alles rosig. Ach, dachte Frau Sarles, die möchte ich mal bei so einer Arbeit sehen!

Solal schaute durch die Weißdornhecke. Auf das Gesicht des jungen Mädchens warfen die Blätter des Apfelbaumes schwankende Flecke. Das Schalkhafte und Geheimnisvolle einer ganzen Rasse lebte in diesen Augen: Schatten geschmeidiger, feucht rieselnder Waldgeister spielten in ihnen. Ein Marienkäfer wanderte über Audes Hand.

»Wie niedlich bist du, hast zwei Pfötchen, die sich spalten, erst so und dann so rum. Deine Fühler sind mit dem feinsten Pinsel gezeichnet, und auf dem Rücken hast du zwei runde schwarze Siegellacktropfen. All das nur für dich. Willst du noch bei mir bleiben? Ich bin traurig, weil Jacques fort ist. Ach, weißt du, du bist keine Gräfin de Nons. Ich ja, bald. Na schließlich, wenn er schon abstammt von Adhemar de Nons, der ein Freund Heinrichs von Navarra gewesen ist, wir sind ebensoviel wie er, merk dir's, Marienkäferchen! Unter demselben Heinrich ist mein Ahnherr Herzog und Pair geworden, und erst der schlimme Ludwig der Vierzehnte hat uns Rang und Güter weggenommen, weil wir unerschütterliche Protestanten waren. Verstanden, kleine Katholikin? Es hat sogar einen Foulques de Maussanne gegeben, der den Heldentod auf der Place de Grève gestorben ist. Und Frauen, die Aude de Maussane heißen, gibt es seit Jahrhunderten. Aude. Das ist ein besonderer Vorname in der Familie. Er gefällt mir. Höre, mach kein solches Gesicht, da siehst du bös aus. Also, wie ich dir sage, dazumal ist der Besitz der Maussane eine der ersten eingetragenen herzoglichen Domänen gewesen. Hörst du wohl, du mit deinem englischen Schuljungenkragen, ich weiß meine Aufgabe. Und nach der Aufhebung des Edikts von Nantes hat sich eben der letzte Herzog von Maussane nach Genf geflüchtet, und seine Söhne sind Bankiers geworden. Was soll man machen, man muß doch leben. Du weißt doch, was ein Scheck ist? So ein Stück Papier. Du gehst auf die Bank, du langst aus der Tasche von deinem Röcklein deinen Scheck. Und nach der Revolution von 1830 sind wir nach Frankreich zurückgekehrt. Und dann sind wir von Vater auf Sohn ansehnliche Staatsmänner gewesen. Mein Urgroßvater ist Finanzminister von Louis-Philippe gewesen. Als er seinen Abschied genommen hatte (lauf doch nicht immer so herum!), hat ihn der König vor die Wahl gestellt zwischen einer großen Domäne und der Wiedereinsetzung in seinen Rang. Der Einfaltspinsel hat das Landgut gewählt. Schlimm genug. Und mein Papa, kennst du den? Gustave de Maussane, na eben der bedeutende Senator. Du weißt auch gar nichts. Ach weißt du, ich bin böse mit meinem Einsiedler (dem meiner Träume), er war sehr nackt, ganz streng, und ich habe ihm die Füße gewaschen. Ich! Aber ich liebe Jacques, ich liebe ihn wirklich. Ich laß mich auf Gespräche mit dir ein und habe doch mein Abitur. Stolz bin ich darauf nicht. Lächerlich bei meiner Akropolisgestalt, meinem Adorantenlächeln, meinen Leonardoaugen. Pfui: Literatur. Ach, wenn sie wüßten, wie dumm ich bin, die Leute, die meine Intelligenz loben. Jetzt fliege, tu deine Flügelchen auf, leb wohl!«

Sie drehte sich um und sah Solal, in der Sonne, lächelnd. Da stand sie auf und lief auf ihr Zimmer, wo bald darauf ein Bedienter erschien und ihr meldete, ein junger Mann, dessen Namen er nicht genau verstanden habe, wünsche Frau von Valdonne zu sprechen.

»Sie wissen doch, sie ist im Roten Kreuz. Sagen Sie ihm, sie wird erst spät nach Hause kommen. Es hat keinen Sinn zu warten.«

Aber dann eilte sie dem Bedienten auf der Treppe nach und sagte, sie würde selbst mit dem Besuch sprechen. Sie stieß die Tür zum Salon auf. Solal stand auf, er war unnahbarer als der Einsiedler ihrer Träume. Und der hatte sie belauert, während sie dem Marienkäfer ihre Dummheiten erzählte! Schlimm. Und jetzt tat er, als wüßte er nichts. Unsympathischer Mensch! Hermes von Praxiteles mit

Schlangenringeln auf dem Kopf. Verdammt: sie wurde rot. Fast barsch sagte sie, Frau von Valdonne sei ausgegangen.

»Dann werde ich gehen.«

»Aber sie wird gewiß bald wieder da sein.«

Er sah das Mädchen an, diesen Spößling derer, denen das Land gehört. Ihm gehörte nichts. Um so besser. Je schwerer das Spiel, um so köstlicher der Gewinn. Um das Schweigen solange wie irgend möglich auszudehnen, neigte er sich mit freundlichem Lächeln über eine Photographie von Aude als Kind. »Soll ich Frau von Valdonne etwas ausrichten?« fragte sie.

Er wehrte ab und setzte sich. Seine lachenden Augen entblößten Fräulein von Maussane und verabschiedeten sie höflich. Sie fühlte sich hier nicht mehr zu Hause und ging in ohnmächtiger Entrüstung hinaus.

Um hinter das Geheimnis des Hauses zu kommen, öffnete er die Familienalben und die von den Pfarrkindern gestiftete Bibel, steckte den holländischen Kronleuchter an, untersuchte die Seidenbespannung der Wände, betrachtete die beiden Bilder von Breughel und eine Schweizer Landschaft, auf der jede einzelne Tannennadel redlich ausgeführt war.

Im Nebenzimmer stiegen die Tonmassen eines Präludiums auf. Durch eine Spalte sah er die Klavierspielerin: das Mädchen von eben. Ein leichtes Lächeln lag auf ihrem Gesicht. Er ging auf und ab und setzte gereizt mit dem Fuß ein Spinnrad in Bewegung.

Als Frau von Valdonne eintrat, drehte er sich nicht um, sah ruhig weiter durch die Spalte. Aber Zeige- und Mittelfinger winkten Adrienne herbei, wie man eine schüchterne Bäuerin ermutigt. Sie fand ihn von höllischer Erzengelschönheit und beschloß, ihn auf der Stelle wegzuschicken.

»Ist das die, mit der du mich verloben wolltest?«

Sie antwortete nicht. Er drehte sich heftig um.

»Was ist das für ein Mädchen?« fragte er scheinbar verstört. Er wollte ihr zeigen, er sei abgelenkt und denke nicht daran, sich über ihr Schweigen zu wundern. (So wahrte er seinen Nimbus.) »Du imponierst mir nicht, Adrienne.« (Er kam anmutig schlendernd auf sie zu.) »Ich habe deine Brüste in den Händen gehabt. Zwei Stück hast du. Du siehst, ich kenne all deine Geheimnisse.«

»Ich bitte Sie, hören Sie auf, mich zu duzen, und sagen Sie gefälligst, was Sie von mir wollen.«

Solal machte eine affektiert frivole Bewegung. Nach einer Atempause sagte sie, die Zeit, auf die er anspiele, liege weit zurück, und es sei recht unzart, an eine vergangene Verirrung zu erinnern.

»Eine Verirrung? Aber allein in der Nacht in Florenz hat es vier Verirrungen gegeben. Und du hast noch eine gewollt!«

Er nahm sie derb bei den Schultern. Mit grober Stimme befahl er ihr, sich zu setzen und nicht die feine Dame zu spielen. Sie gehorchte, wieder einmal hatte sie Angst vor dem Skandal. Er lächelte.

»Ich werde dir zeigen, wie man eine Frau verführt. Taschenspielerei. Nichts in den Händen, nichts in den Taschen. Vor allem nichts in den Taschen. Ich fange an.«

Sie horchte fast neugierig auf. Aber von Solals Lippen verschwand das ekstatische, drohende, kindliche Lächeln. Er ging umher. Dann warf er sich schwer in den Sessel und verfiel in Gedanken. Die Munterkeit, unter der er seine Verlegenheit verborgen hatte, kam ihm mit einmal lächerlich und erbärmlich vor. Er hatte doch solche Furcht gehabt, als er herkam. Sie war die einzige Frau, die er je geliebt hatte. Seit langem war sie auf allen Wegen, die seine Gedanken gingen.

Unablässig sah Adrienne ihn an, sie fühlte die Aufrichtigkeit seines Schweigens, wagte keinen Laut, bekam heftige Gewissensbisse. Wie hatte sie nur so hart zu ihm sein können? O seine Augen! Und groß war er wie ein Halbgott.

Nun sprach er mit dem Ernst wahrhaften Schmerzes, der sich nicht länger unterdrücken ließ. Sie allein war seine Heimat. Er hatte so gewartet, immer geharrt und gehofft. Jeden Morgen hatte er in Aix das Wunder erwartet: den Brief von ihr. Jeden Abend seinem Herzen schwarzes Blut der Verzweiflung entpreßt. Jede Nacht sagte er sich: »Sie lebt, und ich sehe ihr nicht in die Augen.« Nicht ein Wort, nicht eine einzige Bewegung von ihr hatte er vergessen. Ach die drei zauberhaften Jahre in Kephalonia. Sie war die einzige, sie war das Süßeste, Lebendigste, Edelste, was er erlebt hatte. Und so weiter, das alte Blech, das sich nie abnutzt.

»Mein Leben liegt in deiner Hand. Stößt du mich weg, so sterb ich. Ich, ich liebe dich, dich, ich habe so viel gelitten!«

Ergriffen von all den Bildern des Schmerzes brach er in aufrichtige Tränen aus. Sie zerfloß vor Mitgefühl mit diesem jungen Leide.

»Adrienne, ein einziges Mal Sie wiedersehen. Einmal allein sein mit Ihnen. Zwischen meinen vier Wänden bin ich hin und her gelaufen und habe gewartet. Die Tränen, die mir Einsamem über die Finger liefen, waren meine einzige Gesellschaft.«

Seine Augen waren feucht von echtem Schmerz, aber die Freude an der wohlgelungenen letzten Wendung ließ ihn tief aufatmen.

Er senkte die geschwungenen Wimperfransen, an denen noch Tränen perlten, und überlegte: »*Erstens:* Liebeserklärung. Gut. Ist gemacht. Ganz ordentlich. Reicht, um Teilnahme zu erwecken: um von neuem für sie zu existieren. Jetzt wären also Punkt Zwei und Drei zu erledigen. *Zweitens:* ihr nahelegen, daß ich geliebt werde; eine Geschichte erfinden. Das kommt beim

Sprechen; dabei fällt mir am meisten ein. Damit ist dann ihre Teilnahme an mir gerechtfertigt. Gut. *Drittens:* andeuten, daß die Frau, die mich vergöttert, wert ist, von mir geliebt zu werden. Ich muß mir redlich Mühe geben, diese geheimnisvolle Schöne nicht zu lieben und so von ihr sprechen, daß Adrienne überzeugt ist, es sei unvermeidlich, daß ich demnächst anfange, die ungewöhnliche Konkurrentin zu lieben – ›lieben‹: komisches Wort! –, wenn sie, Adrienne, nicht acht gibt. Ohne Eins unmöglich, mit Nummer Zwei und Drei Eifersucht zu erzielen. Ohne Zwei und Drei verliert Eins an Wert. Ich setze alles in Bewegung: mütterliche Zärtlichkeit, befriedigten Stolz, erwachenden Ehrgeiz, Bangigkeit. So gehts. Los! Ich Otterngezücht.«

Als er ausgeredet hatte, erhob sie sich und sah in den Spiegel. Nein, sie war nicht gealtert, aber die Jahre gingen hin. Und er, er strahlte vor Jugend. Ach, bald würde er die Unbekannte lieben, die sicher jünger war als sie. Gewiß hatte diese Unbekannte dafür gesorgt, daß er ein neues Leben führen konnte. Hotel Ritz und schöne Kleidung. Vermutlich ließ er sich anbeten und führte ein müßiges Dasein. Schließlich hatte sie, Adrienne, die Pflicht, gutzumachen, was sie angerichtet hatte. Schließlich und endlich war sie schuld daran, wenn er nun bald ein verderbtes Leben führen würde. Er irrte sich, wenn er sagte, er liebe sie. Aber darauf kam es nicht so sehr an. Ihre Pflicht war es, über ihn zu wachen.

Er dachte: »Die Arme, ich habe sie gequält, und sie hat angebissen. Ist aber doch eine erbärmliche Kreatur. Kein Mitleid mit mir, als ich aufrichtig und dreckig war. Seit ich gut angezogen und verlogen bin, offensichtliche Veränderung. Pfui Teufel. Anders wäre es mir lieber gewesen. Schade.« Er warf ihr einen flehenden Blick zu. Sie streichelte ihm die kurzen schwarzen Locken.

»Alles, was Sie wollen, Kind«, sagte sie mit der gezierten Schwermut, mit der manche Frauen die Feste des Herzens einleiten.

Er schämte sich für diese kluge Frau, die so plötzlich einfältig wurde, und sprang zu jäh auf. Aber er fühlte sofort Adriennes Mißtrauen. Um seine Dummheit wieder gutzumachen, ließ er seine Finger und Lider ganz leise zittern und stieß gegen einen Nippestisch. Sie war gerührt von seiner Unbeholfenheit; er warf ihr einen ergebenen Blick zu und senkte dann mit leichtem Schielen die Augen.

»Wann, Adrienne?«

»Morgen abend, wenn Sie wollen, gegen achteinhalb. Im Ritz haben Sie gesagt?«

»Sei gesegnet!« sagte er mit der Würde eines jungen Priesters und ging.

Sie sah ihm nach. Mit einmmal fiel ihr ein, daß er von Taschenspielerei gesprochen hatte. Hatte er ihr einen Streich gespielt? Sollte sie wirklich zu ihm ins Hotel gehen?

An einer Rose kauend und ganz verhungert, blieb er vor dem Dorfwirtshaus stehen. Er machte seine Späße mit der Wirtin und ließ sich eine reichliche Mahlzeit im Garten auftragen, wo zwei Schweizer eine verschlafene Partie Boccia spielten.

Nachdem er dann in Genf einem Kind, das am See spielte, ein Schiff aus Papier gemacht und einem Bettler vierhundert Franken gegeben hatte (wo waren nur die vierzehntausend Franken hingekommen? Es machte ihm Spaß, sich einzureden, daß man ihn bestohlen habe), ließ er sich ins Ritz fahren. Er saß so angenehm im Wagen, es war so wunderbar, den Arm auf dem Polster ruhen zu lassen: es wurde ihm ordentlich schwer, auszusteigen. Die Arve, die da unten grollte, fühlte er freudig durch seine Adern fließen. Entzückend waren diese Tennis spielenden Engländerinnen, der Portier war so ein rechtschaffener

Mann, und es lächelten zwei blaue Blüten in den Augen des Liftjungen, dem er eine schöne Zukunft prophezeite und seinen letzten Geldschein gab.

Er schlief ein und schwamm im Traum auf einer nackten Frau, deren Haare zum Segel geflochten sich im Winde blähten.

Tags darauf fiel ihm nach langem Träumen und Zigarettenrauchen gegen Abend ein, daß sie wahrscheinlich bald kommen würde. Er überlegte, was zu tun sei, rieb sich die Nase und machte sich daran, die Schlacht vorzubereiten.

Von dem Liftjungen borgte er sich hundert Franken, lief in die Stadt, kaufte blaue Seide, um das Licht abzudämpfen, und ließ sich zauberhafte Rosen ins Hotel schicken (Frauen sind doch so empfänglich für solches Kraut!).

Als er nach Hause kam, betörte er zunächst das Zimmermädchen. Das Bett mußte auseinandergenommen werden, es durften nur Matraze und Polster bleiben, die mit köstlichen Schals bezogen werden sollten. Ferner mußte ein Kaminfeuer gemacht werden, da zum Gelingen seines Planes eine sanfte Wärme unentbehrlich war. Ganz nackt, fiebrig fröstelnd vor Freude, rasierte er sich vor dem verdutzten Zimmermädchen, hörte plötzlich damit auf und probierte ein paar neue Tanzschritte.

Ihm kam mit einemmal in den Sinn, daß die Weiber bei Musik heißer schmoren; er telephonierte an die Direktion, man solle ihm ein Klavier bringen lassen. Absolut notwendig. Ohne Klavier konnte er nicht schlafen. Ja, dann müsse er pro Tag dreißig Franken Zuschlag zahlen.

»Siebenmal soviel, wenn der Klimperkasten um acht Uhr zwanzig bei mir ist. Es ist jetzt acht Uhr zehn.«

Er drehte sich zu dem Zimmermädchen um und fragte sie nach ihrem Vornamen. Rose hieß sie.

»Eros – Rose, mein Leben liegt in deiner Hand. Stößt du mich zurück, dann sterb' ich.«

Um acht Uhr fünfundzwanzig war das Zimmer verwandelt. Blaues Licht löste die Muster der Wandverkleidung auf und schuf holde Schattenwinkel um den Diwan herum. Halb neun. Warum kam das Weibstück nicht? Die Hure! Dreiviertel neun. Adrienne trat ein. Wie schön sie war, und wie er sie liebte!

Mit einem Blick, der pfeilschnell unter seinen Lidern hervorschoß, erfaßte er, daß sie bereute, gekommen zu sein, und war froh, daß er sein Zimmer geschminkt hatte. Scharfes Licht und eine metallene Bettstatt hätten, da sie offenbar schon mehr oder weniger zur Besinnung gekommen war, bestimmt ihrem gesunden Menschenverstand nachgeholfen. Er brach das Schweigen und bat sie in dumpfem, gefaßtem, ehrfurchtsdurchdrungenem Ton, über den er innerlich lachen mußte, eine der Sonaten zu spielen, die sie liebte. – Wenn das Klavier nicht gestimmt ist, dachte er, ist alles verloren. – Sie ging darauf ein: es war doch besser zu spielen als in Schweigen einzusinken oder sich auf die Erinnerung an frühere Stunden einzulassen. Sie setzte sich ans Klavier, vergaß fast Solals Gegenwart und fühlte sich entspannt.

Während sie den tückischen Trug der Töne in sich eindringen ließ, sagte er sich: »Nur zu. Jetzt ist der beste Augenblick. Ihre Verdauung ist ziemlich weit fortgeschritten, aber immerhin noch nicht ganz beendet –, genau so, wie es sein muß: der Sehnsuchtsmoment. Außerdem ist die Luft lau, und kein Geräusch aus den Nachbarzimmern. Auf in den Kampf!«

– »Geliebte!«, sagte er mit der Stimme seiner großen Tage.

Sie hob die Augen dem Zauberruf entgegen, streckte die Arme aus und wußte nicht, wollte sie ihn zurückstoßen oder an sich ziehen. Den Kopf im Nacken, trank sie Leben. »Muß man jetzt aufhören?« fragte sich Solal. »Nein, sie hat noch die Augen zu, also macht es ihr mächtiges Vergnügen. Ich langweile mich. Ich habe nie Geschmack gefunden an diesem Lippenschröpfen. Genau aufpassen jetzt! In fünf Sekunden wegziehen. Ihre Lust (was hat sie nur davon, diese Tochter des Fleisches? Besessen von Astarte sind diese Weiber!), ihre Lust wird groß sein, aber sie wird wohl noch kein Gefühl der Sättigung damit verbinden und so weiter. Guter Gott, ist das eine Arbeit! Und noch dazu gefällt sie mir, und ich habe Gewissensbisse.«

Er zog seine Lippen fort. Sie schlug die Augen auf. »Wo bin ich?« fragte ihr Blick. Sie seufzte, schmiegte sich an ihn und flehte, sie fortzulassen. Die Begier schlich sich in sie hinein, legte ihr den Phosphorfinger unter die Füße; das stieg und hielt ein, wurde mächtiger, stieg höher. Sonnenwirbel kreisten ...

Adrienne, hingestreckt, entblößt, fühlte jetzt die Last des Geliebten und schwebte in Feuerhimmeln. Er, er pfropfte sie ohne alle Umschweife.

Ihr Stöhnen versiegte; sie bedeckte sich schamhaft und suchte Zuflucht bei dem Verführer, dessen Zeigefinger in diesem Augenblick gerade die Nase befragte, wie das Hotel zu bezahlen sei. »Obendrein«, sagte er sich, »schulde ich noch hundert Franken diesem Orgelbeamten, dem Kerl aus der Luftschiffgondel, dem Leuchtturmwärter.« Er sträubte sich dagegen, einfach ›Liftboy‹ zu sagen. Er gefiel sich in solchen Spielereien, um seinen Geist in trügerischen Nebel zu hüllen, der einen Augenblick angenehm verwirrte und ihm die Zusammenhanglosigkeit seines Lebens verbarg.

Zwei Wochen verflossen. Adrienne kam jeden Abend. Natürlich gab es in ihrer Seele einen Haufen psychologischer Komplikationen, über die zu sprechen es sich nicht lohnt. Sie fürchtete, den Zauber zu brechen, wagte nicht, Solal auszufragen, erriet aber, daß er Sorgen hatte. Er seinerseits war der einförmigen Leidenschaft müde, die keinen Ausblick auf das Leben bot.

Eines Abends löschte er das Licht, nachdem er sich ausführlich bei ihr nach Aude de Maussane erkundigt hatte. Eine Stunde später bat sie, ganz gebrochen, um Gnade.

»Liebster, warum immer noch . . .?«

»Weil ich traurig bin.«

Sie richtete sich auf und drehte den Lichtschalter an.

»Sprich, Sol!«

»Ich nicht sprechen.«

»Spiel nicht länger, liebes Herz!«

»Ich weiter spielen. Ich armer trauriger Neger sein.«

»Sei nicht kindisch«, sagte sie und schämte sich für ihn.

»Ich Negerlein ohne Hellerlein, ich kein Zuckerrohr und kein Hosenbein, viel Schulden, sterben heut abend.«

Sie küßte ihm die Hände.

»Du, Schluß jetzt mit der Spielerei. Sprich vernünftig.«

»Bei mir gibt's kein vernünftig«, erklärte er mit echter Majestät.

»Mein süßer Affe.«

»Also«, begann er ernsthaft. (Er war beleidigt. »Süßer Affe!« Sie wurde plump vertraulich, diese Frau, die er kaum kannte.) »Ich kann noch eine Woche im Hotel bleiben. Aber zahlen muß ich schließlich mal. Ich bin ja nicht reich. Ich muß also nach Paris.«

»Glaubst du?« fragte sie beklommen.

»Hier kenn' ich niemand. Während in Paris. In Paris kenn' ich übrigens auch niemand. Du weißt doch, was euer Pascal gesagt hat: ›Adel ist ein großer Vorteil; er setzt einen Menschen schon mit achtzehn Jahren instand, bekannt und geachtet zu werden, wie ein anderer es vielleicht erst mit fünfzig verdient haben würde. Das heißt, dreißig Jahre mühelos gewonnen.‹ Sie haben alle Vorsprung. Sie haben Väter und Freunde, die fest und sicher sitzen. Auf alle Fälle eine Heimat.«

Sie bedeckte sich und dachte ernst nach.

»Ich werde dich dem Vater meiner Freundin vorstellen, Herrn de Maussane, du weißt, dem Senator. Er ist zur Zeit in Cologny. Ich werde dich bei ihm anmelden. Komm morgen um vier.«

Er gähnte, um seine Demütigung zu verbergen.

IX

Als Solal Stimmen hörte, blieb er vor den halb heruntergelassenen Läden stehen.

»Ruth, willst du mit mir beten?« fragte Frau Sarles.

»Gern, Tante.«

Frau Sarles sammelte sich und erklärte sodann dem lieben Gott, es sei ihr ein großer Vorzug, sich mit ihm zu unterhalten. Sie bat ihn, insbesondere über Adrienne zu wachen, und sprach den Wunsch aus, der Besuch des jungen Mannes, den, wie der Herr gewiß wußte, Frau von Valdonne in Griechenland kennengelernt hatte, möge kein Stein des Anstoßes werden. Diese Orientalen . . .! Nun, man wird ja sehen. Frau Sarles versicherte, sie erwarte vertrauensvoll die Resultate der unerschöpflichen Güte ihres schweigsamen Gesprächspartners. Nach einer Weile bedachte sie dann, wie Gott selbst das Defizit mehrerer wohltätiger Stiftungen gedeckt und der ehrenwerten Familie Sarles stets ein ganz besonderes – und gerechtfertigtes – Wohlwollen bewiesen habe. Sie bat ihn sodann, Moquai Sepopo in die Hut seines Hirtenstabes zu nehmen, die große Häuptlingin der Mabundas, die wieder rückfällig geworden war.

»Zwei volle Jahre«, erklärte sie, »hatte sie im Guten beharrt, und nun hat in ein paar Tagen der Geist des Heidentums alles zerstört! Mit dreiundachtzig Jahren hat sie einen zweiten Mann geheiratet, und sie fängt wieder an, gegorenen Palmensaft zu trinken!«

Andererseits flehte Frau Sarles den geduldigen Gott an, die Woche der Entsagung und Weihe zu segnen, in der sie sich für die verhungernden Hindus des Nachtischs enthielt. Gewiß war das kein sehr großes Opfer und überschritt nicht ihre geringen Kräfte. Aber mit Seiner Hilfe werde sie mehr, o, immer mehr leisten! Sodann sprach die alte Dame von abschüssigen Pfaden, Wolken am Horizont, Leuchttürmen, tobender Meeresflut und Rettungsankern und empfahl der Güte des Allmächtigen die »Gesellschaft zur erbaulichen Erholung jugendlicher Hausangestellter«.

»In unserem Herzen sind der Wünsche noch viele«, fuhr sie fort. »Für heute legen wir diese Beschwerden unserer Seele mit vollem Vertrauen Dir zu Füßen, und wir hoffen inniglich, Du werdest die Schuppen von den Augen der Kommunisten nehmen, die recht erbärmliche Gesellen sind. Ich vertraue Dir ganz.«

Nachdem sie darum gebetet hatte, daß die Köchin sich auch in den kleinen alltäglichen Dingen Gott weihe, schloß Frau Sarles mit dem Wunsch, Er möge all ihre großen Sorgen ihr zum Segen gedeihen lassen.

Fräulein Granier ließ eine Weile vergehen, die den stillen Übergang vom Jenseits zu dem irdischen Jammertal bildete, und entfernte sich dann. Allein geblieben, schlug Frau Sarles einen Leitfaden des methodischen Gebetes, herausgegeben von den Mährischen Brüdern, nach, schüttelte den Kopf angesichts der Kolumnen mit den Bitten und lächelte mit Puppenmund, wenn sie feststellte, daß die Nachbarkolumne, welche die Daten der Erhörung enthielt, günstig ausgefüllt war. Sie schürzte die Lippen, schloß die Augen, machte mit dem roten Köpfchen eine Taucherbewegung und sagte »Amen«. (Sie ist doch eigentlich ganz sympathisch.)

Bald danach stand sie auf und tat in eine Schachtel die Manschettenknöpfe, die sie ihrem lieben Mann zum neunundvierzigsten Jahrestag ihres ersten Liebesgesprächs zu schenken beabsichtigte. Ach! Sie hatte das nicht vergessen! Während er . . . Na gut.

Dann begab sie sich in die Wirtschaftsräume, erkundigte sich bei einem Küchenmädchen nach dem Befinden seiner Seele und machte ein Paket mit warmen Kleidungsstücken und einem großen Korb Lebensmittel für die einzige arme Familie des Dorfes zurecht. Die vortreffliche Dame strahlte vor Vergnügen. Wie alle Tage gab sie sodann der Köchin die fünf Taler für die ständigen Bettler, die, um ihr den Hof zu machen, versicherten, sie enthielten sich aller alkoholischen Getränke. Frau Sarles, die seit ihrer zartesten Jugend stets die Wahrheit gesprochen hatte (warum hätte sie auch lügen sollen?), zweifelte nicht an diesen frommen Beteuerungen und war den braven Abstinenzlern von Herzen zugetan, die, sobald sie ihr Geld erhalten hatten, abzogen, um sich ihren guten täglichen Rausch zu holen.

Aber schon klingelte es zum Tee, und Frau Sarles erschrak. Wie schnell die Zeit verging! Wo hatte sie nur ihren Kopf? Schon der Tee! Zu ihrer Zeit waren die Stunden wahrhaftig nicht so schnell verflossen. Das war seit dem Kriege auch alles anders geworden. Man wußte nicht mehr, woran man war! Eilig trippelte sie dem wichtigen Getränk und den Törtchen entgegen.

Solal sah die Geliebte ohne Hut im Park spazieren gehen. Sie erkundigte sich höflich, wie es ihm ginge, und fragte, ob er das Buch sehen wolle, von dem sie ihm gesprochen hatte. In ihrem Zimmer, legte sie ihm die Hände auf die Schultern.

»Du hast mir nichts zu sagen?«

»Ich habe keine Lust, dich zu küssen. Gib mir eine Zigarette und ein Glas Rum. Nein, keinen Rum. Mag ich nicht. (Er steckte die Zigarette an.) Wenn ich sie ausgeraucht habe, kannst du mich deinem Quacksalber vorstellen.«

Sie gingen wieder in den Garten und trafen Ruth Granier, die auf ihrem Liegestuhl sich in Gesellschaft ihrer Freundin, des Fräuleins von Gantet, einer etwas zerknitterten Blondine, erholte. Adrienne stellte Herrn Solal vor; er knirschte mit den Zähnen. (Geduld!) Aufmerksam von Ruth überwacht, fing Fräulein von Gantet lebhaft von einem ihrer Schützlinge zu reden an und von den Vorzügen der Armut. Solal biß sich auf die Lippen, blieb aber still.

Er verbeugte sich linkisch vor Frau Sarles und ihrem Gatten, die hinzugekommen waren. Das Käppchen und die zitterigen Hände des Pastors muteten ihn tröstlich an. Er hatte den lieben Alten gleich gern, und der fing denn auch ohne all die Hintergedanken, die man bei Frauen vermuten konnte, mit dem jungen Israeliten ein Gespräch über die aramäische Sprache an. Als letzter kam Herr von Maussane hinzu; er begrüßte Frau von Valdonnes Schützling mit gezwungener Liebenswürdigkeit und trank dann schweigsam seinen Tee.

Der Senator fühlte sich in dieser Umgebung nicht wohl. Jedes Jahr kam er in den Osterferien auf einen Monat zu Aude, die, seit sie auf der Welt war (ihre Mutter war bald nach der Niederkunft gestorben), bei den Großeltern aufwuchs. Er kam ganz gern nach Genf, denn er hatte seine Tochter lieb. Aber nicht ungern reiste er wieder ab, froh, die indirekten liebenswürdigen Vorwürfe von Frau Sarles los zu werden. Die hätte sich zwar nur mit großem Schmerz von Aude getrennt, konnte aber nicht umhin, ihrem Schwiegersohn zu verstehen zu geben, er habe unrecht, seine Tochter nicht zu sich zu nehmen. Seit fünfzehn Jahren gab er ihr darin durchaus recht und versprach, die Frage genauer zu erwägen, aber von Jahr zu Jahr schob er die Entscheidung hinaus und geriet inzwischen in ein angenehmes Junggesellenleben in Gesellschaft von seinem Kammerdiener und von Fräulein Berthe Denerny von der Comédie Française.

Intelligent, reich, sehr verbindlich im Umgang, höchst begabt im Intrigenspiel, Hauptaktionär einer großen Zeitung, war es ihm dank seiner großen Gewandtheit gelungen, völlig ehrenhaft zu bleiben. Er war Präsident der Union républicaine, wurde zweimal Minister, leitete zur Zeit den Ausschuß für auswärtige Politik im Senat und unterhielt herzliche Beziehungen zu der Mehrzahl seiner Kollegen von den Mittelparteien, von der gemäßigten und der äußersten Linken.

Wie hätten sich seine zahlreichen Freunde, die ihm die größte Zukunft prophezeiten, gewundert, hätten sie seine Angst vor dem strengen Lächeln seiner Schwiegermutter beobachten können, wenn sie ihm, sanft ihre Brustbonbons lutschend, die Vatertugenden ihrer schwarzen Täuflinge darstellte und in scharfen, von freundlichem Räuspern skandierten Wendungen zu verstehen gab, was für ein selbstsüchtiger Vater er sei und wie rühmlich die Zuneigung, die sie, die Gerechteste der Gerechten, gerade für so einen Unwürdigen hege. Äußerst verdrießlich für Herrn von Maussane war auch das lebhafte Interesse seiner vortrefflichen Quälerin für die Wechselfälle der französischen Politik. Sie überhäufte ihren Schwiegersohn in liebenswürdigster Art mit unbesonnenen Fragen nach seiner Tätigkeit im Senat. Wohl war sie stolz auf Herrn von Maussanes Erfolge, konnte aber nicht unterlassen, ihm ihr Bedauern darüber auszudrücken, daß er an der Spitze einer linksgerichteten Mehrheit stehe. Jede Gelegenheit benutzte sie, um ein gutes Samenkorn in seine – in (hm, hm) religiöser Beziehung ach so laue – Seele zu streuen. Wenn es irgend anging, gab sie Herrn von Maussane Ratschläge; so z. B. hätte sie es gern gesehen, daß die französischen Senatoren den guten Brauch annähmen, ihre Sitzungen mit einem kurzen Gebet zu eröffnen. Frau Sarles' Vorstößen folgte meistens eine schüchterne Mahnung des Pastors, der seine Frau beiseite nahm: »Aber, liebes Kind . . .« Die beiden Opfer, Herr von Maussane und Herr Sarles, hatten einen schweigenden Bund geschlossen, und leisteten einander Beistand, so oft sie konnten.

Frau Sarles, die es beunruhigte, daß Aude und Jacques nicht zugegen waren, lenkte ihre schlechte Laune auf ein anderes Thema ab und suchte nach dem Notizbuch, in das sie die verliehenen Bücher eintrug. Es war doch erstaunlich, wie unpünktlich die Leute sein konnten! Vor sechs Monaten hatte sie ein Buch verborgt, und man hatte es ihr immer noch nicht zurückgegeben. So ein schönes Buch! Sie nahm Herrn Solal zum Zeugen. Um das Schweigen, zu dem ihn diese neue Umgebung zwang, wieder gutzumachen, preßte Solal unter dem Tisch Adriennes Knie, während sie Frau Sarles nach dem bemerkenswerten Buch fragte. Die alte Dame suchte nach dem Titel und konnte nicht darauf kommen. Jedenfalls war der Verfasser ein hervorragender Mann oder vielmehr eine Frau. (Frau Sarles hatte oft solche Anfälle ungenauer Begeisterung: dann faßte es sie wie ein Wirbel; sie fing an zu zappeln, kehrte das Unterste zuoberst und stockte dann ganz plötzlich, völlig verstört und verdattert; sie wußte nicht mehr, wo sie geblieben war, wovon sie eigentlich geredet hatte; und war dann endgültige Stille eingetreten, wußten auch ihre Gesprächspartner nichts mehr.)

Herr von Maussane hob die rechte Augenbraue, gab das Einglas frei, wobei sein angegrauter Schnurrbart mitzufallen schien, und fragte nach dem Namen des hervorragenden Autors. Frau Sarles erklärte, er fange mit einem B an. Nein, es war ein X. Ein X oder ein F, schloß sie energisch. Jedenfalls war sein Stil sorgfältig gefeilt und sehr subtil! Herr Sarles hob die Augen gen Himmel und summte »O Berge der Freiheit« vor sich hin. Herr von Maussane, der sich keine Gelegenheit zur Rache entgehen ließ, erkundigte sich nach dem Thema, das der hervorragende Verfasser behandelte. In äußerster Bedrängnis tat die arme Frau Sarles noch zwei Stück Zucker in den Tee, um ihr Gedächtnis aufzufrischen.

»Ein entzückendes Thema und mit Meisterhand gestaltet. Jetzt weiß ich's! Ruth hat mir geraten, das Buch zu kaufen.«

Herr von Maussane legte die Stirn in Falten und steckte eine Zigarre an. Das fast unmerkliche Lächeln, mit dem Solal ihn ansah, war ihm nicht unangenehm. Ruth kam der Tante zu Hilfe und erklärte mit Präzision in der Stimme, es handele sich um eine sehr gediegene Studie, in welcher die Hochzeitsbräuche im Tierreich mit denen bei primitiven Völkern verglichen würden. Herr Sarles zuckte zurück und zog die Brauen zusammen; dann blickte er Herrn von Maussane an, der seinerseits Solal ansah. Adrienne seufzte erleichtert auf und bot ihrem Geliebten eine neue Tasse Tee an. Dieser war gerade im Begriff, zu Fräulein Granier über ein frauenrechtlerisches Buch zu sprechen (er tat, als habe er es gelesen). Ruth Granier zupfte ihre Bluse zurecht und redete lebhaft über die Verfasserin, Lady Bloom.

»Sie ist eine von Ruths besten Freundinnen«, fügte Frau Sarles ergänzend hinzu; sie vergötterte ihre Nichte und ergriff jede Gelegenheit, sie zur Geltung zu bringen. »Eine außerordentliche Frau«, wandte sie sich an Solal, der sich zustimmend verneigte.

Der Pastor bekam eine Art munteren Mitleids mit dem neuen Opfer seiner Gattin und summte in allen möglichen Modulationen: »Seid gegrüßt, ihr glänzenden Firne!« Er trommelte auf den Tisch und hörte mit Wohlwollen dem jungen Manne zu, der es nun auf sich genommen hatte, nach Einzelheiten aus Leben und Werk von Lady Bloom zu fragen.

Schließlich erschienen Aude und ihr Verlobter. Solal erhob sich, begrüßte Fräulein von Maussane, ohne ihr ins Gesicht zu sehen, und drückte dem Grafen de Nons mit einem angenehmen Lächeln die Hand. Dann redete er weiter. Er gab sich bescheiden und verbindlich und verstand es, den drei Männern zu gefallen, ohne den Frauen zu mißfallen. Übrigens errieten alle Adriennes Sympathie für den offenbar begabten jungen Mann und bemühten sich, liebenswürdig zu wirken. Nur Aude teilte das allgemeine Wohlwollen nicht; mit halbgeschlossenen Augen betrachtete sie den Heuchler.

Er sprach von Kephalonia, von Ausflügen mit Herrn von Valdonne und von seinen Studien in Aix.

Jacques de Nons teilte Herrn von Maussane mit, er habe in Angoulème einen kleinen Corot entdeckt, der eins der schönsten Stücke seiner Sammlung sein werde. Solal (ach, er schämte sich seiner oberflächlichen Geschicklichkeit! Warum konnte man nicht offen, rein und brüderlich miteinander sein?) stellte eine neue Theorie über Corot auf. Jacques de Nons genoß, leicht erschüttert, die paradoxen Aussprüche Solals, dessen Gesicht ihn stark beeindruckte, er sagte, er würde sich glücklich schätzen, ihm seine paar Bilder zeigen zu dürfen und gab ihm seine Pariser Adresse. Aude tappte nervös mit ihren weißen Sandalen auf den Kies.

Jacques errötete plötzlich und fragte Solal, ob die Dichtungen, die vor ein paar Jahren in einer modernen Rundschau erschienen waren, von ihm seien. Adrienne antwortete für Solal. Nun wurde Jacques vor Freude ganz rot und sagte, einer seiner Oxforder Freunde, der eine paneuropäische Rundschau in Berlin redigiere, spreche häufig voll Bewunderung von dem unbekannten Solal. Aude unterbrach ihren Verlobten, um das Werk eines jungen Schriftstellers zu loben, der, wie sie fand, ein phantastisches Talent hatte. Solal sah sie zum erstenmal an. (»Phantastisch« hatte sie gesagt. Sie war also noch Jungfrau.) Aber er hatte nun genug von alldem, er hörte nicht mehr auf den Rittmeister de Nons, der mit Begeisterung von den Deutschen und von seinen beiden besten Freunden, mediatisierten Fürsten, sprach.

Frau Sarles stand auf. Kurz darauf verabschiedete Solal sich in etwas kläglicher Stimmung. Er hatte viel gesprochen. Dieser Maussane hatte ihn ziemlich mißtrauisch angesehen. Frau Sarles hatte ihm sehr herzlich »Auf Wiedersehen, auf Wiedersehen« gesagt, wahrscheinlich als Ersatz dafür, daß sie ihn nicht richtig einlud, sie wieder zu besuchen. Eigentlich war das Ganze verpfuscht, und dazu soviel Umstände!

Nach Solals Abgang hatte der Senator eine lange Unterredung mit Adrienne. Es sei ihm ein Vergnügen, ihr gefällig zu sein und für ihren Schützling einen Posten zu finden. Aber zunächst wollte er sicher sein, daß es nichts zwischen ihr und dem jungen Mann gäbe. Sonst würde er ihn nicht nur nicht unterbringen, sondern sogar in Bern seine Ausweisung veranlassen. Frau von Valdonne verstand es, seinen Verdacht zu zerstreuen. Er gab daraufhin ein festes Versprechen ab, wußte aber noch nicht recht, was für einen Posten er diesem Burschen anbieten solle. Eigentlich brauchte er selbst einen Sekretär zur Überwachung seiner geschäftlichen Angelegenheiten, zur Führung seines Schriftverkehrs mit den Wählern und zur Vorbereitung seiner Reden. Er war Antisemit genug, um nicht an den Fähigkeiten des jungen Mannes zu zweifeln. Aber gleichwohl, der Sohn eines Rabbiners! Wenn man da nur keine Dummheit beging. Aber sein Versprechen ... Er berief den jungen Mann zu sich.

Zwei Tage darauf unterwarf der Senator Solal einer scharfen Prüfung. Es imponierte ihm, daß Solal der Versuchung widerstand, zu zeigen, er bemerke die Fallen, die ihm gestellt wurden, daß er nicht auf den vertraulichen Ton der Unterhaltung hereinfiel und nicht auf die halb ironischen Wendungen einging, in denen der andere von Frau Sarles sprach. Der Senator fragte ihn, was er während des Krieges gemacht hätte. Ihm fiel sein freiwilliger Eintritt ins Heer ein, und er sprach in verlegenem Ton davon.

Herr von Maussane fragte nach der Nummer seines Regiments, nach dem Namen seines Obersten und den Daten seiner Auszeichnungen.

Solal hatte keine Lust, sich wieder so verschlagen zu benehmen wie beim ersten Besuch. Freimütig sprach er von seinem elenden Vagabundenleben. Er sei es müde, geschickte Pläne zu schmieden, wolle nicht mehr den Musterknaben spielen und Tee trinken; übrigens verstehe er nichts von Geschäften und Politik. Wolle Herr von Maussane ihn anstellen, gut. Wenn nicht, auch gut. Dann würde er ins Elend zurückgehen. Der Senator wies ihn darauf hin, daß er nicht den Eindruck mache, mittellos zu sein. Solal hätte sich beinahe hinreißen lassen, seinen nächtlichen Raubüberfall zu erzählen, aber ein plötzlicher Anfall von Vernunft hielt ihn davon zurück. Herr von Maussane strich sich mehrmals über den Seidenstrumpf.

»Natürlich müssen Sie, wenn ich Sie zum Sekretär nehme, vorsichtig sein mit Frau von Valdonne. Ich persönlich finde weiter nichts dabei. Sie ist Witwe, frei und jung. Sie hat das Recht auf einen Geliebten. Aber, nicht wahr? Diskretion!«

Solal witterte die Gefahr. »Nun war ich beinahe ganz aufrichtig«, dachte er, »und du bist hinterlistig.« Er brachte die für den Fall angemessene etwas verhaltene Entrüstung auf. Der Senator kratzte sich am Augenlid und zog die Luft ein.

»Also gut, mein Freund, ich engagiere Sie. Ich hoffe in Ihrem Interesse, daß Sie mir die Wahrheit gesagt haben. Ich werde Ihnen die nötigen Papiere und Belege ins Hotel schicken. Besuchen Sie mich in einer Woche wieder. Inzwischen hier dies. (Er schwenkte den Scheck, um die Schrift zu trocknen. Solal stopfte das Papier irgendwo in eine Tasche.) Das ist für die ersten drei Monate. Auf Wiedersehen, Herr Solal.« Und der Senator entfernte sich mit großen gamaschenknarrenden Schritten.

Solal lief zu Adrienne, die hinten im Garten auf und ab ging, und sprang mit einem Satze über die Bank.

»Der Trottel. Alles umsonst.«

»Das hab' ich geahnt.«

»O hellsichtiges Weib!« deklamierte er.

Er hatte Lust, die süße Frau bei den Händen zu nehmen und mit ihr zu tanzen. Aber da dachte er, es stehe ihm nicht, harmlos zu sein, und die Frauen flögen eher auf den Blender. In ernstem Ton berichtete er, er sei mit Herrn von Maussane einig geworden.

»Liebling, Liebling, Liebling!«

»Vorsicht, Kind!«

»Ja, ich weiß, ich bin ein dummes Kind. Aber was soll ich machen; ich möchte am liebsten jauchzen und springen.«

Beschämt schwieg sie still. Wie sie sich verändert hatte!

»Sag mal, liebt eigentlich das Marienkäferchen deinen Bruder? Was macht er hier? Warum arbeitet er nicht, warum hat er nicht einen Beruf wie ich?«

»Er ist Offizier.«

»Sag mehr!«

»Er hat sich an der Front vorzüglich geführt. Er ist erst fünfundzwanzig Jahre alt und schon Hauptmann. Herr von Maussane hat in die Heirat eingewilligt –, die aber erst stattfinden wird, wenn mein Bruder nach Rom berufen ist. Sein Urlaub ist in ungefähr sechs Monaten zu Ende und dann, denke ich, wird er zum Major befördert und der Gesandtschaft zugeteilt werden.«

Solal fühlte sich gedemütigt. Der Bursche hatte offenbar einen besseren Beruf als er.

»Das ist mir alles sehr verdrießlich. Und sie ist reicher als er?«

»Ich weiß nicht. Ich glaube. Aber, Liebling, was kümmerst du dich darum?«

»Und – er liebt sie?«

»Ja.«
»Ich auch.«

X

Solal diktierte die Rede, die sein Chef halten sollte. Er machte eine Pause und tätschelte, ohne sich was dabei zu denken, den Nacken der Stenographin, die sich das mit Andacht gefallen ließ.

Er ging auf und ab, vergaß seine Arbeit und dachte an die Zeit, als er allein in seinem Genfer Hotelzimmer mit fiebrigem Eifer die Schriftstücke wälzte, die ihm Maussane geschickt hatte. Da hatte er gesessen, sich in seinem zehn Tage alten Bart gekratzt und (ach wie naiv!) die Werke über Finanzwesen verschlungen; hatte die großen politischen Zeitungen durchgeblättert, Auszüge aus den Protokollen der Sitzungen gemacht, an denen der Senator teilnahm, hatte Exzerpte kalligraphisch aufgeschrieben, Notizen und Pläne an die Wand genagelt, unter der Leitung eines alten Buchhalters studiert, zehn Tage lang das Zimmer gehütet und war großzügig honoriert worden. Danach kam die harte Arbeit in Paris. Sechs Monate waren schon verflossen.

Jetzt hielt er Maussanes Vermögen und Erfolg in Händen. Wozu? (Gottlob war Adrienne seit einem Monat nicht erschienen. Gesegnet sei die Strategie der Eifersüchtigen.) Jetzt hatte er Geld. Seine Tätigkeit war günstig für Börsencoups, er hatte dreihunderttausend Franken auf der Bank. So nutzlos das alles! Ach käm ein neuer Tag und neues Abenteuer! Er war doch erst einundzwanzig Jahre alt oder allenfalls zweiundzwanzig. Dies Mädel da an seiner Schreibmaschine. Das putzte und puderte sich immerfort sein Näschen, das sinnliche kleine Geschöpfchen. Er war keusch.

Er setzte sich. Die Augen fielen ihm plötzlich zu. Die

Stenographin bestaunte das strenge Gesicht des Schläfers, in dem kein Muskel zuckte. Er wachte auf, lächelte zerstreut und schickte das junge Mädchen mit höflichen Worten fort.

Ja, er hatte tüchtig gearbeitet, und in diesen sechs Monaten war Maussanes Einfluß und Vermögen gewachsen. Vanitatum vanitas. Der Senator war nett, echt französisch, sympathisch, freigebig, in seinem Egoismus naiv und denen, die ihm nützlich waren, aufrichtig zugeneigt. Das Leben war nicht unangenehm. Zeitungsschreiber, Banken und der ganze sinnlose Betrieb von Leuten, die morgen tot sind. Alle diese Franzosen hatten ihn sehr gern. Sie kamen zu Besuch, zum Essen, zum Plaudern. Waren nett und taktvoll. Waren immer zu haben, wenn man sie wollte. Es gab Diners, im Klub hatte Maussane seine Freude an der Kaltblütigkeit, mit der Solal im Spiel verlor; in der Comédie Française stand die Loge von Maussanes Mätresse zur Verfügung; im Dancing trank Solal Wasser und trällerte dazu eine Melodie aus Onkel Saltiels Repertoire. Warum hatte er eigentlich den Leuten in Kephalonia nicht geschrieben? Sein Vater. Ach was, sein Vater war ein alter Graubart, war nicht der Ewige Vater.

Herr von Maussane kam herein und mit ihm ein Duft von Leder, Zigarre und Eau de Lubin. Voll Zuneigung sah er auf den gewandten, schweigsamen, eifrigen Burschen, der sich Fremden gegenüber so achtungsvoll benahm und der ihm so viele brauchbare Ratschläge gab.

»Na, ist meine große Rede fertig? Diesmal habe ich Ihnen doch gute Unterlagen gegeben.«

»Nein.«

»Ach! Ich brauche sie aber bis zwei Uhr. Diesmal muß es eine große Sache werden.«

»Nein, das muß es nicht. Es ist nicht der richtige Augenblick. Wenn Sie wollen, erkläre ich Ihnen, weshalb. Die Rede, die ich vorbereitet habe, ist anders, als Sie erwarten.«

»Sie genügt«, sagte Herr von Maussane und räusperte sich mächtig, um sein Abhängigkeitsgefühl zu verbergen.

»Also sind wir einig.«

»Sagen Sie mal, junger Freund, sind Sie sich eigentlich bewußt, daß Sie sich immerhin ein bißchen gehen lassen?«

»Weiß nicht, ich bin heut nicht recht in Stimmung. Ich wollte Ihnen etwas sagen. Ja, richtig, ich hab dich sehr gern.«

Er kam näher, breitete die Arme aus. Maussane, der auf die Zärtlichkeiten dieses Narren nicht gefaßt war, wich zurück, erklärte, alles habe seine Grenzen, und ging. Um ein Uhr schickte er einen Bedienten nach dem Durchschlag der Rede.

Um sechs Uhr kam er wieder zu Solal. In kühlem Ton teilte er ihm mit, seine Ausführungen seien günstig aufgenommen worden, und er habe sich entschlossen, auf einige Wochen nach Genf zu gehen, um den Sitzungen des Völkerbundes beizuwohnen und die Tätigkeit der französischen Kommission zu überwachen.

»Sie werden auch Ihr Teil von den erbaulichen Reden der Frau Sarles abbekommen. Ich möchte Sie nicht gern allein in Paris lassen und nachher aus den Zeitungen erfahren, es habe ein Besessener dem Präsidenten der Republik einen türkischen Bruderkuß versetzt.«

In Wirklichkeit hatte Maussane den Burschen schon so gern, daß er ihn nicht mehr entbehren konnte. Sie reisten am selben Abend ab.

Genf. Zwischen Schreibmaschinen und Füllfederhaltern der See. Am Quai disputierte der Kommissionär Einstein mit seinem Freunde Samuel Spinoza, dem kleinen Wechsler und Pistazienverkäufer.

Herzlicher Empfang bei den alten Sarles. Adriennes Blick auf die sündhaften Schatten um die ungetreuen Augen. Des Fräuleins von Maussane Lächeln und kräftiger Händedruck.

Aude, die früher ihren Vater gebeten hatte, den Unbekannten nicht anzustellen, hatte ihre Meinung über Solal gewechselt. Adrienne hatte ihr wiederholt versichert, der düstere Gesell sei in Wirklichkeit ein sehr junger, äußerst harmloser Mensch, und Jacques de Nons, der Solal mehrere Male in Paris gesehen hatte, bekam von ihm Briefe, sympathisch durch ihren vertraulichen Ton, ihre lebhafte Phantasie, ihre wohlberechnete Übertreibung und ihren schweren Heimwehdunst. Sie war ergriffen, wenn Jacques beim Vorlesen besonders schöner Stellen einhielt und ihr stolz ins Auge sah. Dieser geheimnisvolle Solal hatte wohl doch eine Seele und dazu so frische Augen.

Aber schnell entmutigte er ihr keimendes Wohlwollen. Er war zurückhaltend, sah sie kaum an und antwortete ihr mit übertriebener, unangenehmer Höflichkeit. Fräulein von Maussanes ungeduldige Natur hielt es nicht aus, vernachlässigt zu werden. Vom dritten Tage an war sie überzeugt, ihr erster Eindruck von Solal sei der richtige gewesen. Er war ein dunkler Ehrenmann, und Adrienne, diese Närrin, die keinen Blick von ihm wandte, war sicherlich verliebt. Er sollte, hieß es, im Krieg und in seiner Pariser Zeit sich charaktervoll benommen, Leute bei einem Brand gerettet haben. Da hatte Vater gewiß übertrieben. Hintertreppenromane! Und wenn's wahr war, was war schon dabei?

Am meisten verdroß sie, daß Jacques von Solal bezaubert war. Diese plötzliche übermäßige Freundschaft hatte etwas Peinliches. Seit Solal da war, kümmerte sich Jacques weniger um sie. Er ließ sich nicht belehren, war dem neuen Einfluß nicht zu entziehen. Er wollte nicht auf sie hören, behauptete, sie treibe die Eifersucht zu weit. Es war wirklich ein verderblicher Einfluß: der glänzende Offizier fing bereits an, antimilitaristische Theorien zu entwickeln.

Sie suchte Solal einen längeren Aufenthalt in Les Primevères unmöglich zu machen, suchte Gelegenheiten, ihn zu verletzen. Sie redete zu ihm in dem rauhen, schroffen Ton, den sie Untergebenen gegenüber annahm. Na, was denn? Er war doch ein Bedienter ihres Vaters, dieser Herr Sekretär, der vorm Kaminfeuer die langen Beine kreuzte. Er aber sah ihr schweigend auf die Füße, Hände und Stirn, fuhr sich durchs Haar und gähnte.

Eines Tages – es war der zehnte seit Solals Ankunft – trat sie in den Salon, in dem die beiden sich unterhielten. Sie lächelte Jacques zu mit zögernden, kaum geöffneten Lippen, die ihre Zähne hilflos entblößten. Sie setzte sich und griff nach einem Buch. Von Zeit zu Zeit schlug sie mehrere Seiten auf einmal um. Der Orientale zeigte natürlich wieder seine Krallen und überhäufte den Freund mit übertriebener, herrschsüchtiger, beleidigender Liebe. Und dieser Jacques, der nichts merkte! Mit einem Eifer, dessen Aufrichtigkeit überzeugte, riet ihm der Abenteurer, das Soldatenhandwerk aufzugeben. (Warum? Das wußte er wohl selber nicht. Er leistete sich eine Spielerlaune. Es machte ihm Spaß, die Steine auf dem Brett zu verschieben.) Dann sprach er von *Lamiel* und sagte, er sei in Stendhals Heldinnen verliebt. (Aude schlug zehn Seiten um.) Dann beschrieb er die *Kurtisanen* von Carpaccio, ihre schlaffen Rücken, ihre gemeine Göttinnenträgheit und um sie die verdächtigen Tiere, Gefährten und Gedanken.

Sie stand auf und ging hinaus. Klug war er schon, aber wie unverschämt von ihm, in ihrer Gegenwart von Weibern zu sprechen, die ein schlechtes Leben führen. Wie ungezogen! Wo kam dieser Mensch her? Sie telephonierte an ihren Buchhändler, bestellte das Buch von Stendhal und alle Reproduktionen nach Carpaccio. Um den Eindringling zu bekämpfen, mußte man ihn kennen.

Es regnete. Sie warf des Großvaters Pelerine um und

ging durch den Garten. Unterm großen Nußbaum blieb sie stehen, und es machte ihr Vergnügen, die weichen Schalen aufzudrücken und die harte Nuß zu spüren. Nach zehn Minuten kehrte sie um, vergaß, ihre hohen Stiefel auszuziehen (sie war von sieben bis neun Uhr geritten) und kam an den Kamin, sich zu wärmen. Solal bemerkte Jacques' gespannten Blick und die Stiefel, deren kriegerischer Trotz mit der Zartheit der gerafften Seide kontrastierte.

In einer schamhaft eifersüchtigen Regung schlug er die Augen nieder, wog in der Hand das Buch, das der Offizier – der auch Literat war – ihm gebracht hatte, und durchflog es in sieben Minuten. Es war ein Roman von hundertachtzig großgedruckten Seiten, betitelt »Freundschaften«, und dem Fürsten von Thurn und Taxis gewidmet. Gewählte Wendungen und Bilder. Männliche und weibliche Vornamen erschienen, kamen zusammen und schwammen ab wie krepierte Fische. Das Buch war komponiert, ausgewogen, harmonisch, abgeklärt, durchgesiebt (lauter Adjektiva der kristallhellen Impotenz, von der der düster flammende Herr des Lebens nichts wissen will, die das »edle Maß« anbetet, geschickt ihre Schwäche in einen Schnürleib zwängt und ihre Blutarmut schminkt). Jacques erklärte, er habe ein willkürliches, losgelöstes Werk schaffen wollen, er sei der üblichen Vollblütler satt. »Aller Psychologie zum Trotz.« Der Mann hieß Maria und die Frau Claude. Solal mußte an Sancho denken, an den General Ivolgin und an die »Tapferen von Frankreich«. Er schloß den Mund und das Buch.

»Hab's gelesen. Ihr Buch ist außer- – (eine unverschämte Pause) – ordentlich. Sie müssen gleich heut abend ein neues anfangen. Jacques, ich habe Sie furchtbar gern, und (das kam unabsichtlich ernst und sanft heraus) nehmen Sie sich in acht vor mir. Süchtig bin ich, ungeduldig. Ich schlürfe die Seelen am liebsten wie rohe Eier. Auf alles hab ich Appetit. Von meinem Herzen zu meinem Geist laufen dreitausend Züge gegen- und durcheinander auf sechstausend Schienen. Ich gehe Ihnen auf die Nerven, Jacques. Heißen Sie mich schweigen. Trumpfen Sie auf! Dreiunddreißig Stunden hintereinander könnte ich schwatzen. (Er war selbst harmlos entzückt von seinem Unmaß.) Drei Leben hindurch. Ach, Bruder, ich habe dich furchtbar gern!«

Aber dann fing er gleich an zu lachen, spottete über die tollen Einfälle, die ihm bisweilen kämen, heiterte die Atmosphäre und das Gesicht des Freundes wieder auf. Jacques öffnete sein Platinetui und bot ihm eine Zigarette an. Die nahm Solal mit seinen Fühlerfingern, ohne nach ihr zu sehen, mit unmerklich leisem Zittern der Wollust in der Hand, die Augen geschlossen, den Kopf gesenkt, ein Zukken um die Lippen, das fast Verzückung war. Diese zufällig gegriffene Zigarette war für ihn eine neue Frau und soviel bequemer als die richtigen.

Es war drei Uhr. Jacques mußte in die Sitzung des Völkerbundes, um deutsche, österreichische und englische Freunde zu sehen und oxfordische Meinungen auszutauschen. Ob Aude und Solal mitkommen wollten? Der Sekretär zog die geschwungenen Augenbrauen hoch, schüttelte den Kopf und lächelte. Aude, die den Dorfkindern gratis Unterricht in rhythmischer Gymnastik gab, mußte sich auf die Lektion vorbereiten. Höflich erkundigte sich Solal: »Können Sie Spagat?«

Jacques ging mit leisem Zögern ab. Seit einigen Tagen war ihm zu seinem Kummer aufgefallen, daß in Gegenwart von Aude Solal (seltsam: Aude–Solal) nicht mehr die freundschaftliche Herzlichkeit hatte wie sonst. Schade. Das fing an, geradezu unerfreulich zu werden.

Nun saßen die beiden Feinde einander gegenüber. Schließlich war sie hier zu Hause. Er hatte zu gehen. Sie wollte doch einmal sehen, ob er sie wegbringe. Er betrachtete die goldbraunen Augen, die matten, festen Wangen, die antikische Nase, die breite, trotzig vorspringende Stirn, die so sicher war und dem Schicksal gewachsen, ein starker herabgewölbter Helm gehalten von stützenden Augenbrauen.

Sie stand auf, stellte ein Kästchen an einen andern Platz. Ihr jünglingshafter Körper hatte das rührend Ungeschickte der Kreatur. Wie kultiviert diese Hände! Wie herb die Biegung der Schultern! Und dazu die Hüften einer Sultanin. (O Herr des Blutes und des lebendigen Fleisches, des lastend lebendigen!) Das Kästchen fiel. Sie raffte es mit erkünsteltem Phlegma auf. Solal erhob sich. Sie drehte sich um.

»Sie sind sehr schön«, sagte er in fast geringschätzigem Ton. Und ging. Sie blieb in Gedanken, bis die Glocke sie zum Essen rief. Schrecklichen Hunger hatte sie, und gottlob war dieser Mensch nicht bei Tisch.

Als nach dem Essen der Regen nachgelassen hatte, ging sie mit Adrienne ins Freie. Frischer Wind streichelte ihnen das Haar. Auf der herbstlichen Landstraße stimmten Spaziergänger einen Lobgesang zu Ehren des blauen Jura, des rosa verdämmernden Berges Salève und des fahlen Sees mit seinen glitzernden Ufern an. Aude nahm Adriennes Arm. Raben mit antisemitischem Blick krächzten, das Vaterland sei in Gefahr, und flogen davon.

»Du liebst ihn, nicht wahr, Adrienne?«

»Nein. Ich bin doch einunddreißig Jahre alt, mein Kind. (Nein, zweiunddreißig, dachte die andere.) Aber du, du beschäftigst dich ein bißchen zu viel mit ihm«, und sie schlang den Arm um die lachende Aude.

»Ich? Mir macht er Spaß. Ich hab's gern, wenn er seine ehrgeizige Nase macht. Er hat eine sehr interessante Art von Stolz. Dahinter steckt ein dauerndes Habacht, eine ständige Angst vor Blamage. Im übrigen geht er mir auf die Nerven mit gewissen Mienen . . . Verstehst du sie? Ich möchte ihn am Haar zausen, diesen Menschen, daß er einmal schreit wie ein Sterblicher!«

Mit einmal hatte sie keine Lust mehr, mit dieser traurigen Frau beisammen zu sein, ließ sie schnell los und ging mit großen Schritten davon. Zu Hause eilte sie die Treppe hinauf und geradewegs ins Badezimmer. Sie öffnete die Hähne und duschte mit gepreßten Lippen. Sie hatte es eilig, in ihr Bett zu kommen, diesen Freund der schönen Geschichten, dem sie ihr Leid anvertrauen konnte. Fanatisch rieb sie sich trocken und wiederholte unter dem Tumult der immer noch laufenden Dusche in verschiedenen Tonlagen:

»Sie sind sehr schön.«

Dann schloß sie die Hände und flüsterte:

»Er ist böse«, löschte das Licht, ging schlafen. »Schließlich und endlich ein richtiger Jude«, sagte sie verächtlich. Langsam strich ihre Hand über die atmenden Brüste.

XI

Am nächsten Tag erhob sich Solal beim ersten Strahl der Sonne, die in langen Zügen den Morgennebel auftrank. In seinem rotsamtenen Schlafrock ging er durch den Garten und den Pfad hinunter über die Wiese. Kein Mensch ringsum. Er warf den Rock in ein Boot, tauchte in den See und schwamm hinaus.

Aude kam in dem Augenblick, als er hinter der Landspitze verschwand. Sie inspizierte ihren Kutter, dann setzte sie sich in den Sand. Die Morgenröte überzog den Himmel mit rosa Email und mit violettem die weite Wasserfläche, auf der in der Ferne ein düsterrotes Segel träumerisch sich neigte. Über den kleinen Sandstrand glitten die scharfen Klingen der Sonne. Eine Birke neigte ihr glühendes Haupt, in dem zwei Dutzend Vögel ihren törichten Kinderlärm machten, ohne sich um psychologische Komplikationen zu kümmern, nur dem Reiz des munteren Lebens zu Ehren. Die Sonne spielte schräg übers Wasser und vergoldete die Riefen des Sandes.

Aude ließ ihren Bademantel fallen, war nackt und neu und sprang ins Wasser. Eine Weile spielte sie drin herum und kam heraus mit ihrem jungen gesunden Atem, warf ihre Schönheit in den Sand und schmiegte sich zusammen. Der Wind fuhr über den festen Leib, der sich wieder ausstreckte.

Sie sah Solal nicht, der jetzt zurückkam. Luft und Sonne hielten sie in Bann, und sie überließ sich ihnen ganz. Das Kommen und Schwinden der Farbflecken trieb ihr Tränen in die Augen. Die Bäume breiteten ihren Schutz. Aude bewunderte ihren granitenen Arm, der in der Beuge durchsichtig schimmerte wie eine Frucht.

Ein Schreck! Schwarze Locken rollten, und ein Gott steigt aus dem Wasser. Solal. Sie sieht Tropfen perlen auf dem braunen Gold seines Leibes, der schwillt von knapper Kraft. Sie sieht das Spiel der Muskeln, Schlangen, kleine und große, die sich ringelnd verflechten. Er sieht des Mädchens lange Beine, sieht Schatten- und Lichtschnitt. Er sucht ihren Blick, lächelt, dreht sich um und taucht unter. Das Wasser nimmt den regen Leib in Empfang. In der Ferne erscheint er wieder. Mit erhobenem Arm lacht er und singt einen langen Sang vom Leben, einen Jugendruf.

Frühstück: Aude, Adrienne, Solal und Jacques. Gestern sind die Sarles mit Fräulein Granier nach Nimes gereist. Herrn von Maussane hat ein geheimnisvolles Telegramm gezwungen, den Schnellzug nach Paris zu nehmen.

Beredt ohne rechten Gegenstand und bei kräftigem Appetit, richtete Solal blumige Worte der Freundschaft an Jacques. Adrienne aß peinlich langsam, sie fühlte die Nutzlosigkeit ihres Lebens und fand ihren Geliebten doch recht unsympathisch und roh. Aude dachte: wie schlecht wird in den Büchern die Bösartigkeit der Männer beschrieben. Es war ihr gerade aufgefallen, wie hart dieser Solal zu Adrienne sprach, die ihn doch offenbar heimlich liebte. Es war ihr unerträglich, ihre arme Freundin durch die Schuld dieses Sekretärs so leiden zu sehen.

Nachdem Solal, scheinbar unabsichtlich, ein Gedicht von Blake mit den ersten Zeilen von Jacques' Buch verglichen hatte, bat er den Freund, Schumann-Lieder zu spielen. Geschmeichelt (Blake!) setzte Jacques sich ans Klavier. Solal hörte mit verlorenem Lächeln zu. Er hatte seinen Heidenspaß, er rief die Welt zum Zeugen an und bat seinen teuren Freund, feurig, mit Gefühl, mit schmachtender Sehnsucht zu spielen, verliebt zu spielen, mit äußerster Leidenschaft zu spielen, zu spielen und dabei zu denken an die ionischste der Frauen.

»Tu deine ganze Seele hinein! Bis das Übermaß des Glücks zum Ekel wird!«

Aude war außer sich über das Schauspiel, sie kam näher, legte ihre Wange an das Haar ihres Verlobten und sprach leise zu ihm. Er hörte auf zu spielen und folgte ihr in den Garten.

Vom Fenster der Bibliothek sah Solal ihnen nach, sah, wie sie sich an Jacques schmiegte. Der war ergriffen von ihrer Zärtlichkeit, aber er respektierte das Innenleben seiner Braut zu sehr, um sie zu fragen, warum sie traurig sei.

Solal warf glossierte Dokumente, die täglich vom Sekretariat des Völkerbundes kamen, ins Feuer. Abscheuliches Mädchen, das seinen Leib an den Leib dieses Menschen preßte. Warum ließ sie sich dann nicht auf der Stelle im Gras nehmen? Baalstochter! Und er, Solal, so schlicht, so rein!

Aude sprach flehentlich zu dem liebsten Freund, dem Jacques ihrer Kinderzeit; sie bat den Geliebten, zu bleiben, sie nicht allein zu lassen; sie hatte ihn so nötig. Jacques, schon im Auto, tröstete sie, entschuldigte sich: in einer Stunde sollte er einem jungen, einflußreichen und sehr interessanten Minister vorgestellt werden.

»Dann geh!« sagte sie zornig.

Als sie an der Bibliothek vorbeikam, sagte sich Aude, daß sie eigentlich nur eine Tür von dem Menschen trennte und sie um jeden Preis eine Auseinandersetzung haben müßten. Ein Ende machen damit, mein Gott! Sie hatte nun genug. Sicher war er ihr heute früh nachgegangen. Sie wollte nicht länger verfolgt werden von diesem Lächeln. Sie würde ihm begreiflich machen, er müsse abreisen, es sei unwürdig, so mit Jacques und mit Adrienne zu spielen. Voll Bangigkeit und mit dem Gefühl, etwas Unrechtes zu tun, stieß sie die Tür auf. Auf der Schwelle empfand sie die Wonne des Taumels, vielleicht auch die entsetzliche Freude, nunmehr den schlimmen Weg zu betreten, der ihr von aller Ewigkeit bestimmt war.

»Ich störe Sie.«

»Was?« fragte er mürrisch, bestürzt, zerstreut, genial.

»Ich störe Sie.«

»Ja, ja, danke.«

Sie wußten beide nicht, was sie sagten, und sie dachten beide daran, daß sie einander heute früh nackt überrascht hatten. Sie trat an die Regale und türmte einen Stoß Bücher auf, der zusammenfiel.

»Sind Sie fertig mit Ihren bibliographischen Forschungen?« fragte er ernst und machte mit dem Gürtelende seines Gewandes eine drohende Schleuderbewegung.

Sie suchte vergebens nach einer groben Erwiderung und kam auf ihn zu, ohne zu wissen, was sie sagen würde.

»Was haben Sie gegen Adrienne? Was soll das, daß Sie sie so quälen?«

»Ich bitte Sie, mich allein zu lassen.«

»Wenn es mir beliebt.«

»Ihr Verlobter erwartet Sie. Sie heiraten doch bald? Glückliche Reise!«

»Sie können sich denken, daß ich hier nicht zu meinem Vergnügen bleibe. Merken Sie denn nicht, daß Sie widerwärtig mit ihr sind? Sie sehen sie nicht an, Sie antworten ihr nicht, wenn sie zu Ihnen redet. Ich habe sie weinen sehen. Ist es möglich, daß Sie nichts merken?«

»Was soll ich merken?« fragte er mit gemachter Bestürztheit.

»Aber« (ihre Lippen zitterten ein wenig), »daß sie Sie liebt.«

Dieser verrückte Mensch brach in ein Gelächter aus, wie heut früh, und reckte sich.

»Bäh. Sie liebt mich, ich liebe sie, ihr liebt sie, alles liebt sich. Lauter Zucker! Und wenn Sie verheiratet sind, wird Jacques Ihnen sogar beim Rasieren zulächeln. Und ich, ich will nicht, daß man mich liebt. Mein Herz, dein Herz, sein Herz. Meine Gondel, deine Leier, ihr Gürtelband, unsere Gefühle, eure Launen, ihre Leidenschaften. Ich bin dir gut, du ödest mich, er quält mich, ihr seid widerwärtig. Gehen Sie weiter träumen! Nicht schwer, aus Ihrem Geträume auf Ihre Art Temperament zu schließen. Gehen Sie, gehen Sie, Marienkäferchen! Ich habe genug von Ihnen. Sie träumen von einem heldenhaften, revolutionären, russischen Dasein, und in Wirklichkeit ist sie froh, die Tochter von Maussane zu sein, und findet mich unhöflich und von wer weiß woher und so weiter. Gehen Sie träumen! Sie Stolze, seien Sie doch lieber empört, statt mich mit den Augen einer Hypnotisierten anzusehen. Ich kann mir vorstellen, was für Geschichten in Ihrem intimen Tagebuch stehen, so in der Art: ›Die Gedanken umdrängen mich wie die Herde den Hirten, der das köstliche Salz auf den Stein schüttet.‹ Ich kenne Sie. Und weiß das Übrige. Das, was man nicht sagen kann. Was Sie nachts treiben. So werden Sie doch rot!«

Er ging ein Stück von ihr weg, dann kam er näher, schlanker, schmaler und ganz Verführer, heftig, dunkel, drohend.

»Du, das ist eigentlich eine Liebeserklärung gewesen. Geh, du! Ich liebe dich. Und du, du liebst mich auch, beim lebendigen Gott!«

Die Tür ging. Adrienne trat ein, erstaunt über die Stille. Aude griff nach den Büchern und ging hinaus.

»Ich störe Sie«, sagte Adrienne lächelnd.

»Du sagst dasselbe wie sie. Ja, du störst mich.«

»Was hast du zu dem Kind gesagt?«

»Ich hab zu dem Kind gesagt, es soll machen, daß es fortkommt.«

»Und Aude – hat sich geschmeichelt gefühlt?«

»Warum?«

»Sie hat gedacht, du hast Angst vor ihr.«

»Ich?«

»Lüge nicht!«

»Ja, ich habe Angst.«

»Du liebst mich nicht mehr, nicht wahr?«

»Nein, ich liebe dich nicht mehr, ich liebe mich nicht und niemand. Alle Welt verschwört sich gegen meinen Frieden. Was hab ich euch Frauen allen getan? Jetzt geh! Fühlst du dich auch geschmeichelt?«

Endlich war er allein, ging auf und ab. Von Zeit zu Zeit ein kräftiges Lachen. Er war die verfluchten Weiber los!

»Aude Solal. Nein. Sie, sie wird sich sicherlich – schneuzen. Ich steig nicht in deine Gondel, junge Aude von Marzipan oder wie du sonst heißt, du Schneuzerin, du Schneuztücher-Schnäuzchen. Ich bin euch feuchten Geschöpfen nicht verfallen. Mose, der hat sich sicher auch geschneuzt. Aber er hatte es nicht mit der Schönheit, das heißt mit dem dreckigen Fleisch, er war nicht gedemütigt durch das Elend des Fleisches. Kuß, Verlötung zweier Verdauungskanäle. Brüste, kleine Beutel, immer schlaff, immer fallend, was auch eure Romandichter von ihnen erzählen mögen. Wüßte gern, wer ich bin, wer ich sein werde. Wunderbare Hüften hat sie. Warum nur hat der Herr ihr diese Hüften der Verderbnis verliehen, die mein Herz und die Luft umher peitschen mit ihrem zerreißenden Lockruf? Konnte er ihnen statt dessen nicht lieber eine harmlose alte Pergamenthaut geben? Ja, Mose, der spielte nicht Klavier, Mose, der pflückte nicht Zinnien und Gladiolen und sagte: Sehen Sie, Liebe, wie unstofflich ich bin und wie mein makelloser Leib das Abbild meiner Seele ist! Der hatte Schwielen am Nacken, und seine Lenden waren tugendhaft verkrümmt! Und er schneuzte sich ohne Schamhaftigkeit, denn er lebte im Geist. (Solal schnitt nur für sich ohne Zuschauer eine feierliche Grimasse. Unter seiner stammelnden Wut war so viel junge Lebenslust verborgen.) Während Apoll sich in kleinen Stößchen hinter einer Säule schneuzte, zog Mose, der Mann Gottes, sein altes kariertes Schnupftuch, groß wie ein Stück Zeltleinwand, schüttelte es, entfaltete es im Wind des Geistes, schaute den Ewigen von Angesicht zu Angesicht an und schneuzte sich. Da donnerten die Höhen des Sinai von seinem starken Schnauben und machten die zwölf Stämme, die am Fuß des Berges knieten, zittern vor Angst. Ich hab auch Angst. Vielleicht hatte er gar kein Schnupftuch? Erst den rechten Zeigefinger, dann den linken und im Herzen die Furcht Gottes! Während diese Mädchen so ein parfürmiertes Pariser Tüchelchen zücken mit einem Adelswappen drauf und zierlich bescheiden hineinhauchen, pff–pff, wie ein Kätzchen, mit diskretem Augenaufschlag, als wollten sie sagen: Es ist nur ein Spiel, unser niedliches Näschen macht dem Batistfetzchen kleine Bekenntnisse. In Wirklichkeit tun sie da schön grünen, soliden, festen Schleim hinein! So arbeitet die Liebe: per Zufall (sie hätte ihre musikalischen, distinguierten, leidenschaftlichen, poetischen Affereien ebensogut einem andern vormachen können), sozial (sie bewundert bewußt – oder – weiß man das bei den Jüngferchen? – unbewußt den Mann, der Erfolg hat), biologisch (diese Jungfrauen, diese Geißeln Satans brauchen für die Liebe unbedingt eine breite Brust), und wenn der Liebste nicht ganz vertrottelt ist, kann er sie rösten auf dem glühenden Eisen der Ungewißheit. Dann ist's die große himmelblaue Liebe und das rote Herzblut und dämmrige Unendlichkeit.«

Er stand auf und zerbrach einen Buddha aus Jade.

»Nichts zu machen. Ach, Dummheit, Elend, armes Herz! Aude, Geliebteste, Süßeste, Störrischste, Edelste, Schlankste, Lebendige du, Taumlige, Sonnendurchglühte! Aude, hätt' ich doch alle Windesstimmen, um allen Wäldern kundzutun: ich liebe und liebe die, die ich liebe!«

Indessen irrte sie auf eisenbeschlagenen Schuhen durch nebligen Wald. Wie kam er dazu, woher nahm er das Recht, so zu sprechen? Und sie hatte gelauscht auf die Stimme dieses schrecklichen Hellsehers, gelauscht mit feiger Lust, glücklich von seinen Worten durchbohrt zu werden! Wie konnte er ihr geheimes Leben erraten, die Worte ihres Tagebuchs? Ein Zauberer! Wie konnte er sich unterstehen, zuletzt die Worte zu sagen: Ich liebe dich! Er log. Ich liebe dich. Und Adrienne? Adrienne liebte ihn. Und er, liebte er nicht auch Adrienne? Vielleicht. Aber dann? Ich liebe dich.

Sie setzte sich an einen Baum, genoß die feuchte Kühle, atmete den Dunst des Bodens, der Schwämme, der faulenden Blätter. Aus der alten großväterlichen Pelerine zog sie die Bibel. Um ihr Schicksal zu »stechen«, öffnete sie irgendwo, vermied aber redlich die Gegend des Hohenliedes. Die Antwort war erschütternd.

Sie warf das Buch weg, sah auf das wimmelnde Leben im Gras, klammerte sich an das grüne Vließ des Baumes und seufzte unbewußt. Die alte Weide wiegte sich milde, und ein Regenpfeifer wiederholte seine Klage. So ging eine Stunde hin.

Sie sah ihren Verlobten aus dem Auto steigen und schloß die Augen. Jacques fragte sie aus.

»Ich glaube, ich bin Pilze suchen gegangen.«

»Sie ist ein bißchen verrückt, meine liebe Aude. Warum ›glaubt‹ sie?«

»Ich weiß nicht. Ich liebe dich.«

Er streichelte ihre Stirn und ihr Haar. Seine Finger blieben an der kleinen Einbuchtung haften.

»Sie ist noch ein ganz kleines Kind. Sie hat noch die Fontanelle.«

»Laß mich! (Pause.) Jacques, ich bin melancholisch. Drück mich an dich. Oder lieber nein, komm zum Essen. Es hat schon geläutet.«

(Consommé à la Royale.) Adrienne, die eben auf dem Diwan heftig beruhigt worden war, war sanft wie regennasse Erde. (Steinbutt-Ragout Morny.) Aude und ihr Verlobter kamen auf Kindheitserinnerungen zu sprechen. Audes Blick schwamm milde. In Ermangelung eines Besseren erzählte sich Solal die Jugend Maimons. (Lammkoteletten à la Villeroy.) Jacques sprach von ihrem letzten Aufenthalt im Gebirge: der Skiwettlauf, bei dem sie und er gleichzeitig als Erste angekommen waren; fünf Meter vom Ziel war sie gestürzt, und Jacques hatte die geliebte Gegnerin mit den beschneiten Augenbrauen aufgehoben. Solal funkelte düster. Sie kannten sich lang schon, die beiden Gemslein, diese Brut von Alk und Walfisch, mit ihrem Schnee. (Birnen à l'Impératrice.)

Solal stand auf und ging auf die Veranda.

»Machen Sie das Licht aus«, sagte er zu Jacques, der schwankte, ob er gehorchen solle oder nicht.

»Ja, Jacques, machen Sie es aus«, bat Aude.

»Nein, bleib«, rief Adrienne mit verhaltenem Zorn, »ich gehe.«

Man sprach von Fräulein von Gantet.

»Solal, nichts Schlechtes von ihr sagen«, meinte Jacques. »Sie ist doch eine Frau, die ihr ganzes Leben . . .«

»Der Wohltätigkeit gewidmet hat«, vollendete Solal übertrieben pathetisch.

Er steckte eine tief stehende Lampe an, und Adrienne dachte: »Er will, sie soll ihn sehen. Er weiß, Bosheit gibt ihm Schwung. Nur zu, setz dich in Positur, ich fall nicht drauf rein.« Solal sagte sich: »Wenn ich huste, bin ich in den Augen dieser Maussanne verloren. Husten ist wie körperliches Gebrechen.«

»Ich will Ihnen ein paar Worte zitieren«, fing er an, »die Fräulein Granier vor einem Jahr ausgesprochen hat. ›Als Dora von Gantet sieben Jahre alt war und einmal ein leeres Portemonnaie hatte, lief sie zu einem Betteljungen und küßte ihn.‹ (Er lächelte vor Freude bei dem Gedanken, was für ein Blutbad er anrichten werde.) Hat gut angefangen, die kleine Verbrecherin! – Nicht lachen, Jacques! – Also sie hat den Betteljungen geküßt, und dann ist sie nach Haus gelaufen und hat sich gewiß vollgestopft mit Bonbons und dabei in ihrem warmen Bett geweint vor Mitleid mit dem Schicksal des armen, des armen (seine Stimme wurde ganz fein), des armen Betteljungen.«

»Aber hören Sie«, sagte Jacques etwas gereizt.

»Nichts will ich hören. Ich weiß Bescheid. Sie nicht. Ich habe eines Tages mit angehört«, fuhr er fort, nachdem er tief Atem geholt hatte, »wie Fräulein von Gantet diese kleine Gemeinheit vorbrachte: ›Der Arme, Ruth, ist mein Freund. Ich liebe ihn mehr als mich selbst.‹ Nun, beim lebendigen Gott, wenn du ihn mehr liebst als dich selbst, dann gib ihm deinen Schmuck, dein Haus und dein Pferd.«

»Und was soll er mit dem Pferd?« fragte Adrienne, um der Unterhaltung ihren Stachel zu nehmen.

»Es fressen, gnädige Frau!« sagte Solal in ernstem Ton. »Wenn man Hunger hat – ich habe das erlebt – ist ein Pferdebeefsteak ein geweihtes Mahl.«

»Sie wissen genau«, sagte Jacques, und steckte dabei kurz entschlossen die Hände in die Taschen, was ihm, wie er meinte, ein kriegerisches Aussehen gab und ein Gegengewicht zu Solals Selbstsicherheit bildete, »Sie wissen genau, daß Dora von Gantet sehr freigebig ist. Ich achte Ihren Idealismus, aber immerhin . . .«

»Ich bin kein Idealist. Ich bin böse. Aber die Fratze der Liebe ertrag ich nicht. In die Liebe muß man sich mit Wahnsinn stürzen. Oder man muß den Mut haben, zu sagen: Erst bin ich dran! Die Liebe zum Nächsten verlangt poetische Naturen, die ihren einzigen Mantel hergeben können. Freigebig ist Fräulein von Gantet, gut. Aber nimmt ihre Freigebigkeit diesem steinreichen jungen Mädchen nur ein einziges ihrer Kissen weg? (Einen Augenblick kam ihm der Gedanke, dieses Fräulein zu heiraten, und er fuhr fort:) Neben anderm Luxus leistet Fräulein von Gantet es sich, fünf oder fünfzehn Prozent ihrer Einkünfte für die Armen zurückzulegen. (In dunkler Ehrfurcht vor dem Zehnten, den das Alte Testament eingesetzt hat, vermied er, zehn Prozent zu sagen.) Zwanzig Prozent! Schurkerei nenn' ich solche Prozente. Der Mildtätige soll alles verkaufen, was er hat, und es den Armen geben. Gibt sie hundert Prozent, so will ich den Saum ihres Kleides küssen. Und auch dann noch fragt sich's, ob sie sich nicht aus Ehrgeiz beraubt oder aus egoistischer Sucht nach Vollkommenheit oder in der bewußten oder unbewußten Hoffnung auf himmlischen Lohn. (Er griff nach einem Glas, füllte es und berauschte sich an frischem Wasser.) Was hat sie noch gesagt? Bitten wir für unsere Feinde. Also sprach Fräulein von Gantet. Da seh ich schreckliche Trugschlüsse. Erster: Es ist eine Art, sich an seinen Feinden zu rächen, wenn man sagt: Du hassest mich, ich liebe dich;

also bin ich dir überlegen. Ein Trick ist das. Zweiter: – ach wozu? Ich komm gleich zum zehnten oder zwölften: Diese wunderbare Frau hat einen Bruder, der ist Offizier. Sie bewundert ihn. Er bringt seine Zeit damit hin, besser töten zu lernen und besser töten zu lehren! Bitte also nicht für deine Feinde, sondern begnüge dich damit, den zu verabscheuen, der sie tötet; begnüge dich damit, nicht zuzulassen, daß man sie tötet; begnüge dich damit, deinen Bruder nicht zu bewundern. Fünfzehnter Trugschluß: Eigentlich denkt sie nur an sich; eigentlich ist sie das einzige Wesen auf der Welt, das sie liebt. Und wenn sie für ihre Feinde gebetet hat und hat gedacht, nur gedacht: der Arme ist Gottes Sendbote, – und wenn sie sich erbarmt hat eines Verlassenen, dessen Bart besudelt ist von der verdorbenen Frucht, die da geworfen wird auf MICH, spricht der Herr –, dann schüttelt sie sich selbst die Hand und sagt zu sich selbst (und sagt sie es nicht zu sich, so denkt sie es zu sich; ich spreche schlecht, ich beherrsche eure Sprache nicht), sie sagt zu sich: Dora von Gantet, Sie sind bewundernswert! Wahrlich, wahrlich, ich sage euch, es wird mehr Freude im Himmel sein über ein Stück von dem Schwanz des Hundes, der mein Freund in Barcelona war, als über die hunderttausend Gantet der Erde.«

»Wenn Dora von Gantet ihr ganzes Vermögen gäbe«, fragte Jacques, »was hätte sie erreicht?«

»Einen Armen mehr«, erwiderte Solal. »Da sie so wunderbar sind, die Armen, werde du wie sie.«

»Wir streben nach einem fernen Ideal. Aber es gibt die Wirklichkeit . . .«

»Klug gedacht und äußerst beruhigend, was die künftige Wohlfahrt der Banken und Kasernen betrifft.«

»Wenn der Feind käme«, fragte Aude, »sollte man sich also nicht verteidigen?«

»Das wäre vielleicht der rechte Augenblick, um für den Feind zu beten.«

Er erhob sich, entschuldigte sich, aber er müsse gehen. Adrienne meinte, gewiß erwarte irgendeine schöne Dame bebend Herrn Solal. Unterm Tisch drückte Aude ihrem Verlobten die Hand, als er die Neckerei mitmachte. Solal erklärte, er gehe einfach zum Zirkus.

»Und es ist Ihnen nicht in den Sinn gekommen, uns teilnehmen zu lassen an Ihren Zerstreuungen und uns einzuladen?« fragte Frau von Valdonne und streifte ihn mit zärtlichem Blick.

»Aber ich lade Sie ein.« (Verflucht die andere mit ihren Skiern!)

Er war wütend auf sich wegen seiner plötzlichen Schüchternheit vor diesen Leuten, die gewohnt waren, bei Tische vor Blumen sich zu unterhalten. (Der war ja schon lange tot, der Valdonne. Ob man ihm mit seinem Zweispitz beerdigt hatte?) Adrienne fragte ihren Bruder, ob er mitkäme. Aude wollte nicht mit.

Aber als die beiden fort waren, fühlte sie sich zu Tode betrübt. Nach lebhaftem Auf- und Abspazieren im Salon erklärte sie, sie habe Lust auszugehen. In zehn Minuten brachte das Auto sie und ihren Verlobten zum Zirkus. Sie nahmen Platz in der Loge, in der Adrienne mit ihrem Liebhaber saß.

Von ganzer Seele bewunderte Solal die geschmeidigen Männer, die sich vom Trapez schwangen, der Anziehungskraft der Erde Trotz boten, einen Augenblick in leerer Luft reglos blieben und dann sich umwandten. Nach der Nummer der Akrobaten kam der »wilde, undressierte Tiger« in seinem Käfig herein.

Eine Minute später lag der Bändiger mit blutender Brust am Boden. Die Gehilfen wagten sich nicht hinein, sie schossen mit Revolvern. Tumult. Aude schloß die Augen und preßte Jacques' Hand. Aber ein Peitschenschlag, der durch das staunende Schweigen sauste, ließ sie den Kopf heben.

Solal war in den Käfig eingetreten und züchtigte den

Tiger, der knurrend zurückwich. (Aude ließ die Hand ihres Verlobten los.) Man trug den verwundeten Bändiger fort. Aber Solal, der sein Vergnügen auskosten wollte, schlug zweimal auf den Block, und die Bestie gehorchte und sprang hinauf. Die Zuschauer jubelten dem Unbekannten mit den leisen, gelassenen Tierkämpfergebärden zu. Mensch und Tiger hatten dieselbe jugendliche Anmut.

Plötzlich stürzte das Raubtier los, wich zurück, hob die Tatze, und Solals lange Hand wurde rot von Blut. Der Stutzer Dionysos im Frack peitschte mit zornglühenden Augen die Bestie, die murrte, schließlich gehorchte, niedersaß und mit uralter Verachtung gähnte. Solal wandte den Rücken und ging aus dem Käfig mit vielleicht etwas theatralischer Gelassenheit. Die Masse der Frauen raste begeistert. Adrienne war sehr blaß geworden, sie zerriß ihre Schärpe und verband die Hand ihres Tollkopfs, ihres geliebten Jungen, der mit unbefangenem Lächeln Aude von Maussane ansah.

»Jacques, ich fahre Sie nicht ins Hotel zurück«, sagte Aude hastig. »Wir müssen Herrn Solal pflegen. Auf morgen, Jacques!«

Sie setzte sich ans Steuer, und das weiße Auto schoß davon, streifte Gendarmen, warf ein Rad um und nahm mit Hundertzehn den Abhang von Cologny.

Aude, erfüllt von dem, was sie als Hospitantin im Krankenhaus gelernt hatte, kam mit Desinfektionsmitteln, stieß Adrienne beiseite, machte komplizierte Verbände. Solal war verdrossen. Er hatte sich wohler gefühlt in Gesellschaft des Tigers, der alles in allem taktvoll und zurückhaltend gewesen war. Schließlich sagte Adrienne zu ihrer Freundin, es sei schon spät.

In ihrem Zimmer machte Aude vor dem Spiegel heldenhafte Bewegungen, peitschte Raubtiere. Dann legte sie sich zu Bett. Im Mondlicht lächelnd, fuhr sie mit dem Zeigefinger über eine Blume der Tapete und zeichnete den

Namen des Tierkämpfers. Nur um zu sehen, nur um sich Rechenschaft zu geben, einfach aus Neugier. Da fiel ihr auf, sie hatte ihren Verlobungsring verloren. Ärgerlich. Nichts zu machen. Sie ließ die Hand über den hartschwellenden Busen irren, drückte, schloß die Augen, sog tief die Luft ein. Ein Gott stieg aus dem Meer, kämpfte mit den wilden Tieren des Dschungels und mit einer Jungfrau.

Ohne erst sein Gepäck abzustellen, klopfte Herr von Maussane an die Tür des Pavillons; er wunderte sich selbst, daß er solche Eile hatte, Solal das glückliche Ereignis zu erzählen – und der Sekretär schlief noch; seit einiger Zeit war dieser Bursche von einer geradezu üppigen Trägheit; schon neulich diese unwahrscheinlichen Zahnschmerzen, als er seinen Chef nicht nach Paris begleiten wollte!

Verschlafen machte Solal die Tür auf, schloß seinen roten Schlafrock, lächelte töricht Herrn von Maussane ins Gesicht und bat ihn, Platz zu nehmen. Eine Strähne, die ihm auf die Nase fiel, schob er zurück, verbarg die rechte Hand hinter seinem Rücken, um nicht von den Zirkusspielen reden zu müssen, und gab gefühlvoll dem Vater des geliebten Mädchens Gehör.

Nach einem strengen Blick auf den klaffenden Schlafrock und die nackten Füße machte sich der Senator an einen wohlgebauten Bericht, bei dem er die Konsonanten schmeckerisch betonte; daraus ging hervor: infolge eines unvorhergesehenen Skandals, welcher dic unmittelbare Einberufung des Parlaments notwendig gemacht hatte, würde Maussane demänchst mit der Bildung eines Ministeriums der nationalen Einheit beauftragt werden. Solal beglückwünschte seinen Chef mit hohl melodischer Stimme.

»Übrigens, Ihre Naturalisierung«, sagte Herr von Maussane. (Solal hob die Brauen mit künstlicher Anteilnahme, die seine echte Aufmerksamkeit verbergen sollte.) »Das ist geschafft. Hier.«

Mit seiner heilen Hand griff Solal nach dem Dokument, suchte eine Tasche, die er nicht fand, schob das Papier ins Innere des Schlafrocks, aus dem es wieder herausrutschte und unter einen Sessel fiel. Solal sah aufmerksam in den Spiegel, um festzustellen, wie ein Gallier beschaffen sei.

»Jetzt muß ich aber französisch sprechen, mich auf die teuflischen Komplikationen ihrer Sprache einzulassen: ›um so mehr, als ich gemeint hätte, sie sei nichts weniger als verliebt in mich‹ – Ihr Haar ... ein Blond, von der Sonne bronziert ...«

»Was reden Sie da?«

»Ich rede vom Haar meiner Braut.«

Herr von Maussane zuckte die Achseln und ging. Solal riß den Verband, der seine Hand umgab, ab. Die Ränder waren wunderbar verheilt. Er zog sich sorgfältig an und ging in den Garten.

Sie kam vorbei, warf einen Blick auf die Narbe seiner Hand und lächelte. Er lächelte auch. Anmut wehte von den Bäumen, Süße strahlte aus den Büschen, und die Luft lebte. Er streckte sich ins Gras, eine Sonnengarbe in der Brust. Ihm fiel der Mann ein, von dem er Geld geborgt hatte. Er sprang auf.

»Marquet!«

Er zog seine Brieftasche und machte sie auf. Gelobt sei Gott, es waren dreiundzwanzig Scheine drin. Er ließ ein Taxi kommen, sich in die Stadt fahren, suchte in einem Ledergeschäft eine schöne Brieftasche aus und tat fünfzehn Scheine hinein. Die vertraute er dem Kommissionär Einstein an.

»Bring das zu Marquet. Du wirst seine Adresse im Talmud der Telephone finden. Da sind tausend Franken für dich. Geh mit Gott. Beeil dich, denn ich will, daß Marquet heute noch zufrieden sei.«

Sie gefiel sich in der Silberrobe, sie machte ihrem Spiegelbild eine Reverenz. Jähe Freude überkam sie, sie atmete schnell, rief fast ängstlich: »Adi!« und stürzte in das Zimmer ihrer Freundin. Er war da. Was hatte er nur immer bei dieser Frau zu tun?

»Sieh nur, Aude, der Herr ist nicht imstande, sich die Krawatte zu binden, der Herr wird verfolgt von den Hemdenschneidern, der Herr droht, er wolle nicht auf die Abendgesellschaft bei deinem Vater kommen. Er flucht auf die Leute vom Völkerbund, die da hinkommen, und schwört der Gesellschaft ewigen Haß.«

Solal löste den weißen Knoten auf.

»Soll ich mal versuchen?« fragte lustig die Feindin der vergangenen Wochen.

»Ja, versuch du, wir wollen sehen, ob es dir besser glückt als mir«, meinte Adrienne mit sprudelndem Eifer. Er hob das Kinn, damit ihn Audes herrliche Finger nicht streiften, während sie für ihn arbeitete. Als sie fertig war, betrachtete er ihr Werk.

»Sie ist gut so. Ich danke Ihnen.«

Aude wurde rot vor Vergnügen. Um sich nützlich zu machen, zog sie Adriennes Kleid zurecht, strich es glatt, arrangierte überflüssigerweise daran herum mit wichtiger Umständlichkeit, als gelte es, das Kleid der Freundin vor einem Mißgeschick zu bewahren – und sie selbst von der Ergebenheit der rechtschaffenen Betätschlerin zu überzeugen.

Da seine Krawatte gebunden war, brauchte Solal die »Mütter« nicht mehr. Er ging in sein Zimmer und wartete am Fenster. Da kam sie vorbei am Arm ihres Bräutigams. Traurige Gedanken kamen ihm, er lud zwei epirotische Pistolen, aber der Ehebrecher war schon verschwunden. Da stand er nun allein mit den Waffen in einer Hand und seiner Naturalisationsurkunde in der andern. Er hustete und richtete seinen Zorn auf eine vermeintliche Erkältung.

Alles in allem, brachte das Galliertum ihm Unglück. Er goß mit Widerwillen mehrere Glas Kognak hinunter und wurde heiser davon.

Um halb zehn fiel ihm ein, er müsse zu dem Empfang, den Maussane in aller Eile veranstaltet hatte. Der legte Wert darauf, ihn verschiedenen Delegierten vorzustellen.

»Hundeelend bin ich. Übrigens sprechen ja alle Franzosen durch die Nase«, bekannte er dem Bedienten, der ihm die Tür aufmachte.

Aude betrachtete die starre, weiße Hemdbrust und den dreieckigen Torso des vornehmen jungen Herrn, der gerade eingetreten war und den Herr von Maussane Lord Rawdon vorstellte. Solal hörte mit halbem Ohr auf die Worte des jungen Mannes, der, für männliche Schönheit empfänglich, rosige Wangen bekam. Dann entfernte er sich mit der Frage beschäftigt, ob ein Schnupfen in Gehirnhautentzündung ausarten könne.

Mit einemmal hörte er aus einem nahen Saal das Lachen der Ungetreuen. Oh! Sie tanzte mit Rawdon und lächelte ihm verliebt zu. Die Verderbte! Die Sünderin aus Tyrus und Sidon! Er wollte in Rawdons Blick das Leuchten schmählicher Lust entdecken. Er näherte sich dem Lüstling und sagte, er habe eine vertrauliche Frage an ihn. In ein paar Minuten wollte der junge Engländer ihm zur Verfügung stehen.

Solal tat es wohl, daß die Ereignisse im Begriff waren, eine schlimme Wendung zu nehmen; er lächelte brüderlich dem aschfarbenen, mit Gold und Hochmut beturbanten Maharadscha zu und rempelte den Bevollmächtigten eines kleineren Staates an, welcher Artigkeiten unter pari austeilte, sich dabei mit dem Gedanken tröstete, daß er daheim eine wichtige Persönlichkeit sei, und sich vor einem englischen Legationsrat verneigte, welcher seinerseits versuchte, an diesem unwürdigen Objekt den Gruß des Grafen von Foix nachzuahmen, der einer Japanerin Liebenswürdigkeiten sagte, deren Gesicht unter den Augen wie mit einem Faustschlag geschminkt war; sie richtete ein feuchtes Lächeln in erster Linie an die chinesische Botschafterin, deren Leichenkopf ein Musikantenschopf krönte, in zweiter an die japanische Kommission, ein Kollegium kleiner kahlköpfiger Burschen mit dem Kreuz der Ehrenlegion, die schamhaft auf ihre Lackschuhchen niederlächelten, und drittens an den spanischen Minister, der sie nicht erkannte und sich mit einem Lächeln, dessen Aufrichtigkeit durch die Macht beruflicher Gewohnheit forciert wirkte, vor Adrienne verneigte; die verstand es, ihr Lächeln abzustufen mit einer Meisterschaft, um die Aude sie beneidete. Aude, auch so ein Paradegeschöpf! Aber in drei Monaten wird sie seine Frau sein, das schwört er! Und sie wird nicht mehr tanzen und wird nicht mehr lachen!

Solal nahm Rawdons Arm. Garten. Immer dieser Garten. Man bringe mir eine Wüste! Der Schnupfen war ganz verschwunden. Schade. Rawdon töten, das war nicht schwer; aber wie war die Sache einzufädeln?

»Also: War Moses nicht der größte der Menschen? Das finden Sie nicht, so? Und wenn er sich ein Grab in der Wüste sucht, damit das dumme, brave Volk, das um ihn war, ihn nicht unter die Götter versetze? Und der Mord an dem kleinen ägyptischen Rawdon? Sie haben mich schwer beleidigt.«

Lord Rawdon riet, sich zu beruhigen. Solal drängte ihn zu dem Pavillon, machte die Tür auf, reichte ihm eine Pistole. Rawdon drückte aus Versehen auf den Hahn. Ein Knall.

Verwundet, bekannte Solal, er liebe dies Mädchen, und sie martere ihn. Gestern mit Jacques, heut abend mit einem Ägypter. Und er, was tat er in diesem Haus der Knechtschaft? Rawdon war entzückt über dies unvermutete Bekenntnis und das absurde phantastische Duell; er versicherte Solal: Fräulein von Maussane habe die ganze Zeit zu ihm von Solal, dem Tigerbändiger, gesprochen. Sie scheine in ihn verliebt zu sein, habe ihn unaufhörlich angesehen. Toll vor Dankbarkeit und Freude, küßte Solal den jungen Mann auf den Mund. Ja, ja, sein Arm blutet. Hat nichts zu bedeuten. Wird morgen alles in Ordnung gebracht. Diese Pistolen gehören Rawdon. Er soll sie zum Andenken behalten, der geliebte Rawdon. Sie hat nur ihn angesehen, diese seltsamste von allen Auden der Welt! O Geliebte, wie ich dich liebe und wie du mich liebst!

Die Soiree ging zu Ende. Nach seinem Aderlaß ließ der besänftigte Solal inmitten steifleinener Diplomaten seine Talente spielen. Maussane freute sich, ihn mit dem Neffen von Sir George schon so intim zu sehen; diese Juden verstanden offenbar, sich durchzusetzen.

Der geschickte Israelit sprach von Beatrice und Laura zu dem bulgarischen Minister, der mit wichtiger Miene ein Sandwich aufaß und ihn von einer hübschen, kleinen, lohnenden Anleihe von fünfundzwanzig Millionen unterhielt, die Frankreich ihm doch gewähren könne. Er wisse, wie sehr Maussane, morgen der mächtigste Mann im Lande, Herrn Solal schätze. Solal überbot ihn. Fünfundzwanzig Millionen, das war zu wenig! Fünfzig. Warum nicht fünfzig? Die Geliebte hatte ihn unablässig angesehen: warum sollte er Bulgarien Kummer machen?

Das Orchester wurde matt, und eine primitive Leidenschaftlichkeit wilderte in den Gesichtern der letzten Tänzer, die dann bald aufbrachen. Solal half Jacques in seinen weiten weichen Mantel, ging mit ihm auf die schwarze Straße hinaus und überhäufte ihn mit aufrichtigen Versicherungen: er liebe ihn; er dürste danach, sich zu opfern; er wolle vor allem Jacques' Glück; Jacques sei mild und gut und edel, ein Kamel mit großen weißen Flügeln. Er war vor Rührung den Tränen nah. Jacques war schläfrig und beachtete diese Äußerungen der Chamapagnerstimmung nicht weiter.

Auf dem Rückweg traf Solal Aude beim Weidenbaum; er trat zu ihr. Sie gingen ziemlich lange Seite an Seite, ohne zu sprechen, einen holden Schrecken im Herzen. Ein später Sprecht klopfte auskultierend.

Mit gesenkten Augen nahm sie Solals Hand. Edle Wärme! Samtnes Blut. Schweigsamer Wandel. Beginn voll heimlich gemeinsamer Schuld. O süße Liebe! Ihr weißen Seidenbuchten in allen Büschen. Geliebte du, du erste und letzte! Du wunderbar Erstandene! Sternenhimmel: auf dunklem Grund verfolgen Feuerwerksgötter leuchtende Göttinnen.

Gleich sterben, wenn er nicht imstande sein sollte, der Geliebten sich ganz anzuvertrauen. Er erzählte die fünf Jahre Reisen, die heimlichen Abenteuer, Düsteres und Demütigendes, das er noch nie gestanden hatte. So war er, Solal, kam und liebte sie alle. Und die Antwort: Dreckiger Jude! Hände voll Rosen streckte er ihnen hin. Antwort: Dreckiger Jude! Wartesäle, Gendarmen in der Nacht, mißtrauisch durchforschter Paß. »Diese Rasse, vor der schaudert's mir«, sagte die Krämerin. Ihm selbst machte das nichts, es war zum Lachen, er war gewappnet. Aber dann gab es ringsum die vielen Leiden. Da saß so ein Alter im Wartesaal des Bahnhofs und wärmte sich und sagte sich, morgen wird's schon was werden, man muß ein bißchen Geduld haben. Und der arme Alte sah Adrienne und alle die Maussane, wie sie ihr Reisenecessaire vor das Bett im Sleepingcar stellten. Und der Alte hob einen Fuß und dann den andern, um sich zu wärmen und dachte, daß er einmal ein kleiner Junge gewesen war und daß alles Glückssache ist im Leben. Und die andern Alten. Die, welche ganz allein sterben. Die, welche arbeiten möchten und sagen: »Oh, ich bin noch ganz rüstig.« Die, welche nicht wissen, wohin mit sich. Und alle, die man beschimpft hat, und die, welche Arbeit suchen, bei den Leuten vorsprechen und lächeln und sagen: »Danke sehr, ja, ich komme wieder vorbei.« Und alle, die ihr ergriffenes Herz anbieten und stoßen auf kalte krittelnde Dummheit.

Sie blieben vor der Tür der Villa stehen. Adriennes Zimmer war erleuchtet. Er schämte sich und fing an zu lachen. Morgen vielleicht Adrienne, aber heut nur Aude und Solal. Die Nachtigall da sang ihnen ein Freudenlied. Und schließlich – die Unglücklichen – es war ihre Sache, nicht unglücklich zu sein.

Sie sah ihn an mit Mädchenernst, und plötzlich verneigte sie sich auf russische Art, zog an die Lippen die Hand ihres Gebieters und verschwand.

Solal zog ein verlegenes Gesicht. Worauf liefen schließlich und endlich seine großartigen Reden hinaus? Er war ein Verfluchter. Er half dem Bräutigam in den Mantel, und die Braut küßte ihm die Hand. Besser schlafen gehen. Während des Schlafs regelten sich die Verwicklungen von selbst.

Er legte sich ganz angezogen auf sein Bett. Aude, die allerschönste, hatte diese Krawatte geknüpft. Nie würde er den Mut haben, diese Krawatte aufzumachen. Er nahm die Schere und zerschnitt die Binde, ohne den heiligen Knoten anzutasten. Es half ja nichts, er hatte sein Möglichstes getan, um nicht geliebt zu werden. Es war Schicksal, seines und ihres. Er schaute in den Spiegel, um zu sehen, wie einer beschaffen ist, der geliebt wird. Er hatte wunderbare schwarze Wimpern.

»Sie hat Geschmack. Ich schwatze und mir ist es doch so ernst. O meine Aude de Maussane! Aude! Ich bin Solal. Ja ich, ich bin Solal.«

Er küßte seine Hand, die Aude geküßt hatte. Er zog sich aus. Ein Nachtfalter stieß gegen die Lampe, dann gegen Solals nackten Körper.

»Dreckiges Weichtier, heut abend töt' ich dich nicht.

Bedank dich bei meiner Braut. Ihr zu Ehren begnadige ich dich. Flieg zu Aude, törichter Wanderer, und sag ihr, daß ich . . . Aber das kannst du nicht. Sags ihr dennoch, mein Liebchen.«

Seine Tränen funkelten. Er liebte. Rastlos lief er im Garten umher, und dann war Morgendämmerung. Er fühlte sich sehr schön und sehr edel, und sie liebte ihn, und die Welt lag auf den Knien vor ihm, der da lachte, wie der tollste der Menschensöhne. Er riß eine Rose ab, biß hinein und tanzte, während die menschliche Gesellschaft schlief.

Im Eichwald wachten Stückchen Schöpfung auf, um mit unverantwortlicher Geschäftigkeit zu leben. Ein Häher hielt eine Verteidigungsrede; ein Käfer mit prähistorischem Rüssel war in Unruhe; eine goldgelbe Fliege machte geometrische Figuren; Ameisen betasteten sich, tauschten Parolen und kehrten zu ihrer Einzelarbeit zurück, bestarrt von einer Spinne, die aus einem Büschel von rosa Heidekraut aufgetaucht war; eine Libelle war ein kleiner Gottesblick.

Nackt in der Sonne, hielt Solal lange die Hand hoch, um eine Eidechse abzufangen, die unterm Blätterschirm eines Pilzes ihr Leben lebte. Und Gott freute sich seines Geschöpfes.

Eine Stunde später besprach sich Herr von Maussane mit seinem Sekretär. Die überraschen Sympathie des jungen Lords für Solal hatte ihn ermutigt, diesen mit einer offiziösen Mission bei Rawdons Oheim zu betrauen. Es handelte sich darum, Englands Zustimmung zur Aufhebung des franko-britischen Kondominiums über die Neuen Hebriden zu bewegen und England zu veranlassen, gegen gewisse Entschädigungen die volle Herrschaft der französischen Republik über dies Gebiet anzuerkennen.

»Offenbar wäre es angezeigt, mit dieser Angelegenheit unsern Vertreter in London zu betrauen. Aber ich will Sie instand setzen, Ihre erste Waffenprobe abzulegen, um Sie für das ›Band‹ vorschlagen zu können. – Ich habe Sie sehr gern, lieber Junge, ohne das durch stürmische Umarmungen zum Ausdruck zu bringen. – Werden Sie drüben nicht eher aktiv, eh Sie erfahren, daß das Kabinett gebildet ist. Mein Kabinett. Ich vermute, in zwei Tagen. Haben Sie Erfolg, so werden wir ihn ausnutzen. Sie werden mit Rawdon zusammen reisen. Sie haben eine Stunde Zeit.«

Beim Packen nahm Solal sich vor, sich nicht an Maussanes Vorschriften zu halten. Er würde mehr tun und mehr durchsetzen. Was, wußte er noch nicht recht. Auf jeden Fall sollte seine neue Heimat zur Feier seines Einzugs ein schönes Geschenk von ihm bekommen. Edles, abgemagertes Frankreich, so anmutig, so klug und ohne Arg und so ganz »Aude«. Nach seiner Rückkehr würde er, mit Ehren überhäuft, Aude heiraten. Disraeli! Armes verschuldetes Frankreich. Und diese Amerikaner, die auf ihrer Forderung bestehen. Während Marianne ihre Seidenstrümpfe stopfte, essen die da drüben Schinken, Rosinengebäck und frisches Obst und Gemüse.

Der Chauffeur wartete. Das Auto fuhr vor.

»Zum Bahnhof, Chauffeur, redlicher Freund! Es ist Zeit, daß die Scheiben zittern! Aude, als Sieger seh ich dich wieder und werde dein Bräutigam! Laß die Leute über mich lachen, denn ich lächle über sie!«

XII

Im hohen Speisesaal, unterm Kronleuchter, der ihre Schultern noch weißer erscheinen ließ, verteilte Lady Rosamund Normand gerecht Bemerkungen und grüne Blicke. Sie zeigte dabei ihre vierteljährlich revidierten Zähne und wandte sich mit der Regelmäßigkeit eines Leuchtturmfeuers bald an ihren hohen Gemahl, bald an Lord Rawdon, bald an den französischen Gast.

Saltiels Neffe fand seine Situation zwischen zwei mächtigen Staaten schön. Seine Rechte berührte die Stoßzähne Großbritanniens, seine Linke ruhte auf Frankreichs Haupt mit den hunderttausend schelmisch blinkenden Augen lebensvoller Dörfer. Lady Normand war das Gehirn des Gastmahls. Ihr rotes Haar erwärmte das Email ihres Gesichtes nicht; die schmalen Lippen entsandten höflich verwunderte Bemerkungen über das parlamentarische System Frankreichs.

Der Right Honorable Sir George Esme Louis St. John Normand, Bt., G. C. M. G., K. C. B., K. C. V. .O., stimmte ihr zu und kaute, durchdrungen von seiner Identität, wobei sein weißer Schnurrbart an den rosigen Backen auf- und abstieg. Zwischen zwei Bissen stellte Lady Normand ungezwungen freie Betrachtungen über die Seelenwanderung an. Angesichts dieses Sir Georges und der Muskelspiele, die an seinen Ohren im Rhythmus der kauenden Kinnbacken an- und abschwollen, erschauerte Solal und begriff, er werde nichts erreichen.

Rawdon hatte ihn ins Foreign Office geführt und seinem Onkel (er war es durch Mesallianz) vorgestellt. Sir George hatte, seine beiden Brauenwälder runzelnd, Maussanes persönlichen Brief gelesen. Sodann hatte Solal den Zweck seines Besuches dargetan. Nachdem sein Blick lange mit angespannter Aufmerksamkeit dem Rauch seiner Riesenzigarre gefolgt war, hatte Sir George erklärt, er könne keine Antwort geben, ehe er den Staatssekretär befragt habe, der jetzt eine Erholungskur in Italien durchmache. Wenn man ihm gestatte, seinem persönlichen Gefühl ganz privatim Ausdruck zu geben, müsse er mit einem »Nein« antworten. Zum Schluß der Unterredung hatte er Solal zum Abendessen eingeladen.

Und da saß er nun, der arme Zigeuner, vor den drei Wikingern, vor schwarzen Nelken und makellos flimmernden Kristallgefäßen.

Da saß Sir George mit kahler Stirn, spitzen Ohren, mächtigem Brustkasten und Händen voll brauner Flecken und genoß in seiner festen Burg das Recht, bis morgen nichts mehr zu denken zu haben. Als der Unterhändler von den Neuen Hebriden anfing, erwiderte er mit Alexander Dumas und Victor Hugo und rückte an den Gefäßen mit türkisfarbener Tunke und amarantrotem Senf.

Man brachte ein Telegramm. Solals Herz schlug. Das war gewiß die Antwort des Ministers. Sir George schob die Depesche in seine Brieftasche, um sie morgen vormittag um elf Uhr nach dem Golf zu lesen.

Lady Normand hütete sich, ihren Gatten und ihren Neffen auszufragen, denn nach acht Uhr pflegen Männer von guter Abkunft sich auszuruhen. Als Anregerin großbritannischer Politik und intime Freundin der Königin begnügte sie sich damit, ihre Betrachtungen hinzuwerfen – die dann die beiden in allmählicher Verdauung verarbeiten mochten. Solal stieß an das Bein von Lady Normand, und sie zog es nicht gleich zurück.

Diese Babylorömer waren stärker als er, steif aufrecht saßen sie dan in ihren steifen Stühlen. Ihr Appetit war der gleiche wie in drei Millionen rötlich dämmernder Londoner Eßzimmer und wurde mit dem gleichen Pragmatismus befriedigt. Sie dachten weder an ihren Tod noch an den unvermeidlichen Fall der Königreiche dieser Welt. Das Morgen lag sicher vor ihnen, sie spähten nicht mit Gewissensbissen, wie dieser Prophetensproß, nach dem Butler, der schweigend waltete und eigens für Sir George gemacht war, wie Sir George eigens für ihn. Alles war klar für diese Leute. Die Welt war mit dem Lineal gezogen, und Sir George stand im rechten Winkel zur Welt.

Noch mehr als Enterbter fühlte sich Solal, wenn er Lord Rawdon ansah: wie wunderbar angegossen saß ihm sein schwarzer Rock, athletisch war er und charmant dabei mit seinen fast weißen Wimpern. Seit er auf der Welt war, hatten die illustrierten Blätter die wichtigsten Ereignisse seines Lebens behandelt. Mit zweiundzwanzig Jahren, zur Zeit als Solal in Rehabeams Gesellschaft umherirrte, war er für seinen Posten ausersehen worden, der ihm ermöglichte, täglich von Seiner Majestät gesehen zu werden. Er brauchte nur sorgsam seinen täglichen Pflichten nachzukommen – was ihm noch erleichtert wurde durch das Wohlwollen, welches seine zahlreiche Verwandtschaft um ihn verbreitete –, um mit fünfzig Jahren Vizekönig von Indien zu sein. Er hatte sich nur vor den Leidenschaften des Herzens und des Geistes in acht zu nehmen und, zur Betonung seiner persönlichen Eigenart, irgendeine ausgefallene Liebhaberei zu wählen, wie etwa das Studium der Hieroglyphen oder der Münzkunde. Das übrige würden für ihn Herkunft, Ehe, Rennstall und die illustrierten Zeitschriften besorgen. Solal hatte nichts als sich selbst.

Er tat sich selber leid. Armer Sohn des Gesetzes und der rohen Zwiebeln, was tat er hier inmitten dieser Rasse, die rot war von roter Fleischnahrung und eisigen Duschen? Wenn er jetzt rot würde, vielleicht würde die auch ihn verspeisen. Er sah vor sich ein starkes Volk und fing an, die nutzlosen Erregungen seines Herzens zu verachten. Israel war eine arme Nachtigall, ein alter gerupfter Vogel, der kläglich schmetterte in die Nacht der Jahrhunderte, indes die jungen Nationen ihre Reiche aufbauten. Die Starken sind schamhaft. In einheitlicher Front zeigte England dem Fremden sein Reichsbanner und immer wieder dies Gebiß mit der geheimnisvoll einförmigen Sprache. Israel, der alte Straßensänger, taumelte quer über Land, sprach zwanzig Sprachen, weinte vor Müdigkeit und Angst, wußte alles und irrte tatenlos umher.

Er verabschiedete sich ziemlich verstört und fand sich in den Straßen von London. Vom Giebel eines Heilsarmeepalastes riefen ihm weiße Lichter zu, die alsbald verschwanden und blau wieder aufleuchteten, zu: SIE wollen gerettet werden. ICH werde Sie retten.

»Schweig Bruder. Laß mich zufrieden, ich bin heut abend schlechter Laune!«

Im Schatten eines düstern Schutzmanns, vor einer Apotheke mit Anregungspillen, sprach ihn ein taumeliges Freudenmädchen im Federhut an. Er segnete sie, empfahl sie von ganzem Herzen dem Gott der Barmherzigkeit und ging vorüber. Die Abendzeitungen meldeten die Bildung des Ministeriums Maussane.

Im Cecil irrte er sich in der Zimmertür und legte sich in das Bett einer jungen Dame mit Kirschenmund und einem Pyjama, der ein gräfliches Monogramm hatte. Es gibt eine Zeit zum Leben und eine Zeit zum Sterben, Gott sei Dank.

Am nächsten Tag verließ er deprimiert das Ministerium: die Antwort des Staatssekretärs war negativ ausgefallen. Er fuhr zu Lady Normand. Von ihr kam vielleicht das Heil. Im Auto dachte er über seine Pläne nach.

Sein Besuch überraschte die Frau des Unterstaatssekretärs. Weniger erstaunt als schockiert war sie, als sie aus dem Munde des Unterhändlers vernahm, er habe von ihrem Porträt, das er bei Herrn von Maussane gesehen, einen so lebhaften Eindruck bewahrt, daß er seine Mission hauptsächlich übernommen habe, um die Frau in Natur wiederzusehen, deren Abbild ihn so erschüttert hatte. Sie verabschiedete Solal kurz und nüchtern.

Alles verloren. Von einem Besiegten würde Aude nichts wissen wollen. Im Vorzimmer riß er den malaiischen Dolch aus der Waffensammlung. Lady Normand faßte ihn am Handgelenk, aber die Klinge war schon ein wenig eingedrungen. Fürsorge. Liebevolle Vorwürfe.

Hinter einem Vortrab von Riesenbuketts erschien der Verliebte alle Tage wieder. Die Vierzigjährige hatte ihrem

Gatten nichts von dem romantischen Vorfall gesagt, sie fand Vergnügen daran, Solal über den Zustand seiner Wunde auszufragen. Bald teilte Sir George die Sympathie seiner Frau für den jungen Mann. Aber von den Neuen Hebriden war nicht mehr die Rede.

Eines Morgens erschien Solal blaß und atemlos. Schweigend ergriff er die Hand der Angebeteten und drückte sie an sein Herz, das drei Koffeininjektionen in die nötige Erregung versetzt hatten. Lady Normand preßte ihren Romeo an die Brust. Großes Kind! Er sollte nicht mehr an diese Liebesdinge denken. Er mußte seine Pflicht tun und die unterbrochenen Besprechungen zu einem guten Ende führen. Sie telefonierte dem Staatssekretär, warf ihm vor, er vernachlässige ihr Haus, und bat ihn für heut zum Lunch.

Um ein Uhr erschien Lord Maldane, eine spöttische Mumie mit einem Monokel am Band. Während der Mahlzeit sprach er wenig, denn er war schlecht gelaunt. Was für ein Einfall von Maussane, diesen wunderlichen Menschen als offiziösen Unterhändler zu schicken! Die Teetasse in zitternden Fingern, kam Solal auf die Neuen Hebriden zu sprechen. Lord Maldane sah ihn nicht an, er schwebte in diplomatischen Sphären von beträchtlicher Höhe.

Mit einmal erklärte Solal, die Frage, von der er zunächst gesprochen habe, käme nur nebenher in Betracht. Der Augenblick sei gekommen, um »nach den Weisungen, die er erhalten habe« (es wurde ihm nicht leicht, zu lügen), ein wichtigeres Thema anzuschneiden. Lord Maldane wahrte unverändert sein Profil und erforschte mit schräg blickendem linken Auge den beredten Unterhändler, welcher nach einer Rede von einer Stunde mit den Worten schloß:

»Nachdem somit die französische Regierung an die unbestrittensten Autoritäten appelliert hat, hält sie die Schaffung eines internationalen ›Trustee‹ für notwendig, welcher die Befugnisse bekommen soll, von denen ich Eurer

Exzellenz gesprochen habe, und sie wäre glücklich, ehe irgend etwas Diesbezügliches ins Werk gesetzt wird, die Ansicht der Regierung Seiner Britischen Majestät zu erfahren.«

Sir George legte die Pfeife hin, und Lord Maldane ergriff die Zügel des Reiches. Nach einem künstlichen Hustenanfall, der ihm ein paar weitere Sekunden zum Nachdenken verschaffen sollte, sagte er, er habe zwar mit dem lebhaftesten Interesse dieses gedrungene, ausgezeichnet dokumentierte, an neuen Gedanken reiche und dabei so klare Exposé verfolgt, könne es aber denn doch nicht auf sich nehmen, unmittelbar ein entscheidendes Urteil auszusprechen über diese ebenso interessanten wie überraschenden, zunächst in mündlicher Berichterstattung nahegebrachten Ideen. Solal stand auf und sagte, ohne den ihm erteilten Auftrag zu überschreiten könne er Seiner Lordschaft ein vollständiges Promemoria vorlegen über die Frage, die er die Ehre habe und so weiter ...

Während die beiden Minister noch einmal den persönlichen Brief des Herrn von Maussane überlasen, begab sich der neugebackene Diplomat flugs in ein Schreibmaschinenbüro, bebend vor Angst, er könne vergessen, was er gesagt hatte. Er diktierte fünfzig Seiten über die Internationale Bank, die er soeben erfunden hatte.

Eine Stunde später las Lord Maldane die »Denkschrift Solal« dem Schatzkanzler vor, der dies Projekt recht interessant, ja, offengestanden, durchaus bemerkenswert fand. Offensichtlich habe Frankreich ein ganz besonderes Interesse an der Schaffung einer derartigen Einrichtung. Die Sache sei zu überlegen.

Tags darauf erklärte der Staatssekretär Solal, er habe einige Vorbehalte zu machen betreffs der Paragraphen sieben und dreiundzwanzig, die – was ihn an sich nur erfreuen könne – für die befreundete Republik besonders günstig seien, aber auf Kosten des britischen Reiches. Was denn doch . . . Aber, alles in allem sei es ein lebensfähiges Projekt. Er glaube sogar hinzufügen zu können, dieser großzügige Plan der Republik könne imstande sein, ein Gebilde internationaler Zusammenarbeit ins Leben zu rufen, das geeignet wäre, der Sache des Friedens zu dienen. Das scheue er sich nicht auszusprechen. Jawohl, der Sache des Friedens. Die Regierung Seiner Majestät sei somit bereit, mit einem offiziellen Unterhändler in weitere Verhandlungen einzutreten. Die Ära der Privatverhandlungen scheine somit als abgeschlossen zu betrachten. Lord Maldane erhob sich mit knackenden Kniescheiben.

Kaum war er im Freien, so eilte Solal, hurtiger als je ein junger Levit im Laufe der letzten kleinen zwanzig Jahrhunderte, aufs nächste Postamt. Er sandte ein nach Maussanes Angaben chiffriertes Telegramm. Das Herz schlug ihm heftig ohne Koffein, während er im Nebel den Entwurf zu seiner Depesche durchlas, in der er sich entschuldigte, die Hebriden vergessen und dafür eine internationale Bank erfunden zu haben. Er hob die Vorteile der bevorstehenden Organisation für Frankreich hervor. Das Telegramm schloß:

»minister verspricht annahme wenn offizieller unterhändler bin drahtet meine ernennung zu irgendwas stop london triste stadt autobus rostbeafrot bereifte puddings in auslagen feuchte buden wo brummige leute austern essen stop in bars trinken unerbittlich energische burschen die aus rasierklingenreklamen stammen stop in milchgeschäften essen im feuchten luftzug hundert schreibmaschinenmädchen portion haddock vier kartoffeln trinken tasse tee dann glas mineralwasser stop es lebe frankreich.«

Drei Stunden ging er umher, dann ins Hotel Cecil. Das Telegramm war vielleicht schon angekommen. In der geschäftigen Straße ließ ein verloren gegangener Hund – mit Augen, wie der kleine Salomon – sich's gut sein, überließ sich der Freude an unentgeltlichen Beschäftigungen und schien die Engländer zu fragen: »Was ist denn eigentlich los? Was geht vor in eurer Welt, ihr Menschen alle? Erzählt doch, damit ich's weiß und mich freue!« Aber die Vorübergehenden stelzten weiter, die Augen auf den Autobus geheftet und nicht auf ihr nahes Grab.

Im Hotel fand er die Antwort: trocken benachrichtigte Maussane den verrückten Jungen, er beauftrage die Botschaft mit der Fortführung der Besprechungen. Solal eilte zu Lady Normand, die sich gleich mit Paris verbinden ließ, Herrn von Maussane verlangte und ihm Freundlichkeiten und Drohungen in der richtigen Mischung servierte.

Der nächste Morgen brachte die telegrafische Benachrichtigung: Solal war zum Botschaftssekretär ernannt. Ein zweites Telegramm schärfte ihm ein, sich nicht mehr mit der Angelegenheit zu befassen und alle urkundlichen Belege der Botschaft zuzustellen. Warum auch nicht? Er hatte genug davon. Nun konnten die ernsten Leute weiter machen.

Er ging zu einem Schneider und bestellte, in achtundvierzig Stunden zu liefern, die Uniform, auf die er jetzt ein Recht hatte. Er probierte mehrere Galadegen, indem er die Gliederpuppen im Ankleideraum attackierte. Dekkung, meine Herren Engländer! Er hörte köstliche Musik des Lebens. Nun war er Attaché vor Jacques de Nons. Eine recht armselige Angelegenheit übrigens, diese Diplomatie!

Zwei Tage streifte er noch umher, dann entschloß er sich abzureisen. Er machte Sir George einen Besuch, der teilte ihm mit, die offiziellen Besprechungen seien gut im Gange, und sprach den Wunsch aus, die bevorstehende Organisation internationaler und wirtschaftlicher Zusammenarbeit möge . . . Solal unterbrach ihn, hob das Tintenfaß und brachte einen Toast auf Lady Normand aus.

Im Hotel machte er im letzten Moment seine Koffer noch einmal auf, um die verbrämte Diplomatenuniform herauszunehmen und anzuziehen. Dann fuhr er zum Flugplatz in Croydon. Die Flugzeugpassagiere betrachteten neugierig den Zweispitz, der schief auf seinen lustigen, widerspenstigen Locken saß. Er fühlte sich bewundert und hatte für jeden ein Lächeln. Verdrießlich war nur eins: sein Degen hatte sich verbogen.

Le Bourget. Quai d'Orsay. Maussane empfing ihn kühl. Diese skandalöse Ernennung würde ihm Schwierigkeiten bereiten, das Personal war in wütender Aufregung. Das beste war es, spornstreichs diesem Seiltänzer der Diplomatie einen Scheinauftrag zu geben und ihn gleich abzuschieben.

»Sie werden gleich nach Hause gehen und sich umziehen. Morgen reisen Sie nach Athen. Hier Ihre Order. Meine Instruktionen folgen. Sie werden nicht gleich Griechenland die Türkei geben! Sie werden sich still verhalten. Beim ersten Telefonanruf einer griechischen Ministergattin – lasse ich Sie abberufen.«

»Und wie geht es Fräulein von Maussane?«

»Danke, sehr gut. Auf Wiedersehen.«

XIII

Im Eichwald, in Decken gehüllt, dachte sie an ihn, sah ihn vor sich, Zug um Zug. Sie zog die Photographie hervor, die sie aus Adriennes Zimmer entwendet hatte. Er war schön, naiv, eindringlich, heiß, kühn, frech, dabei so höflich, gut, groß, teuflisch und lebendig. Gut vor allem. (Damit hatte sie übrigens recht.) Sie ließ das Bild sinken und erstarrte in Erinnerungen, die Augen glühten ihr. Sie hob den Kopf und sah Adrienne.

Die Abwesenheit und das Schweigen Solals hatte beide einander näher gebracht. Tags sprachen sie nicht von ihm;

aber des Abends löschte Aude die Lampe neben ihrem Bett und sagte zu Adrienne, die bei der Liegenden saß: »Erzähle.« Adrienne begriff, dachte reumütig an ihren Bruder, konnte aber dem Reiz dieser zweideutigen Unterhaltung nicht widerstehen. Sie sprach von Solal als Jüngling. Aude war unersättlich, wollte genaue Beschreibungen und mußte ihren Zorn zurückhalten, wenn Adrienne sich nicht auf Solals Anzüge oder auf den Vornamen seiner Mutter besinnen konnte. Sie konnte es sich nicht verzeihen, daß sie selbst den kleinen Wilden, der auf der Sonneninsel einen Stein nach ihr geworfen hatte, ganz vergessen hatte. Sie war böse auf Adrienne, daß sie alles behalten und schlecht behalten hatte. Sie wußte gleich, von wem der Brief kam, den ihr die Freundin reichte. Sie stand auf, ging beiseite, las Solals Botschaft und kam zurück, triumph-beschwingt.

»Geht es ihm gut?« fragte demütig Adrienne.

»Danke, gut.«

Sie lächelte das ziemlich unverschämte Lächeln ihres Vaters und ging. Sie sagte zur Großmutter, sie werde nicht zum Abendessen kommen, und flüchtete sich in ihr Zimmer. Nie hatte jemand solch einen Brief geschrieben. Wer war sie, daß der Sonnenheld Solal sie liebte? Sie bewunderte Schrift, Marke, Umschlag. Dann versteckte sie die Königsbotschaft unter dem Kopfkissen, um die Freude zu haben, sie neu zu entdecken, wiederzulesen, wie etwas noch Unbekanntes. Liebe. O Jugend!

Im Zimmer nebenan suchte Adrienne Solals letzten, so zärtlichen Brief hervor, den sie vor mehreren Monaten bekommen hatte. Oben auf die Seite schrieb sie, die Schrift des Geliebten nachahmend, das Datum von gestern. Aude würde die Fälschung nicht bemerken. Gemein war das! Aber – sie verteidigte ihr Leben.

Aude war eingeschlafen. Sie sah ihn wieder im Schlaf. Sie sagte ihm, er müsse eilen, die goldne Karosse warte schon. Jacques klopfte dreimal mit der Hellebarde auf den Boden, er machte den Schweizer der Kathedrale, in der ein Elefant, der zugleich Herr Sarles war, an der Orgel saß. Sie war stolz auf ihr Kleid, das Solal zerriß mit einem Griff, der sie nackt auf die weiße Terrasse eines runden blauen Hauses hob, wo sie kniend die staubigen Füße des Einsiedlers und Entführers wusch.

Ein Zittern weckte sie. Sie war sein. Die Ahnen von Solal und die Ahnen von Aude von Maussane hatten gelebt, gewirkt und gezeugt, um das Geschick von Solal und Aude zu bereiten. Was konnte sie in dieser Stunde tun als warten? Warten, daß er komme zu seiner Stunde und nach seinem Wohlgefallen. Wenn er wollte, würde sie ihm folgen bis ans Ende der Welt. Mit Wollust dachte sie daran, daß sie seine Hand geküßt hatte. Sie befahl ihren Willen in mächtigere Hände und lächelte in die Dunkelheit.

Sie wußte nichts mehr von Krankheit, Verfall, Tod und der schon vorhandenen Erde, die einst ihre Starre decken würde, sie dachte an das Glück, das sie erwartete. Sie wußte nicht, daß ihre mondhellen, im Spiegel aufschimmernden Zähne ein Stück Skelett waren, daß an einem Frühlingsnachmittag, wenn Feld und Friedhof blühen, Würmer eindringen würden in diese Nüstern, die das Leben mit dem Duft aller Blumen einatmeten. Die schönen Arme reckten sich, und das Mädchen fühlte zum erstenmal in der Phantasie die Schwere eines Solal-Leibes auf ihrem Leib.

Acht Uhr morgens trat Adrienne ein. Ruhig reichte sie ihr den gefälschten Brief. Aude hatte Angst, sie zauderte vorm Lesen.

XIV

Es war schon Mitternacht, aber Eisenbeißer, Salomon und Michael konnten sich nicht entschließen, nach Hause zu gehen. Sie setzten sich in den Garten des Grand Hotel von Kephalonia, wo sie Solal seit sechs Tagen so königlich bewirtete, daß der Bey der Lügner, der seit dreißig Jahren auf seine Schwindsucht pochte, fürchtete, dick und gesund zu werden und demgemäß die nicht unerheblichen Einkünfte aus der Krankenunterstützung der Gemeinde zu verlieren.

Die Tapferen von Frankreich beschlossen, die Nacht im Garten zu verbringen. Es handelte sich um eine hervorragende Persönlichkeit. Zuverlässige Männer mußten seinen Schlaf bewachen. Eisenbeißer hielt es sogar für nicht unwahrscheinlich, daß der deutsche Konsul Solal durch seine Sbirren zu töten beabsichtige. Nachdem Salomon die außerordentliche Bosheit der Germanen bestätigt hatte, zündete er dem Janitscharen die Wasserpfeife an und gab dem Schwindsüchtigen zwölf Stück Backwerk, die dieser, jedes auf einen Bissen, verschlang, worauf er an einem Johannisbrot knabberte. Beim Schein des aromatisch duftenden Pfeifenkopfes unterhielten sich die drei Freunde über das unerschöpfliche Thema.

»Bedenkt, meine allerliebsten Freunde«, sagte Eisenbeißer, nachdem er einen Rülpser von sich gegeben hatte, »daß die griechische Karavelle – Gott lasse sie fürchterlich zerschellen, denn die Griechen haben meine Steuern erhöht, die ich nie zahle! – zu Ehren unseres französischen Diplomaten – Gott erhalte ihn sowie das schöne Frankreich und mich, Amen! – drei Kanonenschüsse abgefeuert hat!«

»Eine Kriegsfregatte, die drei Donnerschläge für einen Sohn Israels abschießt!« rief Salomon aus. »Hat man je so ein Wunder gesehen? Ich glaube, daß der Ewige für sein kleines Volk was Gutes vorbereitet.«

»Es war keine Fregatte«, sagte Michael, »sondern eine Liniengaleasse oder vielleicht eine Galiote. Und was für Geschenke er dem Rabbiner mitgebracht hat! Drei Kisten. Und schwere.«

»Seiden- und Sammetstoffe, dreihundert hebräische Bücher und tausend Güter der Erde! Diese griechische Feluke trägt den Namen einer Hochseegalione, glaube mir!«

»Gelobt sei der Schenker!«

»Der auch uns nicht vergessen hat. Gepriesen soll er sein!«

»Wahrlich, das soll er sein«, bekräftigte Salomon. »Aber wie schade, daß unser Onkelchen nicht da ist. Sein Neffe eine großartige Persönlichkeit, und eine Kiste für ihn, Füllhorn des Überflusses! Nachts weckt mich meine Frau und fragt mich, was in der Kiste für Onkel Saltiel ist. Was weiß ich, Rebekka, und was soll ich dir sagen?«

Der letzte Brief, den sie vom Oberhaupte der Tapferen erhalten hatten, war in Bagdad abgestempelt. Vor fünf Tagen hatten sie an die israelitische Gemeinde dieser Stadt telegrafiert und Eisenbeißer hatte an verschiedenen Punkten der Insel Stafetten ausgestellt, welche die Ankunft der Schiffe melden sollten. Einer seiner Vertrauensleute, der Tag und Nacht bei dem englischen Telegrafenamt Wache hielt, war mit einer Rakete ausgestattet worden, um sie bei der Ankunft eines Telegramms von Saltiel steigen zu lassen.

Doch die Tage brachten nichts als Seufzen und Enttäuschung. Salomon jammerte, und seine Seele war so matt, daß er mit seinem doppelten Handelsbetrieb (im Winter verkaufte er nicht nur Wasser, sondern auch Kuchen) den Unterhalt für seine Familie nicht aufbringen konnte. Die Kundschaft verschmähte sein Wasser, weil es lau, und seine Kuchen, weil sie kalt waren.

»Höre, Eisenbeißer, o Kapitän der Winde, du, der du

erfindungsreich bist, finde uns ein Mittel, das den Onkel herbringt«, bettelte er. »Es ist eine wahre Sünde, ihn dieser Freude zu berauben.«

Eisenbeißer erhob sich, erbat das zur Sammlung nötige Schweigen, ließ einen Wind fahren, drehte sich, um düster Witterung von ihm zu nehmen, zog die Augenbrauen zusammen und verkündete, er wisse Bescheid: es sei ein Fehler gewesen, nur nach Bagdad zu telegrafieren.

»Ja, was sonst?« fragten die beiden andern.

»Was sonst? Wir müssen überallhin telegrafieren!« erwiderte der Diktator.

Sie machten sich auf. Voll Begeisterung trug Salomon in sein blaues Heft alle die Namen von Städten ein, in denen sich Onkel Saltiel möglicherweise befinden konnte. Die Namen wurden von den beiden Trabanten im Triumphe ausgerufen, so daß die öden Gassen widerhallten.

Diese Aufzählung weckte einige Männer, die fragten, was los sei, mit schreiend bunten Kopftüchern geschmückt aus ihren Häusern herunterkamen, um Ratschläge zu erteilen, noch andere Orte vorzuschlagen, und Fackeln anzündeten. Eisenbeißer, der sicher war, daß man ihm nicht gehorchen würde, tat, als wolle er die Menge verscheuchen, die sich von Augenblick zu Augenblick um neu hinzukommende Kerzenträger vermehrte.

Die leuchtende Schar hielt vor dem englischen Telegrafenamt. Eisenbeißer klopfte mehrmals. Die Tür blieb geschlossen. Salomon war in höchster Aufregung, er wollte mit Gewalt einbrechen, machte sich zum Sturmbock und warf seinen kleinen tapferen Körper sechsmal gegen die mit Nägeln beschlagene Tür, wobei er vor Schmerz aufheulte. Endlich öffnete ein schlaftrunkener Engländer und prallte beim Anblick der Volksmenge zurück.

»Ich komme, um in die Länder der Erde zu telegrafieren«, verkündete der Führer der Truppe schlicht.

»Sie werden bezahlen müssen«, sagte der Telegrafist.

Eisenbeißer, der an diese Formalität nicht gedacht hatte, beschloß, die Zahl der Telegramme herabzusetzen und wandte sich an Mattathias, mit dem er sich nicht mehr so gut stand, seitdem der Einarmige große Geschäfte machte.

»O Mattathias, Kapitän der Reichen, leihe mir fünfhundert Drachmen aus Liebe zum Onkel!«

Mattathias schloß die Augen und schlug die Bitte ab. Aber die Menge unterstützte Eisenbeißers Bitte:

»Leihe, Mattathias!« – »O du, der du Reichtum erworben hast, leihe!« – »Du mit deinem großen Fischereiunternehmen, leihe!« – »Ein Unternehmen über ganz Griechenland! – leihe!« – »Du, der du zehntausend Kinder als Fischer angestellt hast!« – »Für einen Groschen am Tag angestellt!« – »O Mattathias, gewähre das Darlehen!«

Mattathias ließ seinen Kopf von rechts nach links und von links nach rechts gehen, ohne dabei mit Harzkauen aufzuhören. Michael trat auf ihn zu und zwickte mit seinen riesigen Fingern den Geizigen ins Ohr.

»Ich habe dich sehr gern«, sagte er mit erschreckender Freundlichkeit. »Mir zuliebe wirst du borgen.«

»Gut, ich leihe«, sagte Mattathias. (Er zog blutenden Herzens seine alte, vollgestopfte, mit einer Schnur umwundene Brieftasche hervor.) »Hier sind die fünfhundert Drachmen. Aber seid Zeugen, ihr alle!« Der Chor bezeugte es einstimmig. Eisenbeißer schickte in die Synagogen von Tunis, von Alexandria, von Jerusalem, von Konstantinopel, von Rom, von Venedig und von Malta das nachstehende Telegramm:

schafft saltiel solal mit gewalt oder güte nach kephalonia großartige geschenke für ihn stop segenswünsche im namen der gerührten gemeinde stop gezeichnet eisenbeißer streitbarer advokat führt alle prozesse zu mäßigem preis empfiehlt sich nicht ohne würde

Mattathias äußerte beißend, binnen zehn Tagen würden hundert und mehr falsche Saltiels erscheinen, um sich in den Besitz der köstlichen Geschenke zu setzen. Doch nach und nach verebbte das Gerede, und die Menge verlief sich. Nach erfüllter Pflicht hakten sich die Tapferen mit ihren kleinen Fingern ein und gingen, Arme schwingend, spazieren.

Gegen fünf Uhr früh kam ihnen vom Ende des Goldenen Gäßchens her zwischen dem Fischmarkt und dem Zollamt ein Türke entgegen. Man sah zuerst den Glanz des Krummsäbels, dann die weiße Gandurah, dann rote, hohe Stiefel und schließlich die narbenbedeckte Stirn. Als der Fremde nur noch fünfzig Schritt entfernt war, blieb Eisenbeißer stehen, sperrte die Straße mit seinen Armen und brüllte:

»Beim Auge des Ewigen!«

»Bei dem auf den Vorhang gestickten Namen!« schrie Michael.

»Bei dem Allmächtigen von Israel!« sagte der Ottomane.

»Sind Sie es wirklich, Onkel Saltiel?« fragte Salomon.

»Nein, mein Freund, ich bin es nicht«, erwiderte Saltiel Solal, »ein Geächteter ist es, auf dessen Kopf ein Preis gesetzt ist! Aber ich will euch von diesen Geschichten später erzählen. Vorläufig wollen wir uns umarmen.«

Michael empfahl mit leiser Stimme dem schluchzenden Salomon, den Onkel zu schonen und ihm die große Neuigkeit nicht gleich mitzuteilen. Salomon legte zum Zeichen des Einverständnisses den Zeigefinger der Verschwiegenheit an seine diskrete Nase, während Saltiel Eisenbeißer nach seinem Gesundheitszustand fragte.

»Du weißt, ich habe die Lungensucht«, sagte Eisenbeißer schämig und stolz ... »Tuberkulose wie immer. Seit vierzig Jahren sind meine Tage gezählt.« (Er hustete und die Fensterscheiben zitterten.)

»Kurzum, es geht dir gut. Vortrefflich. Was für ein Gewerbe treibst du augenblicklich?«

»Ich bin nachträglicher Vermittler. Ich setze mich beim Morgengrauen in Bewegung und mische mich, ob die Leute wollen oder nicht, in jede beliebige Transaktion ein, bitte den Verkäufer, seine Forderungen zu mäßigen, flehe den Käufer an, ein wenig Entgegenkommen zu zeigen, und beziehe von beiden Teilen Provision. Das ist, da du es wissen willst, meine gegenwärtige Beschäftigung. Kein Geld! Ich ächze täglich unter den Schlägen eines grausam widrigen Schicksals«, schloß Eisenbeißer mit Würde.

»Dein Beruf kommt mir nicht sehr ehrenhaft vor. Aber überlassen wir es Gott, sein Geschöpf zu richten. Und du, Salomon? Mir scheint, du bist gewachsen. Brüderlichen Gruß, Michael. Sag mir, gibt es was Neues von meinem Neffen?«

»Nein.«

»Jawohl«, schrie Salomon in einem Freudenausbruch; er schämte sich nicht, seinen Eid zu brechen, und sah Michael kühn und herausfordernd an.

Mattathias kam herbei und spuckte sein Herz aus, um Freund Saltiel zu küssen, der, während er Mattathias' Enterhaken drückte, die drei andern um nähere Auskunft bat.

»Es ist ganz unmöglich, dir das auseinanderzusetzen«, sagte Eisenbeißer. »Die Sache ist viel zu schön und außerordentlich verwickelt. Mein Ehrenwort!«
und außerordentlich verwickelt. Mein Ehrenwort!«

»Man müßte mit dem Anfang beginnen«, schlug Salomon tollkühn vor, obwohl Eisenbeißer ihn voll Verachtung anblickte und Michael ihn mit einem Kniff bestrafte.

»Es ist ganz unmöglich«, wiederholte Eisenbeißer. »Wenn ich mit der Auseinandersetzung beginnen will, gleitet mir der Boden unter den Füßen weg, und meine Zunge versagt! Denn damit du alles wissest, muß ich dir alles sagen. Und ich kann dir nicht alles auf einmal sagen. Das ist wie bei der Milch: Wenn du die Flasche umkehrst und senkrecht hältst, fließt sie nicht aus.«

»Dein Neffe hat einen ganz netten Posten«, äußerte Mattathias.

Saltiel rückte seine Gandurah zurecht und räusperte sich.

»Eine politische Stellung«, sagte Michael.

Saltiel setzte einen seiner Stiefel vor, stemmte die rechte Hand in die Hüfte und hob das Kinn.

»Er ist Sekretär der französischen Botschaften, und die Fregatten haben drei Kanonenschüsse ihm zu Ehren abgefeuert!« trompetete Salomon ganz außer sich vor Ergriffenheit und Stolz.

»Die großen Bombardiergalioten«, berichtigte Eisenbeißer und knabberte an geräucherter Fischmilch.

»Riesige Tartanen«, sagte Michael.

»Vielmehr ein Branderschiff«, schlug Salomon vor.

Saltiel legte die Hand an den Griff seines Krummsäbels, klappte die Fersen zusammen und stand stramm. Er glaubte zunächst Mattathias zerschmettern zu müssen, der die Stellung seines Neffen nicht gehörig einschätzte. Er wußte jetzt genug, um die Führung des Gesprächs an sich zu reißen und wieder der Maßgeblichste unter den Tapferen zu werden.

»O du Hohlschädel«, sagte er mit Milde zu Mattathias, »weißt du denn, was das heißt, ein Botschaftssekretär?«

»Ich weiß es«, erwiderte Mattathias. »Das bedeutet Konsul in einer großen Stadt. Wofür hältst du mich denn?«

Saltiels verächtliches, hämisches, beleidigtes, großartiges, schmerzliches Auflachen zerschnitt die Luft. Ein verschlafener Kopf fuhr aus einem Fenster.

»Konsul! Ja, was für ein Sohn von einem Trottel bist du, daß du so gar nichts von der Welt weißt? Konsul! Aber, mein lieber Freund, ein Botschaftssekretär speit, wenn er einen Konsul sieht, er stirbt vor Ekel und hält sich die Nase zu! Ein Botschaftssekretär blickt einem Konsul auf seine Lackstiefel und sagt: ›Verflucht sollen deine abgetretenen Latschen sein!‹ Sogar der Diener eines Botschaftssekretärs stemmt die Hände in die Hüften, schaut auf den Konsul und grinst vor Abscheu! Ja, du kannst das nicht verstehen, und deine Unwissenheit kann diese Größe, die dich hoch überragt, nicht erfassen«, schloß der Onkel in ehrlicher Verzweiflung.

»Ich verstehe es sehr gut und ich weiß, daß du übertreibst.«

Der Champion der Diplomatie lästerte den Gott Israels, daß er ein so unwissendes Volk auserwählt habe.

»Stell dir mal vor, du Händler, stell dir mal vor, du Frosch, daß du einen Paß brauchst oder einen ihrer Sichtvermerke, einen dieser verwünschten gedruckten Zirkel, die mir in meinem Leben schon soviel Schaden zugefügt haben und ganz Israel ruinieren, einen ihrer Stempel, Teufelswerkzeug, das sie kräftig, stolz und munter aufdrükken, nachdem sie es in Druckerschwärze getaucht haben. Du gehst also zu einem Konsul (was für ein erbärmlicher Titel!), und er verweigert ihn dir und nennt dich einen armen Hund. Stell dir mal vor, daß du jetzt zu meinem Neffen gehst, und er, mir zuliebe, geruht, dich zu empfangen und unter die Flügel seines Schutzes zu nehmen. Er schlendert also zum Konsul, pfeift, schwingt sein Stöckchen und läßt auch das durch die Luft pfeifen und sagt: ›Pst! Da komm her du Schakal, o Neffe einer übelberüchtigten Tante, unterzeichne diesen Paß und bewillige ihn dem Soundso, Sohn des Soundso, der der Freund meines Onkels ist.‹ Der Konsul fängt zu stottern an, verliert den Kopf, wird blaß, zittert wie ein verwundeter Sperling und erwidert: ›Zu Befehl, Exzellenz. Hören und Gehorchen ist eins.‹ Vielleicht sagt er ihm sogar ›Hohe Exzellenz‹.

Das also ist, o Fischverkäufer, das also ist ein Botschaftssekretär!«

»Das also!« wiederholte Salomon herausfordernd.

»Mattathias«, fügte der Seelenkenner Eisenbeißer hinzu, »weißt du auch, was ein Kanonenschuß kostet? Hundert Napoleondor. Und die Admiralsgaleere von Kephalonia hat deren drei für den Sohn des Rabbiners abgefeuert. Damit ist alles gesagt, ich brauche nichts mehr hinzuzufügen.«

Und er klatschte mit seiner rechten Hand auf seine linke.

»Ich glaube, es war eine Balancella oder vielmehr eine Dschunke«, sagte Salomon.

»Die Galeere von Kephalonia? Ja, wo ist er denn?« schrie Saltiel.

»Im Grand Hotel. Großes Appartement und sagenhafte Reichtümer von Saba!« kreischte Salomon, und seine Augen leuchteten vor unaussprechlichem Stolz. »Wir wollten Ihnen den plötzlichen Freudenschreck ersparen, darum haben wir Ihnen nicht gleich gesagt, daß er hier ist!«

Saltiel verwünschte seine Freunde, weil sie ihn soviel Zeit hatten verlieren lassen, und lief los. Der Krummsäbel des kleinen Alten holperte über die runden Pflastersteine und sprühte Funken.

Der Portier sagte, der Herr Solal habe befohlen, ihn nicht vor acht zu wecken. Der Onkel drang nicht weiter in ihn und machte sich nach der verfallenen Fabrik auf, deren schiefer »Taubenschlag« ihm auf dieser Welt seine feste Burg und seine Zuflucht bedeuteten. Er nahm die Waschungen für große Gelegenheiten vor, bekleidete sich mit seinem nußbraunen Bratenrock, zog die Kniehosen und taubengraue Strümpfe an und schmückte sein Knopfloch mit einem Büschel Jasmin.

Um halb sieben war er wieder vor dem schlafenden Hotel. Nachdem er einige Zeit im Garten herumgewandert war, lächelte er, ging zu einer Baumgruppe, riß einen Holunderzweig ab, den er aushöhlte und mit fünf Löchern versah. Mit dieser Schalmei stellte er sich unter den größten Balkon und spielte, wie in alten Zeiten, da er mit Sol um die Zitadelle spazieren gegangen war.

Der rote Samtschlafrock erschien auf dem Balkon. Onkel und Neffe lächelten einander zu. Das zärtliche Schweigen wurde durch den Gesang des Meeres, das mit Smaragden spielte, unterbrochen. Solal nickte einen Gruß. Unbeweglich, wie ein artiges Kind, und aufrecht, wie eine Tanne, strich sich der Alte zuerst seinen weißen Schopf und dann die rasierten, durchfurchten Wangen. Solal brach den Bann, indem er den Onkel einlud, zu ihm heraufzukommen.

Saltiel lief, was er konnte, stieß im ersten Stock auf einen Diener, der dem Herrn Solal einen durch das französische Konsulat übermittelten Brief brachte. Er riß ihn ihm aus den Händen, verdächtigte ihn, den Umschlag aufgemacht zu haben – der Schurke hatte es sehr gut verstanden, ihn wieder zu schließen! – Der Brief trug den Stempel des Trianon-Palast-Hotels in Versailles. »Durch Vermittlung des französischen Konsulats« stand darauf. Immer dieses Konsulat. Vielleicht eine Frau. Der kleine Onkel roch an dem Umschlag.

Währenddessen dachte Solal, daß dieser schöne Augenblick voll kindlicher Einfalt nun schon vorbeigeflossen war, um in den Tod zu münden und dort, mit anderen Augenblicken, auf das Kommen des Herrn zu harren. Und sie alle würde das Meer verschlingen, und es wird niemand mehr etwas von ihm wissen. Er dachte an den Mann mit den vollen Lippen, dem er eines Tages in Genf begegnet war und der ihn mit so sonderbarer Aufmerksamkeit angesehen hatte.

Saltiel trat mit gesenktem Kopf und schlotternden Beinen ein. Um etwaigen Gefühlsausbrüchen vorzubeugen, überschüttete Solal seinen Onkel mit Fragen und bestellte ein sehr ausgiebiges Frühstück. Auf eine diskrete Erkundigung nach seiner finanziellen Lage ließ der kleine Alte, der nicht mehr als neun Piaster Vermögen hatte, das Kleingeld in seiner Tasche lustig klirren.

Er tat dem Frühstück alle Ehre an, unterbrach sich aber im Schlürfen des Kaffees und im Genuß der Marmeladen, um sich über die geschliffenen Flacons und die Schildpattbürsten seines Lieblings zu wundern. Er war trotzdem ein bißchen traurig gestimmt, weil er sich vorwarf, den günstigen Moment, seinen Neffen zu küssen, versäumt zu haben. Während er mit abgespreiztem kleinem Finger, wie es wohl in Diplomatenkreisen üblich sein mochte, einen Pfirsich schälte, erzählte er seine Mißgeschicke im Nedsched und vergaß dabei den Brief aus Versailles.

»Daß ich dir alles sage und erzähle, mein liebes Kind. Mit vierundfünfzig Jahren, nachdem ich dich in Aix verlassen hatte, habe ich eine Tour durch Arabien gemacht. Und denke dir, ich wurde vom Pharao dieses Landes, der sich Emir Ibn Raschid nennt, zum Großwesir ernannt. Ich unterzeichnete die Dekrete und befahl allen meinen beduinischen Solaten, französische Gedichte zu lernen. »Mignonne, allons voir si la rose«, du weißt schon. Ich hatte den Staatshaushalt ins Gleichgewicht gebracht. Alle meiner Verwaltung Unterstellten waren verpflichtet, wöchentlich einen Brief abzusenden, und ich, ich verkaufte natürlich die Briefmarken. Ich hatte in Marseille einen Restbestand an Briefmarken aus Panama erworben. Ich stand in hoher Achtung und wurde Emir genannt. Hast du die Geschichte von Quichotte gelesen? Aber das ist eine ganz andere Sache, wir werden ja Nächte und Nächte haben, um zu plaudern. Gepriesen sei der Vereiniger der Familien und der Begründer verwandtschaftlicher Bande. Ich ließ alle meine Gläubiger in Kontumaz zum Tode verurteilen, dich hatte ich zum Scheik gemacht. Doch wo sollte ich dich finden, um es dir zu sagen? Nun, der Emir hat mich bespitzeln lassen und so meine vertraulichen Beziehungen – du lächelst, mein Sohn, aber es ist lautere Wahrheit – zu dem französischen Konsul in Dscheddah erfahren. Jawohl, ich wollte Frankreich ein kleines Geschenk mit dem Protektorat über Nedsched machen, damit es daselbst das Licht der Zivilisation verbreite. (Er versuchte mit einem zittrigen Nasenstüber seine geblümte Weste von einem nicht vorhandenen Stäubchen zu befreien und warf dabei seine Tasse zu Boden.) Dazu kam noch die Geschichte mit dem Liebeslied, einem kleinen Gedicht, das ich dem Weibe des Emirs zukommen ließ. Kurzum, mein Kind, er wollte mir den Kopf abhauen; und da ich das nicht wollte, lief ich drei Tage durch die Wüste, um meinen feigen Angreifern zu entgehen. Ja, so gehts. Und so sind diese Araber aus dem schwarzen Hintern des Propheten!«

Er schämte sich, weil er sich so ordinär ausgedrückt hatte. Um seinen Fehler wieder gut zu machen, ergriff er mit der Zange ein Stück Zucker und zerbiß es zwischen zwei Schneidezähnen. Dann schlug er sich an die Stirn und reichte Solal den Brief, den er ganz vergessen hatte. Ein Lächeln flackerte über Solals Gesicht, der ihn schnell durchflog und das Blatt dann in die Tasche seines Schlafrocks versenkte. Geblähte Nasenflügel, Blässe.

»Verzeih, mein Liebling, ich frage nicht aus Neugierde: doch keine schlechten Nachrichten? Du hast doch noch immer deine Stellung? (Solal beruhigte ihn mit einer Geste.) Na, dann bin ich zufrieden. Ich hatte schon Angst. Diese Schrift gefällt mir nicht. Und sag mir, mein Sol (er wollte eigentlich nur das sagen, diese wenigen Worte waren die Musik seines Herzens, waren der Kuß, den er auf die Stirne seines großen Neffen zu drücken nicht wagte; indem er sie aussprach, fühlte er sich dem Sohne seiner Seele ganz nahe; aber er mußte weiterreden), ist es auch eine feste Anstellung? Die Franzosen sind reizende Leute, Gott weiß, wie sehr ich sie liebe – und übrigens bin ich ja selbst französischer Staatsangehöriger, und zwar nicht durch Naturalisation, sondern seit fünfhundert Jahren, mein Kind – aber sie ändern schnell ihre Meinung. Hast du einen vom Präsidenten der Republik unterzeichneten Kontrakt? Vortrefflich, das ist ja ausgezeichnet. Wenn mir nur jetzt die Royalisten nicht die Republik stürzen! Und sag mir, mein Sol (neue Pause der Rührung), gibt es nicht Schurken im Ministerium, die dich beneiden und dir einen Dolchstoß von hinten versetzen möchten? Hast du einen mächtigen Gönner? Ja richtig, du hast es mir schon gesagt: den Ministerpräsidenten. Und was wollte ich dir noch sagen, mein Sol? Der Kopf raucht mir. Ja, du hast recht daran getan, dich mit dem Ministerpräsidenten gut zu stellen. Die Alten, die auf dem Gipfel der Ehren sind (Saltiel seufzte), haben ihre Galle verloren. Der Minister ist nett zu dir und sagt: ›Du willst einen Reisepaß, da nimm ihn und geh zum Teufel!‹ Während der junge Kommissär dich auf dem Rost von Hoffnung und Furcht braten läßt. Ich habe Erfahrung. Gerade wollte ich dir was sagen. Glaub mir, der Rat eines Greises ist gut. Erweise Herrn von Maussane Ehrerbietung, verfeinde dich nicht mit ihm, ertrage es, wenn er dir mal ein Wort zuviel sagt. Was soll man tun, wir alle müssen uns fügen! Man muß doch leben. Na also, ich bin zufrieden. Du hast eine schöne Stellung. In deiner Eigenschaft als Diplomat bist du immun, und selbst das Bajonett des Gendarmen zerbricht vor dir. Hättest du nicht vielleicht einen Posten für mich als diplomatischen Kurier. Ich werde auf die Geheimakten sehr gut acht geben, das verspreche ich dir. Na, das wird sich ja zeigen. Und sag mir, mein Sol, wie ist denn das mit dem Haus, in dem du jetzt wohnst – ich hoffe, daß du nicht zu viel ausgibst –, und ist dieses Haus durch die bloße Tatsache, daß du darin wohnst – weißt du, ich informiere mich auf Veranlassung von Mattathias – ist es dadurch exterrifiziert? oder esoterisch? Wie heißt doch schnell das Wort? Ich sage es so, weil ich es in den Zeitungen gelesen habe«, sagte der Onkel mit falscher, armselig klingender Sicherheit.

»Exterritorialisiert.«

»Gepriesen sollst du sein. Das Wort wollte mir nicht aus der Kehle. Was für Worte sie noch erfinden werden! Na, alles ist schön und gut, und Bildung ist eine große Sache. Ich beabsichtige, an Herrn von Maussane zu schreiben und ihm für deine Ernennung zu danken. Wie du das nur fertig gebracht hast, das übersteigt meinen Verstand! Beunruhige dich nur nicht, ich werde einen anonymen Brief schreiben und nur unterzeichnen: ›Ein Greis aus Israel, gerührt und Ihrer großen Exzellenz dankbar bis zur Stunde seines Absterbens.‹ Ist das nicht fein? Gut, dann werde ich es nicht schreiben. Und deine Mutter ist gestorben, ohne dich noch einmal zu sehen. Ja, was soll man da machen? Hör mal, ich möchte dich nicht stören. Wenn du was zu tun hast, dann bleibe ich mäuschenstill in meinem Winkel. Du kannst mir, wenn du willst, ein Buch über diplomatische Politik zu lesen geben, aber wenn du keines hast, Liebling, liegt auch nichts daran. Entschuldige nur, daß ich soviel gesprochen habe, aber Herzenskind, es ist schon so lang her.«

Dem Drängen des Onkels nachgebend, zeigte Solal ihm endlich seinen diplomatischen Zweispitz, der ihm selbst keinen Spaß mehr machte; er bereute schon, ihn mitgenommen zu haben. Um das Zimmer verlassen zu können, schützte er vor, einen Auftrag geben zu müssen. Er konnte sich schon denken, was Saltiel tun würde, wenn er ihn allein ließ.

Nachdem dieser das Wahrzeichen der hohen Würde von allen Seiten betrachtet und beschnuppert hatte, überließ er sich eine Weile seinem Gefühle und vergoß süße Tränen des Stolzes. Sodann versicherte er sich, daß er wirklich allein sei, ergriff die Kopfbedeckung und setzte sie auf. Er ging auf und ab, verhandelte mit hochgestellten Persönlichkeiten und schielte dabei heimlich nach seinem Bilde im Spiegel. Er nahm theatralische Stellungen an, betrachtete sich erst sitzend, dann auf einem Stuhl stehend. Ach, er war wie für diesen Zweispitz geschaffen! Er trennte sich nur ungern von ihm.

Als Solal zurückkam, fand er einen gänzlich umgewandelten Onkel auf dem Balkon sitzend: Beine gekreuzt, Brust heraus, eine Zeitung verkehrt in der Hand, berauscht von seiner neugewonnenen Macht. Saltiel bemerkte nicht, daß sein Neffe wieder da war. Solal las den Brief aus Versailles noch einmal.

»Ihr kleiner Brief aus Paris war lächerlich. Gewisse Eröffnungen veranlassen mich sogar, ihn abscheulich zu finden. Ich entschließe mich trotzdem, Ihnen zu schreiben, um Ihnen zu sagen, daß es mir recht unangenehm wäre, Sie wiederzusehen. Vergessen Sie das bitte nicht. Aude de Maussane.«

Solal lächelte. Das war sicher ein Streich von Adrienne. Liebe kleine Aude. Er schrieb dann den für den Onkel bestimmten Brief, der einige Stunden später die ganze israelitische Bevölkerung von Kephalonia in Aufruhr versetzen sollte.

»Jetzt müssen Sie mich allein lassen, Onkel.«

»Ach, bist du da, mein Kind?« sagte Saltiel und drehte sich um. »Laß mich doch bleiben, ich werde dir den Rükken zukehren und dich nicht stören. Während du Toilette machst, können wir plaudern. Man hat mir gesagt, daß du nur zehn Tage hier bleibst und dann nach Athen fährst.«

Solal, der nackt unter der Dusche stand, drehte sie ab.

»Ich reise heute um sechs Uhr abends und fahre nicht nach Athen.«

Trotz seiner Verzweiflung wagte Saltiel nicht, sich umzuwenden. Er sagte mit schwacher Stimme:

»Nimm mich mit.«

»Unmöglich. Aber ich werde Ihnen vor meiner Abreise einen Brief geben, der Ihnen Freude bereiten wird. Es ist ein geheimnisvoller Brief, wir werden uns bald wiedersehen.«

»Kannst du ihn mir nicht gleich geben?«

»Onkel«, sagte Solal, während er sich mit Kölnisch-Wasser übergoß. »Was halten Sie von der Mischehe?«

»Was soll ich dir sagen, mein Sohn?« erwiderte Saltiel, der ihm immer noch den Rücken drehte. »Eine gute Sache – eine gute Sache ist das nie, selbst wenn das Mädchen sich bekehrt. Aber sowas ist Schicksal. Hm. Du gehst also nach Versailles?«

Als die Stunde der Abreise gekommen war, wollte Gamaliel Solal sich nicht weiter als bis zum Goldenen Gäßchen fahren lassen. Zuviele Leute schauten zu. Und immer der kleine Saltiel hinterdrein. Der Rabbiner winkte Michael, die Pferde zum Stehen zu bringen. Er faßte den scheidenden Sohn bei der Schulter, klammerte sich mit seiner Hand wie mit einer Zange an ihm fest.

»Dein Onkel hat mir von deiner Frage über die Mischehe erzählt.« (Solal bewunderte es sehr, wie schnell Saltiel geplaudert hatte.) »Heirate eine der unseren. Ich werde nicht lange leben. Komm zu mir zurück.«

Solal stieg aus dem Wagen und küßte die Hand seines Vaters. Der Janitschar peitschte auf die Pferde ein, und der Wagen fuhr wieder nach der Residenz zurück. Die Tapfern verjagten die Menge, die der Abreise des berühmten Sohnes der Insel Kephalonia beiwohnen wollte, und Saltiel verjagte die Tapferen.

Er kletterte hinter seinem Neffen elastisch die Schiffsleiter hinauf und bat, ihn einen Augenblick allein in der Kabine zu lassen. Er schloß die Tür, zog aus seinem Bratenrock eine alte silberne Schüssel hervor, setzte sie auf das

Bett und schrieb auf ein Blatt Papier: »Ruf mich bald zu Dir nach Paris. Wenn auch als Diener, aber zu Dir. Ich werde Dich beim Abschied nicht küssen, denn ich habe sehr wohl bemerkt, daß Du es nicht gern hast. Hochachtungsvolle Grüße von Deinem Onkel in Leben und Tod, er nennt sich und zeichnet Saltiel von den Solal!« Der liebe Alte küßte das Kopfkissen und legte auf die silberne Schüssel den Zettel, einen Gebetschal und Veilchen.

Das erste Glockenzeichen ertönte. Der Onkel schenkte einem Bediensteten gegen das Versprechen, für den hohen Reisenden besondere Sorge zu tragen, sein ganzes Vermögen. Er kehrte in die Kabine zurück, um seinem Brief hinzuzufügen, daß die Rettungsboje sich unter dem Bette befinde.

Er schüttelte seinem Neffen männlich die Hand, prophezeite schönes Wetter und kletterte die Strickleiter hinunter, wobei er sich bemühte, ein bißchen zu pfeifen. Auf der Schiffslände stieg er in einen vorher bestellten Wagen und ließ sich im schnellsten Galopp zur Zitadelle fahren. Dort winkte er heftig mit dem Taschentuch, bis der letzte Mast verschwunden war. Dann setzte er sich tiefbetrübt und weinte herzzerbrechend.

Eine Stunde später erwachte er aus seiner Lethargie und beschloß, den geheimnisvollen Brief zu öffnen. Er las ihn, fühlte neue Kraft in seinen Adern und rannte ins Judenviertel, Eisenbeißer zu suchen. Er wollte ihn mit der Aufgabe betrauen, das Volk der Insel zusammenzutrommeln, das sich mehrere Tage von nichts anderem unterhalten sollte, als von der üppigen Neuigkeit.

XV

Versailles. Hotel Trianon-Palace. Wohltätigkeitsball der Damen vom Blutenden Kreuz. Auf der Brust von Artilleriegeneralen prangen die Ordenskreuze von St. Johannes und St. Petrus.

Jacques tanzte mit seiner Braut, er war glücklich. Er war eben außer der Reihe zum Major befördert und auf Verlangen des Ministeriums des Äußern à la suite der Armee gestellt worden. Nun werden sie bald miteinander nach Rom reisen, gleich nach den Vermählungsfeierlichkeiten. Er wußte jetzt, daß Aude es nicht erwarten konnte, seinen Namen zu tragen. Eine gute Idee von ihr, zu ihm nach Paris zu kommen.

»Das Trianon-Hotel ist doch viel angenehmer als das Hotel des Reservoirs. Übrigens, was ich noch sagen wollte, Aude. Eben habe ich Solal im Ministerium gesehen. Er ist heut früh zurückgekommen. Dein Vater ist ziemlich aufgebracht über ihn. Er hat ihn mit einer kleinen Mission in Athen betraut, und Solal ist nicht hingefahren.«

Sie schien nicht zu hören, fuhr fort, sich sanft im Kreise zu drehen. Ihr Blick ging ins Leere. Was war ihr der Tanz, was war ihr die ganze Welt?

Adrienne beobachtete die beiden. Schluß mit den sinnlosen Gewissensbissen! Freilich, was sie begangen hatte, war gemein. Sie hatte in einem alten Brief Solals das Datum verändert, damit diese Kleine glauben sollte, er habe am gleichen Tage beiden Frauen einen Liebesbrief geschrieben. Sie hatte Aude Leid zugefügt, aber das Interesse ihres Bruders vertreten.

Kläglicher Versuch sich zu rechtfertigen. Eigentlich hätte sie den Mut aufbringen sollen, abzureisen. Was hatte sie in diesen zweiunddreißig Jahren ihres Lebens geleistet, wozu hatte sie gedient, warum war sie auf der Welt? Schließlich war auch sie einmal jung und voll Feuer. Doch jetzt ließ sie sich treiben und glaubte an nichts mehr. All das hätte anders sein können. Schenkte ihr denn diese Liebe Glück? Nein, nur die wilde, traurige Leidenschaft eines verlassenen Geschöpfes. Ach, hätte sie doch ein eignes kleines Kind, und wäre diese niederträchtige Fälschung des Briefes nie geschehen. »Schau, schau, Mama, den Wau-Wau!« Warum hatte Maussane sich so schnell mit Audes Reise zu Jacques nach Versailles einverstanden erklärt? Offenbar, weil sie da war als Anstandsdame. Diese moralische Rolle paßte vortrefflich zu ihr! Maussane lebte gewiß mit seiner Maitresse zusammen und fand es besser, seine Tochter fernzuhalten. Erbärmlich war das alles. So ein Alter, der in fünf oder sechs Jahren sterben wird und noch eine Frau braucht. Was haben wir nur, wir armen Menschen alle, daß wir uns immer gegen einen andern Leib pressen müssen? Wie Aude sie seit der Geschichte mit dem Brief verachtete! Adrienne ließ sich von dieser Kleinen behandeln wie ein bequemer Dienstbote. Früher war sie stolz gewesen, und jetzt kroch sie ihr feige nach. Warum eigentlich. Natürlich, um sie zu beobachten, um zu spionieren. Immerhin, die Kleine hatte es verstanden, Haltung zu bewahren.

Solal trat ein, märchenhaft blaß. Er bewegte sich mit der Gemessenheit eines asiatischen Despoten, alles war für ihn da. Aude und Jacques tanzten wieder. Ein freundschaftliches Zuwinken für Jacques, förmliche Verneigung gegen Aude. Er forderte Adrienne auf zu tanzen, sie ließ sich mitziehen. Ein Tschinellenschlag peitscht das Orchester auf, die Hölle öffnet ihre Pforten. Plötzlich löste sich Aude von Jacques.

Ein herrisches Gebot zwang sie zu tun, was sie nicht wollte. Eine plötzliche Gier nach Freude und Sieg. Sie wandte sich um, Solal kam vorbei, er lächelte Adrienne an. Aude legte ihre Hand auf des Erzengels Schulter. Er umschlang sie schlafwandlerisch, und wie im Rausche drehten sie sich. Sein ironischer Blick brachte sie wieder zu sich. Beiden hatte er am gleichen Tage einen Liebesbrief geschrieben! Ach, könnte sie doch dem Bösen in die Lippen beißen!

»Gemein sind Sie, gemein«, flüsterte sie und preßte sich fester an ihn.

Erst als das Orchester zu spielen aufhörte, ließen sie voneinander. Sie ging zu Jacques zurück und scherzte liebevoll, jawohl, sie habe sich an ihm rächen wollen, weil er die Frau da drüben zu sehr anstarrte, da habe sie sich einen andern Kavalier gewählt. Jacques versuchte zu lächeln. Er hatte von diesem Solal genug. Ob er nun lächelte oder nicht, sie würde ihn für eifersüchtig halten. Sie zog ihn in den Park. Adrienne war fortgegangen.

Solal amüsierte sich. »Ich brauche nur zu kommen, und die drei drehen sich wie die Puppen am Schnürchen.« Er trat einer aufgeregten alten Dame, die patriotisch geiferte, absichtlich auf den Fuß und verließ den Saal.

In der Halle blieb er vor einem Verzeichnis der Hotelgäste stehen: Fräulein von Maussane, Zimmer Nr. 66. Eine gute Zahl. Es wird gelingen. Vorwärts. Die Dienerschaft flüstert sich mit korrekten Mienen furchtbare Schimpfworte zu.

Er stieg die Treppe hinauf und trat in Nr. 66 ein. Dann ging er im Rhythmus des elektrischen Kraftwerks, das sich hinten im Park befand, im Zimmer auf und ab. Als er die Stimmen von Aude und Jacques hörte, zog er sich in den kleinen Raum zurück, der als Kleiderablage diente.

Gutenachtkuß. Als Jacques gegangen war, setzte sie sich seufzend. Immer wieder versuchte sie, diesem Gedankennetz zu entrinnen, und immer wieder schloß es sich um sie zusammen. Mechanisch zog sie sich aus und sprach laut vor sich.

»Ich habe auf etwas Lust. Vielleicht auf einen Bonbon? Nein. Vielleicht auf eine Zigarette? Nein. Vielleicht auf Solal? Ja. Ach Solal, Solal, niemals wirst du von dem zärtlichen Wahnsinn erfahren, den ich für dich empfinde. Was hast du nur getan, wer bist du, daß du mich so erobert hast? Alles in mir sehnt sich nach dir, und du bist nicht da. Vorbei, für immer vorbei. Warum, ach warum hast du diesem Weib Adrienne geschrieben am selben Tag und beinahe mit den gleichen Worten? Warum hast du mich nicht eben entführt? Du liebst mich nicht, du liebst mich nicht, und ich, ich liebe dich.«

Sie warf in weitem Bogen die letzten Hüllen von sich und machte gymnastische Übungen. Dann hielt sie inne, dachte, jetzt ist doch alles sinnlos, wozu Gymnastik treiben. Sie nahm ein englisches Buch zur Hand und las laut, mit übertriebener Aussprache. Schluchzend hörte sie auf. Eine alberne Rose in der Tapete bannte ihren Blick, in die dichtete sie alle Freuden hinein und begann zu hoffen.

»Mein Gott, mir ist kalt und ich dürste nach Solal. Mein Gott, du hast mich zerbrochen und zunichte gemacht, hab Mitleid mit mir, gib ihn mir, mach, daß er kommt. Herr Jesus, ich will an dich glauben, wenn du ihn mir sofort gibst.«

Solals Herz klopfte in heftigen Schlägen.

XVI

Nach Solals Abreise hatte sich Meister Eisenbeißer ganz allein aufgemacht und ging, Kaktusfeigen verzehrend, auf die Suche nach einer einträglichen Unterhaltung.

Sein Glück ließ ihn auf die Hustenbrüder stoßen. So nannte man drei gänzlich herabgekommene, mit Luftröhrenkatarrh behaftete, kindisch gewordene Greise. Sie saßen auf den Stufen ihrer zerbröckelnden Hütte, aßen Pistazien, nahmen dabei ihr monatliches Fußbad und erzählten sich, während sie in die halb im Meer versunkene Sonne starrten, Geschichten von Wunderrabbis.

»Wißt ihr was?« fragte der Bey der Lügner, der selbst noch nicht wußte, was für eine Geschichte er ihnen auftischen sollte, »große Neuigkeit von draußen!«

Diesen, in ihrem langen Lebenslauf so oft gehörten Worten gelang es, in die verkalkten Gehirne der drei Alten einzudringen.

»Erzähl, Gebenschter«, sagte der Jüngste. Er war achtzig Jahre alt.

»Der König von England hat sich zum israelitischen Glauben bekehrt!« verkündete Eisenbeißer und drehte die Haare, die ihm aus den Ohren wuchsen, zu Löckchen. »Er geht jeden Morgen in die Synagoge, trägt einen langen Kaftan und hat das Gelübde abgelegt, das ganze Jahr Mazzes zu essen!«

Die drei Wracks hörten zu kauen auf, beglückwünschten sich gegenseitig, riefen mit piepsiger Stimme, wie schön es sei, so lange zu leben, wenn man so angenehme Neuigkeiten zu hören bekomme, segneten den König von England, kamen überein, daß diese Welt voller Wunder sei, und husteten.

Eisenbeißer verkündete hierauf eine noch größere Neuigkeit, nämlich, daß er zum Gendarm ernannt worden sei. Die Hustenbrüder gratulierten ihm und wünschten dem Krieger, lange auf den Pfaden der Gerechtigkeit zu wandeln. Doch die Pistazien entfielen ihren Händen, als sie erfuhren, der Gendarm sei von den griechischen Behörden und vom Sultan beauftragt worden, täglich zwischen sieben und acht Uhr abends eine neue Steuer einzutreiben, genannt »Taxe auf Husten, Niesen und andere ähnliche Schleimausscheidungen«.

»Hat man so was schon gehört!« sagte der Jüngste und kreuzte die Arme.

»Auf was für Erfindungen schon so ein Sultan kommt! Ein Zoll auf das Husten!« sagte der Zweite und fuhr fort, über das Mißgeschick Israels zu jammern.

»Gepriesen sei der lebendige Gott!« sagte der Älteste, der aus seiner Tasche eine Art Uhrturm, einen eisernen Zeitmesser, hervorgezogen hatte. »Es ist fünf Minuten vor sieben. Brüder, benutzen wir diese fünf Minuten, die uns bleiben, zum Husten!«

Die drei husteten um die Wette und flehten zu Gott, er

möge ihre Kehle beruhigen. Doch sobald die Kanone der Zitadelle sieben Uhr verkündet hatte, hob der Hüter der Ordnung seine rechte Hand und gebot, mit Husten aufzuhören.

»Halt!«

Die Brüder preßten unter Eisenbeißers strengem Blick wohl zwanzig Minuten lang die Lippen zusammen. Doch ihre eingetrockneten Gesichter färbten sich röter und röter bis zum glühendsten Purpur, und schließlich platzten sie besiegt heraus und ließen das Brummen, Rasseln und Dröhnen der fürchterlichsten Lungensucht hören. Eisenbeißer hielt die Hand hin und verlangte die fälligen Zahlungen. Die Unglücklichen leerten ihre gestrickten Börsen.

»Mach einen Juden zum Gendarm«, sagte der Jüngste.

»Und er wird schlimmer sein als der Babylonier«, ergänzte der Älteste. Eisenbeißer sah von weitem Saltiel kommen und fürchtete den Zorn des Gerechten. Um die Erinnerung an seine Plünderung in den Alten auszulöschen, erzählte er ihnen von Palästina, wo seit sieben Tagen ein Sohn Israels herrsche. Die Brüder umarmten und küßten einander und stimmten mit zittriger Stimme einen trotzigen Psalm an. Als Saltiel erschien, war der Bösewicht gerade dabei, den drei Hustern ihre Ernennung zu hohen Würdenträgern am israelitischen Hofe mitzuteilen.

Die beiden jüngeren Brüder gingen, ihre Feierkleider anzulegen und Vorbereitungen für die Abreise nach Jerusalem zu treffen. Saltiel zog mit wichtiger Miene Eisenbeißer beiseite, zeigte ihm Solals Brief und die fünf Tausendfrankenscheine, die der Prächtige ihm gegeben hatte. Der älteste Huster war sitzen geblieben und brummte eigensinnig, er wolle nicht Kammerherr sein. Er beschimpfte den israelitischen König, daß er so spät gekommen sei.

Saltiel war durch die Abreise seines Neffen zu sehr erregt, als daß er den Wunderbrief der Menge selbst hätte vorlesen können. Er gab Eisenbeißer seine Anweisungen, der, hörend und gehorchend, mit der Leichtfüßigkeit einer Hindin davoneilte, um vom Rabbiner der Synagoge das Widderhorn auszuleihen, mit dem an großen Festtagen das jüdische Volk zusammengerufen wird.

Um Alarm zu schlagen, setzte er das Instrument an den Mund und hustete hinein. Sofort klappten Fensterläden auf, erschreckte Gesichter fuhren heraus, Scheiben klirrten. Die Männer folgten dem Herold auf den Marktplatz, während die Frauen schmerzlich gespannt durch die Fenster spähten und nicht wagten, ihren Gatten und Söhnen nachzugehen.

Eisenbeißer gebot der Menge, sich niederzulassen, ließ Schläuche mit Honigwein kommen, den er mit den Ersparnissen der drei Huster bezahlte, wärmte seine ungeheuren, nackten, schmutzbedeckten Füße an dem mächtigen Feuer, an dem zu Ehren der großen Neuigkeit schon Zicklein brieten, knöpfte seinen schwarzen Gehrock zu, legte seinen Zylinderhut neben sich und begann die Verlesung.

Eigentlich war die Übererregung, die dieser Brief hervorrief, nicht ganz berechtigt, aber die Leute von der Insel besaßen ein glühendes Temperament. Solal lud einfach seinen Onkel ein, ihn in Paris zu besuchen und, wenn er wolle, einige Freunde mitzubringen. Er, Solal, würde gerne die Reisekosten bezahlen und, um Saltiels Begleiter zu schicklicher Kleidung aufzumuntern, dem Bestgekleideten fünfundzwanzigtausend Franken überreichen, es sei denn, daß sein Onkel es vorzöge, diese Summe einem zionistischen Wohltätigkeitsfonds zu überweisen.

Ein Schweigen wie in einem Sterbehause folgte der Verlesung. Eisenbeißer tat einen langen Schluck aus dem Schlauch, den zwei Dienstfertige hielten, dann stärkte er sich mit einer Hammelkeule und dem Kopf eines Zickleins. Die Menge betrachtete ihn voll Ehrerbietung. Endlich, nachdem er sich mit dem Rücken seiner riesenhaften, knochigen, geäderten, zottigen Hand den Mund gewischt hatte, begann der Winkeladvokat folgendermaßen zu sprechen:

»Versammelte Männer, Gefährten meines arbeitsreichen Lebens, vereidigte Zeugen meiner wechselvollen Geschicke, eine ernste Stunde für unser Volk ist angebrochen! Wir befinden uns an einem Wendepunkt unserer Geschichte. Was sollen wir tun, was sollen wir lassen?«

Der kluge kleine Salomon unterbrach ihn, die Sache sei ganz einfach, Saltiel brauche nur so schnell wie möglich seine Begleiter zu wählen, und die würden sich so schön anziehen, als sie nur könnten. Doch eine so schnelle Auslegung war dem Verwirrer der Prozesse nicht genehm.

»O Hund und Sohn einer Hündin!« schrie er und schleuderte den Ziegenkopf auf Salomon, der ihn im Flug erhaschte und sich nach Herzenslust an ihm gütlich tat, »weißt du oder weißt du nicht, daß der ehrenwerte Saltiel mir Vollmacht gegeben hat und daß ich hier Solal von den Solal selbst vertrete? Gepriesen soll er sein bis an das Ende der Zeiten!«

»Schön, schön«, sagte Salomon philosophisch und verschlang das Auge des Zickleins, »mach, was du willst.«

»Denn, meine Herren Geschworenen«, fuhr Eisenbeißer fort und schlug auf den Brief, »hier ist unzweideutig gesagt: ›der Bestgekleidete soll die fünfundzwanzigtausend Franken erhalten‹.«

»Zeig den Brief her, du Sprößling des Reichtums«, bat ein alter Analphabet. Er setzte seine Brille auf und tat, als lese er. »Stimmt, der Bestgekleidete, genau wie du sagst.«

»Und was wird geschehen, meine hochverehrten Herren, wenn der großmächtige Freigebige findet, daß wir nicht fein genug gekleidet sind? Wird dann das Geld unserem heiligen Stamme entzogen, um Zionisten zu mästen, Juden aus dem Lande Gog oder aus Polen, Männer aus schneereichen Gegenden, die die Worte unserer Heiligen Schrift unrichtig aussprechen?«

Ein einziger Schrei des Entsetzens stieg aus den Kehlen der Mittelmeerbewohner auf. Diese ungeheure Summe durfte den echten Söhnen Israels nicht entgehen. »Lieber wollen wir Weib und Kind schröpfen!« schrien einige. Hierauf begann man über die Valuta zu diskutieren, und Bleistifte fuhren kritzelnd über die Hauswände.

Endlich entschied Eisenbeißer: übermorgen, Freitag, solle unter seinem Vorsitz ein Wettbewerb von eleganter Kleidung stattfinden. Stimmen erhoben sich schon halb verschlafen, das sei ungerecht, man murmelte, der Leopard würde natürlich doch seinen Freunden den Vorzug geben.

Nach und nach duselte die Menge ein. Einige der Tapferen schwatzten noch. Salomon, dessen Kopf auf Michaels Beinen lag, erklärte mit belegter Stimme, der Rabbinersohn hätte doch einfach das Geld dem Ärmsten schenken können, ohne diese Verrücktheit mit der feinen Kleidung. Aber man brachte den Rebellen zum Schweigen, indem man ihn belehrte: »Der Reiche befiehlt.« Bald darauf belebte hoffnungsfreudiges Schnarchen aus dreihundertundfünfzig Kehlen den Marktplatz.

Bei Sonnenaufgang gründete Eisenbeißer eine Handelsgesellschaft, gültig für die nächsten vierundzwanzig Stunden, und zwar mit dem einzigen Trödler der Insel, der zum Glück von den gestrigen Ereignissen noch keine Kenntnis hatte. Sodann forderte er die Menge auf, ihren Bedarf an hocheleganter Kleidung bei diesem Manne zu decken. An diesem Tage sah man Notare, Marquis, Sterngucker, Apotheker, Tierbändiger, Kommodore und Hofabbés herumspazieren.

Sie alle sollten am gleichen Abend, noch vor dem Gottesdienst, von Eisenbeißer wieder ausgeschieden werden. Er warf einen wilden Blick über die Menge und schickte sich an, die Liste der Auserwählten zu verlesen.

Doch in diesem Augenblick kam laufend, was er konnte, der Nachzügler Salomon heran. Er pflegte nämlich an jedem Freitag ein warmes Bad zu nehmen, und wie immer nach dieser wöchentlichen Zeremonie war er ganz rot und hatte furchtbare Angst, sich zu erkälten, denn er wollte nicht jung sterben. Er schlug den Kragen seines Feiertagsgewandes hoch – es war ein gewöhnlicher, moderner blauer Anzug –, zitterte vor Kälte und hüstelte ein bißchen, um die Menge, die ihn beschimpfte, zu rühren. (Durch seine Friedfertigkeit, sein heiteres Gemüt, seine Dienstbeflissenheit hatte sich nämlich der brave, kleine Kerl die allgemeine Verachtung zugezogen.) Endlich begann Eisenbeißer.

»Zur Bewerbung um den Preis von 25 000 Franken für hohe Eleganz sind zugelassen: Saltiel Solal kraft Verwandtschaft und Befehlshaberstellung. Er wird sich kleiden, wie es ihm beliebt. Ich, weil mein Gewand geschmackvoll ist: blauer Gehrock mit Perlmutterknöpfen, mit schmalem Hermelinbesatz, zylinderförmiger Hut, dito verbrämt wie bei den unbestechlichen Richtern. Maimon Solal, kraft hohen Alters und Weisheit. Mein Vetter Querido Solal, weil er ein Reitstöckchen trägt, und meine Großneffen Bambo Solal und Besso Solal, weil sie meine Großneffen sind und sich wie ehrbare Leute kleiden und nicht wie Hochstapler. Mattathias Solal und seine Tochter Lea Solal, beide außer Konkurrenz und wegen privater, streng vertraulicher, äußerst dringender Gründe. Michael, weil er mein Freund ist, und Salomon dito. Übrigens besitzen alle von mir zur Teilnahme am Wettbewerb Auserlesenen prächtige Kleidung, deren genaue Einzelheiten anzugeben derzeit nicht statthaft ist. Sie werden bis zur Ankunft in Paris geheimgehalten werden. Der Anzug, den Sie mich tragen sehen, ist noch nicht vollständig. Die originellsten und vornehmsten Verzierungen, die mich hoffen lassen, als Sieger aus diesem Turnier hervorzugehen, sind noch nicht angebracht. Ich fürchte Neider und Plagiatoren! Dixi. Kein Einspruch? Also angenommen. Die Sitzung ist aufgehoben.«

Die Menge heulte auf vor Wut und beschimpfte den Gauner, der in seinen gabeligen Bart grinsend ausrief: »Einstimmig angenommen mit meiner Stimme.« Salomon, der vor Glück herumtänzelte, wurde von den abgewiesenen Kandidaten verprügelt. Der blaue Anzug, in Salomons dreizehntem Lebensjahr aus Anlaß seiner Konfirmation eingeweiht und damals, damit er möglichst lange Dienste leiste, geräumig zugeschnitten, platzte unter den Püffen.

Die Auserwählten beschlossen, sogleich abzureisen und vor ihrer Ankunft in Paris noch eine kleine Rundfahrt durch Europa zu machen. So telegraphierten sie denn an Solal, sie würden, falls es dem Gönner seines Stammes beliebe, am 30. November, um fünf Uhr nachmittags, sich im Ministerium des Äußern einfinden.

Am nächsten Tage hatte die gefoppte Menge das erlittene Unrecht wieder vergessen und begleitete die Abreisenden mit Gesang und Geseufze.

Einige der Tapferen schwangen ihren Reisepaßersatz. Eisenbeißer war mit der Besuchskarte einer französischen Schauspielerin ausgerüstet, Salomon mit dem Jagdschein eines verstorbenen Engländers, Mattathias mit einem Beichtzettel. »Gott wird sorgen! Wir haben keine Lust, die Konsulate zu mästen!«

Salomons Weib heulte. Sie behauptete, ihr Gatte werde, von den französischen Sirenen verführt, nicht wieder zu ehelichem Herde zurückfinden. Der dicke kleine Mann – er war in einen großen roten Frauenschal gehüllt, denn er fürchtete die frische Seeluft – ließ seinen Alpenstock, der ihn um einen halben Meter überragte, von einer Hand in die andere wandern und streichelte die Schulter seiner Gattin.

»O du mein Schäfchen«, sagte er so stolz, männlich und schmachtend, daß alle Umstehenden sich totlachen wollten, »sei meiner Beständigkeit versichert, weine nicht und höre auf, dich verliebter Verzweiflung hinzugeben. Es könnte dir verderblich sein, o Ehre meines Hauses und Wonne meines Lagers ...« Er wurde furchtbar rot; denn er schämte sich dieser letzten Worte, schloß die Augen, nieste und gewann schließlich seine Fassung wieder. »Wie, solltest du wünschen, daß ich bleibe und alle Hoffnung auf die fünfundzwanzigtausend Franken aufgebe, oder daß unser armes Töchterchen keine Mitgift bekommt und später vielleicht Leierkasten spielen muß?«

So schifften sich denn alle voller Hoffnung ein. Das Schiff verließ um sechs Uhr den Hafen.

Saltiel stand auf dem Hinterteil des Schiffes und warf schwärmerische Blicke auf die entschwindende Insel. Salomon waren die Schuhsenkel aufgegangen, er verstand noch nicht, sie richtig zu binden, so bat er denn Saltiel, ihm aus der Verlegenheit zu helfen. Dann schwatzten sie über die Länder dieser Erde.

»Es ist mir zu Ohren gekommen«, sagte Salomon, daß der Deutsche streng sei, der Franzose aber wie süße Sahne.«

»Der Deutsche ist stark«, belehrte ihn Mattathias mit sachverständiger Miene. »Man kann auf ihn zählen.«

»Der Engländer ist mir lieber«, sagte Eisenbeißer, »er hat Kolonien und ist ein bißchen so wie ich, nämlich Vermittler nach geschlossenem Geschäft.«

»Unsere französische Armee ist die erste der Welt«, schwärmte Salomon. »Wir haben kleine Kanonen, aber sie töten ihren Mann auf hundert Schritt! Ein Freund hat es mir gesagt. Kleine Kanonen, meine lieben Freunde, klein, aber stark! Der Germane und die Romanisten sollen sich nur in acht nehmen.«

»Alle Völker sind Gottes Kinder«, sagte Saltiel und

schlug seufzend seine Augen auf. »Doch sie wissen es nicht und fallen alle über uns her.«

»Nichtsdestoweniger bin ich der Meinung«, fügte Salomon ganz unbegründet hinzu, »daß ich das große Los gewinnen werde.« Er machte dabei den Versuch, Michael gönnerhaft auf die Schulter zu klopfen, was ihm daneben gelang. »Wenn ihr erst mal mein Kostüm sehen werdet! Aber ich zeige es euch noch nicht, denn sonst macht ihr es nach. Ein jeder für sich, und Gott für mich. Habe ich erst mal den Haupttreffer, dann werde ich ein Freudenleben führen, meine Lieben! Einen Lakai zu Pferd werde ich vor meiner Zimmertür haben, der wird seinen Säbel funkeln lassen. Jawohl, meine Freunde! Sagen Sie mal, Onkel Saltiel, möchten Sie gerne Papst sein?«

»Warum nicht«, sagte Mattathias, »das ist eine einträgliche Stellung.«

»Das glaube ich«, sagte Salomon. »Man hat mir berichtet, der großmächtige Rothschild soll Bankier des großmächtigen Papstes sein . . . Sagen Sie mal, Onkel Saltiel, wenn Sie werden haben einen Ministerposten in einer Regierung (Saltiel seufzte), wird es Ihnen dann belieben, mir eine Provinz zu verleihen oder ein Dorf, daß ich dort fest kommandiere zu Fuß oder zu Pferd? Aber wenn Sie nicht können, macht's auch nichts. Bin ich schließlich geschaffen zum Kommandieren? Ich fürchte die Listen und Fallstricke der Minister, die könnten mich leicht um den Kopf bringen. Ich will aber nicht enthauptet werden. Da ich nicht jung sterben will, verzichte ich auf die Provinz. Das ist vielleicht schade, denn mir scheint, ich habe ein anmutiges Auftreten. Na, sprechen wir nicht mehr davon. Das Wichtigste ist, sich über die kleinen Gunstbezeugungen des Himmels zu freuen, seine Pflicht zu tun und sich mit guten Freunden zu unterhalten.«

»Du schwätzt zuviel, du Regenwurm«, sagte Eisenbeißer, »woher nimmst du den Mut dazu?«

»Vielleicht von dem Haupttreffer oder von der frischen Meerluft«, antwortete Salomon. »Übrigens hör mal, es soll da an einem gewissen Ort einen Sohn unsres Volkes geben, der unsere Geschichte schreibt und sich ganz besonders für mich interessiert. Es ist mir zu Ohren gekommen, daß ich eine Hauptperson bin.« Er blies die Backen auf. »Wenn nur meine Frau nicht das Buch liest, in dem vielleicht steht, daß ich mit der ehemaligen Konsulin ein Techtelmechtel gehabt habe.«

»Er soll sich nur in acht nehmen, dieser Sohn unseres Volkes«, sagte Eisenbeißer. Falls er mich verleumdet, strenge ich gegen ihn eine hochnotpeinliche Klage auf Ungültigkeit an, die ihn schweren Schadenersatz kosten wird!«

Die Sonne war im Sinken. Die Gipfel der akarnanischen Berge färbten sich rosig. Die Tapfern wurden melancholisch.

»Erkläre mir einer das Leben«, sagte Salomon, der manchmal von metaphysischen Ängsten befallen wurde. »Was tue ich auf diesem Schiff, und warum hat die große Stunde meines Lebens geschlagen?«

»Jaja, was haben wir in unserm Leben geleistet?« fragte Eisenbeißer.

»Nichts«, sagte Saltiel.

»Dann sind wir unnütze Menschen.«

»Ach, wer kann das wissen?« fragte Saltiel. »Ich wenigstens glaube, daß so unnütze Menschen, wie unser kleiner Salomon da, das Salz der Erde sind.«

Das kleine Salz, das eingeschlafen war, wachte wieder auf bei dem Duft des köstlichen, dampfenden Mahles, das Michael eben brachte. Bei angenehmer Brise aßen sie unter dem Sternenhimmel mit gutem Appetit. Darauf hakten sie sich mit dem kleinen Finger aneinander und machten auf Deck ihre Promenade, ohne die Passagiere erster Klasse zu beneiden. Michael machte sich über Salomons dicken Hintern lustig. Der Kleine setzte sich zum tausendsten Mal zur Wehr.

»Hör ein für allemal, mein Freund, ich wünsche nicht abzumagern. Ich habe Hinterbacken, mag sein. Es sind *meine* Hinterbacken, und ich lege Wert auf sie. Ja, ich möchte sogar behaupten, ich liebe sie. Dank sei dem Herrn, der mir sie feist zugedacht hat. Und feist will ich sie behalten. Ich bitte dich, zwick mich nicht immer.«

»Genug«, sagte Saltiel. »Nun möchte ich dir noch etwas sagen, Eisenbeißer. Wir begeben uns jetzt nach Paris, der Metropole der höflichen Sitten. Wenn du erlaubst, möchte ich dich bitten, nicht mehr mit dem Munde gewisse Unziemlichkeiten zu begehen, die unserm Neffen mißfallen könnten und sich für Nummer Zwei der Tapfern nicht schicken.«

»Rülpsen ist meiner Gesundheit zuträglich«, sagte Eisenbeißer kurz und gereizt. »Deshalb werde ich es weiterhin tun. Alle diese Subtilitäten, die Etiketten eines Herodes, die falsche Geziertheit und Umständlichkeit sind mir schnuppe. Bin ich ein Kurtisan oder vielleicht eine Kurtisane, daß ich mich in süße Anmut hüllen soll? Schweig also. Übrigens bin ich schläfrig.«

Die fünf Freunde fingen zu gähnen an. Sie legten sich, um einen Mast gruppiert, nieder, wickelten sich in ihre Decken, erwiesen Gott ihre Reverenz und schliefen sanft ein, so wie ich es dir wünsche.

XVII

Solal hatte sich noch nicht entschlossen, sein Versteck zu verlassen. Aude erhob sich matt und stieg aus der Badewanne. Sie drückte zart das Tuch an ihren Körper wie an eine Wunde. Sie redete mit sich selbst und wußte nicht, daß Solal so nahe war und sie hörte.

»Vorbei, alles vorbei. Entschluß, Doppelpunkt, nicht

mehr an diesen Mann denken. Ich bleibe mir. Ich, ich allein, und das ist genug. Leichter gesagt als getan. Aude mit all ihren Gedanken, das ist was. Dann hab ich noch die Musik. Mozart, lieber Mozart, schmerzlicher, goldener, glücklicher. Ach Gott!«

Die Reitpeitsche in ihrer Hand durchschnitt pfeifend die Luft, zeichnete Striemen auf ihre langen Beine. Blutstropfen perlten. Sie züchtigte sich so, weil sie an Solal dachte. Sie schluchzte. (Du kannst dir nicht vorstellen, wie hinreißend sie war.)

Endlich legte sie sich zu Bett. Als sie ausgelöscht hatte, hörte sie Schritte, erkannte einen Atem, streckte in der Dunkelheit die Hände hin, die er faßte. Brausender Strom der Jugend. Sie war durchbebt von Freude und Gewißheit. Der Wind öffnete die Fensterläden, Mondstrahlen, die ein Stockwerk tiefer einen Sterbenden beschienen, drangen herein.

»Du!« Sie nahm seine Stirne zwischen ihre Hände mit einem unsäglichen Lächeln. »Du, antworte schnell, ohne nachzudenken: Sag, sag, liebst du mich? Oh, der Geliebte, oh, er ist gekommen! Meine Freude, der Gebieter meiner Seele, der Wunderbare ist mir gekommen. Ich liebe dich.«

Sie fühlte sich zu jedem Wagnis bereit, und ihre Kühnheit berauschte sie. Sie bot ihm ungeschickt die Lippen.

»Gebieter, mein Gebieter.«

Er beugte sich über ihre Lippen und küßte sie. Mit hinsterbenden Lidern empfing sie wild den ersten großen Kuß. Dunkle schlagende Fittiche. Sie fühlte sich gezeichnet auf immer, sog das Leben ein. O dieser Kuß, eingebrannt in ihre Lippen! Abgrund ihrer Geschicke!

Er trat zurück, erblickte einen Pfirsich auf dem Tisch, biß hinein, sah dann den halbgeöffneten Mund, der nach mehr verlangte, die verzückten Augen einer Heiligen, die Lippen, feucht vom Saft der Liebe. Neue Lust. Lippen und Zungen vereinen sich. O Sprache der Jugend.

»Gebieter!« stammelte sie wieder.

Er fühlte sich peinlich berührt von dieser demütigen Hingerissenheit, und dennoch war er glücklich. Sie erwachte aus ihrer Verzücktheit und fragte, ob es wahr sei, daß Adrienne und er ... Er zuckte die Achseln, seit fünf Monaten habe er dieser Frau nicht mehr geschrieben. Schon warf sie den forschenden Blick der ehelichen Eifersucht auf ihn: sie wird durch diesen schwarzen Erzengel mit dem undurchdringlichen Gesicht noch viel zu leiden haben.

»Jetzt geh, Geliebter«, sagte sie etwas pathetisch. (Genau wie Adrienne. Sie sind entschieden alle gleich.) Ich werde die ganze Nacht nicht schlafen, die ganze Nacht werde ich dich an meinem Herzen halten. Solal, dein Name von Sonne und Einsamkeit ist eingegraben in meinem Herzen vom ersten Tag an. Du erinnerst dich noch an das Marienkäferchen ...?«

Als er die Tür öffnete, klagte sie:

»Ach, du verläßt mich schon? Komm zurück, Liebster! Hör doch! Noch näher! Mein Liebster, ich bin dein Landmädchen mit langen Zöpfen. Du kannst mit mir machen, was dir gefällt, Gebieter du über das ganze Land. Geliebter, hätt' ich doch mehr, es dir zu geben. Alles, alles, was ich hab, Geliebter, nimm es! Nimm mich schon jetzt, wenn du willst. Du bist mein Herr, ich sage es laut vor aller Welt.«

Sie riß die Decke von ihrem Leib und zeigte sich nackt.

»Solal, o Solal Solal, das ist dein Name, und ich sage deinen Namen. O Sol, ich möchte dich noch etwas fragen, lach nicht über mich, mein Allergeliebtester – sag, sag, liebst du mich?« Sie weinte fast vor Wonne. »Ich liebe dich, liebe dich, liebe dich, liebe dich, liebe dich, liebe dich, liebe dich, liebe dich, liebe dich, liebe dich, liebe dich, liebe dich, liebe dich, ich liebe dich. Sag, daß du mich liebst! Sags! Mich dürstet nach deiner Stimme. Nimm, nimm noch! Den Mund. O Geliebter!«

Bis zur Morgenröte und bis zur unvermeidlichen Lerche währte das seit Urzeiten ewige, das armselige, das törichte, das furchtbare Duett, kraft dessen die Erde Frucht trägt.

Beim ersten Sonnenstrahl bat sie ihn, draußen auf sie zu warten. Er gehorchte und ging draußen auf und ab. Bald war sie bei ihm.

Die beiden jungen Menschen hielten sich an der Hand und gingen auf der Landstraße. Sie wollte noch am selben Tag mit dem Vater sprechen, ihm sagen, daß sie diesen da gewählt hatte, ihn, auf den vom ersten Tage an ihre Wahl gefallen war. Sie vergaßen die Zeit und spielten im Wald. Sie lief, er verfolgte sie, holte sie ein und schloß sie an sein Herz. Spielt, Freunde, vergnügt euch, berauscht euch an Liebe!

XVIII

Als Onkel Saltiel aus dem Zug stieg, hielt er es für angebracht, zu allererst die Stadt des Lichts mit einem weiten Schwung seiner Bibermütze zu grüßen. Hierauf marschierte er an der Spitze des mit Ballen, Kisten und Schals beladenen Trupps. Eine stetig wachsende Menge schloß sich der tapferen, von ihrer Glorie durchdrungenen Karawane an. Eisenbeißer blieb ab und zu stehen, sprach die witzereißenden Gaffer an und fragte sie mit einer Ironie, die nicht verstanden wurde, ob sie etwa Freunde in der Diplomatie oder vielleicht Aussicht auf fünfundzwanzigtausend Franken hätten.

Nach zweistündigem Hin- und Hermarschieren trieb Saltiel seine Herde in ein Hotel nahe dem Bahnhof, an dem sie angekommen waren.

Er brachte seinen Vater in seinem Zimmer unter. Mattathias sperrte seine Tochter ein und zog den Schlüssel ab.

Eisenbeißer verstaute seine drei Großneffen, schlichte, verdatterte Komparsen, im Vorraum des Hotels und schärfte ihnen ausdrücklich ein, sich nicht wegzurühren, »selbst im Falle von Feuersbrunst, Pestilenz, Menagerie, Schiffbruch, Warenunterschleif, Überschwemmung, räuberischem Überfall, Hagel, Heuschreckenplage, Quarantäne, Gläubigern sowie sämtlichen anderen Zwischenfällen oder Arten höherer Gewalt, die in gegenwärtiger Bestimmung nicht vorgesehen sind«. Hierauf verließen die Tapferen das Hotel in der einzigen Absicht, die Statuen der Wohltäter der Menschheit zu begrüßen.

Um sieben Uhr abends standen diese kindlichen Menschen vor dem Ministerium des Äußern, zogen den Hut vor der blauweißroten Fahne, beguckten den Wachtposten und plusterten sich auf bei dem Gedanken, daß sie am nächsten Tage zu den Intimen dieses Hauses zählen würden. Eine Dame kam aus dem Ministerium. Saltiel fand es angemessen, sich zierlich zu verbeugen.

»Königlich ist unser Onkel!« sagte Salomon. »Er kennt alle Welt!«

»Offengestanden kenn ich sie nur vom Sehen. Ich habe sie gegrüßt, um ihr Glück dazu zu wünschen, daß sie in dieser Stätte des Scharfsinns verkehren darf.«

Auf dem Rückweg zum Hotel traten sie in ein Ramschgeschäft ein, allwo ein jeder von ihnen den Ankauf einer Weckeruhr tätigte. Vorsicht war geboten: der Kellner, der sie wecken sollte, konnte in der Nacht sterben oder Antisemit sein und sie den ganzen Tag schlafen lassen, und das Zusammentreffen mit Solal war doch auf fünf Uhr nachmittags festgesetzt. Sodann begaben sie sich in eine Stallung und bestellten für den nächsten Tag einen Wagen mit zwei Pferden. Schließlich kehrten sie ins Hotel zurück.

Im Vorraum, genau auf dem angewiesenen Platz, befanden sich die drei Komparsen, Standbilder des Gehorsams. Sie waren vor Entkräftung beinahe gestorben. Die Tapferen gingen zu Bett, nachdem sie die französische Republik dem Ewigen anbefohlen hatten.

Bevor noch die Wecker schnurrten, wachten sie auf und versammelten sich um vier Uhr morgens bei Maimon. Während die zahnlosen Kiefer des Alten gegen Honigmakronen kämpften, baten die drei Komparsen, die die ganze Nacht nicht geschlafen hatten, ihren Onkel, sie in der Sprache der Franken zu unterrichten. Sie hatten sie vergessen, denn sie gehörten einem herabgekommenen Zweig der jüngeren Linie Solal an.

»Ignoranten«, sagte Eisenbeißer, »macht den Mund halb auf und laßt Luft durch die Nase, so werdet ihr das schönste Französisch sprechen. Ang. Ong. Eng. Vergeßt mir ja nicht die Nase. Ihr könnt auch die Worte ›Trop cher‹ lernen, die immer nützlich sind.«

Die drei probten mit Begeisterung, blökten, näselten und versicherten nach allen vier Himmelsrichtungen: »Trop cher.« Ein Angestellter kam und bat, weniger Lärm zu machen, worauf Saltiel Eisenbeißers Schülern Urlaub erteilte.

»Mattathias, du bleibst, denn es handelt sich ja um deine Tochter. Bleib auch du, Eisenbeißer, deine Meinung kann uns nützlich sein. Doch sprich nicht immerzu. Fang an, lieber und hochgeschätzter Mattathias!«

»Aber ihr kennt doch alle die Angelegenheit.«

»Tut nichts, wir wollen ordnungsgemäß vorgehen. Gib ein kurzes Resumé.«

»Wie im englischen Parlament«, erklärte Eisenbeißer.

»Na also. Solal von den Solal hat eine gute Stellung. Ich habe meine Tochter Lea mitgebracht und werde ihr eine kleine Mitgift geben.«

»Gefällt mir nicht, dieser Anfang«, sagte der alte Maimon und warf die unüberwindliche Makrone weg.

»Wer wagt es hier, von kleiner Mitgift zu sprechen?« sagte Saltiel. »Du hast mit deinem Fischfang den lockigen

Knaben Griechenlands eine Million abgezapft, o wahrhaft Geiziger!«

»Eine Million vierhundertdreiundsechzigtausend Franken«, präzisierte Eisenbeißer. Er bestach nämlich die Buchhalter der Insel aus purer uneigennütziger Freude an der Kenntnis der Bilanzen.

»Wohlgesprochen, Eisenbeißer. So hab ich dich gern«, lobte ihn Saltiel, »wenige, aber treffliche Worte.«

Mattathias verließ das Zimmer, kam aber sofort wieder mit seiner Tochter zurück. Sie war rothaarig, fett, mit ungeheuren Hüften, in pflaumenblaue Seide gehüllt und mit Korallen aufgeschirrt.

»Da seht meine Tochter. Da seht das Täubchen«, schrillte er. »Schaut euch die Zähne an (mach den Mund auf!), alle gesund. Mit Olivenöl aufgezogen. Und was für ein Bauch, trefflich zum Gebären geeignet! Hat man einen solchen Schatz schon gesehen? Ich sage euch, eine Gattin, würdig des Königs Salomon! Eine wahre Mandelbutter!«

Der Herr Maimon verlangte nach seiner Brille. Die Kenner drehten die junge Kuh prüfend hin und her, schüttelten den Kopf und behielten sich ihr Urteil vor. Mattathias brachte seine Tochter wieder in ihr Zimmer und kam mit den Schlüsseln in der Hand zurück. Endlich brach der alte Kabbalist das Schweigen.

»Das Becken ist zu eng. Heb mir die Makrone auf, Saltiel, mein Kind!«

»Ich möchte euch vorschlagen ein gutes Geschäft«, wagte Mattathias schüchtern.

»Dein Geschäft interessiert uns gar nicht«, sagte Maimon wegwerfend. »Das Mädchen ist mager. Tunke mir den Kuchen in ein Glas Wasser, o junger Saltiel, damit er weich werde und mich in meinem hundertsten Lebensjahre nähre. – Ferner kommt sie mir krummbeinig vor und auch in bezug auf das Vordergestell nicht ganz einwandfrei.«

Mattathias sagte, wenn es denn durchaus sein müsse, wolle er auch mehr geben. Maimon schüttelte angeekelt den Kopf.

»Wir haben keine Zeit mehr.«

»Aber ihr wißt ja noch gar nicht, wieviel ich geben will.«

»Das ist nicht genug«, sagte Maimon mit einer wegfegenden Handbewegung.

Mattathias verneigte sich und klagte über das Geschick seiner verratenen Taube. Saltiel fragte sich ganz entsetzt, ob dieser Knauser wirklich kein Gebot mehr machen wolle.

»Welche Heiratsvorschläge wird man meinem Enkel machen«, stöhnte Maimon mit lauerndem Blick. – (»Sprich du doch, Eisenbeißer«, soufflierte Saltiel, »zieh den Karren aus dem Dreck!«)

Der Vermittler fragte mit düsterem Blick und leiser Stimme, ob man ihm eine anständige Maklergebühr bezahlen wolle. Saltiel bewilligte es. Da machte sich der falsche Advokat daran, den Neffen Saltiels zum höchsten Preise loszuschlagen, und durch furchtbares Kneifen des alten Maimon, der ihn grinsend in den Hintern zwickte, stetig angespornt, gelang es ihm vortrefflich.

Die Verhandlungen dauerten bis vier Uhr nachmittags. Endlich, nach wahren Dramen, tödlichen Haßausbrüchen und Entrüstungsseufzern kam es zu einer Verständigung, und man gelangte mit besänftigtem Lächeln zu der Summe, von der man seit langem wußte, daß sie von beiden Seiten angenommen werden würde. Mattathias ließ Lea hereinkommen. Sie klatschte in die Hände und wurde vor Freude fast ohnmächtig, als sie erfuhr, daß sie nun endlich verlobt sei. Man umarmte sich, benschte sich bis ins siebente Glied und schwitzte.

Mittlerweile ertönte Salomons Trompetenstimme, die die Ankunft des Landauers meldete. Mit vorsichtigen

Schritten, um den Hundertjährigen, der in seinem Sarge schlief, nicht zu wecken, schlich sich ein Unterhändler nach dem andern davon, jeder um sein prächtiges Kostüm anzulegen, jeder in der Hoffnung auf das große Glück und ein Leben voll goldenen Müßiggangs.

Bald fanden sich Eisenbeißer, Mattathias und zwei Komparsen im Vorraum des Hotels ein, maßen sich mit musternden Blicken und warteten. Das Oberhaupt erschien.

»Habt acht, ihr Kinder des Gewandes!« schrie Eisenbeißer.

Saltiel stemmte die Hand in die Hüfte und blieb stehen, er sah, er siegte, straffte die Brust und die weißbestrumpften Waden, rückte den nußbraunen Gehrock und die Bibermütze zurecht, befeuchtete zwei Finger, und fuhr mit lässiger Eleganz und Fixigkeit in die weißen Handschuhe, die auf der Stelle platzten. Dann, den Kopf gesenkt, die Hände auf dem Rücken, die Stirne in gedankenvolle Falten gelegt, stieß er vor mit hastig prüfendem Blick und inspizierte seine Truppen. Die vier Bewerber waren nach der Größe angeordnet.

Eisenbeißer in grünem Gehrock mit Perlmutterknöpfen und hermelinbesetztem Kragen stellte sachkundige Rechtlichkeit und feierliche Geschäfte vor. An seinen Fingern: zehn Similiringe. An seiner Weste: vier Petschafte aus Messing. Auf seiner Krawatte: zwei Busennadeln. Über seinem Arm: zwei Spazierstöcke. Auf dem Umschlag seines Gehrocks: ein Theaterorden. Schief über die Brust gehängt: ein Tintenzeug aus Schmiedeeisen. Hinter dem Ohr: eine Gänsefeder. Er lächelte verschämt teuflisch, senkte die Lider, lüftetete den hermelinbesetzten Zylinderhut und rollte dann ein hoffnungsvolles Auge auf seine Aktenmappe. Sie war mit Kieselsteinen gefüllt und sollte ihm die Würde des Juristen und universalen Vermittlers verleihen. Er hustete, das Monokel, das er mit gutem Leim an die Augenhöhle geklebt hatte, widerstand der Erschütterung. Neben ihm Mattathias in schlichter Leichenbittertracht.

Querido, der ärmste Lastträger der Insel, stand barfuß mit gespreizten Zehen stramm, lächelte und schwieg. In seinem trübseligen Hirn wälzte er beharrlich die Hoffnung auf dieses Geld, das ihm gestatten sollte, seine Frau zu pflegen und seine Kinder in »die beste Schule Europas« zu schicken. Der arme Kerl trug khakifarbene Hosen und ein blaugestreiftes Trikot. Er hatte sich als Luxusgegenstand nur ein Reitstöckchen verschaffen können, doch nahm er sich vor, es bei Gelegenheit kräftig und anmutig durch die Luft pfeifen zu lassen. Gott, der Barmherzige, würde entscheiden.

Neben Querido stand Gevatter Agnel, ein Onkel von Salomon. Er trug einen Tierbändigerrock, der für ein Kind bestimmt schien, dazu Pluderhosen einer Radfahrerin. Dieses Greislein, das in völliger Geistesverwirrung lebte, begriff gerade noch, daß es im Frankenlande Geld zu verdienen gab, wenn man sich auf fränkische Weise kleidete. Gottes Wege waren herrlich und unerforschlich! Bei der Einschiffung hatte er sich unter die Abreisenden gemischt und sich dann geweigert, wieder zu verduften. Auch er wolle sein Glück versuchen.

Oben auf der Treppe erschien Michael, hinter ihm der Sarg, den Bambo und Besso trugen. Der Vorhang ging auseinander. Rabbi Maimon hatte Toilette gemacht. Sein durchscheinendes Haupt war bewimpelt mit prächtigen gewundenen Seidentüchern in matten Regenbogenfarben, und alle Düfte Arabiens entströmten seinem hundertjährigen Leib.

Man rief nach dem Wasserverkäufer und fluchte ihm, weil er immer zu spät kam. Endlich erschien unser kleiner Salomon und hörte gar nicht, wie man ihm wünschte, er möge ohne Augen und ohne Kinder sterben. Er dachte nur an seine unübertreffliche Eleganz, es war ihm sogar peinlich wegen seiner armen Freunde, die er sicherlich ausstechen würde. Er trug Frack, kleinen, steifen Hut und Stoffschuhe. Seine weiße Krawatte hatte er zu straff gebunden, sie würgte ihn. Seine sauberen Backen glühten Scham und Triumph, die Augen hielt er bescheiden gesenkt. Ein neues Stückchen Seife diente ihm an Stelle eines parfümierten Taschentuchs, es lugte diskret aus der Tasche seiner weißen Weste. Allgemeines Beifallklatschen. Er lüftete dankend sein steifes Hütchen, nahm mit kleinen Schritten wie ein Kind, das zur ersten Kommunion geht, in der Reihe seinen Platz ein, holte kräftig Atem, um sein Behagen anzuzeigen, strich sich mit dem Händchen über den Schädel, lächelte freundlich, fächelte sich mit seiner Seife, glitt dann aus und holte sich blaue Flecke.

Saltiel fand seine Leute fabelhaft und war stolz auf sie in seiner Seele. Er lüftete die Bibermütze.

»Meine Herren, ich bin zufrieden mit Ihnen. Gehen wir jetzt. Der Zweispänner wartet.«

Er öffnete den Wagenschlag und wies jedem der Solals seinen Platz an. Mattathias und Eisenbeißer wurden auf dem Rückplatz untergebracht, der kleine Salomon auf Eisenbeißers Schoß. Die Bahre verstaute man, so gut es ging. Saltiel blieb stehen, wie der Kapitän an Bord. Er legte eine Hand auf den Sarg, dessen eine Tragstange auf dem Kutscherbock ruhte, wo auch Lea mit verschämtem Lächeln Platz genommen hatte. Die Komparsen standen auf den Trittbrettern. Plötzlich blitzte im Saltiel ein vernünftiger Gedanke auf: wird man diesen ganzen Aufzug nicht etwa für zu exzentrisch halten? Aber jetzt war es zu spät, um alles zu ändern, schließlich, was war denn dabei?

»Feluke, volle Fahrt!« schrie Meister Eisenbeißer. Ihn dürstete nach den fünfundzwanzigtausend Franken.

Michael setzte sich auf eines der Pferde und stieß einen Schlachtruf aus. Die Vorübergehenden applaudierten dem grotesken Aufzug. Der Kutscher peitschte, begeistert über das ungewöhnliche Abenteuer, auf seine Pferde ein, die sich, von einer wachsenden Menschenmenge gefolgt, in Trab setzten. Um vier Uhr fünfundfünfzig hielt der Wagen vor dem Ministerium.

»Wir müssen warten«, sagte Saltiel. »Bezähmt eure Ungeduld. Wir sind auf fünf Uhr bestellt. Pünktlichkeit ist die Höflichkeit der Könige, meine Herren.«

Im Wagen stehend, heftete er seinen Blick auf seine Zeitzwiebel mit dem vergrößernden Glas. Die Menge wartete wie auf die Rede eines Marktschreiers. Um vier Uhr siebenundfünfzig entlohnte das Onkelchen den Kutscher. Um vier Uhr achtundfünfzig befahl er seinen Leuten auszusteigen, hielt noch einmal Parade ab und versicherte sich, daß seine Bibermütze richtig saß und die Knopflochblume an ihrem Platz war.

»Mit Gottes Hilfe«, schrie er und stellte sich an die Spitze seiner Truppe.

XIX

Herr von Maussane stand in der Tür und schüttelte Solal, der seit fünf Minuten sein künftiger Schwiegersohn war, herzlich die Hand. Aude umarmte ihren Vater. Allein geblieben, machte sich der Minister an einer Sèvresvase zu schaffen.

Aude Solal. Gräfin Nons. Donnerwetter. Aber was läßt sich da tun? Übrigens war mir dieser kleine Nons nie besonders sympathisch. Na, es wird schon gehen. Solal soll mir nicht in einer untergeordneten Stellung verschimmeln. Schon heute will ich ihn meinem Kabinett angliedern. Aber die Familie dieses Israeliten? Ach ein paar verschlafene Leute in irgendeinem entfernten Nest, sie werden weiter nicht lästig fallen. Er pfeift auf sie und das auserwählte Volk. Wahrscheinlich wird er sich taufen lassen . . .

Runzeln, mein armer Maussane. Bald Schluß. Fakir-Wunder? Maumau ist ein guter Hund. Es gibt doch ein Jenseits. Pillen . . . Die Frage muß erwogen werden. Sie sind jung, und ich bin alt. Auf diesen Druck muß ich acht geben. Psssspssss. Nein, nein, nimm dich zusammen. – Ich kann nicht, Mama.

Das Telefon.

»Es ist nichts, mein lieber Jacques, nichts Besonderes. Eben war sie da. Sie fühlt sich ein bißchen elend. Am besten, sie bleibt ein paar Tage allein. Sie wird bei mir wohnen. Ich gebe Ihnen Nachricht. Beunruhigen Sie sich nicht. In drei Tagen. Paßt Ihnen das? Abgemacht. Also auf Wiedersehen, mein lieber Jacques.«

»Vortrefflich. Der wird mich eine Weile in Ruhe lassen. In drei Tagen lasse ich ihn zu meinem Kabinettschef rufen, der ihm das Nötige auseinandersetzen wird. Ich selbst werde es einzurichten wissen, daß ich beschäftigt bin.«

Er telefonierte seinem Kammerdiener und bat ihn, Frau Denerny auf die netteste Weise aus dem Hause zu komplimentieren.

»Tja, mein Bester, meine Tochter wird einige Tage bei mir wohnen. Räuchern Sie das Zimmer der gnädigen Frau ein bißchen mit Kampfer aus. Natürlich, damit das Parfüm weggeht. Ach noch was. Soeben habe ich ein Telegramm von Herrn Sarles erhalten. Er kommt für ein paar Tage nach Paris und kündigt mir seinen Besuch an. Ja, er trifft heute ein. Halten Sie auch für ihn ein Zimmer bereit.«

Herr von Maussane empfand das Bedürfnis, sich Bewegung zu machen. Was für Umstände! Seine ganze Woh nung bevölkert. Wie ein Hotelier kam er sich vor.

Er öffnete die Tür. In das Vorzimmer in Rot und Gold drang gerade die groteske Schar. Zwei Redakteure unterbrachen ihr Gespräch über Beförderungen, Entlassungen, Ungerechtigkeiten des Chefs und Freimaurerei. Die Hand in der Weste eröffnete Saltiel den Zug, seine Truppe folgte ihm. Die Redakteure gingen, den Türsteher zu rufen.

»Halt!« sagte das Onkelchen.

Die Truppe stand still, der Sarg wurde abgesetzt. Der hohe Herr Maimon zog die Vorhänge zurück, blickte neugierig auf all die Beamten, die angelaufen kamen, benschte, psalmodierte und beglückte Herrn von Maussane mit gönnerhaftem Lächeln. Ein Luftzug hielt seinen Bocksbart in anmutiger Schwebe, seine Hände streichelten den unbehaarten Zwischenraum zwischen Nase und Lippe. Als er einen katholischen Priester erblickte, nahm er seinen Turban ab und kratzte sich den Schädel, auf dem eine blaue Ader langsam pulste.

Eisenbeißer lüftete in regelmäßigen Abständen seine hermelinbesetzte Kopfbedeckung, wie einer, der Hinrichtungen beiwohnt. Er hustete, die Kronleuchter klirrten. Er grüßte Herrn von Maussane, lächelte, blinzelte ihm zu und deutete ihm durch Beklopfen seiner Lungengegend mit dem Zeigefinger an, daß er von einer unheilbaren Krankheit befallen sei.

Mattathias, der Leichenbitter, befühlte mit seinem glänzenden Enterhaken die Samtfauteuils. In einem Nebenraum fiel Silbergeld zu Boden, schon spitzten sich seine beweglichen Ohren nach dem aufregenden Lärm.

Salomon roch die Niederlage. Dieser Herr, der sie so scharf beobachtete, jagte ihm Angst ein. Ihm kam ein Gedanke, er griff an sein steifes Hütchen und schlug Saltiel vor, das »Hasenpanier« zu ergreifen. »Denn meine Knochen sind mir lieb. Vielleicht gibts in diesem Schloß unterirdische Verliese, und ich habe keine Lust, unter der Erde vergessen zu werden und später als Gespenst umzugehen.«

Als wäre er ganz allein auf der Welt, probte Querido seine große Szene, ließ sein Reitstöckchen pfeifen und setzte all seine Hoffnung darein.

Der Diener packte Saltiel am Ärmel und schob ihn der

Tür zu. Michael klirrte mit den damaszierten Pistolen, die seinen Bauch und sein Faltenröckchen schmückten, dann setzte er seinen Schuh mit der langen, aufgebogenen Spitze schwer auf des Dieners Fuß.

»Rühr den Onkel Saltiel nicht an!«

»Rühr ihn nicht an, du Kassenschrankeinbrecher!« gebot Meister Eisenbeißer. »Melde uns an. Ich verlange nicht mehr von dir, will auch gar nicht wissen, wieviel Nachschlüssel dein Vater heute im Schweigen der Nacht, das dem Verbrechen günstig ist, verfertigt hat. Geh hin zu dem großmächtigen Herrn Solal, der unser Verwandter und unser Freund ist. Du wirst dir keine Verzierung abbrechen, wenn du dich bemühst, die Wahrheit unserer Angaben nachzuprüfen. Wir, die du hier siehst, sind Würdenträger der Insel und großmächtige Leute. Sei ein Mann der Vorsicht, erzittre und geh.«

Maussane befahl nach reiflicher Überlegung den Dienern, diese Herren nicht wegzuschicken, sondern sie bei Herrn Solal zu melden. Onkel Saltiel wurde rot vor Vergnügen, verneigte sich und hielt es für angebracht, der einflußreichen Persönlichkeit zu erklären:

»Entzückt.«

Er hoffte, nun ein brillantes Gespräch in Gang zu bringen.

»O Saltiel, mein Sohn«, fragte Maimon, »wer ist dieser unglückbringende Machthaber, warum hält er sich von dir fern, und was tut er in diesem Palast?«

Maussane warf einen letzten Blick auf die Verwandten des Menschen, dem er vor einer Stunde die Hand seiner Tochter geben wollte, und entfernte sich. Dieser Fastnachtzug war wie von der Vorsehung geschickt. Er wußte, was ihm zu tun blieb. Wie hatte er nur einen Augenblick daran denken können, seine Aude zur Frau eines Solal zu machen? Eisenbeißer war zufrieden. Dieser Direktor hatte ihn sicherlich bewundert, als er so geschickt mit dem

Kassenschrankeinbrecher gesprochen hatte. Da waren Geschäfte zu machen!

Solal empfing sie mit einem Lächeln. Es war ein köstlicher Augenblick für die Männer der Insel. Ein Büro, fast so groß wie die Synagoge, und in diesem Büro (»die Augen soll ich verlieren, wenn ich nicht die Wahrheit sage«) ein Sohn Israels, auserwählt unter den Söhnen!

»Sehr erfreut, Exzellenz«, sagte Eisenbeißer und zog seinen Zylinder.

Am meisten ergriffen war Onkel Saltiel. Sein großer Neffe, wie er sich da von dem Gobelin abhob, erschreckte ihn. Er wagte nicht, vertraulich zu werden, und bat Gott um eine Eingebung.

»Hm. Schönes Wetter für die Politik, für die Politik der Großmächte. Ich frage mich, ob man Rumänien gestatten soll . . .«

Die Männer der Insel fanden, daß das Onkelchen sich gut hielt. Solal fühlte, daß er sich diesen Einfältigen zu Gefallen von der imposanten Seite zeigen müsse.

»Wir werden Rumänien nicht gestatten«, sagte er in ernstem, leutseligem Ton.

Hochgefühle durchschauerten seine Stammesgenossen. »Begreifst du, mein Freund, er sagt zu Rumänien, ›Psst‹, und es kuscht!« Saltiel war lüstern nach Staatsgeheimnissen und benützte die Gelegenheit, sich zuverlässig zu informieren.

»Und wie stehts mit Deutschland?« fragte er.

»Mit Deutschland, Hoheit«, echote Eisenbeißer und hob den Zylinderhut.

Alle diese Söhne der Sonne bewunderten ihre beiden großen Männer und waren höchst befriedigt von ihrer Reise. Saltiel schielte nach den Aktenbündeln mit den hochpolitischen Aufschriften und biß sich auf die Lippen, um vor Begeisterung nicht herauszuschreien.

»Von Deutschland wollen wir später sprechen«, sagte Solal.

Eisenbeißer flüsterte Mattathias zu, der Sohn des Rabbiners sei ein wahrer Teufelskerl und ein abgefeimter Diplomat. Mattathias schloß zum Zeichen der Zustimmung die Augen. Vor Aufregung hielt sich Salomon am Fenstervorhang fest. »Wenn nur diese Rumänen nicht erfahren, daß ich, Salomon, Mitwisser ihres Unterganges bin. Sie haben lange Zähne, diese Judenfresser!« Saltiel trat näher an seinen Neffen heran.

»Es handelt sich . . .«, sagte er ziemlich verlegen. »Die Freunde sind gekommen, du weißt schon warum.«

Die sechs standen plötzlich stocksteif, sie zitterten innerlich. Querido hielt den Augenblick für gekommen, das Wohlwollen des großmütigen Schenkers, der Eleganz gefordert hatte, auf sich zu ziehen. Er ließ sein Reitstöckchen schwirren, das ihn in Staubschwaden einhüllte, dann ließ er es zwischen den Fingern hin- und hergleiten, ganz wie es Aristokraten tun. Solal machte eine Schublade auf und nahm ein Bündel Banknoten heraus, das den Blicken der sechs standhielt, ohne Feuer zu fangen. Er warf einen zärtlichen Blick auf diese treuen Hunde, die nicht wußten, was sie mit ihren Pfoten anfangen sollten.

»Ich habe den Gewinner gewählt.«

Der Vorhang, an dem sich Salomon festhielt, zerriß, Eisenbeißers Oberlippe zitterte, und des Mattathias Ohren gerieten in eine drehende Bewegung. Querido stand stramm, Reitstöckchen regungslos, Zehen gespreizt. Maimon wachte auf.

»Halt«, schrie er. »Behalte das im Schweiß deines Angesichts erworbene Geld, bereichere nicht diese Faulenzer und vor allem gib meinem Sohne Saltiel nichts. Er wird alles verlieren, denn er ist der Unbesonnenste. Und warum hast du mich bei der Verteilung der Reichtümer vergessen?«

Er schlief sofort wieder ein. Als Lea, die man in einen Warteraum abgeschoben hatte, von Geld reden hörte, stieß sie die Türe auf und zeigte ihr von leidenschaftlicher Neugier verzehrtes Gesicht.

»Zurück, Hündin!« donnerte Mattathias.

Die Tür schloß sich. Solal, der mit Glück an der Börse spekuliert hatte, verkündete, daß er die Schenkungssumme erhöht habe. Er werde jedem der Wettbewerber zehntausend Franken geben. Er hielt das erste Banknotenbündel Querido hin, der sein Reitstöckchen fallen ließ, die Hand des Erhabenen küßte und mit schreckverzerrtem Gesicht floh. Die andern fünf nahmen ihren Anteil mit Segenssprüchen, Wünschen für langes Leben und Bücklingen entgegen.

Sie setzten sich allesamt auf die Erde, jeder knöpfte seinen Rock auf, holte ein schafledernes Säckchen hervor, das ihm um den Hals hing, und stopfte die Banknoten hinein. Als Salomon mit dieser Verrichtung fertig war, ließ er den Kopf hängen, stammelte den Vornamen seiner Tochter und wurde ohnmächtig. Man ließ ihn seinen Reichtumsrausch ausschlafen. Die Komparsen zogen ab, Querido zu suchen. Eisenbeißer riß seinen nunmehr unnötigen Pelzbesatz ab. Der mußte jetzt verkauft werden. Seine Fingergelenke knackten in der Stille. Neurasthenisch begann er sich zu langweilen. Was fing man in Kephalonia ohne ihn an? Na ja, er hatte zehntausend Franken verdient. Aber was waren zehntausend Franken für Rothschild? »Warum bin ich, Eisenbeißer, nicht Rothschild? Übrigens, was mach ich mir schon aus Geld? Und warum muß ich eines Tages sterben?«

Das Telefon klingelte. Saltiel wollte zum Apparat laufen, aber Solal hielt ihn zurück.

»Entschuldige«, sagte der Onkel errötend. »Ich wollte dir nur die Mühe ersparen, dir ein bißchen an die Hand gehen.«

Solal griff nach dem Hörer. Aude sagte, sie werde in einigen Minuten bei ihrem Vater sein und ihn dort erwarten. Er dankte, hängte wieder an, warf einen Blick auf die Menschen um ihn.

»Daß ich's nicht vergesse«, sagte Mattathias, »ich wollte noch was sagen, teurer Herr Solal, den ich schon als Säugling gekannt und in meinen Armen gewiegt habe. Meine Tochter, die tugendreiche, ist mit uns gekommen. Sie ist dort nebenan. Sie hatten eben Gelegenheit, ihr anmutiges Gesicht zu bewundern, und Sie werden sich sicher über ihren Besuch freuen.«

Er ging Lea holen. Sie saß in Erwartung ihrer Schicksalsstunde und baumelte mit den kurzen Beinen. In ihrem Schoß ruhte ein Hut, auf dem ein ausgestopfter Papagei schlief. In Gedanken zählte sie sich die einzelnen Gegenstände ihres Brautschatzes auf. Ihr Vater zwickte sie; bei dem Schrei, den sie ausstieß, fuhren alle Türsteher zusammen. Mattathias schob sie vor sich her, so kam sie ins Zimmer, lächelte dem jungen hohen Herrn zu, schneuzte sich und spielte mit den Korallen ihrer Armbänder. Schweigen.

»Was halten Sie von ihr, teurer und hochgeschätzter Solal von den Solal?« fragte Mattathias mit lachender Miene. »Möchten Sie sich nicht mit ihr verheiraten, Herr Regierer?« fragte Salomon, nachdem er sich vorsichtshalber von Michael entfernt hatte.

Solal sah auf diese armen Leute mit einem Blick, abwesend, hart und kalt. Sie fühlten, wie fern ihnen dieser Mensch war, und suchten den unbekannten, bösen Zauber zu bekämpfen. Da sie es nicht wagten, ernsthaft mit ihm zu reden, unterhielten sie sich im Hinblick auf ihn von den Gefahren, die dem Juden drohen, der eine Tochter der Heiden heiratet: Verhöhnung des einigen Gottes, Zwang für den Unglücklichen, Schwein, Hummer, Kaninchen, ja vielleicht sogar Schnecken (verflucht sei ihr Name!) essen zu müssen. Mattathias zählte im Gegensatz dazu die köstlichen Gerichte auf, die Lea zu bereiten wußte, und rühmte, wie sorgfältig sie nach den Mahlzeiten ihren Mund mit Pfefferminzwasser spülte.

»Ach was für ein entzückendes Zechinenhalsband du da hast!« (»Vorwärts, sprich doch, streich dich heraus«, flüsterte er und lächelte ihr zärtlich zu, während er sie heimlich kniff.)

»Ich habe zu Hause noch zwanzig andere solche Halsbänder«, sagte Lea und schoß auf Solal einen Purpurblick ab. »Und da ich sorgfältig und eine gute Hausfrau bin, reinige ich sie jeden Morgen mit Sand.«

»Kurz, sie ist, was ich eine Rose von Arabien nenne«, sagte Mattathias. »Sie ist am 15. Tischri geboren, am Tag des Laubhüttenfestes. Ein gutes Vorzeichen. Hast du denn auch deine Gitarre mitgebracht, mein Herzchen? (Und mit leiser Stimme: Vorwärts, umarm ihn doch, du Gans!)«

Eisenbeißer richtete Verwirrung an, indem er schrie: »Huhu, die Verlobten! Wir sind überflüssig! Wie sie sich lieben, die Verlobten!« Solal war eben im Begriff, die Horde wegzuschicken, als sich ein Wunder begab.

Der alte Maimon stand auf und wandelte. Zum allgemeinen Erstaunen waren seine Äußerungen voll Scharfsinn, Ironie und Kraft. Nachdem er zunächst die Tatsache festgestellt hatte, daß sein Enkel in eine »Eingeborene« verliebt sei – er hatte aus dem Telefongespräch alles erraten –, brandmarkte er die Schwäche dessen, der in der Ehe das Glück suche.

Maimon war verwandelt, er glich Solal. Seine Stimme flog im gleichen ungeduldigen Rhythmus, in der gleichen komödiantenhaften Weise rundete er den Mund, riß er die Augen auf. Er ging im Zimmer auf und ab, blieb plötzlich stehen, maß den Schuldigen vom Scheitel bis zur Sohle, zuckte die Achseln. Er verkündigte die Pflicht, das Volk rein zu halten. Solal solle sich mit einer Frau verbinden, die durch jahrhundertelange Hochzüchtung auserlesen sei.

»Was, Lea ist dumm? Das Blut, das in ihr ist, ist gescheit. Bist du nicht klug für zwei? Die Christin, an die du denkst, ist in Wahrheit weniger klug als Nehunja ben Hassana oder als Baruch Spinoza (welch letzterer übrigens verflucht sei, wiewohl er durch mütterliche Abkunft ein Solal ist). Also gut, sie ist dumm. Lea ist häßlich? Wenn schon. Heiratest du vielleicht eine Statue oder ein Pferd?«

Eisenbeißer hörte voll Entzücken zu und biß sich vor Stolz in die Lippen. Er sagte sich, daß der alte Rabbi es dick hinter den Ohren habe – »für gewöhnlich erzählt er dir Albernheiten, damit du dich leichter verrätst«. Aber der hohe Herr Maimon fiel jetzt in sich zusammen. Das Blut, das in seine Wangen geströmt war, zog sich wieder zurück. Man brachte ihn in seiner Sänfte unter, bedeckte das wächserne Gesicht mit einem Schal, und Israel entschlummerte in der Hoffnung auf eine Zukunft.

Mattathias machte eine letzte Anstrengung, aber Solal schob ihn zur Tür hinaus. In diesem Augenblick kam ein Diener, um ihm zu sagen, daß der Ministerpräsident ihn zu sehen wünsche. Gamaliels Sohn verließ das Zimmer; er sah das Unheil kommen.

Rabbi Maimon wurde durch das Zuschlagen der Tür geweckt und verlangte, man solle seine Sänfte auf den Schreibtisch setzen. Er wollte das Ministerium von oben sehen, um es besser zu ergründen. Onkel Saltiel ließ sich in Solals Sessel nieder, nahm eine Feder, malte auf ein Blatt mit dem Aufdruck des Ministeriums mehrmals seinen Namen. Dann beobachtete er, die Stirne zwischen den Händen, die Wirkung auf seine Freunde.

»Ein wahrer Löwe, unser Onkel!« sagte Salomon. »O Gevatter Saltiel, o lieber Mitbürger von unserer Insel! Was würden Sie tun, wenn Sie der Direktor von Frankreich wären? Würden Sie mit lauter oder mit leiser Stimme kommandieren?«

»Alles im Leben ist Glücksache, alles auf der Welt

Schicksal«, sagte Saltiel melancholisch, dabei stützte er sich versehentlich auf die Klingelknöpfe, die dazu dienten, Solals Mitarbeiter herbeizurufen.

Auf das Sturmläuten erschienen fünf Beamte. Sie erschraken vor dem lebenden Leichnam auf dem Schreibtisch und vor dem Gesicht Saltiels, das, vor lauter Liebenswürdigkeit in Falten gelegt, unter der Bahre hervorschaute. Hoch oben aber rief Rabbi Maimon den Schutz des Engels Andalphon auf die braven Männer herab, die da hereingekommen waren. Eisenbeißer ersuchte sie freundlich, ohne Angst näherzutreten. Er stellte ihnen hinterhältige Fragen, kam auf etwaige unlautere Machenschaften, auf verfehlte Geschäftsführung und unfreiwillige Irrtümer zu sprechen, gelangte zu der Überzeugung, daß die fünf Angeklagten das Ministerium ausplünderten und hielt es ihnen ernstlich vor. Die Beamten verließen unangenehm lächelnd das Zimmer.

»Ich langweile mich«, kreischte der uralte Maimon von seiner hohen Warte. »Man schenkt mir in diesem Zimmer und in diesem Lande nicht genug Beachtung. Du sollst deinen Vater ehren, Saltiel ... Und wer hat denn meinen Koffer geöffnet? Wisset, daß ich ohne Geld bin und im dritten Jahr meines zweiten Jahrhunderts gezwungen sein werde, auf der Straße zu betteln ... Wenn ich nur nicht Krebs oder Gehirnhautentzündung bekomme, was zur Folge haben könnte, daß meine Tage dahingemäht werden von dem Engel mit dem feurigen Schwert!«

Solal kam zurück. Er betrachtete gütig diese armen Ghettonarren. Ihretwegen hatte er seine Braut verloren. Die Tapferen ehrten sein Schweigen. Sie fühlten sich als Eindringlinge und standen still hinter den hohen Empiresesseln, um ihren Aufzug zu verbergen, der ihnen plötzlich kläglich vorkam. Der Abend brach herein. Allmählich verzog sich einer nach dem andern, die Hände auf dem Rükken. In ihrer Bestürzung vergaßen sie den hohen Herrn Maimon, der wieder eingeschlafen war.

Im dunkeln Raum zurückgeblieben, dachte Solal an die Worte, die ihm Herr von Maussane gesagt hatte. »Machen Sie sich davon mit Ihrer Sippe! Diese Verlobung – ein schlechter Witz. Das Mädchen mit den Korallenhalsbändern scheint mir viel besser für Sie zu passen.« Woher dieser Umschwung bei Maussane, diese plötzliche Bösartigkeit? Verdiente ein Volk von Spaßmachern, Phantasten und Hungerleidern, von überspannten und verzweifelten Menschen weniger Achtung als ihre mechanisierten und disziplinierten Regimenter?

Maimon war aus seinem Sarkophag gestiegen und geisterte kichernd herum. Er zog aus seinem Kaftan eine Kerze, zündete sie an, stellte sie auf den Tisch. Dann rieb er sich die Hände, daß sie Funken sprühten, und machte sich's bequem. Riesige gekrümmte Schattenflügel entfalteten sich auf den Wänden. Eine Melodie näselnd, setzte er kleine Säckchen auf den Tisch und reihte Goldstücke nebeneinander auf. Er war voller Eifer. Dann breitete er, glücklich über den Palast, der ihn aufgenommen hatte, einen Schatz von Edelsteinen aus. Während er sie mit listigen Gebärden ordnete, stimmte er einen Synagogengesang an und schwang dabei seinen Oberkörper nach vorn und nach hinten.

Solal, von dem Rhythmus erfaßt, verbeugte sich und richtete sich wieder auf nach Urväterweise. Der Alte zog mit freundlich verschmitztem Lächeln das Gebettuch unter seinem Gewand hervor und legte es dem Enkel um die Schultern. Dann kehrte er zu seinen beweglichen Gütern zurück und fing wieder seine Hymne an. Solal – ganz im Schoße seines Volkes – vermochte nicht zu widerstehen und sang mit.

Die Tür ging auf. Aude und ihr Vater blickten herein auf die beiden Männer, die ihr Kauderwelsch sangen. Solal war im Banne der wiegenden Bewegung und konnte nicht innehalten. Er wußte, daß er das Mädchen erschreckte, fuhr aber trotzdem fort zu singen und sich leidenschaftlich hin- und herzuwiegen. Maussane hatte erfaßt, daß dieser komische Anblick kräftiger wirken mußte als jede ausdrückliche Auseinandersetzung. Aude rief:

»Mein Freund!«

Ein Zauber lag auf ihm, er gab keine Antwort, zog das blaugestreifte Tuch noch fester um seine Schultern. Maimon hob ein wenig sein feingeschnittenes Gesicht und spähte zwischen den aufgetürmten Zechinenhäufchen nach den Fremden. Aude begriff, dies bedeutete eine Frage des Alten, wer denn dieses Mädchen sei. Sie sah, wie Solal die Achseln zuckte, als wüßte er es nicht, wie er die Augen senkte, sie demütig lächelnd verleugnete. Abscheulich!

»Mein Freund, antworten Sie mir doch!«

Er zitterte, warf einen furchtsamen Blick auf sie und duckte sich zusammen. Der Alte richtete sich auf, ging auf das Mädchen zu, sagte, sein Paß sei in Ordnung, er habe vom Podesta eine achtundvierzigstündige Aufenthaltsbewilligung. Er wolle dem Fräulein einen hübschen kleinen Brillanten schenken, wenn sie ihren Vater bitte, diese armen Unschuldigen nicht ausweisen oder hängen zu lassen. Er liebe alle Nationen, die alle gut seien. Während er sprach, verwandte er keinen Blick von ihrem Perlenkollier. Schließlich nahm er wieder seinen Platz ein, ließ das Gold durch die Finger rinnen und verkündete, noch heftiger krähend, das Kommen des Messias. Die Tür schloß sich.

Solal richtete sich auf. Schauer der Schmach überliefen ihn. Er zog seinen weiten Mantel an und ging. Maimon folgte ihm nach, seine Schätze hatte er vergessen. Sie gingen durch lange Gänge und fürchteten sich vor Feinden. Vor der letzten Tür griff der Greis nach der Hand des Enkels und streichelte sie. Draußen stand Saltiel und wartete angstvoll. Solal küßte dem Großvater und dem Onkel die Hand und verabschiedete sich.

Er wandte sich mehrmals nach den beiden um, die ihm nachblickten und nicht wagten, ihn zurückzurufen, ihn, das Kind, das sich in der großen Stadt verlor. Der Wind wühlte in seinem schwarzen Haar. Solal ging, sah immer noch die Angst und das Entsetzen in den Augen Audes. Sie war auf immer für ihn verloren.

Ein Auto streifte ihn, er hörte Schimpfworte. Der alte Sarles zählte keine Goldstücke und wurde nicht von Perlenkolliers hypnotisiert. Alle die Menschen in allen den Straßen wußten, wohin sie gingen. Die kleinen Ziele waren sichtbar.

Er fand sich in einem Bahnhof vor einem geschlossenen Schalter wieder und sah in dem Messingschild das Gesicht eines Geächteten, zur Schmach Verdammten. Er beschloß abzureisen und verlangte eine Fahrkarte.

Mitten im Raum, an einen Gepäcktisch gelehnt, stand ein Elender. Sechzig Jahre in Lumpen. Er litt Hunger, wärmte sich, betrachtete sein Schicksal, hoffte morgen einen Reklamekarren schieben zu dürfen. »Wenigstens werde ich drei Franken verdient haben.« Ein altes Kind, verlassen, ohne Familie, ohne Frau und ohne Nachkommen, ganz allein, ohne Arg, mit schönen blauen Augen. Solal sah ihn lange an, gefesselt durch den erstesten Anblick der Erde. Dieses Elend war seins: es war ihm teuer, zerriß ihm das Herz, war furchtbar und vertraut. Er schöpfte daraus Kräfte für später. Was ihn erwartete, war ihm noch unbekannt, aber er wußte, daß er Verantwortung trug.

Der elende Alte ergriff die Brieftasche, die ihm der junge Mann darbot (was kann man heute anderes bieten?) und murmelte, wie einstmals seine Mutter in dem Dorf in Poitou: »Jesus Maria Josef!«

O Gott, o Gott, Du bist, und dennoch läßt Du zu, daß

es diese Qual gibt! Welches Übel hat Dir dieser arme alte Verlassene zugefügt, daß Du ihn so ungerecht züchtigst? Aus welchem Rechte schlägst Du uns so, während unserer spärlichen Lebensjahre? Auf Knien vor Deinem Strahlenglanz rufe ich gegen Dich und verlange Gerechtigkeit für meine Brüder auf der Erde! Wir sind sehr unglücklich, und ich, ich trage das Unglück aller. Wenn es zu lange währt, bis Du uns erhörst, werde ich aufstehen und mit Dir streiten. Denn wenn Du Gott bist, so bin ich Mensch.

Der Landstreicher folgte seinem Wohltäter von weitem. Als der Zug sich in Bewegung setzte, grüßte Solal den Alten. Der hob die Mütze und winkte zum Abschied. Dann trat Solal in das Abteil, fiel schwer auf den Sitz und wußte nichts mehr.

Die Reisenden sahen auf den großen jungen Mann ohne Hut und ohne Gepäck mit dem dunkeln zerzausten Haar und den gewalttätigen Brauen. Er zitterte vor Frost in seinem weiten Mantel. Vielleicht ein Komödiant. Er beunruhigte sie ein bißchen und verdarb ihn den Vorgeschmack »der majestätischen Bergwelt«. Er klapperte mit den Zähnen und murmelte vor sich hin. Unglücklich, ja unglücklich war er, doch er lebte, lebte in dieser Stunde und ging einem Wunder entgegen und war selbst ein Wunder. Eine Dame unterbrach das Einschreiben ihrer Tagesausgaben und hielt es für geraten, das Abteil zu wechseln. Dieser Bursche hatte ein sonderbares Benehmen, man weiß nie, mit wem man reist.

Er stellte sich ans Fenster. Die Glocke an der Dorfkirche bimmelte. Er sah die Bauern heimgehen, sie hatten nichts zu verbergen, und das Morgen lag sicher vor ihnen. Ihre Aufgabe bestand darin, Löcher in die Erde zu machen oder sie andern Männern in den Bauch zu schießen. Ein Hund kletterte täppisch einen Abhang hinauf. Bedächtiges Vieh graste noch. Auf der Landstraße, die der Zug erhellte, schritt Rehabeam Solal, er schob seinen rollenden

Laden vor sich her und trug seinen Glauben durch die Welt. Der Alte erkannte Solal, den Erleuchteten, und segnete ihn mit den gespreizten Fingern seiner Rechten.

XX

Der alte Sarles schlich vor der Tür des Zimmers herum, in das sich Aude geflüchtet hatte. Er konnte sich nicht entschließen, hineinzugehen, nahm zögernd die Brille ab und setzte sie wieder auf. Endlich öffnete er die Tür. Mit weit aufgerissenen, trockenen Augen starrte sie in den Kamin, in dem das Feuer erloschen war. Er trat näher, setzte sich artig neben sie und ergriff ihre Hand.

»Dein Großpapa ist da.«

Sie brach in Tränen aus.

»Du mußt dich jetzt ausruhen, wirst morgen an all diese Dinge denken.«

»Ja, Großvater, ich bin müde, bring mich zu Bett, trag mich!«

Der Pastor preßte vor Verlegenheit die Lippen zusammen, so daß Schnurrbart und Backenbart zusammenflossen. Er hatte Angst, sich zu blamieren, fürchtete, seine Enkelin nicht heben zu können. Um Zeit zu gewinnen, rieb er sich mit falscher Ungezwungenheit die Hände, in seinem Innern aber verwünschte er diese Manie, sich tragen zu lassen.

»Schön, wir werden unser Kleinchen tragen.«

»Bin ich vielleicht zu schwer?« fragte sie geistesabwesend.

»Keine Spur. Ein Flaumfederchen bist du, ein ganz kleines Flaumfederchen.«

Er betete zu Gott, der Stärke verleiht, daß er ihm wie Samson für einen Augenblick seine alte Kraft wiedergebe. Er hob Aude, legte sie zitternd auf ihr Bett und verkniff sich aus Stolz das Keuchen. Dann überlegte er, wie er ihre

Gedanken auf einen unterhaltenden Gegenstand lenken könnte.

»Denk mal, ich habe in einem unveröffentlichten Manuskript von Bèze einen reizenden Zug aus Calvins Kindheit gefunden. Wie es scheint, hat unser großer Reformator in seinem zehnten Lebensjahr mit Murmeln gespielt. Hm. Du hörst nicht zu, mein Töchterchen?«

Sie blickte verloren ins Leere:

»Wie ein Fremder. Ich habe ihn gerufen, und er hat nicht geantwortet.«

Herr Sarles geriet in Verlegenheit. Für solche Dinge war er nicht zuständig. Sollte er vielleicht Aude zum Trost von seinem eigenen Liebesverdruß erzählen? Etwa, wie Frau Sarles an einem Januarabend – vierzig Jahre waren es her – mit einem kleinen hergelaufenen Kerl, Hilfsprediger an der freien evangelischen Kirche, kokettiert hatte. Und noch dazu glaubte dieser Bursche nicht an die buchstäbliche Eingebung der Heiligen Schrift. So begnügte sich denn der alte Pastor damit, still für seine Enkelin zu beten.

Am nächsten Tag nahm Aude an der Mahlzeit teil und aß mit gutem Appetit. Beefsteak gab es und Bordeauxwein. Herr Sarles fragte sie, wie ihr die Gemäldeausstellung gefallen habe. Sie antwortete mit Ruhe und warf ihm zwischen ihren kategorischen Urteilssprüchen kurze, liebevolle Blicke zu. Nachher im Salon beim schwarzen Kaffee setzte Herr von Maussane seine Tasse nieder und verkündete, er habe heute die Entlassung von Herrn Solal unterzeichnet.

»Ich war gestern abend ein wenig leidend«, sagte sie lächelnd zum Großvater. »Es tut mir leid, daß ich dir soviel Mühe gemacht habe.«

Diese Worte wurden in einem Ton gesagt, aus dem die beiden Männer entnahmen, daß man von nun an keine Anspielung mehr auf das Vergangene machen dürfe. Der Pastor verlieh ihr in seinem Innern die Namen der großen biblischen Frauengestalten, und Maussane war stolz auf sie, weil sie sich in dieser heiklen Situation so schnell zu helfen wußte.

Plötzlich trat sie ans Telefon, nahm den Hörer ab, verlangte Versailles, Hotel Trianon-Palace, dann den Grafen Nons. Sie verlieh ihrer Stimme Modulationen, die sich an Zärtlichkeit überboten.

»Guten Tag, wie geht es dir? Ich habe dich ja schon zwei Tage nicht gesehen. Soso? Und dir? Komm doch schnell. Ja, gleich. Doch, doch, mir geht's viel besser. Also, auf Wiedersehen!«

Unvermittelt sagte sie zu ihrem Vater, Paris mißfalle ihr. Sie wolle schnell wieder nach Les Primevères zurück, übrigens sei es ihr lieber, wenn ihre Trauung in Genf stattfinde, in der lieben alten protestantischen Kirche von Cologny. Herr Sarles lächelte dankbar. Sie wandte sich der Tür zu. Maussane strich seine Nase und sah ein bißchen ironisch drein.

»Und wann soll das stattfinden, diese ... Trauung?« fragte er. Sie wandte sich um, ihr Rock flog mit einem Ruck zur Seite.

»So schnell wie möglich.«

XXI

Der Portier erklärte Saltiel, Herr Solal sei nicht mehr im Ministerium tätig, seine Adresse kenne er nicht, und schickte den aufdringlichen Frager weg.

Aber der Aufdringliche fand sich immer wieder ein, sowohl am Morgen als auch am Abend. Mit schlaffen Beinen kam er in das Hotel zurück, in dem die »Tapferen« voll philosophischer Geduld den Augenblick der Abreise erwarteten. Sie versuchten Saltiel zu trösten, indem sie ihm auseinandersetzten, sein Neffe habe, um seine kleinen Verdrießlichkeiten zu vergessen, sicher eine Erholungsreise unternommen. Das beste sei, desgleichen zu tun. Zum Beispiel ein kleiner Ausflug in die Schweiz, »wo alle Städte auf Bergen liegen und die Milch nach Mandeln schmeckt und wieder jung macht«.

Am Morgen des vierten Tages erhob sich das Onkelchen von seinem Lager, zwang sein Herz endgültig zum Frieden und setzte sein Vertrauen auf den Ewigen. Zum Entsetzen der ganzen Dienerschaft sang er aus voller Kehle, daß ER seine Kraft und sein Turm sei, sein Turm und seine Kraft. Eigentlich stand alles zum Besten, und das Unglück von heute ist der Vater des Glücks von morgen. Er berief eine Generalversammlung.

Eine Stunde später zog alles zum Bahnhof. Der verjüngte Maimon ging hochgemut zu Fuß. Der Vater des Faktors Einstein trug das Gepäck.

Auf dem Marsch dachte Saltiel an sein Buch. Dank der Schenkung Solals hatte er jetzt Muße, es zu schreiben. Er beschloß, dieses philosophische Werk, das er in seinem »Taubenschlag« viele Jahre lang in seinem Geiste gewälzt hatte, einfach »Die Weltläufte« zu nennen. Er wollte es seinem Neffen widmen. Konnte man sich etwas Besseres wünschen? Es werden dreihundert oder gar sechshundert Exemplare von dem Buch verkauft werden, und am Ende läßt es sich für einen Film verwerten. »Und wenn Onkel Saltiel mal reich ist, dann hollah, meine Herren von der Ungerechtigkeit, dann kommt die Abrechnung! Und alles Unrecht soll gesühnt werden! Laß nur das Onkelchen machen!«

Er jubilierte in seinem Innern, rieb sich die Hände und warf auf die Vorübergehenden Rächerblicke. Vor einem Spielzeugladen machte er halt, trat ein und kaufte einen Druckkasten für Kinder. Mit diesen Gummilettern wollte er sein großes Werk setzen. »Warum die Drucker bereichern, die dir das Mark aus den Knochen saugen?« Er wird eine Auflage von zehn Exemplaren drucken, und wenn er Erfolg hat, na, dann druckt man eben eine neue. »Laßt nur den Onkel Saltiel machen. Er ist ein verflixter Diplomat und ein Schlaukopf, der die Welt kennt!«

Eisenbeißer griff alle fünf Minuten nach seinem Hals, um sich zu vergewissern, daß das Ledersäckchen noch daran hing. Er schlug Salomon und Michael vor, Handfesseln zu kaufen. Teufel auch, sie repräsentierten zu dritt dreißigtausend Franken, die beim Wechseln wahnwitzige Summen in den verschiedensten Valuten ergaben! Wäre es nicht vorsichtig, die listigen Anschläge der Diebe dadurch zu vereiteln, daß man sich durch starke Ketten zusammenband? Ungefähr wie bei gefährlichen Bergbesteigungen?

Neben dem Bahnhof kauften sie im Laden des Vaters von Bergsohn Proviant ein und disputierten mit neuen Freunden über den einigen Gott. Doch in sechs Minuten ging der Zug ab. Sie eilten.

Treppen. Schalter. Verwirrung. Rufen und Hin- und Herlaufen in der Halle. Wozu das Gepäck aufgeben und die Eisenbahngesellschaft fett machen? Bahnsteig. Seufzer, Blicke der Rührung, Umarmungen und gute Wünsche der neugewonnenen Freunde. Inspektion der Lokomotive.

Mattathias schob Lea, die Verschmähte, in ein Abteil dritter Klasse. Sie zitterte vor Kälte, und er fing an, Streichhölzer zu spalten. Die Neureichen hatten ein Billett erster Klasse in der Hand und verlangten von dem argwöhnischen Schaffner den Zuschlag für den Schlafwagen.

»Wenn wir zahlen, hast du zu gehorchen, o schmieriger Karawanser und Kameldreckschipper!« wetterte Eisenbeißer. »Da hast du noch fünf Franken und laß die Maschine gut laufen. Und wisse, ich bin Pinkas von der jüngeren Linie Solal, genannt Eisenbeißer, genannt Blaßgesicht, genannt der Leichnam, genannt der Ränkeschmied, genannt Heißhunger, genannt der Verwickler der Prozesse und zudem wegen eines gewissen Prachtaufwandes meiner Verdauungsorgane auch genannt der Kapitän der Winde oder

der Orkan. Ferner werde ich genannt der Vermittler nach geschlossenem Geschäft und der Bey der Lügner und Ehrenwort und Vater des Schmutzes. Meine Vorfahren lebten in diesem Lande zur Zeit Philipps des Schönen. Wisse das und schweige!«

Höchst befriedigt ließen sich die Tapfern mit untergeschlagenen Beinen auf dem blauen Samt nieder und lehnten ihre Köpfe an die Stickerei.

Der Zug setzte sich in Bewegung. Maimon, in seinem Turban, stieß kleine Freudenschreie aus. Sooft ein Reisender im Gang vorbeikam, hustete Eisenbeißer, um sich bemerkbar zu machen. Von Zeit zu Zeit trat er in die Tür, um sich mit herablassendem Blick dem Proletariat der Eisenbahn zu zeigen und ihm kundzutun, wie ein Aristokrat erster Klasse aussieht. Ermüdet kehrte er in sein Abteil zurück, in dem die Eßkörbe geöffnet worden waren und die Fiaschi hin- und herschwangen.

Die Tapfern verzehrten harte Eier, Oliven, Räucherfisch, Klößchen aus Saubohnen, Kaldaunen in Tomatensauce, Eierfrüchte mit Knoblauch, Blätterteig mit Honigfüllung, Sesammakronen, Zitronat, Haselnüsse in Honig und Rosinengebäck. Dazu tranken sie einige Tropfen Wein und viele Gläser Wasser und dankten Gott, daß er sie geschaffen und gespeist hatte.

Eisenbeißer, auf Samt gebettet, rülpste verschwenderisch und erachtete, daß diejenigen, die da behaupten, die Freude sei nicht von dieser Welt, gottverlassene Menschen, Lästerer und Bösgesinnte sind.

Adrienne ging im Gang desselben Wagens auf und ab. Die Telegrafendrähte sandten ihre schlimmen Zeichen durch die Welt, übermittelten Schwüre, Todesfälle, Liebesbeteuerungen. Wird sie ihn in Annecy finden? Sie folgte einer so unbestimmten Spur. Wenn sie ihn dort fand, wollte sie ihr verfehltes Dasein dadurch wieder gut machen, daß sie Aude und Solal daran hinderte, sich ins Verderben zu stürzen. Sie wollte Solal die bevorstehende Trauung mitteilen. Schon in vier Tagen. Ihr Bruder hatte Dispens erhalten. Sie hatte nicht recht verstanden, was Jacques zu ihr gesagt hatte. Was dann aus ihr wurde, das würde sich ja zeigen.

Saltiel erkannte Frau von Valdonne. Er erhob sich, verneigte sich leicht und entschuldigte sich mit stummem Gebärdenspiel und ausdrucksvollem Blick für die Entführung in Florenz. Seine Gesten skizzierten deutlich seine Onkelpflichten, und sein ganzes Wesen zeigte, daß er wisse, wie sich ein Gentleman erster Klasse einer Dame von heikler Vergangenheit gegenüber zu benehmen habe. Sie begriff nicht, was dieser unbekannte kleine Alte von ihr wollte und warum er ihr verständnisinnige Zeichen machte. Die Tapfern fragten den Onkel, wer denn diese Prinzessin sei.

»Galante und ehebrecherische Angelegenheit«, sagte der Onkel und zupfte an seiner Schnürchenkrawatte. »Fragen Sie nicht weiter, meine Herren. Diskretion Ehrensache, intime Privatabenteuer.«

Salomon wurde rot. Wie konnte das Onkelchen nur so häßliche Ausdrücke gebrauchen? Ehebrecherische Angelegenheit und intime Abenteuer, hat man solche Schamlosigkeiten jemals gehört!

Eisenbeißer, der sich durch einen Anschlag, der den Reisenden das Spucken verbot, persönlich getroffen fühlte, schleimte sich reichlich, phantasievoll, würdig, geflissentlich und mit Schwermut aus. Nachdem er dies getan, warf er einen herausfordernden Blick auf die Tafel. »Bin ich ein Reisender erster Klasse oder bin ich's nicht?« fragte er den Schaffner, der vorbeikam. »Schön, dann laß mich in Frieden und respektiere meine Bronchien, die seit vierzig Jahren empfindlich sind und öfterer Erleichterung bedürfen.«

Melun. Soldaten. Salomon wollte es nicht in den Kopf, warum diese unsinnigen Europäer einander umbringen und wozu all die Kriege gut sind.

»Ist es nicht besser, einander wie Brüder zu lieben?« sagte er. »Wenn einer dich beleidigt, ertrage es, vergib die Beschimpfung, zuck nur ein wenig mit den Achseln.«

»Und sage dir, daß er später leiden wird«, ergänzte Saltiel.

»Aber ein kräftiges Schimpfwort sag ihm trotzdem«, äußerte Eisenbeißer.

»Ein Schimpfwort, mag sein«, gab Salomon zur Not zu, »aber dann ganz in meinem Innern, damit er sich ja nicht ärgert und mir grobe Schläge versetzt, die wehtun. Es ist mir andererseits zu Ohren gekommen, ihr lieben Freunde, von der ersten Klasse, daß die Männer von Europa in ihren heldenhaften Kämpfen sich sooo große Dolche in den Leib rennen. Ein Freund hat mir das berichtet. Ich persönlich halte es für eine Verleumdung. Die Europäer sind doch Menschen und glauben auch an unsere zehn Gebote. Wie sollten sie es wagen, ihren Nächsten zu töten?«

»Und ob sie es wagen!« donnerte Eisenbeißer mit Nachdruck, »denn sie sind keine Menschen, ganz besonders die Germanen.«

»Was sagst du mir da, mein Freund, und was erzählst du mir da für Sachen?«

Eisenbeißer schnitt eine schreckeinflößende Grimasse, trat an Salomon heran und flüsterte ihm ein Geheimnis zu, nämlich, daß die Männer von Europa blutdürstige Krokodile seien. Salomon wich zurück, die Augen traten ihm aus den Höhlen, sein Schopf sträubte sich.

»Kokodrille?«

»Kokodrille, jawohl!«

»Aber es gibt doch solche, die sich im Kriege weigern zu töten?«

»Die werden erschossen«, sagte Eisenbeißer mit kategorisch erhobener Hand.

Salomon zog sich fröstelnd in seiner Ecke zusammen. Dann warf er den Soldaten ein paar Blumen zu, die er in Paris gekauft hatte. Er dachte, wenn die Militärpersonen diese kleinen friedlichen Wesen sehen, werden sie vielleicht einen Schwur tun, ihre Waffen nicht mehr zu gebrauchen oder wenigstens nur ganz kleine Wunden zuzufügen, gerade nur ein bißchen auf den Arm, damit der Offizier nicht schimpft. Er baumelte mit den Beinen und betrachtete, in tiefes Sinnen versunken, dic bartlosen Krieger. Plötzlich fuhr er ganz empört heraus:

»Was du nicht sagst, Eisenbeißer, Kokodrille! Schau dir doch das gute Gesicht von dem da an. Das ist doch das Gesicht von dem Kind einer Menschenmutter und nicht eines Kokodrills.«

»Kokodrille, Kokodrille«, wiederholte der pessimistische Eisenbeißer düster und hartnäckig und schüttelte dabei den Kopf. »Kokodrille, da kannst du Gift darauf nehmen! Kokodrille, ich garantiere dir dafür. Kokodrille, ich wett mit dir, um was du willst, Kokodrille!«

Soltiel, der, im Begriff, sein großes Werk zu beginnen, die kleinen Gummilettern mit Pinzetten ordnete, blickte auf.

»Seid doch endlich vernünftig. Mit euren Kokodrillen hindert ihr mich, mein großes Werk zu konzipieren. Meinetwegen Kokodrille, aber jetzt genug davon.«

»Kokodrille!« kreischte Maimon, der plötzlich erwacht war. Und noch einmal: »Kokodrille!«, dabei schüttelte er den schnarchenden Michael.

Saltiel zog um. Im benachbarten Abteil saß cr mit sciner Druckerpresse auf den Knien und wies nach, daß die Freimaurer des Mittelalters Phönizier gewesen seien. Sie bauten Burgen für die adeligen Herren und wurden von diesen dafür durch Freiheiten für die Freimaurerzünfte entlohnt.

Die Druckarbeit ermüdete ihn sehr schnell, er schrieb die Fortsetzung mit Bleistift: »Auch die Kathedralen wurden von den Phöniziern errichtet. Sie hinterließen Spuren ihrer Religion, indem sie Teufel bildeten, die sich über die Heiligen lustig machten, und kleine syrische Gottheiten, Wasserspeier genannt.« Aber unser Historiker hatte bald genug davon und fand es auch überflüssig, einen Text auszuarbeiten, über den er sich ja schon im Klaren war. So schrieb er denn nur die Kapitelüberschriften zum zweiten Band. Schließlich sprang er zum letzten Band über und druckte den letzten Satz.

Damit war sein Werk vollendet, und er machte sich daran, es dem Vater und den lauschenden Freunden vorzulesen. Die ganze Nacht lang disputierten zehn beredte Hände auf verwegene Weise über die Weltläufte.

XXII

Die Telegrafenstangen hoben sich, sanken, standen schief, wichen auseinander. Annecy. Der Zug hielt. Es regnete.

Was tun? Richtig, an die Hotels telefonieren. Durch die Glasscheibe der Telefonzelle sah sie eine Frau, die ihr Kind küßte. Wie sie sich vorkam in diesem Käfig mit ihrem schief sitzenden Hut, eine lächerliche, arme, halbverrückte Liebende. Die Portiers verstanden seinen Namen nicht.

Endlich fand sie ihn im Impérial-Palace-Hotel. Warum trug er wieder das russische Kostüm und hohe Stiefel? Sie vergaß den Zweck ihrer Reise, liebte die lebhafte Stimme des angebeteten Mannes, seine schönen Augen, die ab und zu ein wenig schielten, seine höfliche Undurchdringlichkeit, die unvermittelten Pausen, die er im Reden machte, sein gespieltes Erstaunen, seine zerstreute Interessiertheit.

»Wie hast du mich gefunden?«

»Ach, das ist ein ganzer Roman, Liebster. Ein alter

Mann hat in Versailles nach dir gefragt, er wollte dir schreiben und danken. In der Brieftasche, die du ihm gegeben hast, hatte er die Adresse vom Trianon-Hotel gefunden. Ich war gerade da, und er sagte mir, es wäre ihm vorgekommen, als hättest du am Schalter Annecy verlangt.«

»Schon gut. Genug von dem alten Trottel. Und das Mädchen? Aude de Maussane? Ist sie tot? Lebt sie? Hat sie Selbstmord begangen?«

»Ich wollte mit dir über sie sprechen, Sol.«

»Danke, danke, ein andermal. Das Wichtigste ist, daß du hier Ordnung machst. Der Bediente ist ein Bandit aus Kalabrien, er hat dort sicher kleine magere Mädchen vergewaltigt. Vielleicht auch einen Elefanten. Den kleinen Mädchen geht es gut, den Elefanten hofft man zu retten. Hast du Hunger? Wie du siehst, habe ich dieses Kostüm gekauft. Steht mir gut, was? Ja, ein Russe hat es mir angeboten. Ich habe ihm auch diese schönen Ringe abgekauft. Saphire, Diamanten, Rubine. Das liebe ich. Ich liebe sie, weil sie übertrieben prächtig sind. Ich liebe das Übertriebene. Ich liebe. In alles bin ich verliebt.«

Der Bediente kam herein. Solal hatte vergessen, warum er geklingelt hatte.

»Geh. Drück dich, nachdem du dir ein Vermögen gemacht hast. Du kramst in meinen Koffern. Da, schau die Unordnung im Zimmer.«

»Wo, Herr?«

»Das Zündhölzchen da am Boden.«

Der Diener warf Frau von Valdonne einen Blick zu, der sie zum Zeugen für sein Martyrium anrief. Edelgekränkt machte er sich von dannen und hielt sein Zündholz wie eine Kerze unten den geistesabwesenden Richterblick Solals.

»Wollen Sie nicht zu Abend essen, liebe Freundin?«

»Nein danke, mein Sol.«

»Also, was gedenken Sie zu tun? Wann reisen Sie wieder ab? Ich liebe sehr die Einsamkeit.«

»Ich kann in einer oder in zwei Stunden wieder da sein. Wann soll ich zurückkommen?«

»Aber . . . nie«, sagte er höflich lächelnd.

»Ich werde bald wieder abreisen, darauf kannst du dich verlassen. Willst du mich nicht ein bißchen behalten, einen Tag oder zwei?«

Er gab keine Antwort, nahm eine Astrachanmütze, drückte sie sich auf die Augen, dann aufs linke Ohr und zog die Brauen in die Höhe. Sie nahm die Reisetasche und wollte gehen.

»Bleib sechs oder meinetwegen sieben Jahre«, sagte er – eigentlich schämte er sich ein wenig – »aber vertreib mir die Langeweile.«

»Was soll ich denn tun?«

»Vor allem darfst du nicht traurig sein. Vor allem darfst du nicht wie ein Leichenpferd aussehen und so mit dem Kopf nicken.«

»Du, ich bin wirklich nicht traurig. Was soll ich denn tun, um mein Kind zu amüsieren?«

»Vor allem bin ich kein Kind. Ich bin ein Greis voll Weisheit, ein Untier von Einsicht. Und vor allem mußt du dich auch amüsieren, du mußt irr sein vor Glück, genau wie ich. Es ist verboten, zu sterben. Es ist verboten, traurig zu sein. Nein, komm mir nicht nah, laß mich. Sag den Leuten, daß du ein Zimmer neben dem meinen nimmst. Zieh dich besser an. Richte dich fabelhaft her, wasch dich und komm in einer Stunde wieder, und ich werde die gnädige Frau dann bitten, sich gefälligst von mir besitzen zu lassen.«

Als er allein war, nahm er eine Schere und schnitt sich heftig in die Brust. Er wollte sich dafür strafen, daß er an Aude dachte. Dann warf er die Schere in eine Schublade, in der er Schminkstifte entdeckte. Der Kellner trat ein und schob den Serviertisch vor sich her.

»Lieber und verehrter Freund«, sagte Solal zu ihm mit

einer Stimme, in der die Sehnsucht schwang, »habe die Güte, Wein herzuschaffen, in dem Gewürze brennen und Palmen träumend schaukeln. Geh schnell und verzeih mir alles erdenkliche Übel.«

Der Kellner kam sofort wieder und bediente mit Eifer, denn der Gast schien ihm nach großem Trinkgeld auszusehen.

»Möge Gott, falls er versehentlich existieren sollte, dich segnen! Geh und sage der Gräfin Valdonne, daß der Fürst Solal sie erwarte. Sie ist eine Dame von höchst edelmütigem Herzen, mein Freund. Doch solche Dinge sind dir verborgen, denn du bist ein Skorpion. In meinem Überzieher ist Geld, nimm und bete für mich.«

Bald darauf trat Adrienne ein. Sie hatte beschlossen, in Schönheit zu enden. Ihr Wille belebte den Veilchenglanz ihrer Augen. Das Abendkleid war berauschend.

»Iß viel, es schmeckt ausgezeichnet. Trink, mein Leben. Du bist blond und schön. Bist du nackt unter der prächtigen Rüstung?«

Er entblößte sie schnell und sachlich. Dann zeigte er auf die Schminkstifte und schloß blinzelnd ein Auge. Sie war zum Gehorsam entschlossen, um diese Nacht zu erkaufen. Der Tod war nahe, und der Wein berauschte sie.

Stunden vergingen, draußen sang der Regen ein klagendes Abschiedslied. Sie schminkte sich, hüllte ihren Leib in verschiedene Stoffe, verkleidete sich. Während der ganzen Nacht wurde das Zimmer von einer satanischen Erfindungsgabe mit Frauen aller Länder bevölkert, mit einschmeichelnden, erfahrenen oder naiven, mit zerquälten, die des Mannes Zuckungen tranken. Gegen Morgen waren die Frauen verschwunden, und zwei Männer rasten vor dem großen Spiegel beim Flammen der Buchenscheite.

Als sie aus der Erschöpfung erwachten, erhob er sich und betastete zerstreut Adriennes Brüste.

»Gefallen sie dir?« fragte sie seltsam mütterlich. »Schau, sie werden schlaff. Ich bin eine alte Frau geworden.« (Sie dachte an ihre junge Nebenbuhlerin und drückte ihre Brüste noch mehr herunter.) »So, schau.« Sie lachte. »Ich bin alt. Ich muß immer häufiger zum Zahnarzt gehen. Und all die andern Schäden: die Gelenke, die zu knacken anfangen, die Haare, die spröde werden, der Teint, der früher noch um vier Uhr morgens so strahlend war, der Atem ... Es tut mir leid, dir Verdruß zu machen. Mein armer, schmollender Liebling.«

Sie lachte. Doch Solal hörte nicht auf sie. Er dachte an Aude. Warum hatte er, als sie mit ihrem Vater in das Zimmer schaute, dieses verfluchte Wiegen noch verstärkt und getan, als kenne er sie nicht? Er war doch in diesem Augenblick nicht von Sinnen, sondern ganz klar bei Bewußtsein gewesen. Von welchem Dämon, stärker als sein Wille, war er besessen gewesen? Er wird sie nicht mehr wiedersehen. O, ihr Blick in der großen, hochzeitlichen Nacht, die linkische Bewegung und das schüchterne Lächeln, mit dem sie sich ihm entschleierte. Welcher Teufel hatte ihn geritten, daß er die Achseln zucken und dieses furchtsame Lächeln aufsetzen mußte? Und jetzt hatte sich dies ekelhafte Bild in ihr festgesetzt: zwei orientalische Schaukler, die beim Anblick der Tochter Europas vor Furcht vergingen.

Er löschte jeden Gedanken aus, wollte nicht mehr wissen, was er tat, zog die Schublade auf. Doch Adrienne war schneller als er, ergriff rasch seine Hand mit dem Revolver. Die Kugel streifte seine Stirn. Blutstropfen fielen. Er brach zusammen.

Die nackte Frau nahm den nackten Mann auf ihre Knie. Sie küßte die beiden Wunden, wiegte und beschwichtigte ihn. Sie mußte denken, daß die Nacht, die lange vorhergeahnte, gekommen sei, die Nacht, den Nächten vergangener Winter gleich und künftiger Winter, wann sie nicht mehr sein würde.

Sie sah auf den schönen verwundeten Leib vor sich. Ihr war, als sei der Ohnmächtige auf ihren Knien ihr großer Sohn. Ein Unverantwortlicher, ein von den Menschen Verfolgter, ein Verurteilter, der doch ein tausendfaches Leben lebte, ein unrettbar Besiegter. Sie dachte an ihr eigenes verfehltes Leben. Sie hatte es nicht verstanden, geliebt zu werden. Nichts hatte sie verstanden. Lag die Schuld vielleicht an ihrem Vater, an dem Schrecken, den er ihr in ihrer Kindheit eingejagt hatte? Diese Gehemmtheit, diese Passivität. Die andern, die Frauen, die geliebt wurden, waren oberflächlich. Vielleicht hätte sie auch so sein können. Aber sie hatte die Sklaverei vorgezogen. Magd war sie gewesen von dem Abend an, da der Halbwüchsige in ihr Zimmer eingedrungen war, bis zu dieser letzten Nacht. Jetzt war es zu spät, um noch einmal anzufangen. Die Andere, Aude, wird ihn haben. Und wenn die Andere ihn nicht daran hindert, wird er Sieger im Leben sein. Er wird Solal sein und ein großer Mann. Doch niemand wird an Adriennes Grab kommen und ihr von den Siegen des Geliebten erzählen. Tut nichts, sie hatte es vor den andern gewußt. Vor allen andern hatte sie die Spannung und Hoffnung dieses jungen Menschen erraten, der in Wirklichkeit so einfach war, so gut, so rein. Der sein kindliches Gemüt unter Gelächter und seltsamen Schrullen versteckte. Und wenn sie sich irrte, wenn er nur ein Mensch war wie alle andern? Wenigstens würde sie ihre Illusion bis zuletzt bewahren. Und niemand würde kommen, sie zu enttäuschen.

Sie hob den geliebten Sohn auf und legte ihn auf das Bett. Lange blieb sie regungslos, um ihn nicht zu wecken. Endlich öffnete sie die Augen und sah auf die Uhr. Schon fünf. Sie ging in ihr Zimmer, hatte das Reisekostüm, das in einer Ecke lag, ganz vergessen, zog ihr Abendkleid an und kam zurück. Sie wollte so lange wie möglich bei ihm bleiben. Nur nicht ihn wecken. Es war hart, ihn nicht noch einmal zu küssen. Vielleicht war er böse. Nein, unglücklich. Dieses seltsame Lächeln wie bei einem Idioten oder einem Epileptiker. Bis zum letzten Augenblick wird sie nicht wissen, wie er ist. Vielleicht liebt sie diesen Fremden gar nicht, der dort friedlich schläft. Sie war ruhig, ein wenig müde. Ja, vor allem müde. Was faselte sie da? Sterbende wissen nicht, was sie sagen. Sie mußte fort. Schnell. Ihr war, als faßte sie ein unsichtbarer Gefährte an der Hand, als würfe er einen Blick voll Verachtung auf diese falsche Welt und sagte: »Komm, Freundin, fort von hier.«

Vor dem fast erloschenen Kaminfeuer kniend, schrieb sie ein paar Zeilen auf ein Blatt. Sie las es langsam durch, fügte noch einige Worte hinzu. Er? Er lebte und schlief. Sie stand auf, ging leise zum Tisch, tat das Blatt in einen Umschlag und klebte ihn sorgfältig zu. Die Toten lieben niemand mehr. Was lag ihr an dem Schläfer dort? Sie bemerkte, daß sie ihre Brieftasche verloren oder vergessen hatte. Dieser Hundertfrankenschein mußte für die Reise genügen. Sie nahm ihr Perlenhalsband ab und legte es auf den Tisch neben dem Bett, in dem er schlief. Da lag auch der Schuhlöffel. Wie oft hatte sie ihn benutzt! Sie löschte die Lampe. Die Fensterscheiben ließen graues Licht herein. Ihr Gesicht im Spiegel: eine arme Verrückte im Ballkleid mit hastig zurückgekämmtem Haar. Sie zuckt die Achseln. Ach so, den Mantel hat sie vergessen. Kälte oder Wärme, wie unwichtig! Sie hat genug an, um nicht auf der Straße angehalten zu werden. Sol, Geliebter, ich geh fort, ich geh sterben, und du weißt es nicht.

Sie öffnete leise die Tür, und ihr letztes Lächeln war so voller Güte, daß es ihr vor Gott die ewige Gnade sichert. Im Gange sah sie sich im Spiegel: Schminkestriche belebten ihre Augen und Lippen. Mechanisch wischte sie sie weg, betrachtete die blauen und roten Spuren auf dem Taschentuch: sie hatte ihr Leben weggewischt. Sie putzte sich die Nase. Selbst, wenn man in wenigen Minuten sterben wird, muß man sich noch die Nase putzen.

Er erwachte. Seine Stirn suchte nach der Schulter der Frau, die er verkannt hatte, die bis zu diesem Tag kaum ein wirkliches Dasein für ihn besaß, die er jetzt zu lieben begann.

»Wo bist du Liebste? Meine Adrienne!«

Er sprang auf, sah den Brief.

»– Das Scheusal ist davongelaufen!«

Hastig zog er sich an. Der Mantel mußte die Unordnung seiner Kleidung verdecken. Er schlug den Kragen hoch und lief. Vor dem Bahnhof schlummerte ein Säugling in seinem Wägelchen.

Solal erblickte Adrienne. Sie stand vor dem Schalter und raffte mit einer schlaffen Bewegung das Kleingeld zusammen, das man ihr hinschob. Er wagte nicht, sich ihr zu nähern. Mit geistesabwesendem Blick wischte sie immer noch das gerillte Kupfer ab. Hinter ihr wurde ein Reisender ungeduldig und machte die Bemerkung, ihr Geld würde nicht mehr werden, wenn sie es riebe. »Putzmittel, siehe Haushaltungsartikel«, sagte ein anderer. Sie ging langsam auf den Zug zu. Es war ein frischer, ehrbarer Morgen.

Ans Fenster gelehnt, sah sie plötzlich ihren Geliebten und fuhr mit der Hand an ihr Haar, es zu ordnen. Er flehte sie an, auszusteigen. Der Schaffner schlug die Türe des Waggons zu und gähnte. Sie blickte Solal durchdringend an und lächelte.

Der Zug setzte sich in Bewegung. Mehrmals wiederholte sie ihre Gebärde sanfter Abwehr, streckte ihm dann ernst die Hand hin. Er ergriff sie, küßte sie, lief mit dem Zug, der schneller und schneller fuhr. Reisende lächelten peinlich berührt. Er blieb stehen. Wozu auch? Er würde sie ja doch bald wiedersehen, vielleicht in ein, zwei Monaten.

Sie trat vom Fenster zurück, wollte nicht mehr sehen, suchte in einem Abteil nach ihrem Gepäck. Ach so, sie hatte ja keins. Als der Schaffner vorbeikam, fragte sie ihn, wann der Zug das erste Mal halte. In einer Stunde.

Sie ging ziellos im Gang herum, blickte verstohlen auf einen jungen Mann und ein junges Mädchen, die sich küßten. Das andere Geleise schien in entgegengesetzter Richtung zu fliehen, von Streifen durchquert, die manchmal aufglänzten. Die Telegrafendrähte stiegen, fielen, waren nah und fern, gingen plötzlich auseinander, sangen unablässig von Freude und Sieg. Sie starrte wie gebannt auf die scharfen Schottersteine zwischen den Schienen.

Der Zug hielt. Sie stieg aus. Der Schaffner machte sie darauf aufmerksam, daß man nur fünf Minuten Aufenthalt habe. Sie dankte in ihrem hochmütigen Ton von ehemals und ging langsam bis zum Ende des Bahnhofs. Hoheit umgab die Unglückliche.

Sie versicherte sich, daß niemand ihr nachblickte, und ging schneller. Schienen, Schienen. Menschenleben. Ein kleines Kind mit seiner roten Rassel. Sie fiel hin, stand wieder auf, fing an zu laufen. Genug. Sie legte sich auf die scharfen Schottersteine zwischen die Schienen und wartete. Sie war glücklich, am Ziele zu sein. Herr, erbarme dich unser!

XXIII

Er ging mit bloßem Kopf, sein Gewand zerriß an den Dornensträuchern. Er spielte mit dem Perlenkollier, das ihm Adrienne hinterlassen hatte. Wozu ihren Brief öffnen. Schon drei Tage war sie fort. Wo sie jetzt sein mochte? Vielleicht in Cimieu? Er fuhr sich mit den Fingern in die geringelte Mähne, zog sie wieder heraus und erschrak beim Anblick eines weißen Haares. Drei Tage seines Lebens hatte er verloren! Sofort öffnete er den Brief.

»Es tut mir leid, dir zu mißfallen, aber ich muß es dir sagen. Sie glaubt, du liebst sie nicht. Sie heiratet Mittwoch in Cologny. Ich bitte dich, geh zu ihr, ehe es zu spät ist. Die Trauung findet gegen zehn Uhr statt. Ich liebe dich. Vergiß nicht Adrienne.«

Genf, wo war Genf? Verfluchte Menschen, die Genf am andern Ende der Welt erbaut hatten! Ein Auto kam vorbei. Er winkte dem Chauffeur.

»Welchen Tag haben wir heute?«

»Mittwoch.«

»Und wieviel Uhr?«

»Acht Uhr vierunddreißig oder fünfunddreißig.«

»Vierunddreißig, fünfunddreißig. Wie lange braucht man hin?«

»Wohin?«

»Nach Genf.«

»Kommt drauf an. Mit einer guten Maschine rechnet man dreiviertel Stunden.«

Mein Gott, er soll acht Uhr vierunddreißig und dreiviertel Stunden zusammenzählen. Nie wird ihm das gelingen.

»Sie müssen mich fahren.«

»Unmöglich, ich bin bestellt.«

»Fünfhundert Franken. Ich bin zu einer Hochzeit geladen.«

»Also gut.«

Er setzte sich in den Wagen, besah sich im Spiegel. Ja, er war jung, und das russische Kostüm stand ihm gut. Er steckte die prächtigen Ringe an seine schmalen Finger.

»Lieber Gott, beschütze den Motor! Mit einem guten Wagen braucht man dreiviertel Stunden, aber dieser da ist eine Großmutter.«

Das Trinkgeld stieg mit jedem Kilometer. Der alte Kasten schnaufte sich die Lunge aus und geriet ins Hüpfen. Mit ängstlichem Blick folgte Solal dem Zeiger des Geschwindigkeitsmessers. Doch plötzlich stieß der Motor einen Schrei aus, verfiel in Todeszuckungen und blieb stehen.

»Nichts zu machen«, sagte der Chauffeur, »Ihre Schuld. Jetzt müssen Sie auch noch die Reparatur zahlen.«

Alles verloren. »Genf, 20 Kilometer«, stand auf einem Schild. Und die Uhr des Chauffeurs zeigte neun Uhr fünfundvierzig. Und die Verruchte heiratete um zehn!

Ein Reiter kam langsam herangetrabt. Solal lief ihm, mit den Armen fuchtelnd, entgegen. Der Mann hielt, beugte sich fragend hinunter. Solal riß ihn von seinem Tier und setzte ihn prompt auf die Erde. Dann nahm er ihm die Reitpeitsche, drückte ihm einen Ring in die Hand, sprang aufs Pferd und sagte dem Enteigneten, er sei die Drei Musketiere, und der Ring sei tausend Pistolen wert. Er grüßte mit der linken Hand, peitschte auf das Tier ein. Gerettet! Guter Gedanke, dieses russische Kostüm und die hohen Stiefel. Schöne Wintersonne. Der Mantel beengte ihn. Die Reitpeitsche zwischen den Zähnen, zog er ihn aus und warf ihn ab.

Die Spaziergänger drehten sich um und blickten dem Verrückten nach, der in einer Staubwolke wie ein Sturmwind dahinraste und lachte. Alle Ringe funkelten, sandten blaue und weiße Strahlen in das Winterlicht. Er spornte sein Pferd, stieß Freudenschreie aus, flüsterte seinem fliegenden Vögelchen zärtliche Worte zu.

Schönes, braves Genf. Die Schweiz. Geliebtes Land mit kräftigem Körper, gesundem Geist und sauberer Seele. Einfältige Größe der langsamen Gebirgsmenschen. Ihr Blick ist gerade, ihr Wort ist zuverlässig.

Vor Les Primevères hielt er. Frau Sarles war von etlichen seelischen Erschütterungen so mitgenommen, daß sie Aude und die drei Männer, die eben zur Trauung aufs Standesamt gefahren waren, nicht hatte begleiten können. Einen essiggetränkten Umschlag auf der Stirn, lag sie leidend auf dem Sofa. Ruth, die ihr einen stärkenden Psalm vorlas, blickte auf und erkannte die funkelnde Erscheinung auf dem dampfenden Pferd. Kinder gaben Solal Auskunft: der Wagen des Herrn Pastors war vor fünf oder zehn Minuten abgefahren. Mit zornglühenden Augen peitschte er das Pferd auf die Nüstern. Es wieherte, bäumte sich, schlug aus, streckte sich und glitt, die Ohren zurückgelegt, um den Schlägen zu entgehen, rasend dahin.

Endlich erblickte er den Hochzeitswagen, der langsam den Abhang hinauffuhr. Er warf das Perlenhalsband, das, einen begnadeten Bogen beschreibend, um den wunderschönen Hals fiel. Sie wandte sich um, sah, daß der Frühling für sie gekommen war, erkannte das längliche, von schwarzblauen Schlänglein gekrönte Antlitz. Er breitete die Arme, um sie zu umschlingen und auf sein Roß zu heben. Ihrem Schicksal gehorsam, richtete sie sich auf und streckte die Arme nach ihm aus.

Dritter Teil

XXIV

Es war fünf Uhr nachmittags. Im Vorsaal der Zeitung warteten drei bedeutende sozialistische Wähler aus dem Departement Nord, schon jetzt im Smoking, auf ihren Abgeordneten, den Herausgeber des neuen Tageblattes. Sie gingen auf und ab, etwas beschämt, daß man sie so lange warten ließ. Ihre Kinnbacken bebten, die Kiefer gingen auf und zu, und wenn die Zähne klapperten, drehten sich die vorübergehenden Redakteure um.

Da hupte draußen das Auto des Chefs, der einarmige Pförtner machte eilig die Tür auf und nahm dem Herrn Direktor die Mappe ab. Der las gelangweilt die Besucherkarten und sagte, er werde morgen empfangen.

In seinem Zimmer warf der Abgeordnete den kostbaren Mantel mit dem Astrachankragen ab, besah seine allzu schönen Ringe, dann das rote Bändchen im Knopfloch und lächelte seltsam. Dann spielte er mit dem großen Brief, der seit vier Tagen dalag. Er brach die Siegel auf und ließ seinen Blick über das Pergamentblatt wandern, auf dem die großen Buchstaben verschnörkelt und vergoldet waren.

»Von Kephalonia meerumschlungen ab am 21. Januar, einem Tage Äußerster Kälte. Mein lieber Solal, Paris. Mein lieber Solal diesen Brief schreibe ich um dir mitzuteilen, daß ich Reich bin und Hoffe ich für dich das gleiche und wie du siehst schreib ich nur noch auf Pergament und die großen Buchstaben und Interpunktionen mit Goldner Tinte!

Mein lieber Sol dein Vater ist krank gewesen aber kraft einer Blutaufwühlenden Medizin ist alles vorübergegangen. O mein liebes Kind der Rabbi ist Traurig daß er nichts weiß von deinem Dasein drei Jahre seit du nach Kephalonia gekommen bist und stolz ist er und so kommts daß er nicht schreibt aber er Zittert vor Schmerz denn er ist alt. Ein bißchen alt bin ich auch, darum schreibe: sonst glaub ich kommt er nach Paris denn er hat um dich geheimnisvolle Unruhe die mich Beben macht.

Von mir mein lieber Sol will ich dir sagen, daß ich bin auf Reisen gewesen in den Ländern Geschäftlich und das ist der Grund meines Schweigens, denn ich wußte deine Adresse nicht, aber ich habe die Zeitung gelesen die Gerechtigkeit heißt was ein schöner Titel ist und ich habe gesehn daß du natürlich der Chef der Zeitung bist natürlich und sogar Deputierter von Frankreich; handle für das Wohl dieses wunderreichen Landes! Aber hüte dich vor den Neidern! Sei Taube mit den Tauben aber Boa mit den kleinen Schlangen!

Ich schicke dir einen Verrechnungsschecken von fünftausend Franken! und dazu meinen besten Dank für dein Geschenk von einst denn die Undankbarkeit ist nicht meine Stärke! um die Propaganda der Zeitung zu unterstützen ich weiß ihre politische Richtung nicht aber die ist sicher sehr gut und ich hoffe du wirst etwas gutes tun für unsre verfolgten Brüder. Ich glaube sie müssen zu hohe Steuern zahlen! Ich bin sicher du wirst unsern Brüdern helfen, denn du bist sehr sehr israelitisch was ich tagtäglich dem Exilarchen wiederhole aber er klopft mit dem Stock auf den Boden und Blitzt mit dem Blick ich erschrecke mich und meine Hand zittert da ist ein Tintenklex aber das macht nichts ich kann auf dem teuren Pergament nicht radieren. Ich habe nicht mehr meinen munteren Stil von einst denn ich werde alt oh mein Sohn und Neffe!

Also ich hatte das Geld verloren (das du mir gegeben hattest vor drei Jahren) in einem Geschäft mit Affen vom Kongo wo ich hingegangen bin denn ich wollte mit Vorteil verkaufen für medizinische Experimente der Leidenden Menschheit! Aber die Affen sind erbärmliche Kreaturen und verdienen keine Beachtung und der Vorteil hat sich verwandelt in Marter die meine Seele verwüstet und das Geld weggenommen hat das du mir gegeben hattest!

Den Schecken den ich dir schicke vergiß nicht einzukassieren und tu ihn nicht in die Hosentasche ohne Acht zu geben (denn ich bin ein guter Beobachter!). Der Affe ist schlimmer als der Kosak und verflucht soll er sein und nie soll er sehn den Herrn in Seiner Herrlichkeit!

Wie ich also bin zurückgekommen zu unserer Heimatsinsel bin ich zurückgekommen finster traurig und ziemlich ruiniert und voll Vertrauen in die Allmacht und habe gejammert vor der Fabrik und verflucht die Affen die mich Verraten haben! Aber sei getrost! Ich bin gerettet worden und das Wunder! ist geschehn ich bin Reich geworden und andre Schecken werden folgen!

Und wie das gekommen ist das will ich dir sagen und berichten. Da bin ich gesessen und habe für den Jüngsten von Salomon fabriziert ohne rechte Freude (ein Mann wie ich! kann er Vergnügen finden an solchen Läppereien?) ein ganz geschicktes kleines Spielzeug hör weiter. Dies Spielzeug werde ich dir beschreiben. Lieber und geliebter Neffe es klettert ein Affe einen Draht entlang und kommt in die Bundeslade wo die Gesetzesrollen schlafen das ganze gut ausgeführt man zieht am Bindfaden er hebt den Vorhang und geht hinaus durch die Hintertür. Da ist der Witz von der Geschichte und auch mein Geheimnis. Wenn der Affe hinausgeht wird er verwandelt in einen Wunderschönen Jungen Mann! Großartiger Effekt des Sittlichen Gesetzes, das Gott gegeben hat Seinem lieben Freunde Mose und derweil beteten die Verruchten das goldne Kalb an! Da gibts einen Trick, werde ich dir erklären.

Nun ist zu Besuch gekommen zu deinem kranken Vater Seine Exzellenz der Baron Mose Levi Pascha, ein namhafter Mann in Ägypten dem Hause der Knechtschaft, der sieht das Spielzeug von Salomons neuer kleiner Nachkommenschaft! Der fromme und gescheite Mann erkundigt sich! Das Bengelchen, die kleine Fettkugel, die alle drei Schritte purzelt sagt ihm meinen Namen. Begeistert! von dem Handelswert! und religiösen Wert! meines Spielzeugs kauft der Bankier dem ich Tage vorher mein Werk über die Philosophie des Menschengeschlechts und die Konjunktur des Weltalls vorgelesen hatte, was er angehört hat mit Tränen im Auge! kauft mir voll Bewunderung der Bankier das Recht ab mein Spielzeug auszubeuten! Ich weiß nicht wie mir ist vor lauter würdiger und stolzer Rührung! Teurer heißgeliebter Neffe, er zahlt mir einen ersten Trakt aus von zehntausend Franken! Und da hat man gesagt: der Saltiel taugt zu nichts!

Neider behaupten, Seine Exzellenz habe aus Mitleid weil er gehört hat von dem Affenverrat (vom Kongo) so getan als fände er meine Erfindung wichtig! Sie werden zuschanden werden.

Ich bin just dabei zwei Poesien zu schreiben in unserer heiligen Sprache, in denen jeder Vers anfängt und aufhört mit dem ersten Buchstaben des Alphabets, die Verse sind sehr schalkhaft und gerichtet gegen meinen alten Freund, die an meinem Busen gehegte Schlange den Eisenbeißer! den neidischen falschen Advokaten!

Sei ein bißchen gebenscht und gesegnet von deinem Onkel bis ans Ende der Welt und bis zur Stunde da die Toten aller Länder unter der Erde hinrollen werden, um alle zusammenzukommen in Jerusalem!

Saltiel von den Solal!
Zurückgewiesener Anwärter verschiedener Ämter.

Psst! (Postscriptum wie es bei gebildeten Leuten Brauch.) Ich habe gehört von einem deutschen Israeliten der ein Schweizer ist! und heißt Einstein der ebenfalls ein Erfinder sein soll wie ich man sagt mir er hat eine kleine Theorie ausgedacht über die Zeit ich kann das nicht beurteilen aber ich werde sein Buch lesen denn ich wünsche mich auf dem

Laufenden zu erhalten in Sachen der Wissenschaft. Ich schließe denn mein Gehirn kocht von Erfindungen.

Der Obige S. S.

Ppssst! mein liebes Kind jetzt der wahre Zweck meines Schreibens ich werde in einigen Tagen reisen um dich zu besuchen und ich werde dich nicht weiter stören dein Vater macht mir Sorge er sieht dich in Tragischen Träumen und sagt sie sind Wahrträume, ich sage es dir lieber damit du schreibst er hat einen heftigen Charakter und er leidet und wer muß ihn ertragen und trösten? *Der Obige.*

Man sollte meinen, er weiß Außerordentliche Geheimnisse von deinem gegenwärtigen Leben, er bleibt stundenlang stumm.«

Solal warf den Brief hin und trat vor die Landkarte an der Wand. Er betrachtete Frankreich, diesen kleinen Vorposten Asiens, mit seinen vernünftig verteilten Flüssen, ein Land wert, daß man ihm diene. Um besser diesem seinem neuen Vaterlande zu dienen, hatte er vor drei Jahren mit viel Mühe die Zeitung geschaffen, deren dumpf rollende Rotationsmaschinen ihm von Macht und Tatkraft sangen. Seit sechs Monaten war er Abgeordneter; und zwar der jüngste in Frankreich; denn er zählte fünfundzwanzig Jahre. Und man sprach von ihm als von einem der Führer der sozialistischen Partei.

Der Pförtner meldete, ein Tobsüchtiger sei in die Büros eingebrochen.

Eine Viertelstunde vorher war der von dem Pförtner gemeldete Verrückte vor dem Zeitungshaus stehengeblieben und hatte ein Vorratskörbchen abgesetzt und daneben einen Handkoffer ohne Schloß, der mit Schnüren und Drähten zusammengehalten war.

Die Hand überm Auge, bewunderte er die Marmortreppe, wurde ganz stolz auf den vornehmen Teppich und entschloß sich sodann, einzutreten. Er sah in einen Taschenspiegel, rückte das Bändchen zurecht, das ihm als Krawatte diente, staubte mit dem Taschentuch seine Halbschuhe ab, schneuzte sich, setzte die Bibermütze fester, zupfte an den Aufschlägen seines Gehrocks und drang mit falscher Gelassenheit und Herzklopfen ein.

– »Psst!«

Der Pförtner drehte sich um. Der kleine Alte legte den Zeigefinger an den Mund, um auszudrücken, er müsse vertraulich mit ihm sprechen.

»Ich komme ihn besuchen«, sagte er leise, »aber stör ihn nicht, wenn er gerade mit Prominenten oder Machthabern verhandelt. Ich hoffe, dein Arm tut dir nicht weh, da, wo er abgeschnitten ist. Ich muß dir gestehen, ich bin in Sorge, denn sein Vater, unser hoher Herr Gamaliel, ist mit mir gekommen, und ich weiß nicht, was passieren wird. Geh, lieber Freund, und sag ihm, der Saltiel ist da.«

Der Pförtner sah auf die pappene Handtasche und die aufgeklebten Zettel, die ihr Pathos verliehen (Warszawa – Montevideo – Hotel-Pension des Navigateurs Brazzaville – Kairo – Oslo - Ins Lazarett überwiesen – Saigon), er packte den Verrückten und schob ihn in die Drehtür, der er einen Stoß gab.

Unser Onkelchen lief, um einen Ausweg aus dem schwindelerregenden Käfig zu finden, und beschleunigte dadurch die Drehbewegung nur noch mehr. Lange lief er so im Kreise, schließlich faßte er sich ein Herz, berechnete seinen Schwung, hüpfte wie ein Kind und fiel auf die Marmortreppe. Hörbar schlug sein Kinn auf. Der Alte erhob sich mühsam, staubte sich wankend ab, warf einen bebenden Blick auf seinen Verfolger und klatschte in die Hände. Redakteure eilten herbei. Er hatte noch die Kraft, bei Bewußtsein zu bleiben, faßte ein Stück Löschpapier, trocknete seine rieselnde Stirn und brach dann plötzlich zusammen.

Als er wieder zu sich kam, sah er in Solals liebevolle Augen. Die Stühle drehten sich allmählich langsamer, nahmen wieder festere Formen an und erstarrten schließlich. Saltiel lächelte und stammelte:

»Dein Janitschar hat einen Arm, den ich nicht sehe. Diesen Arm gibt es. Also ist er in deinem Geldschrank. Ein Glück, daß ich gekommen bin. Vergib dem alten Saltiel, er weiß nicht, was er sagt. Guten Tag, mein geliebtes Kind. (Er faßte an sein zerschmettertes Kinn.) Die Treppe ist schön, aber etwas hart. Diese Welt ist weit und sehr schrecklich.«

Plötzlich wurde er wieder munter, erhob sich, drückte seinem Neffen die Hand und untersuchte dann die Verschnürung seiner Handtasche.

»Diese Knoten habe ich selbst erfunden. Nur ich kann sie schlingen und nach Belieben wieder aufmachen. Der Janitschar hat den Knoten gut wieder zugemacht. Wie kannst du ihn nur eine silberne Kette um den Hals tragen lassen? Gibt er sie wenigstens abends vorm Weggehen zurück? Und wie heißt dieser Spitzbube?«

»Jean.«

»Was ist denn das für ein Name? Wer hat je solch einen Namen gehört?«

»Gehn die Geschäfte gut?«

»Ja, mein Sohn« – der Alte ließ den Kopf hängen. »Gewiß«, fuhr er nach einer Pause fort.

»Ich muß Ihnen Ihren Scheck wiedergeben, nicht wahr?«

»Danke, liebes Kind. Ich bin ein alter Narr, der schnell Feuer fängt. Nur aus Mitleid hat Seine Exzellenz das Honorar gegeben. Das Spielzeug war albern.«

Solal machte die Tür auf. Die Maschinen lärmten. Saltiel seufzte. Er war noch nicht dazu gekommen, zu fragen, zu bewundern, und schon schickte sein Neffe ihn fort. Ob er ihn heut abend wiedersehen könne? Solal erklärte ihm, er müsse den Abend im Ministerium des Äußeren verbringen. Saltiels Gesicht verzerrte sich geradezu vor Gier, er vergaß den ernsthaften Auftrag, den Gamaliel ihm gegeben hatte.

»Wär's nicht zu machen, daß ich den Empfang zu sehen bekomme?« fragte er und legte den Zeigefinger an die Nase. »Siehst du, seit dreißig Jahren möchte ich so ein Fest der Machthaber mitmachen . . . Erfülle den letzten Wunsch des Greises, mach mir diese eine Freude, ehe man mich ins Leilach wickelt.«

Nach einigem Zögern gab Solal seinem Onkel eine Einladungskarte und empfahl ihm, im Gesellschaftsanzug zu kommen.

»Ein Gesellschaftsanzug? Ein Frack, willst du sagen? Nu, warum nicht, Sol? Ein Frack? Gut, Sol, werd ich haben, einen Frack. Laß nur den Onkel machen. Ein Frack? Gewiß, Sol. Und ich werde dir Ehre machen, wirst schon sehen.«

Solal sagte, er habe ein paar Briefe zu unterschreiben, werde gleich wiederkommen. Saltiel setzte sich, tat sich wichtig vor dem Pförtner, nahm eine Prise. Dann lächelte er zwei jungen Leuten zu, die ihm reizend vorkamen, zwei Journalisten ohne Zweifel. Mit seiner Einladungskarte sich Luft fächelnd, näherte er sich ihnen, um eine Unterhaltung und mondäne Beziehungen in Paris anzuknüpfen. Aber zu seinem Entsetzen hörte er sie heftig auf Solal schimpfen. Schon war der Onkel im Begriff, sie ritterlich herauszufordern, da kam sein Neffe zurück. Respektvoll grüßten die beiden jungen Männer den Direktor.

»Was ist, Onkel?«

»Nichts, mein Herz, nichts«, sagte Saltiel laut, damit es die beiden Lästerer hörten. »Zwei Vipern zischten, aber als der König der Tiere, der Löwe, vorüberkam in all seiner Herrlichkeit, stimmten die sündhaften Geschöpfe zwitschernde Gesänge an. O mein Sohn, das ist wirklich eine schreckliche Welt! Gürte deine Lenden und nimm dich in acht!«

Solal warf einen verächtlichen Blick auf die beiden Burschen. Darüber freute sich der Onkel, dann aber bekam er Angst. Würden sich diese Kanaillen nicht rächen wollen, sich in mauerfahle Mäntel hüllen und seinen Neffen ermorden? Um sie also versöhnlich zu stimmen, bemühte er sich, den beiden Journalisten zuzulächeln.

Nach langem Umherspähen hatte Saltiel einen vertrauenerweckenden Angestellten herausgefunden, dem dann Korb und Handtasche, die er überflüssigerweise mit hierher genommen hatte, übergeben wurden, um sie an die von dem Alten angegebene Adresse zu schaffen. Solal faßte den Onkel unter, und sie machten sich auf den Weg.

Nach einer Viertelstunde blieb der Neffe stehen.

»Ist das dein Haus?« fragte Saltiel (und brummelte innerlich: »Verstehst du so ganz im allgemeinen, was das heißt, ein ›Hotel particulier‹, mein lieber Mattathias? Hast du jemals einundfünfzig rue Scheffer gewohnt? Na dann schweig!«).

»Auf Wiedersehen heut abend!«

»Guten Appetit«, erwiderte Saltiel.

Dann machte er sich traurig davon. Warum hatte Solal ihn nicht eingeladen, einzutreten?

In seinem Hotel fand er Gamaliel, wie er ihn verlassen hatte, sitzend, das Kinn auf die Krücke des Stockes gestützt. Als der Rabbiner seinen Schwager kommen sah, runzelte er die Brauen und machte erwartungsvoll den Mund auf. Saltiel fühlte sich schuldig, weil er nicht gewagt hatte, Solal sofort mitzuteilen, sein Vater sei in Paris. Aber wie jetzt hier dem Schrecklichen die Wahrheit sagen? Aus Angst vor einem heftigen Auftritt, der ihn am Besuch der politischen Gasterei hätte hindern können, log er schamlos: Solal habe sich so gefreut, von des Vaters Ankunft zu hören, aber gerade, als er sich anschickte, zu ihm zu eilen, sei ihm das Erscheinen einer sehr hohen Persönlichkeit dazwischengekommen.

»Und ich, bin ich keine wichtige Person?« grollte der Rabbiner und stand auf.

Zurückweichend versicherte Saltiel, Sol werde bestimmt morgen früh kommen. Gamaliel setzte sich wieder und schloß die Augen; sein Kinn lastete stärker auf dem Elfenbeinstock. Der Onkel machte sich aus dem Staube.

Er ging zu einem Trödler, lieh einen Zylinderhut und einen Frack, der ihm viel zu weit war und ihn in einen Pinguin verwandelte. Die Fäuste in die Hüften gestemmt, begutachtete er sein Spiegelbild. Dann begab er sich zu einem Friseur.

»Rasiere mich und schneide mir das Haar, mein Freund!«

Da saß er glorreich, trunken, fühlte sich dem Schwager Rabbi königlich überlegen, ließ sich schampunieren und mit Parfüm besprengen. Unter heftigem Hüsteln schob er zehn Centimes in die Trinkgeldbüchse und kontrollierte den Eindruck, den seine Freigebigkeit auf die Gehilfen machte, breitete sein Taschentuch über das Haar und setzte dann vorsichtig seine Angströhre drauf. So parfümiert wird nachher bei dem Empfang, wenn er es herausgenommen hat, das Taschentuch einen bezaubernden Effekt machen. Er steuerte zum Quai d'Orsay, für zwei Sous Oliven schmausend. Der Zylinder schwankte im Takt der Kinnbacken.

Im Ministerium sagte man ihm, der Empfang beginne erst um neun Uhr. Und wenn es dann nachher hieß, es sei kein Platz mehr zu haben? Besser sofort eintreten. Der Oberste der Türsteher glaubte zu verstehen, dieser Besucher sei der neue Minister von Bolivien und öffnete beide Flügel der Tür zum großen leeren Saal. Sechzig Minuten lang warfen die Spiegel einander die Bilder von zwei Dutzend einsamen, begeisterten, hoffnungsvollen, hilflosen Onkels zu, die sich die feuchte Stirn mit einem karierten Taschentuch wischten und ein eben am Quai Voltaire erstandenes uraltes »Handbuch für Hofleute« lasen. Saltiel war gerade dabei, einige galante Verbeugungen auszuprobieren, da traten die ersten Gäste ein.

Er verkroch sich eilig in einen Winkel, aus dem er sich ziemlich lange nicht rührte. Indessen fühlte er sich mehr und mehr beobachtet und begriff, er müsse handeln, sich unter die Mächtigen mischen. Aber Teppiche, vergoldete Möbel, summende Gespräche, Lächeln, Musik, Blumen und Tänze erfüllten seine Seele mit Schrecken, und er kam sich ganz winzig vor.

Um seine einsame Schmach zu verbergen, verfiel er auf eine Kriegslist. Eine Stunde lang eilte er hastig, mit beschäftigter Miene, quer durch die Gruppen, als suche er jemanden und habe daher, das sollte man glauben, keine Zeit, mit den andern zu sprechen. Die Diener machten ihre Glossen über das kriegerische Auf und Ab und Hin und Her des Unbekannten. Um sich Mut zu machen, riskierte er ein Glas Champagner. Jähe Hitze entflammte den sonst nüchternen Alten, und mit zierlichem Finger deutete er auf ein Schinkenbrötchen.

»Gib diese Ochsenzunge.«

Aha, der Sohn Moabs hatte ihn betrogen; er berauschte sich vollends an der köstlichen verbotenen Speise. Eine Diva krähte die letzten Takte einer Arie. Man applaudierte. Da klatschte auch er in die Hände und wunderte sich, daß er nicht von der Polizei festgenommen wurde. Entschieden glückte ihm alles im Leben, und der Teppich, der unter ihm wegzulaufen schien, und die Mauern, die plötzlich schief standen, waren fabelhafte Erfindungen.

Er wankte und stieß eine Japanerin an.

»Verzeihung, reizende Musme!«

Bei einem türkischen Attaché erkundigte er sich nach dem Befinden des Sultans, wunderte sich, keine Antwort zu erhalten, und strich die Ottomanen aus der Zahl seiner Freunde. Energisch und etwas allgemein versicherte er Sir George Normand, er wolle Sankt Helena vergeben und vergessen. Der Principessa Colonna offerierte er sein Lächeln und einen Stuhl, den er flugs dem Schweizer Minister wegnahm, als dieser sich setzen wollte.

»Entschuldigen Exzellenz«, sagte er zu ihm, »aber die Prinzessin ist müde. Prinzessin, ohne Umstände. Aber ich komme vielleicht ungelegen, köstliche Aristokratin?«

Er verbeugte sich und war überzeugt, der verhätschelte Liebling von Diplomatie und Gesellschaft zu sein. Von dieser Meinung brachten ihn zwei Diener ab: sie nahmen den Alten, der sein anmutiges Lächeln ruhig weiter austeilte, unterm Arm und setzten ihn hinaus in den Hof, wo mit erloschenen Augen die vornehmen Automobile schlummerten. Saltiel fühlte sich wohler. Diese Form der Vertreibung beruhigte ihn, er begriff die Einheitlichkeit seines Daseins.

Bei diesen Gedankengängen überraschte ihn sein Neffe, der aus dem Auto stieg. Er lief ihm entgegen, versicherte ihn, er sei entzückt von der Soiree, und die Gäste seien sehr liebenswürdig gewesen.

Sie gingen die Quais entlang.

»Mein Vater ist mit Ihnen gekommen?« fragte nach einer Weile Solal.

»Ja.«

Saltiel sah ein schreckliches Lächeln auf Solals Gesicht. Ihm lief ein Schauer über den Rücken, er faßte den Neffen am Arm.

»Tu das nicht, es darf nicht sein! Verleugne nicht, Sol! (Er ließ sich auf eine Bank fallen, und seine Knie zitterten.) Laß deine Hand in meiner, mein Herzenskind, mein blasses. Es ist ein Unglück, Jude zu sein. Man darf nicht verzichten auf dieses Unglück. O mein Sohn, du hast reines Blut seit den Zeiten vor der Geburt des Ägypters. Der Messias wird kommen morgen vielleicht. Wenn er wird gekommen sein, kannst du tun, was du willst. (Er stand auf und ging weiter.) Wir haben unsern Gott geliebt und gezittert vor ihm seit Abraham. Warum soll es aufhören, das Zittern, bei deinen Händen, mein Neffe? Unser Volk ist ein sehr altes, sehr reines, sehr heiliges und sehr treues Volk. Du hast eine Tochter der Heiden geheiratet. Das ist Schicksal. Mag sein. Ja, ja, ich hab alles erraten. Und ich kann verstehen, daß du drei Jahre hast vergehen lassen, ohne deinem Vater zu schreiben. – Fürchte dich nicht. Dein Vater wird sie lieben, ich werde sie lieben, und sie wird uns lieben, und alles wird gut sein. Glaub mir, ich kenne die Welt, und mit den Jahren ist mein Urteil beträchtlich geworden. Ja, mein Sohn, lächle du nur. Siehst du, das Wichtigste ist und bleibt: alles ist einfach für den, der da hat ein reines Herz, vornehm handelt und heiter zu entsagen weiß. Ehre deinen Vater und komm ihn morgen besuchen und stell ihm deine Frau vor, und Gott wird dirs lohnen. Die Pflicht ist ein großer Reisepaß. Sol, schau den Himmel an, mein Herz. Was kann hochmütiger sein als ein Stern? Und doch, wenn du die Sterne lange ansiehst, wirst du sehen, wie rechtschaffen sie ihre Pflicht tun. Keiner ist dem andern im Wege, alle lieben sie sich, jeder hat seinen Platz bei seinem Vaterstern und sie werfen sich nicht alle auf denselben Fleck, um Nutzen und Erfolg zu haben. Nein, ruhig, gehorsam dem Gesetz, dem der Sitte und dem des Herzens, haben sie die Heiterkeit der Entsagung. Und dann bedenke, daß du sterblich bist und wirst zu Staub werden. Das ist ein gutes Mittel, um die Heiterkeit der Entsagung zu erhöhen. Wenn du weißt, du mußt sterben, wird alles, was kleinlich ist, abfallen und es werden nur bleiben die Wichtigkeiten. Du verstehst, man leidet nur aus Hochmut und nur der hochmütige Mensch glaubt, er wird ewig leben. Ich, ich sage mir, ich habe dies Leben zu verbringen als ein ziemlich guter und reiner Mensch, dann wird die Stunde des Todes für mich ein gutes Lächeln haben. Und das gute Lächeln der Todesstunde hat eine Macht, mein Sohn, die sich ausdehnt über unser ganzes Leben vom Anbeginn bis zum Ende, und wer es hat, bevor er stirbt, der hat das Himmelreich. Und wenn die Menschen diese Wahrheit werden begriffen haben, werden sie alle gut sein. Aber nur der Messias wird ihnen diese Wahrheit beibringen können, wenn er schreiben wird das Buch von der Güte. Und darum sollst du deinen Vater ehren, denn wer seinem Vater weh tut, macht schwer die Füße des Messias.«

Er sah zum Himmel, und seine Augen waren verklärt von Wahrheit. Er vergaß seine Herzkrankheit und die düsterne Prognose des neapolitanischen Arztes. Aber dann kam er zur Erde zurück.

»Das ist die rue Scheffer. Mache mich bekannt mit deiner Frau. Ich werde ihr erzählen, wie du als Kind gewesen bist und wie du getanzt hast zu meinem Flötenspiel bei der Zitadelle. Ich werde sie sehen und wir werden uns verstehen, laß nur den Onkel machen. (Er hob sich auf die Zehenspitzen und küßte den Neffen auf die Schulter.) Dies ist dein Haus? Es ist ein schönes Haus, mein Sohn.«

Solal sah den Onkel an, liebte ihn und gehorchte. Treppe. Tür. Geruch eines reichen Hauses. Leerer Salon. Ernst und schwärmerisch trat Saltiel ein, verneigte sich leicht und setzte sich auf den äußersten Rand des Sessels. Als er dann allein zurückblieb, war sein Herz so geschwellt von erhabenen Gefühlen, daß er nicht daran dachte, den Einzel- und Pauschalwert des Inventars abzuschätzen. Mit steifem Rumpf und eingedrehten Beinen, Prophetenhand an Denkerkinn, hielt er sich für verpflichtet, in ein würdevolles Sinnen zu versinken. Wer weiß, vielleicht gelang es ihm, Sols Frau zu bekehren.

Als aber nach Verlauf einer halben Stunde die Tür aufging und Solal ihn bat, näher zu treten, begriff Saltiel die Verwegenheit seines Unterfangens. Die Tochter des Premierministers würde sich gewiß über ihn lustig machen.

Einen Augenblick dachte er daran zu fliehen, dann entschied er sich, seine Pflicht zu erfüllen, knöpfte seinen Rock zu, suchte nach seinen Handschuhen, die er in Kephalonia vergessen hatte, straffte die Waden und hob das Haupt wie ein zum Tode Verurteilter. Auf den Fußspitzen schleifend, um Eleganz, Geistesgegenwart, Sicherheit Hindernissen gegenüber und Weltgewandtheit, verbunden mit tiefer mannigfacher Einsicht, kundzutun, bewegte sich Onkel Saltiel, mit aschfahlen Lippen lächelnd, auf die Richtstätte zu.

XXV

Aude wartete auf Solal. Auf den Teppich hingestreckt vor dem Kamin, in dem drei prächtige Scheite ohne Flammen glühten, neben sich ein Schälchen Konfekt, schrieb sie in ihr heimliches Tagebuch schon das zwölfte Märchen von rosenroten Blumenwesen, die der Prinzessin Einfalt dienen, welche der königliche Reiter Einsiedel entführt hat. Sie hielt ein, als dieser gerade mitten in einer strengen Rede und unter den entrüsteten Augen der Erzählerin sich plötzlich ganz unbefangen eine unziemliche Bewegung erlaubte. Errötend überlas sie das Geschriebene, aß ein Stück Schokolade, glitt auf die Mitte des Teppichs, den sie sich fliegend vorstellte, schloß die Augen und durchlebte die drei letzten Jahre seit jenem Wundermorgen, da er sie aus dem Wagen gerissen und auf seinem Pferde entführt hatte.

Nach der Entführung waren sie nach Sizilien gereist. Als ihnen aber einige Wochen später das Geld ausging, hatten sie nach Genf zurückkehren müssen. Eines Abends als Solal gerade schlief, hatte sie sich nach Les Primevères begeben. Ohne nutzlose Vorwürfe zu machen, hatte Herr von Maussane sein Monokel fallen lassen und seine Einwilligung gegeben, wobei er sich gewiß noch mit dem Gedanken tröstete, daß der Entführer ebensogut Isaacsohn oder Guggenheim hätte heißen können.

»Im übrigen«, hatte er zu Herrn Sarles gesagt, der etwas langsam von Begriff gewesen war, »im übrigen sind die beiden vierzehn Tage zusammen gewesen.« Der Gedanke, daß der junge Mann dem auserwählten Volke Gottes angehörte, war dem guten Pastor ein gewisser Trost, und andererseits war es ihm gar nicht unbehaglich, sich vorzustellen, wie betroffen seine Frau, wie entrüstet Fräulein Granier sein würde. Diese letztere reiste, sobald sie die ärgerliche Neuigkeit erfahren hatte, in Gesellschaft ihrer Freundin nach Zermatt, wo sie sich von dem moralischen Schock zu erholen hoffte.

Groß war der Eindruck unter den »Gutgesinnten«. Einige Damen, die nicht buchstäblich an die höhere Schikkung glaubten, bewunderten Audes Mut und die Toleranz, die ihr Vater und Großvater bewiesen; die äußerste Rechte weissagte Genfs Niedergang und setzte alle Hoffnung auf eine religiöse Erweckung; die Mehrzahl wunderte sich und überließ alles weitere dem Himmel.

Während der zwei Wochen, die der Hochzeit vorhergingen, waren die Missionssitzungen besonders gut besucht. Man berauschte sich an Tee und Diskussionen über die psychologischen und sittlichen Aspekte dieser unerhörten Eheschließung. Im Lauf einer dieser Versammlungen beschlossen die acht intimsten Freundinnen von Frau Sarles, am Unglückstag der Trauung der teuren Schwergeprüften lächelnd aber ohne ein Wort zu sprechen, kräftig die Hand zu drücken. Über diese Geste war dann noch viel geredet worden.

Nach Schluß der Feierlichkeit hatte Herr von Maussane

Tochter und Schwiegersohn umarmt und war zur Bahn gefahren. Im Schlafwagen, der ihn zu seinem politischen und Liebesleben zurücktrug, mag er, während er sich mit Eau de Cologne einrieb, gemurmelt haben, alles im Leben arrangiere sich – und ziemlich schlecht.

Das junge Paar war sodann nach Ägypten gereist. Nach seiner Rückkehr hatte Solal lange Besprechungen mit sozialistisch angehauchten Bankleuten gehabt, die ihn gern hatten. Einen Monat später gründete er die Zeitung, die ihren Herausgeber zu einem Führer der sozialistischen Partei machte.

Aude hörte die Tür gehen, verbarg ihr Heft und die Bonbonniere; ihr fiel ein, daß ihr Schlafrock durchsichtig war, und sie stellte sich vor den Kamin. Solal trat ein. Er lächelte mit schweren Lidern und seine Lippen streiften ihre Stirn. Aude beklagte sich. Warum liebte er sie nicht mehr? Warum küßte er sie so kalt?

Er setzte sich, hieß sie mit einer Geste schweigen. Sie kniete neben ihn vor dem venezianischen Spiegel. Sie schaute zu ihm auf und dachte an ihn.

– Wie gut er sich hinsetzt, groß ist er, muskulös, während er schlief, hab ichs entdeckt, hab ich gesehen. Ich liebe das, früher wars mir schaurig bei den Statuen und ich sagte die Frauen sind schöner, das ist auch wahr. Aber er ist der Geliebte, kein Zug in seinem Gesicht zuckt. Er ist nicht so lebendig wie früher, aber eindringlicher, jede Bewegung, die er macht, denkt er. Am Tag, wenn er lebt, hat er schrecklich genaue Maschinenbewegungen, aber er lebt nicht wirklich, er weiß, ich beobachte ihn. Tust, als ob nichts an dich herankommt, du lügst, alles verwundet dich. Ich im Grund, ich habe Furcht vor ihm, oh sehr, oh. Schäme dich Aude, er ist voll Fürsorge für mich, seine Freunde bewundern ihn, und er lebt nicht. Vielleicht ist er unglücklich, verloren, verängstigt, weiß nicht wohin. Im

Grunde ist er eifersüchtig, er tut gleichgültig wenn Männer mit mir reden, aber in Wirklichkeit Angst, Maske. Mein Kind vertrau dich doch mir an, ich werde dich immer zu lieben verstehen. Wenn ich lästere, such ich mir ja nur Mut zu machen. Du bist so unbekannt, ich wage nicht, zu dir du zu sagen, wenn ich mit dir spreche. Warum sagst du mir nie etwas von deinen Verwandten. Ich möchte wissen, was ich lieben soll, und was ich hassen soll. Mußt du mir doch sagen. Ich heiße Solal, mein Geliebter lehre mich. Neulich hab ich dir gesagt, ich liebte Christus nicht, als ich ein Kind war, hatte Furcht vor ihm, da kams mir vor, du wolltest mich schlagen. Gestern hab ich dir gesagt, ich bewundere ihn, da hast du eifersüchtige Augen bekommen. Was du heute liebst, zertrümmerst du morgen, so weiß ich nicht mehr ... Wenn ich jetzt zu dir spräche, würdest du aufstehen und ich würde dich nie wiedersehen, nimmermehr, nimmermehr, bis morgen, ich bin ganz dumm geworden, wüßte so gern wie er ist, der wahre Sol, der Du. Ich weiß, du hast eine große Ehrfurcht, die ist zerrissen, keine Hoffnung, ach ich weiß nicht. Es ist Literatur was ich rede. Eigentlich bist du einfach. O Du, du bist mein Gebieter, das ruf ich laut. Er, er ist der Teufel, er weiß alles, er kann alles, er verachtet alles, er liebt mich nicht, er wird nie eine lieben und morgen wird er mich mit dem gleichen Lächeln für immer verlassen. Du Geliebter, woran denkst du deine Kleine ist da die wartet daß du sprichst daß du aufwachst Geliebter Großer sei einfach mit mir Ich weiß du liebst mich. Mach nicht die schönen Augen zu du streck dich nicht so du Ich will dich lieben ohne diese schönen Attitüden Posen du theatralischer Heuchler. Räubergaunerhinterrücks Tempelschänder ... Du wenn du wegreitest auf dem weißen Roß deiner Träume nimmst du sie mit deine Kleine oder läßt du sie am Strand mit Sand zwischen den Fingern? Literatur, doch nur um dir zu gefallen auch wenn du mich nicht hörst. Du

Kind geliebtes bist so komisch wenn du sprichst vom Geschick der Partei bist ja schlimmer als ein Sozialist bist so ein Kind mit deiner wichtigen düstern Miene du glaubst vielleicht was du redest das ist mir gleich sieh mich an Nicht du Jacques Hundchen kusch kusch nein Er der Geliebte der dich zerdrückt hat arm klein Zwitschermatz Du Wunder-Sol du komm sieh ich bin schön veracht mich doch wenigstens ein wenig daß ich mich bücke damit du meine schönen Brüste siehst. Dein Mund auf ihnen langlange Zeit bis meine Haut weh tut Ach daß ich ihn reiß an seinem Haar daß er schreit dieser Mann arme Adrienne zerquetscht Lokomotive Ich auch ich bin eifersüchtig wo gehst du hin was tust du warum nicht immer bei mir was sollen mir deine Erfolge ich will dich nur für mich Du mit soviel Frauen sicher die schwarzen Ränder um deine Augen du schlechter Kerl du Schmutzkerl vielleicht selbst Vaters dreckige Komödiantin sicher schämst dich nicht Oh ein Kind ich hab das Recht auf ein Kind Ich ich habe einen Gott geheiratet und ich bin so hilflos du bist Gottes Sohn was tuts wenn ichs sage hört ja niemand und er ist so teuflisch intellijüdisch lächelt hinterhältig rät was ich denke was ist denn schließlich er hat eine Zeitung er ist ein sozialistischer Deputierter Vater ist wütend gewesen aber jetzt tut er süß denn er ist eine Macht mein Mann MEIN Mann Düfte Düfte dich zu verwirren Immer hat er Furcht man will ihn verletzen und wartet doch auf die Metamorphose hübsches Wort Blume die aufgeht Jeanne d'Arc möcht ich sein ach ja oder Kaiserin und jeden Abend einen andern Liebhaber ach vergib vergib Geliebter es ist nicht wahr ich denk nur an dich nur an uns beide Wie hat ers nur gemacht dieser Mensch Wenn er mich ansieht lang heiß schwer mir in die Augen sieht geh ich auf in der Mitte blättre ich auf Und bin schon schon wie genommen und besessen Oh gut ists gut wie gut das tut im Grunde du Sol bist du schrecklich keusch nicht immer Gottseidank und dann ist es schrecklich und ich warte offner als das Meer und war doch Aude Hochmut Stacheltier was ist denn Sol du regst dich nicht du bist aus Marmor oder schläfst du Ja es gibt Dinge die ich nicht weiß Die Ehemänner erklären ihren Frauen Der da erklärt nie geh du Spießer Ich ich weiß doch nichts ich weiß wirklich nicht einmal wie es zugeht es ist doch immer in der Dunkelheit Ich möchte auch die Laster kennen und die schrecklichen Lüste Sol ich werde mir medizinische Bücher kaufen. Laß dir's gesagt sein Furcht hab ich nicht vor dir du alter Sekretär alles werde ich wissen und Ruth erzählen Nur mit den Augen weiß ich nicht Ich will sterben immer unter ihm ewig dunkel Früher waren die Männer mir widerlich wie die Hunde Oh er hats verstanden Er Vergib Geliebter ich verehre dich Nachts wenn ich unter ihm bin viermal fünfmal ich ich wag nicht das Wort zu sagen ich hab in einem Buch gelesen wie man sagt aber wenn er vergeht weiß ich nicht mehr vor toller Freude und Stolz ich sah ihn an ich bins die ihm die Freude gibt Er begehrt mich will meine Lippen meine Zunge vielleicht in diesem Augenblick und ich weiß nicht aber auch so ist es gut daß ich will und daß er nicht weiß ich will O Reinheit von einst o Sprünge im Garten o klare Blicke und Gebärden ich würde weniger daran denken wenn ich sicher wäre daß du mich liebst aber er zerstreut sich mit mir und wartet auf die Metamorphose braver Jacques so nett mehr attachiert Militärattaché was treibst du nur in Marokko freut mich daß er ein bißchen Erfolg hat mit seiner Malerei aber ich mag nicht was er macht armer Jacques da fehlt so das – ich weiß schon was – weiß dafür Worte aus dem Dikken Diktionär ach das Wichtigste Sol sind deine Augen wenn sie voll Güte sind ich werde rein sein rein für dich und immer ergeben und getreu Du mein Gebieter Allherr Meiner ganzen Leibseele Ich denke schrecklich viel an das, selbst wenn er mir von seiner Deputiertenkammer spricht oder von Spinoza ich muß dann immer an das Denken Abscheuliches verlorenes Weib und alle Frauen sind so wie ich Faß nimm alles fest Schwer auf mir Böser mächtiger eigensinniger Mann kann nicht widerstehen er gebietet Phallix Phoenus Komm herein gut bereit für dich von jeher deine Bräutliche Sol mein Liebender Lieber Schreckhitze Augen Brust Durst austrinken Sklavin geschlagene und das Blut spritzt gut so, ist aber weißes Blut Warum fast nie Doch wenn er gewährt großes Geschick geheimnisvolles für mich arme ausgedörrte lechzende in der Wüste O wüst möcht ich alle Abend alle Stunde noch und noch bis zum Sterben und im Himmel wollt ichs wenns dann noch gibt wenn nicht nicht Oh Lavafluß überall Stöhnende Ungeduld ich heiß und heiß du Ach einschlingen ihn ganz in mich Beißen den Hals Die Schenkel so hoch sie pressen die Weiche Oh Abgrund Das das tun sie alle was ist Schlimmes dabei Ich ich denk es und tu es doch nie Arme Aude ach so hoch die Schenkel so breit gestützt Jetzt rasche Zunge und alles essen grauenhaft dann alles alles behalten Oh segne du mich Samt seine Haut aber auch große Last Ich möchte auch einmal so wie Er möcht sehn ob die Männer es besser haben Ach wir mit unserm kleinen Hohn hinten im Kopf mit der kleinen Verachtung für den Feind den doch vergötterten Eigentlich wie eine Schlange Wenn das Wachsen beginnt schrecklich Aber trotz alldem das Schönste ist seine Brust und schöner noch seine Augen die lachen und verzeihn O liebliebster ich klammere mich an das Heil das von den Augen kommt Eure Herrlichkeit will Sie sich vergnügen an kleiner Sklavin Aude Oh Lust zu leben es ist Zeit und schnappen mit tausend Munden den jungen Gott Schenkel von Zeder in hohen Gräsern eines ragt noch höher und schaut auf mich Von mir ein großer Fluß vom Herzen her wie er schäumt und die Ufer erschüttert die sich spannen dem Schreck entgegen. Ich literarisch . . . ach nein zu viel Lust Und er sieht mich mit Absicht nicht an Schau Schlafkleid klafft

Verfluchter so schau doch wer hat schönere Beine als ich All meine Haut ist kranke Lust Schmach Ja doch zynisch bin ich heut Nacht Ist doch mein Recht Ja du nimmst mich nicht oft genug Warum denn nicht jede Nacht Wahr ist's wenn du nimmst ist es schrecklich Was für ein entsetzliches Weib bin ich geworden Und doch weiß ich ich bin rein Aber du machst mich toll mit deinen Bewegungen deinem Schweigen deiner Starre und Zerstreutheit Mein Gott wenn ich sündige es ist Liebe Vergebung deiner Dienerin Aude oh Sol komm komm Komm schlag rascher noch noch mehr ohn Ansehn der Person notwendig ewig Schön fließende Milch Ach ach Deine Augen Tod im Wald Liebliebliebster oh oh Und er hats nicht gewußt Matt oh so matt So gut Die Augen bleiben schön Nun Sol es ist nun genug geschwiegen ich bekomme nachgerade genug davon ich liebe nicht diese wichtig geheimnisvollen Mienen man weiß ja du bist elegant großer Herr Vernarrte ich in meinen Mann meinen Ehemann Ich möcht in meinen Mund Ich sag dir von nun an befehle ich.

Sie streckte eine flehende Hand aus.

»Lieber«, hauchte sie demütig.

»Ich höre«, sagte er mit dieser Majestät, die sie außer sich brachte vor Bewunderung und Gereiztheit.

»Nichts, Sol. Ein Kindchen nackt, das vor dem Feuer spielen und dich bekrabbeln würde. Nicht böse sein, Sol, ich habe nichts gesagt. Nichts.« (Sie lehnte den Kopf an den Platz, der ihm von aller Ewigkeit her bestimmt ist, die Schulter des Gatten.)

Ein verstohlener Blick auf den Gebieter, dann hob sie den Kopf, machte ganz große, erschreckte Augen, und spielte mit ihrem nackten Fuß.

»Du, Sol, weißt du noch den schönen Russenkittel (sie lehnte wieder das Haupt an seine Brust), den du anhattest am Tag, als du nach Annecy kamst (sie sah ihn an und wurde rot), der stand dir so gut. Ich habe sieben solche sehr schöne machen lassen. Die wirst du im Haus tragen, nicht wahr, vielleicht? Mußt nicht böse sein, Sol (sie legte ihm die Hand auf die Brust). Erlaubt mir mein Herr und Gebieter, sie ihm zu schenken? Sie dir zu schenken . . .«

Er stand auf.

»Ich danke dir«, sagte er, ohne recht verstanden zu haben. »Ich will dir meinen Onkel vorstellen. Er ist hier.«

»Wie?« – ihre Stimme schlug plötzlich um, wurde fast konventionell. »Du hast ihn solange warten lassen? Das tut mir leid. Es wird mir eine Freude sein. Ich gebe gleich Anweisungen . . .«

Als Saltiel in den kleinen Salon eintrat, verneigte er sich, stotterte, er sei entzückt, und merkte erst an Solals leisem Lachen, daß die Dame des Hauses gar nicht da war. Er blieb stehen, bang vor einer Katastrophe, sein Büschel weißer Haare sträubte sich, er wartete, die Hand aufs Herz gedrückt und wagte nicht zu seinem Neffen zu sprechen, der ihn mit heiterer Bosheit ansah. Saltiel präparierte gerade eine lange weltläufige Wendung. (»Wie froh bin ich, gnädige Frau, in Ihnen gleichzeitig die teure Gefährtin . . .«), als Aude eintrat. Er wich zurück, rückte wieder vor, küßte mit dem Anstand eines Gentleman im Schlafwagen der jungen Frau die Hand und suchte umsonst nach der schönen Wendung, die er so liebevoll präpariert hatte.

»Entzückt«, sagte er und lächelte kläglich und geziert.

Sein zerrüttetes Gehirn vermochte nicht die Worte zu erfassen, die dies wunderbare Wesen zu ihm sagte. Immer wieder sah er erschreckt zu seinem Neffen hinüber, der genießerisch eine Zigarette rauchte, und ersetzte die mangelnde Beredsamkeit durch sinnlos lebhafte, freundlich schüchterne Bewegungen, japanische Verbeugungen, glitschende Kratzfüße, Fälteln des Gesichts; aus all dem aber drang (gesegnet sei der Onkel Saltiel) ein Blick von leidenschaftlich aufrichtiger Ergebenheit. Vor lauter Mitleid unbeholfen, fragte ihn Aude, ob sie ihm Likör oder eine Erfrischung anbieten dürfe.

»Ja, mein Herr«, war die Antwort.

»Darf ich fragen, ob Sie Benedictine lieben?«

»Mit verbindlichstem Dank, meine Dame . . .«

Jetzt wandte sie sich an Solal, damit er dem Onkel zu Hilfe komme, und fragte ihn, ob er nicht meine, dieser ziehe vielleicht den orientalischen Likör vor, den sie kürzlich erhalten hatten. Solal hatte seine Besorgnisse vergessen, war ganz dem Schauspiel hingegeben und wartete mit uneigennützigem Anteil auf das Ergebnis dieser bizarren Begegnung. So dachte er nicht daran, Aude, die puterrot geworden war, zu antworten.

»Rhaki?« fragte eine schwache Stimme. »Ja, danke, gnädige Frau . . .«

Dieser Anfang eines Gespräches befriedigte Saltiel schon, und er wagte seinen Neffen anzusehen. Aber das bekam ihm schlecht.

»Ja aber, Onkel, was möchten Sie denn, Rhaki oder Benedictine. Sie sagen zu beiden ja. Vielleicht wollen Sie lieber Tee? Sie trinken gern Tee, scheints.«

»Sehr gern Tee.« – Der unglückliche Onkel wischte sich die Stirn. Tee konnte er nicht ausstehen.

Mit einem flehenden Blick auf Solal ging Aude hinaus. Saltiel fragte mit matter Stimme, ob es nicht besser sei, er gehe. Solal beruhigte ihn, drückte ihm die Hände, sagte, alles gehe vortrefflich, er habe selten solche Sympathie in den Augen seiner Frau bemerkt.

»Also du glaubst, Sol, ich habe keinen zu schlechten Eindruck gemacht? Sie ist ein Engel, mein Sohn, und wie Muskatellertrauben . . . Aber Tee mag ich nicht, mein Kind«, fügte er in sanft vorwurfsvollem Ton hinzu.

Es klingelte. Wer mochte um diese Zeit kommen? Herr von Maussane trat ein, entschuldigte sich, er bringe eine wichtige Neuigkeit, und zog die Stirn in Falten, als er den Hampelmann sah, den man vor seinen Augen hinausgeworfen hatte. Der blieb duckmäuserisch hinter einem Sessel stehen und bewunderte ein Bild an der Wand. Solal stellte vor. Zornig versicherte der Präsident, er sei entzückt, und zog dann seinen Schwiegersohn in eine Ecke des Salons, wo er leise auf ihn einredete.

Während die junge Frau sich mit Saltiel unterhielt, der ihr immer zustimmte und dabei beständig seine Stellung veränderte, um sich in elegantere Positur zu werfen, vertraute Maussane Solal die Gründe an, die ihn so spät hergeführt hatten.

»Mein Lieber, diese Streikunruhen sind mir ziemlich verdrießlich. Es ist ja klar, durch Ihre Gruppe – nebenbei, ich werde nie begreifen, warum Sie sich in den Kopf gesetzt haben, daß Sie Sozialist sind, na, lassen wir das – durch Ihre Gruppe bekomm ich dieser Tage eine Minderheit. Das paßt mir nicht, und ich habe die Absicht, die von der Rechten unter meinen Leuten auszubooten. Ich komme gerade aus dem Elysée. Der Präsident ist ganz meiner Meinung. Kriegen Sie Ihre Gruppe dazu, daß sie mit der Regierung geht, und ich biete Ihnen ein Unterstaatssekretariat an oder besser, nein, sagen wir das Arbeitsministerium. Sie können sich wahrhaftig nicht beklagen! Mit fünfundzwanzig Jahren Minister. Also abgemacht und besten Dank im voraus. Dann habe ich, ich muß es Ihnen gestehen, noch einen anderen Grund herzukommen. Mein Lieber, der Biedermann, der da mit meiner Tochter spricht, hat vorhin im Ministerium einen seltsamen Eindruck hinterlassen. Er ist sehr aufgefallen. Na, das hätte Frankreich weiter keinen Schaden zugefügt, wäre nicht herausgekommen, daß es Ihnen zu verdanken ist, wenn er sich vom diplomatischen Corps in seinem geliehenen Frack bewundern lassen und, ich weiß nicht wem, seine Meinungen über, ich weiß nicht welchen

Punkt der israelitischen Doktrin anvertrauen konnte. Das ist noch nichts Besonderes, aber er hat erzählt – die Diener haben schön gegrinst, mein Lieber –, wie er als guter Onkel Ihnen Knoblauch auf die Lippen gestrichen habe, als Sie zur Welt kamen. Es war eine Kinderei von Ihnen, ihm die Einladungskarte zu geben. Alles kommt heraus, alles läßt sich wieder gutmachen, aber man darf den Bogen nicht überspannen. So etwas wie dieser kleine Vorfall heute Abend darf nicht wieder passieren. Natürlich achte ich Ihre persönlichen Überzeugungen. Ich sage ›darf nicht‹, wenn Ihnen daran liegt, Karriere zu machen, und das scheint mir doch bisher wenigstens Ihre Absicht gewesen zu sein. In diesem Fall gibt es nur eine mögliche Haltung. Keine Zweideutigkeit, Sie sind Franzose, einzig und allein Franzose, mit allem was dazu gehört. Man ist neidisch auf Sie, seien Sie auf der Hut. Naturalisiert, Sozialist, morgen Minister. Ich rate Ihnen als einer, der Ihr Bestes will und nebenbei das seines Kindes. Sie werden mich verstehen und mir nicht das zweifelhafte Vergnügen verschaffen, Artikel zu lesen mit Titeln wie, na, ich weiß nicht ›Die Metamorphosen unseres Mitbürgers Solal‹ oder etwa ›Der Onkel, die Zwiebeln und das neue Ministerium Maussane‹. Geben Sie ihm eine Fahrkarte Erster nach Athen oder sonst einer Hauptstadt, wo kein Neffe von ihm Ministerkandidat ist, und reden wir nicht weiter davon.«

Inzwischen ließ sich der unschuldige Saltiel durch Audes Freundlichkeit ermuntern, den Mann von Welt zu spielen. Er zuckerte beständig mit der rechten Hand seinen Tee, während die linke zierlich die Zuckerzange schwang zur Erläuterung eines verfehlten großartigen Geschäfts.

»Also noch einmal«, schloß Herr Maussane, »lieben Sie Ihre Verwandten, aber von weitem, um des Himmels willen von weitem! Seien Sie nicht böse, lieber Freund, lassen

Sie sich im Vertrauen sagen, meine Großmutter war auch, ja, allerdings, aus dem Elsaß. Sie sehen Vorurteile habe ich in dieser Beziehung nicht. Meine besten Freunde übrigens. Aber nicht so reinrassig.« Bei diesen letzten Worten warf er einen Blick auf Saltiel, der endlich aufhörte zu zukkern und Verdacht schöpfte.

Herr von Maussane wartete auf eine Entscheidung, sah seine Tochter mit halb aufrichtiger Entrüstung an, ging auf und ab, warf dem Eindringling geärgerte Blicke zu und starrte schließlich, die Hände in den Taschen, zur Decke.

Saltiel ging ein Licht auf. In einem Zug schluckte er den greulichen brennenden Trank herunter und stand auf. Aude sah, daß ihm die Tränen nahe waren, sie machte Anstalten, ihn zurückzuhalten. Aber Saltiel fühlte sich beleidigt durch Herrn von Maussanes Grobheit, war erbittert über Solals Schweigen, er machte eine fast majestätische Verbeugung vor der jungen Frau, nickte kurz und kärglich den beiden Männern zu und öffnete tapfer die Tür. Allerdings verdarb er wieder alles, als er zum Diener sagte:

»Kellner, meine Garderobe.«

Herr von Maussane ging bald danach. Solal hatte heftiges Verlangen, sich zu waschen. Dann kam ihm ganz flüchtig der Wunsch, sich zu töten. Er seifte sich pfeifend, hörte aber gleich wieder auf zu pfeifen aus Furcht, Aude könnte ihn hören und bereuen, statt eines ernsten Mannes einen Kindskopf geheiratet zu haben. Auf dem Rand der kristallenen Wanne sitzend, die er liebte, dachte er: Das einzig Wahre ist ein gesetzloses Leben, das dahingeht, schafft, zerstört und weitergeht. Er warf den roten Bademantel um, es hatte geklopft. Sie trat ein mit verhaltener Entrüstung.

»Sol, es ist nicht recht . . . deinen armen Onkel so weggehen zu lassen. Wir werden morgen zu ihm gehen müssen, oder was willst du tun?«

»Dich nehmen.«

Sie versuchte Widerstand zu leisten. Aber der rote Bademantel fiel. Zwei Wesen wollten sich erkennen; auf stieg das verlogene ekstatische Stöhnen des Weibes, das einsaugt, und des Mannes, der aushaucht und dann im Schlaf entsagt.

Von der Straße her riefen Stimmen nach Solal. Sie öffnete leise das Fenster, sah hinunter und wich zurück. Vor der Laterne drei junge Männer, die ihm ähnlich sahen.

Er wachte auf, erhob sich ängstlich lächelnd, ging die Tür öffnen. Sie hörte Schritte. Vier Solalstimmen. Lärm. Ein Aufkreischen, zweimal Gelächter und ein Schluchzen auf der Treppe.

Er kam zurück, gealtert, gedemütigt. Furchen im Gesicht. Sie fragte ihn, wer die drei seien. Er lachte grell, hob erst drei Finger, dann einen und sagte, das sei das Mysterium der Trinität. Sie fragte weiter. Er antwortete nicht.

Sie bemerkte mit Schrecken, daß er eingeschlafen war. Die Hand noch erhoben, die Augen geschlossen, lächelte er.

XXVI

Der große Saal war voll von Menschen; die Kronleuchter warfen ein scharfes, milchweißes Licht über diamantenglitzernde Schultern, und Parfümwolken wanden sich verlangend zwischen Tänzern und Tänzerinnen, die weich dem Anhauch des Orchesters nachgaben. Solal, der neue Minister der Öffentlichen Arbeiten, betrachtete mit Wohlgefallen seine Leute: Deputierte, Diplomaten, Generäle, Bankiers und pompöse Lakaien, die in aller Eile gemietet waren. Aude hob den Vorhang eines Fensters und erkannte den Onkel Saltiel, der in Gesellschaft eines anderen alten Mannes in der bleifahlen Straße umherstrich.

Solal dachte: Keine Briefe, kein Telefonanruf mehr von

dem Onkel. Die beiden müssen wieder nach Kephalonia abgereist sein. Sei's drum. Erst komm ich dran. Ich will leben. Leben will ich.

Er genoß in vollen Zügen das neue Schauspiel. Diese Mächtigen, diese ordengeschmückten Spukgestalten taten so, als wäre es ganz natürlich, bei dem Vagabunden zu Gast zu sein, der mit Rehabeam wanderte. Aude war köstlich anzusehen in ihrem Paillettekleid, gleichmäßig verschenkte sie ihre Liebenswürdigkeit und empfing die neuen Gäste mit wohlabgestuftem Lächeln. Und in einer Stunde würde diese Dame der Gesellschaft seine nackte Sklavin sein, mit der er machen konnte, was er wollte.

Ein Diener meldete ihm, ein Individuum, das sich wahrscheinlich durch den Hintereingang hereingestohlen habe, sei im kleinen Salon und wolle dringend den Herrn Minister sprechen.

»Du hast eine recht geschmacklose Livree. Nicht wahr, Sir George? Eine Emporkömmlingslivree.«

Er steckte eine Zigarette an und ging in den kleinen Salon. Dort fand er Saltiel, der aufstand und sprach:

»Vor vierzehn Tagen bin ich zu dir gekommen mit vollem frohem Herzen. Du hast versprochen, du wirst kommen: nichts! Was hat dein Vater eine Freude gehabt den nächsten Tag. Von acht Uhr früh ab hat er dich erwartet, der arme Alte, sein Feiertagsgewand hat er angehabt! Und du bist nicht gekommen. Wir haben gewartet auf dich, gewartet. Am Abend hat er einen Anfall gehabt. Vierzehn Tage lang habe ich ihn gepflegt. Die Minuten, wenn er schlief, habe ich benutzt, um dir zu schreiben. Keine Antwort. Deine Dienstboten haben mich nicht vorgelassen, mich, mich, der dein zweiter Vater gewesen ist, der dich auf Armen getragen hat, unsere Spaziergänge montags an der Zitadelle ... all meine Hoffnungen auf dich, alles, alles! Deine Dienstboten, Gojim, haben mich weggeschickt von deiner Schwelle! Mich, einen Greis! Dein Vater hat herausgewollt aus seinem Zimmer, und jetzt will er kommen zu dir. Sol, es ist eine Sünde, zwei Greise leiden zu lassen, verlorene Alte in dieser großen Stadt. Oh Sol, hab wieder dein Kinderherz und begeh die Sünde nicht. Empfange deinen Vater! Die Alten haben wenig Jahre zu leben. Oh Sol, Gott gebe mir seinen Geist! Wir beiden Alten, er und ich, haben uns an den Händen gehalten gestern Abend und haben geweint im dunkeln Zimmer. Oh Sol. Komm zurück zu dir, zu deiner heiligen Nation, zum erwählten Volke, oh mein Sohn!«

»Schluß mit den Geschichten vom auserwählten Volk. Ich hab genug vom auserwählten Volk. Ich habe keine Zeit. Ja, wahrhaftig auserwählt! Und wozu auserwählt, dies Häufchen Angsthasen? Niemand will sie und da spielen sie den großen Herrn und sagen, sie lassen sich nicht dazu herab, sich unter die andern zu mischen! Armselige Farce. Ein Tier muß das Lächerliche daran begreifen. Erzähle die Geschichte vom auserwählten Volk einer Katze und sie wird jaulen vor Spaß, und die Hunde werden kopfstehen und sich drehen! Prophetensöhne, diese Makler, die einmal im Jahre fasten, um Vergebung zu bekommen? Schönes Volk des Geistes! Wie Ratten, die man hetzt, klebt ihr aneinander. Man hat euch nicht erlaubt, euch unter die anderen Völker zu mischen, und da habt ihr aufgeblasenen Großsprecher aus eurer Reinheit, eurer Beharrlichkeit euch eine Glorie gemacht. Und eure Propheten, was haben sie Großes getan? (Er gähnte.) Die Griechen haben der Welt eine Stunde der Größe gegeben, eine Stunde lächelnden Mutes. Und ihr – welch ungeheure Vermessenheit! – zehn armselige, primitive Regeln bürgerlichen Benehmens. (Jeder seiner Sätze kam heraus, als wäre er der einzig wichtige, den er in seinem ganzen Leben ausgesprochen hätte.) Ihr habt euch noch immer nicht erholt von eurem Staunen über diese großartige Erfindung! Das Gesetz Mose! (Er rieb sich die Nase.) Fabelhafte Leistung, nicht zu begehren seines Nächsten Ochsen! Ein Heldenstück! Übrigens pfändet ihr ihm seinen Ochsen. Und wenn ihrs könntet, würdet ihr ihm mit Vergnügen seine ganze Herde auffressen! (Er durchmaß mit hastigen Schritten das Zimmer und hatte seine Freude daran, gewandt und leicht seinen Geist zu handhaben. Er hatte eine jugendliche Lust an der eigenen Intelligenz, ein talmudisches Vergnügen, das Gegenteil der Wahrheit zu beweisen.) Und zu diesen erbärmlichen zehn Geboten dieser ganze Aufwand von orientalischer Grausamkeit in der Bibel! Es regnet Todesurteile in eurem Deuteronomium. Epiktet hat so etwas besser und bescheidener gemacht. Und wer sind eure großen Männer? (Er schlug an seine Brust.) Spinoza, der das Universum auf Eis gelegt hat, oder jener deutsche Sozialist? Oder so ein Physiker, der das Schwierige noch schwieriger gemacht hat? Krötenpack, das sich für auserwählt hält, weil es, getreten und geprügelt, Gerechtigkeit! Gerechtigkeit! schreit. Oder da euer Heine, dieser schwindsüchtige Affe und Witzemacher? Genug davon. (Seine Brauen schoben sich schräg empor:) Ihr habt den guten Christen eingeredet, daß ihr ein außerordentliches Volk seid – und harmlos haben euch die wakkeren Leute aufs Wort geglaubt! Schon das Wort Israel geht mir auf die Nerven. (Saltiel hielt sich die Ohren zu.) Und selbst angenommen, diese Geschichte mit der Auserwähltheit sei wahr – Degenerierte brauchen ja einen Beweis für ihre Daseinsberechtigung – was ändert das? Wird deshalb etwa die Weltkugel in ein paar Millionen Jahren, wenn sie erkaltet ist und kein Menschenunkraut mehr auf ihr wuchert, nicht weiter durch das All rollen? Also wozu das alles? Wird vielleicht die Herrschaft des Messias nur ein Provisorium sein? Nichts als Albernheiten! Wenn der Messias kommt, werden alle zu niedlichen Kinderchen werden. Öden wird man sich. Nichts als Gerechte auf der Welt. Und für dies erbärmliche Idyll soviel Begeisterung?

Ich bin ein Renegat, Gottseidank, sag das dem jüdischen Rabbi und laßt mich in Frieden alle miteinander. Ich will nichts von euch. Wollt nichts von mir. Ich werde den Rabbiner nicht empfangen. Sie können gehen.«

Solal wühlte in einer Truhe, zog das hebräische Gebettuch heraus, zeigte es dem Onkel und warf es zum Fenster hinaus. Von dem Luftzug ging die Tür zum Saal auf. Beifallklatschen, das der Sängerin galt, scholl herüber. Saltiel verließ zitternd das Zimmer.

Solal sagte den Bedienten, sie sollten weder diesen noch einen anderen Menschen »derselben Sorte« vorlassen. Ein paar Minuten später, als er sich gerade vor einem Bischof verneigte, der dem liebenswürdigen Gastgeber dankte, hörte man Schreie, Geräusch eines Handgemenges, Klirren zerbrochener Scheiben. Eine Tür ging krachend auf und der alte Gamaliel trat ein.

Seine Hände zerschnitten von den Scheiben der Glastür, – welche die Bedienten hatten zuhalten wollen, – bluteten über dem israelitischen Fetzen, den Solal in den Schmutz geschleudert hatte. Auf dem Rabbinerrock hafteten Schneeklumpen. Heftig atmend, die Augen im Leeren irrend, lehnte Gamaliel sich gegen den Türrahmen. Die Musikanten lächelten, die Tanzpaare ließen einander los.

Aude trat auf den Alten zu. Er stieß sie zurück. Von den Lichtern geblendet, suchte er seinen Sohn und fand ihn nicht. Er rief nach ihm: Die Umstehenden rückten unwillkürlich ab von Solal, es entstand eine Leere um ihn. Lady Normand mußte an König Lear denken. Ihr Schwager strich über sein glattes Haar und seinen Schnurrbart und griff nach seinem Monokel. Der griechische Minister schob seine dicken kleinen Hände in die Rocktaschen und ging hinaus, hinter ihm her zwei Polen, die sich befriedigt schneuzten.

Jetzt sah Gamaliel seinen Sohn. Ein breites krankes Lächeln kam auf sein Gesicht. Sein Blick wurde zärtlich.

Er winkte ihm, heranzukommen, sich nicht zu fürchten, er war doch der geliebte, unschuldig beschuldigte Sohn. Einer nach dem andern machten die Gäste sich davon. Gamaliel streckte ihm die Hände hin; das Gewebe fiel zu Boden.

Solal warf einen giftigen Blick auf diesen Menschen, der ihn lächerlich gemacht, sein mühsam aufgebautes Dasein vernichtet hatte und nun noch die blöde Keckheit besaß zu lächeln. Irr vor Scham ging er auf ihn zu, wollte ihn schlagen. Aber eine plötzliche Eingebung hemmte ihn. Die Augen glühend vor Bosheit, machte er langsam und mit Genuß das Zeichen des Kreuzes. Auf einen leisen Wink des Herrn von Maussane legte ein langer Lakai dem Rabbiner seine Hand auf den Arm. Aber der machte sich los und stieß, ohne ihn eines Blickes zu würdigen, den Bedienten zur Seite, daß sein Kopf gegen die Wand schlug. Dann sah Gamaliel seinem Sohn ins Gesicht, seinem toten Sohn, krampfte die Hand in den Kragen seines schwarzen Gewandes, zerrte den Stoff, daß er zerriß, hob die Arme wie zum Lobe des strafenden Gottes und ging.

XXVII

»Steh auf, laß mich allein. Ich gehe heute morgen nicht ins Ministerium.«

Rosig vom Schlaf warf sie einen Morgenrock über, verbrachte eine wohltuende halbe Stunde im Badezimmer und ging dann in den Salon. Ihre Gedanken waren traurig, aber ihr Körper war glücklich. Sie setzte sich an den schönen Flügel, den ihr Mann ihr geschenkt hatte. Fast täglich bekam sie Geschenke von ihm. Pelze, Bücher, Smaragde, die alte japanische Zwergeiche.

»Der Auftritt gestern. Nicht daran denken. Diese Allemande in schnellerem Tempo spielen. Warum sagt man für etwas so Wichtiges spielen? Lieber sterben als keine Musik.«

Um ein Uhr ging die Tür auf. Die lange gebogene Nase fragte in den Salon herein, die maurischen Lider senkten sich schamhaft verstört. Barfuß kam Solal schweigend näher. Er zerrte an dem Gürtel seines Gewandes aus indischer Seide, horchte, versuchte zu pfeifen, schämte sich aber gleich über den süßlich harmlosen Ton, der herauskam. Sie drehte sich um, war erstaunt, unterdrückte ein Lächeln. Es war doch ein wunderlicher Gesell. Seltsamer Einfall dieser Turban aus Brokat! Wo hatte er den Stoff aufgetrieben? Reglos sah er seine Frau an, wurde verdrießlich, ging in den Salon hinüber.

Bei dieser Wanderung stieß er auf die Büste Calvins, ein Geschenk von Herrn Sarles. Mit ernster Miene lüftete er die umfangreiche Stoffmasse, die sein Haupt krönte, und grüßte den Reformator, der ihm ziemlich sympathisch war. Dann war er wieder, ein paar Jahrhunderte später, mit Rehabeam auf Wanderschaft. Er machte Halt in Amsterdam, forderte Aude auf weiterzuspielen, und betrachtete mit Interesse den Salon, zählte die Möbel, stand vor den Bildern herum, zog die Stirn in Falten.

Komisch. Eine Wohnung. Und diese Wohnung gehörte ihm. Und ebenso die, die da vor dem Klimperkasten herumtänzelte. Wer war komischer, die da oder er in seinen schlichten Goldlappen, die ihn vor Unwetter schützten, und die er unterm Arm wegtragen konnte, falls der Tag der Verfolgung kam? Sessel. Kleiner Besen für den Kamin. Gegenstände besaß er. Der Handlanger, der in Marseille Orangen auslud, besaß einen Konzertflügel. Und ein blödes Stubenmädchen tat sich was drauf zugute, vom Studierzimmer des gnädigen Herrn zu sprechen. All diese wohlverteilten feststehenden Möbel. Die Tänzelnde da glaubte auch, das alles gehöre ihm. Komisch, wie die Leute das alles ernst nehmen. Neulich konnte er kaum das Lachen verbeißen, als in der Komiteesitzung die Leute so andächtig ihm, Solal, dem »Theoretiker der Partei«, zuhörten. Und die anderen mit ihrem »Aber gewiß, Exzellenz«. Das Weib da fühlte sich sicher in seinem Besitzerrecht. Er war ihr Ehemann. Also war er nicht mehr Solal, sondern ein Ehemann? »Wo bin ich und wer betrügt mich?« Entführt hatte er sie aus Freude am Entführen und weil die Hochzeit mit Jacques in einer Viertelstunde stattfinden sollte und weil das Pferd gut galoppierte. Und die andere hatte ihn fast umgebracht mit ihrem verzückten Begehren, im Mondschein seine Frau zu werden. Warum hatten sie nur alle diesen Heiratsaussatz? Er hatte sie geheiratet, weil sie so sicher war, geheiratet zu werden. Alles in allem, war er einem Vertrauensmißbrauch zum Opfer gefallen.

Ehe, na also gut, Ehe. Und jetzt war er eingesperrt in einen eckigen Kasten mit ihr. Er kam um ein Uhr und dann wieder um acht Uhr, die Mahlzeit zu verschlingen. Mitten in der Höhle unter einem Leuchter lagen Knochen und an denen kauten sie beide miteinander. Hei, hei, laßt uns kauen und uns ehelich die Zähne putzen. Und natürlich hatte er sie zu ernähren, Fleisch und Kraut anzuschleppen und obendrein sie zu befruchten. Vielleicht mußte er sogar später ein Nest zusammenzupfen mit seinem Schnabel und sich darauf hocken, um das kleine Schlangengezücht zu wärmen, zwitschern, um dem Weibchen die Zeit zu vertreiben, und die kleinen Unholde atzen. Die, mit der er sich paarte, fand das ganz natürlich. Sie lebten Seite an Seite, krochen zusammen aus der Höhle und schoben dabei mit der gleichen Bewegung ihre Pfoten vor.

Er sah ihr zu, wie sie spielte. Wozu machte sie dies Gegurgel vor dem Schlund der Bestie? Was kam Nützliches heraus bei all dieser Mühe und diesem Lärm? War das eine Art, Eier zu legen, mußte so dabei geseufzt werden, und wer hatte diese Lasterpauke erfunden? Er kratzte wütend an seinen Brauen. Musik machte ihm Angst, und er schämte sich, nichts davon zu verstehen. Ach, mochte dieses Heidenweib ihre Geräusche machen, tröstete er sich schüchtern, die Spinnen liebten ja auch die Musik. Na, er würde ihr mit Dynamit einen Choral oder ein Chloral fabrizieren, das denn doch noch ganz anders helfen und einschlagen sollte!

Ein Bedienter, respektvoll gegrüßt vom gnädigen Herrn, meldete der gnädigen Frau, es sei angerichtet. Bei Tisch wies Solal mit einem Mörderlächeln die Karotten in Sahne zurück, sah taub drein und überhörte mit geflissentlichem Erstaunen, was Aude zu ihm sagte, und strich sich ein Brot mit Senf. Sie warf ihm vor, er ernähre sich sinnlos, absurd. Er antwortete auf Hebräisch. Die Muskeln des Mundes wurden ihr schlaff wie einer erschöpften Mutter. Geistvoll berichtete er von einer Zusammenkunft mit seinem Kollegen im Ministerium der Öffentlichen Arbeiten. Sie lachte. Er sah sie an und erriet die Ursachen dieses Beifallslächelns: unter anderm bewunderte sie an ihm die physische und gesellschaftliche Energie.

»Du gehst heute Nachmittag nicht ins Ministerium?«

»Ministerium? Von all dem verstehe ich nichts mehr? Nein. Nichts von Ministerium.«

Aber in Wirklichkeit verstand er jetzt alles. Als er gestern Abend am Fenster stand, hatte er die beiden fortgejagten Alten gesehen, wie sie durch den Schnee gingen, strauchelten, sich aufeinander stützten und weitertrieben, die beiden verzweifelten Alten.

»Früher, wenn mein Vater meinte, ich schliefe, trat er in mein Zimmer und küßte mich auf die Stirn. Und der kleine Onkel kam jeden Freitagabend mit einem neuen Geschenk für mich, so gut angezogen diesen Abend, das Onkelchen, rieb einen Myrthenzweig zwischen den Fingern und sang, ›Gute Woche‹. »Heute ist Freitag und ich würde meine gute Woche haben. O mein Sol, dies Volk ist ein sehr altes Volk; ganz was anderes als diese Kreuzritter von vorgestern; ein sehr reines, sehr edles und sehr stolzes

Volk. Armer Solal, du hast deine Seele verkauft. In die Knie vor Gamaliel und bitte ihn um Verzeihung!«

Er ging hinaus und summte dabei das Lied von der Guten Woche. Ach die hellen Lampen, die lächelnden Gesichter, die sauberen Kleider, und alle wünschen einander Gutes, und an solchem Sabbattage kam schon ein wenig der Messias.

Als er heimkam, wunderte sie sich, wie verändert er aussah: entschlossen und versonnen, heiter, gütig, ernst. Er dankte zerstreut: nein, er habe keinen Hunger. Er sah seine Hände an und lächelte. Und schließlich teilte er ihr mit, er habe ein Schloß gekauft.

»Aus dem sechzehnten Jahrhundert nach Jesus Christus. Warum habt ihr nur so wenig Jahrhunderte zur Verfügung? Es heißt ›Die Komturei‹. Auf dem Lande bei Saint-Germain. Ich habe die Urkunde unterzeichnet. Drei Millionen. Die wirst du mir bitte borgen. Ich wäre dir sehr dankbar. Du könntest deine holländischen und amerikanischen Papiere verpfänden. In Sumatra gibt es Kulis, die sich für dich abrackern. In einem Monat gebe ich dir das Geld wieder. Beim Notar habe ich eine Anzahlung gemacht. Vierundzwanzig Hektar, aber ich weiß nicht, wieviel Meter in einem Hektar stecken. Es muß da auch Blätter und Bäume geben. Und sogar die Erde, die darunter ist, wird uns gehören.«

Sie zweifelte noch, war erstaunt, aber froh, ihn glücklich zu sehen, sie versuchte, ihre Besorgnisse loszuwerden, ließ sich die neue Behausung beschreiben und machte, während sie sich anzog, lauter Pläne mit ihm. Alle Augenblicke fragte er, ob sie bald fertig sei, und streichelte zerstreut an ihren wunderbaren Beinen, den Schenkeln und so weiter entlang. Angenehm, so eine schön gewachsene Frau, die sich bräutlich alles geschehen läßt, ohne die üblichen Faxen, jüngferliches Sträuben und Kokettieren um die immer gleiche armselige alte Geschichte herum.

Im Auto fragte sie ihn aus über den Kauf des Grundstücks. Er sagte, er sei müde, brauche Landluft und Einsamkeit, dann schlief er ein.

Saint-Germain. Der Wagen fuhr in einen Seitenweg ein, hüpfte über Schlammlöcher, und im Schein der Laternen erschien ein Gitter.

Über morsche Äste stolpernd gingen sie eine dunkle Allee entlang. Er öffnete das Tor des Schlosses, hieß den Bedienten zwei Kerzen anstecken und der gnädigen Frau reichen. Sie traten ein. Der feuchte Wind löschte im Wachensaal, wo nur noch altes Rüstzeug wachte, eine Kerze aus. Beim Anblick der verfallenen Räume, wo Fledermäuse aufschraken, versuchte Aude, ihre aufsteigende Traurigkeit zu verscheuchen. Fünfzehn riesige, unbequeme, ungesunde Räume.

Auf der Heimfahrt dachte sie an den Stein, der sich vorhin von einer Mauer gelöst und sie gestreift hatte. Man war so gut untergebracht in dem liebevoll eingerichteten Hause rue Scheffer. Welch ein Unsinn, nach einem Jahr umzuziehen. Er machte ihr ein Geschenk, nach dem sie gar kein Verlangen hatte, und schließlich und endlich hatte nur sie die Kosten zu tragen. Drei Millionen. Ihr ganzes Vermögen.

Rue Scheffer. Der Wagen hielt. Langsam schritt Aude auf weichem Teppich die Marmortreppe hinauf, die ein altmodischer Engel beleuchtete. Sie war dem Stubenmädchen dankbar für die beruhigende Bewegung, mit der es ihr aus dem Pelz half.

Am nächsten Tag sagte Solal zu seiner Frau, sie solle lieber nach Genf reisen, er wolle ihr nicht die Mühsal des Umzugs aufhalsen. Sie gehorchte.

Dreißig Tage später meldete ihr ein Telegramm, die Wohnung sei bereit, sie möge in die Komturei kommen.

Sie lag auf ihrem Bett, versuchte sich auszuruhen, und dachte bitterlich nach über die Sinnlosigkeit dieses Besitzes und ihres neuen Lebens. Das Buschwerk, das in die Alleen wucherte. Die eingesunkenen Wege. All die Ausgaben. Die geärgerten und spöttischen Dienstboten. Und von fünfzehn Räumen hatte sie nur vier möbliert vorgefunden.

Bei Tisch sprach Solal lebhaft angeregt von dem Gesetzentwurf über die sozialen Versicherungen, den er einreichen wolle; sodann von den Schwierigkeiten, die ihm sein Schwiegervater bereite: er würde so gereizt, spreche von Diktatur, vergleiche sich mit Richelieu, schaffe großartige Autos für seine Geliebte an. Mit einmal verstummte er, sah nach der Uhr, stand auf.

Eine Stunde später ließ er sie rufen, bat sie, Platz zu nehmen, und teilte ihr mit sanftem ernstem Lächeln mit, er fühle sich nicht recht wohl, die Ärzte hätten ihm noch strengere Stille und Einsamkeit verordnet. Als sie besorgt Genaueres von ihm hören wollte, beschränkte er sich darauf, zu erklären, er würde ihr sehr dankbar sein, wenn sie sich freundlichst in ihre Zimmer zurückziehen und anordnen wollte, die Dienstboten sollten nicht mehr im Haus herumlaufen, wenn (er zögerte, fuhr dann mit einem Blick von tödlicher Kälte fort), der Gong ertöne, der in seinem Zimmer hinge. Das würde meistens Abends nach dem Essen der Fall sein. Sobald er eine bestimmte Art Kopfschmerz habe, sei ihm das Kommen und Gehen der Leute unerträglich. Er dankte ihr, bevor sie noch geantwortet hatte, und stand auf, um damit anzudeuten, die Audienz sei zu Ende. Mit einem Lächeln schnitt er ihr das Wort ab, küßte ihr mit unendlicher Höflichkeit die Hand und öffnete die Tür.

Sie übermittelte dem Personal die neue Anordnung und ging in ihr Zimmer zurück. Die Hände auf fröstelnden Schultern, schritt sie in starr kalter Verzweiflung auf und ab. Seit sie in dies unmögliche Haus gekommen waren, sah sie ihn fast nie am Tage und nie des Nachts. Was tat sie, verloren in diesem bröckelnden Hause mit einem Mann, der doch, wie man sagte, ihr Mann war?

Da klang der Gong. Sie wollte sich dem Befehl widersetzen, hinausgehen, zu ihm, sehen, was er mache, das Geheimnis entdecken. Aber sie hatte Angst, der harte Blick fiel ihr ein, mit dem er sie angesehen hatte.

Sie verschloß ihre Tür, blieb vor dem Spiegel stehen, betrachtete forschend die Ringe um ihre Augen, die vorspringenden Backenknochen und die Lippen, die dem Gesicht etwas rührend Weiches gaben. Sie bewunderte ihren Körper. Sie verdiente es, geliebt zu werden, und ihr Gatte ließ sie allein.

Sie setzte sich auf den Boden, stöhnte vor Ohnmacht, summte mit zusammengebissenen Zähnen vor sich hin. Das Ticken ihrer Uhr leistete ihr ein wenig Gesellschaft. Eine Zeitlang horchte sie darauf. Dann schmolz ihr Zorn in langes schmerzliches Seufzen und sie konnte über sich selbst spöttisch lächeln, was sie beruhigte. Da meinten die Leute, sie habe eine schöne Heirat gemacht. Dieser junge glänzende Minister, in Wirklichkeit ein Verrückter. Was tun in dieser Einsamkeit? Sich amüsieren, so gut sie konnte. Sie beschwor die alten Träumereien herauf. Ach, träumen, das war recht schön, solange man ein junges Mädchen war. Ein etwas spärliches Vergnügen jetzt. Das ganze Unheil kam von diesem alten Rabbiner. Seit jenem Abend war Sol anders geworden.

Sie ließ ihre Kleider fallen, lag reglos im Bett. Denken würde sie morgen. Jetzt Schluß und schlafen. Sie träumte, daß orientalische Lieder in der Komturei erklangen.

Sie ging durch den Park, flüsterte im Selbstgespräch, stolperte über Kiesel, stieß sie verzweifelt aus dem Wege. Der Abend sank auf die feucht gelöste Wiese, aus der Nebel stieg. Schon vierzehn Tage, nein, drei Wochen waren sie jetzt in Saint-Germain. Mit dem Solal der schönen Liebeszeit wars vorbei.

Wie er sich verändert hatte. Jetzt verbot er ihr sogar die Musik. Beharrlich, ermüdend, zwecklos wiederholte er immer wieder, die Musik sei eine Paarung und ein Greuel. Mit welcher Lust er in ihr das Sündhafte aufdeckte, hämisch den flüchtigsten Blick der Bewunderung auslegte, mit dem sie einen Mann, ein Kind, einen Baum oder eine junge Bäuerin streifte! Er weidete sich an den unbewußten Regungen, die bei ihr zum Vorschein kamen. Ermüdend eintönig war die ewige »Gerechtigkeit«, die er immer auf den Lippen hatte, und sein absurder Haß auf die Barmherzigkeit. Und was er sich für Mühe gab, Dinge zu erklären, die sie doch recht gut verstand!

Und jetzt, um dem ganzen die Krone aufzusetzen, fing er an, von Geld zu reden! Und dann diese Verachtung, dies häßliche Grinsen über die ganze Schöpfung. In seinen Augen, die manchmal die eines boshaften alten Mannes sein konnten, waren alle Kanaillen oder Trottel. Alles war eitel außer dem Gesetz, von dem er immer sprach, dieser Heuchler mit seinen irr weiten Augen, der den Mund zu sehr aufriß. Sie hatte sich verheiratet, um glücklich zu sein, und nicht, um dies verworrene und abgeschmackte Leben zu führen. Fünfzehn Zimmer und keine Dienstboten.

Es gab nämlich noch eine Neuerung. Zur Bedienung nur eine Aufwartefrau. Alles war in Unordnung. Warum keine Dienstboten mehr? Er hatte geantwortet, er könne Spione nicht ausstehen. Bei Tisch redete er fast gar nicht und wenn er sprach, war es noch entmutigender: immer vom Tod oder von den physiologischen Scheußlichkeiten jedes menschlichen Wesens. Es gab doch wohl noch schöne klare Dinge im Leben. Immer wieder sein tadelndes Entwerten, dieser Teufelsreigen des nur Relativen.

Oder vielmehr lauter Kulisse, lauter Aufputz und nichts dahinter, nichts Echtes, woran man sich halten konnte. Vorgestern hatte er Spinoza in den Himmel erhoben, aber nur, um Michelangelo schlecht zu machen; und gestern war Spinoza ein »armseliger Wortverdreher« geworden.

Und doch, wie er die Deputierten in der Gewalt hatte. Tiefes Schweigen, wenn er die Tribüne betrat und mit sichtlich aufrichtiger und leidenschaftlicher Liebe vom Leben der Arbeiter sprach. »Frankreich, du Frau mit dem holden schmalen Gesicht, laß auf deine Söhne am Werktisch deinen klaren Blick fallen«. Ergriffen und stolz hatten die Deputierten ausgesehen und etwas verlegen.

Dann mußte sie an ihren Vater denken, der eine seltsame Krankheit bekommen hatte, über welche sie die Ärzte nicht so bestimmt, wie sie es wünschte, aufklärten. Vor einigen Tagen hatte man ihn in ein Sanatorium bringen müssen.

»Da sitzt er still und höflich. Man kann ihm das Monokel nicht wegnehmen. Wenn er mich sieht, will er aufstehen; die arme Irrenmütze versucht er zu lüften, seine Beine schlottern; mit beiden Händen hält er den Milchtopf an die Brust. Sie müssen Furcht haben vor Sol, daß sie ihn in dem neuen Ministerium behalten. Vater, immer noch elegant in seinem Verfall, wie er mir den Vortritt läßt, der arme vertrottelte Alte. Und er erkennt mich nicht. – ›Du wirst sehen, Papa, es geht dir bald besser.‹ – ›Ich hoffe, gnädige Frau prophezeien richtig.‹ – Er ist mit ganz Wenigem zufrieden; er lächelt, er faltet und entfaltet die Zeitungen. Ja das ist eine Hauptsache bei uns: Höflichkeit, Ungezwungenheit, anmutige Manieren.«

Sie blieb vor der Tür ihres jämmerlichen Schlosses stehen. Was war das? Es kam wie Geschrei oder Gesang aus den Tiefen der Erde. Hervorgestoßene Sätze, dann Töne, die rasch und grell aufstiegen. War sie das Opfer einer Halluzination? Dies Leben konnte unmöglich so weiter gehen. Trotz seines Verbotes, ihn zu stören, trat sie in das Zimmer, wo er arbeitete.

Wie böse er aussah. Erbarmungslos dieser Blick, ohne Achtung vor irgend etwas auf der Welt. Er bemerkte ihre Gegenwart nicht und telefonierte weiter:

»Ja, Option bis fünften März. Und für Kautschuk wird man einfach ein neues Syndikat auftun. Gut Schabbes, Ruben.«

Er hob den Blick, fuhr sie an, was sie da tue, warum sie ihn störe. Sie sah betroffen auf die Stöße von Banknoten am Boden.

»Na ja, diese Kornblümchen und Mohnrosen gehören mir. Vierzig Millionen gewonnen im Schweiß meiner spekulativen Jongleurhände. Ich bin Sozialist und ich mache Bankgeschäfte. Ich liebe die Menschlichkeit und ich liebe sehr das Geld, viel Geld. (Er wiederholte diesen Satz in fünf europäischen Sprachen.) Und ich kontrolliere bereits sieben Provinzzeitungen. Und das ist noch nicht alles, und bald werden sie mich hassen, Gott sei Dank!«

Mit ausgebreiteten Armen stand er da, dieser Herrscher in seinem roten Samtgewand, schob mit nacktem Fuß die Zettelbilder der Macht zusammen, erklärte, er mache seinen Schnitt, spazierte mit jugendlichem Trotz in der Wiese rauschender Banknoten herum.

»Ich spaziere auf einer Yacht, ganz schick, zwei Schornsteine, Dieselmotor, nicht übel, etwas zu üppig die Takelage. Ich spaziere auf drei Herzoginnen, die nackt daliegen, blond, braun und blond. Liebst du das Geld, Solal von den Solal? Ich liebe es, Ruben von den Solal. Auf Wiedersehen, Aude. Heute Abend werden wir uns nicht sehen. Gehen Sie nach Paris, ein Konzert-Tamtam anzuhören.«

»Sol, höre mich. Das kann nicht so weiter gehen. Sag, was verheimlichst du vor mir.«

»Wer ist dieses Weib, das mich duzt? Mit welchem

Recht nennt sie mich Sol? Was habe ich mit dir zu schaffen, Weib?« fragte er mit mächtiger schauriger Lustigkeit.

»Man treibt hier verbotene Dinge und will nicht, daß ich es weiß. Ich bin so allein hier, ich kann nicht mehr.«

»Aber ich, ich kann noch. Was wollen Sie von mir? Ich bin ein guter Ehemann. Das Wunderlichste dabei ist, daß ich Sie liebe. Ich verschaffe Ihnen alle Befriedigungen der Eitelkeit. Für alles weitere wünsche ich, in Ruhe gelassen zu werden. Augenscheinlich führe ich ein Leben ganz für mich. Ich erlaube mir das. Ich hindere Sie nicht, in Kirchen und andere Stätten zu gehen. Wollen Sie Geld? Da, greifen Sie zu. Wollen Sie Genüsse für Ihren Ehrgeiz? Gehen Sie in die Salons von Paris und, wenn der Hüter der Schwelle Sie meldet, werden Sie sehen, wie alles schweigt und Sie voll Neid anschaut.«

»Lieber, sei doch einfach und aufrichtig mit mir, sprich nicht immer, als ob noch ein Dritter zuhörte. Ich bin deine Frau. Du sprichst von einem Leben für dich. Sag mir, was das für ein Leben ist, nimm mich an der Hand und laß mich teilhaben an deinem Leben!«

Er bewunderte es, wie klar sie sich ausdrückte, wie einfach sie das Wesentliche eines Problems darlegte. Sie hatte eine stetige Intelligenz, diese Frau. Er, er konnte sich nur genialisch ausdrücken, und nur, wenn die Leidenschaft ihn trieb. Seine Frau, ja das war sie, daran war nicht zu rühren. Gescheit war sie, aufrichtig, bereit zu lieben und zu glauben. Es kam Güte in seinen Blick. Sie lächelte voll Hoffnung. Aber dann besann er sich wieder und verbrannte zerstreut einige Millionen im Kamin.

»Soll das Leben denn jetzt immer so weiter gehen? Ich fürchte mich nachts allein in meinem Zimmer. Nicht einmal ein Hund, um mir Gesellschaft zu leisten.«

»Ein Hund! Warum nicht Krokodile in der Badewanne? Wenn meine Großmutter im Hause der Heiden gegenüber eine Katze sah, ging sie sich rasch die Hände waschen. Und die da will mir eine Meute Hunde anbringen und morgen, wer weiß, vielleicht eine Giraffe, gerechtfertigt durch den Glauben. Ich hasse (er verzerrte sein Gesicht mit jugendlicher Übertreibung) ich hasse die Tiere.«

Sie ließ erschöpft, aufgebracht, zornig die Arme fallen. Sie hatte Lust, ihm irgend etwas an den Kopf zu werfen. Sie verteidigte ihr Leben und er redete von Giraffen!

»Wenn dieses Geräusch kommt, dieser Gong, was tust du dann, wo gehst du hin, wen siehst du? Bleibst du im Haus?«

Es wurde ihm zu langweilig: er war nahe daran, sein Geheimnis zu verraten.

»Nein, ich bleibe nicht hier.«

»Und wo gehst du hin?«

»In die Höhle. Ins Totenreich. An die Stätte des schaurigen Lächelns.«

Er machte die Tür auf und verabschiedete seine Frau mit einer königlich höflichen Gebärde. Sie ging.

Sie machte einen Handkoffer auf, warf ein Kleid hinein, Taschentücher, eine Bürste. Dann sank sie nieder am Kamin, schürte die erloschenen Scheite und fühlte sich allein, klein, entwaffnet. Wen sollte sie um Rat fragen? Die Großeltern, nein. Adrienne. Wenn die noch lebte, ja. Trotz ihrer Schwäche und ihrer Irrtümer, war sie gut gewesen. Die Räder des Zuges über Adriennes schönem Leib. So sanft Adriennes Blick, als sie das Buch zugemacht hatte. Und jetzt war sie ein Schädel, Haar und Knochen . . .

Da schwirrte der Gong, sie zitterte. Bildete sich dieser Mensch in seiner Naivität ein, sie werde artig in ihrem Zimmer bleiben, weil dies Instrument ihr den Befehl gab?

Ohne Geräusch öffnete sie die Tür, beugte sich über das Geländer der Treppe und sah, wie Solal in den Vorsaal eintrat. Sie stieg hinab, entschlossen, das Geheimnis zu entdecken. Sie stieß die Tür des Saals auf und blieb erstaunt stehen. Da war niemand.

Nur die starren Rüstungen an der Wand. Wo war er hinausgekommen? Der Saal hatte keinen anderen Ausgang als diese Tür. Wäre er hinausgegangen, sie hätte ihn im Korridor gesehen. Durchs Fenster? Unmöglich; das war vergittert, die Eisenstäbe – sie schüttelte daran – waren fest. Sie hob die Teppiche auf, untersuchte Stein um Stein, klopfte den Boden ab, rückte die Rüstungen zur Seite. Wohin war dieser Teufelsmensch verschwunden?

Sie ging in ihr Zimmer zurück, schloß ab, steckte alle Lampen an, um sich Mut zu machen.

Im Morgengrauen wachte sie, ganz angezogen, auf. Sie sah im Spiegel das abgemagerte Gesicht der alten Freundin Aude de Maussane. Sie strich ihr Kleid zurecht und brachte mit heftigem Bürsten ihr Haar in Ordnung. Es machte ihr Vergnügen, sich so adrett und vornehm zu sehen. Auf alle Fälle würde sie abreisen, erst aber das Geheimnis seines Verschwindens entdecken. Alles übrige erriet sie. Ach, sie hatte es schon lange erraten! Vielleicht war er nicht in seinem Zimmer. Man mußte nachsehen; sie würde vielleicht Anzeichen finden.

Treppe. Erster Stock. Sie machte die Tür auf. Er schlief in marmorner Strenge. Seine Hand hielt eine Kette, an der ein vergoldeter Schlüssel hing. Daß sie darauf nicht gekommen war! Natürlich. Da lag das ganze Geheimnis. Es war so einfach. Vorsichtig machte sie den Ring mit dem Schlüssel ab.

Sie ging wieder in den Saal mit den Rüstungen, auf den großen wappengeschmückten Kasten zu und öffnete ihn mit dem vergoldeten Schlüssel. Aber sie sah da keinen Ausgang, wie sie bestimmt erwartet hatte. Sie tastete die Wände ab, fuhr mit dem Finger die Spalten entlang, bewegte die Flügeltüren, öffnete mechanisch das Schubfach unten im Schrank, schloß es wieder. Nichts.

Sie lehnte die Stirn an die Fensterscheibe und dachte nach, ging dann zum Kasten, öffnete beide Flügel, dann die Schublade und zog die heraus. Da endlich hatte sie es gefunden! Der Boden der Schublade verdeckte die Öffnung eines Treppenschachts, der in den Boden gegraben war. Sie horchte. Niemand. Sie bückte sich, um in den Schrank hineinzukommen, setzte den Fuß auf die erste Stufe.

Fünfzig Stufen stieg sie hinab und kam in einen düstern Gang, an dessen Ende das Flackern einer Kerze wechselnde Schatten hervorrief. Sie schob eine nagelbeschlagene Tür ein Stückchen auf und sah in einen Saal mit Sterngewölben, die breite Pfeiler stützten. Im Hintergrunde schimmerten die sieben Arme eines Leuchters vor einem Samtvorhang, der mit eckigen Buchstaben und Dreiecken bestickt war.

Deshalb also hatte er sie im Anfang nach Genf reisen lassen. Er hatte diese Keller in Ruhe und heimlich für seine Zwecke einrichten wollen. Sie hörte Stimmen, schloß wieder die Tür. Nach einer Weile entschloß sie sich, durch eine Spalte zu spähen.

Von den stehenden Männern sah sie nur die zuckenden Schultern und die Turbane. Rechts, von den Männern durch eine Balustrade getrennt, waren sitzende Frauen im Profil sichtbar. Eine byzantinische Kaiserin kratzte ihre Schwären. Eine Lymphatische zeigte einer lebhaften Üppigen Schmuckstücke. Eine Alte mit fuchsiger Perücke las nickend und mit brabbelndem Kinn. Alte Männer breiteten ihre Gebetbücher über die jungen aus und segneten ihre Nachkommenschaft. Hier hatte ein Volk seine Zelte aufgeschlagen.

Leise schlüpfte sie in Solals Zimmer, um den Schlüssel wieder an seinen Platz zu tun. Aber sofort wachte er auf.

»Du hast sie gesehen?«

Sie nickte und wartete. Er streckte die Arme in jugendlichem Erwachen und sprach:

»Ich bin hingegangen und habe mich meinem Herrn und Vater zu Füßen geworfen und dieser Barmherzige hat mir vergeben. Er hat mir aufgetragen, in meiner europäischen Wohnstätte eine andere geheime zu bereiten. Ich habe gehorcht. – Er ist weise, er begreift, daß ich mein abendländisches Leben fortsetzen muß. – Ich habe die Solal kommen lassen, die aus Kephalonia und andere. Eine biblische Stadt regt sich unter der Wohnstätte Seiner Exzellenz. Tags im Ministerium, in der Kammer, in den Sitzungen der Partei. Nachts geh ich in mein Land. Und Tag und Nacht bin ich traurig, so traurig. – Auch dies ist ein Geheimnis. – Am Tage schlafen die da unten und sie warten auf mein Kommen. Und wenn ich dann komme – nach dem Gongzeichen, dies fromme Getümmel. Sie eilen herbei, sie geben mir Rat. Sie freuen sich meiner Erfolge und lehren mich, die Mißerfolge klug zu nutzen. Ja, so leben sie in den Kellern. Die Leute aus dem Mittelalter haben alles sehr gut eingerichtet. Viele Zimmer. Während du in Genf warst, brauchten wir nur die Möbel und Nahrungsmittel heranzuschaffen. So steht es. Nach östlicher Sitte hingestreckt auf Kissen, verweilt der Minister der französischen Republik in munterm Gespräch bis zum Morgen bei seinen Brüdern. – Ich liebe Frankreich. Es ist reizend.«

»Sol, warum hast du mir nichts gesagt, mir, deiner Frau? Warum hast du sie denn nicht ruhig mit mir leben lassen im Licht? Du hättest deinen Vater und all die Deinen gut dazu bereden können.«

Er sah zur ihr auf mit düsteren Augen. Er wagte nicht, ihr das wahre Geheimnis zu sagen: er wußte, es bedurfte eines Wissens im Blick und einer Einsicht im Herzen, um die Größe seiner Juden zu entdecken, und er fürchtete für sie die Verachtung der Frau, die er liebte. Ach, es war schwer, die Schönheit Israels dem kundzutun, der da nur Juden sah.

Sie sah eine Bibel liegen, blätterte drin, hielt ein beim Buch Ruth, zeigte mit dem Finger auf eine Stelle und las ohne Furcht, lächerlich zu wirken: »Dein Volk ist mein Volk und dein Gott ist mein Gott.«

Er lächelte, wandte das Gesicht ab, und Tränen liefen ihm aus den Augen. Er sah die Geliebte an und drückte sie an sich. Endlich hatte sie die Worte gesagt, auf die er seit langem wartete.

XXVIII

Der Janitschar war ihr behilflich beim Hinuntersteigen und auf dem Weg durch das Kellergeschoß. Ja, nun wird sie gleich die Wunderwelt sehen, die ihr Geliebter ihr beschrieben hat. Voll Ehrfurcht ging sie dem reinen und kriegerischen Königreich des Alten Testaments entgegen. Zu den Propheten ging sie. Bald wird sie sich bekehren und dann wahrhaft würdig sein, den schönen Namen Solal zu tragen. Der Bediente hob einen Vorhang und verschwand.

Allein in dem Saal, dessen Wölbungen Schattenflächen in den gestampften mit kostbaren Teppichen bedeckten Erdboden schnitten, wagte sie in scheuer Zurückhaltung kaum, die Dinge umher anzusehen. Da schwangen sternförmige Ampeln. Leuchter und Spiegel waren an den geweißten Wänden befestigt. Golden schimmerte ein Kerzenhalter auf einer Geldtruhe mit altersgrünen Stahlpusteln. Auf einem Tisch stand die Photographie des Kindes Solal, seine halboffenen Lippen formten eine gequälte oder müde Frage und schienen sich gegen eine nicht begangene Sünde zu verwahren.

Gamaliel Solal trat ein, von Michael geführt. Zu ihrem Erstaunen sah sie, daß der Alte blind war. (Als sein Sohn ihn fortschickte, hatte der Rabbiner sich dafür bestrafen wollen, einen Abtrünnigen gezeugt zu haben. Er hatte in seinem Hotelzimmer auf dem Kohlenbecken eine Eisenklinge geglüht und an seine Augen geführt. Niemandem hatte er diese Selbstzüchtigung eingestanden. Eine Binde um die Augen verbarg die Wunde, und nicht einmal Saltiel erriet die Wahrheit. Alle glaubten, ein geheimnisvolles Übel habe den Rabbiner betroffen.) Der Alte setzte sich, schloß seine toten Augen und tat die starken Lippen auf.

»Wann bekehren Sie sich?«

Nach einigem Zögern sagte sie, bevor sie einen so schwerwiegenden Entschluß fassen könne, habe sie den Wunsch, sich in die israelitische Lehre einweihen zu lassen, aber, sobald ... Es war ihr schrecklich, daß sie die Sicherheit verlor. Der Alte unterbrach sie mit müdem Lächeln.

»Gut. Nehmen Sie an dem Mahl der Unsern teil. Schauen Sie sie an. Sodann werden Sie mir Ihren Entschluß – wie Sie es nennen – mitteilen. Und wenn Ihr Entschluß negativ ausfällt, werde ich Gott bitten, er möge Ihre Heimreise zu den Ihren segnen.« Damit erhob er sich und entließ sie.

Der Janitschar winkte der jungen Frau. Gedemütigt folgte sie ihm. Er stieß die Tür zum Speisesaal auf, in dem der Onkel Saltiel auf und ab ging und sich über den unerwarteten Besuch freute.

Mit einer Schere schnitt der muntere Alte zackige Verzierungen in eine riesige Papiermanschette, die ein kleines Bukett umgab, das er seiner Nichte zugedacht hatte. Er war überglücklich und nahm sich vor, der köstlichen Proselytin einen Onkel Saltiel zu enthüllen, der ohne Scheu, weltläufig, gewandt, ungezwungen, voll Lebensart und beredt war. Und dann würde diese Kellerhaft ein Ende nehmen. Beim lebendigen Gott, er war für das Sonnenlicht geschaffen!

Als er Aude kommen sah, ging er ihr mit Anmut langsam entgegen. »Dies Bukett ist gerade das rechte, wie es sich gehört, nicht zu groß, nicht zu klein; mit einem Wort ein distinguiertes Bukett.« Aber nicht lange konnte er die würdevolle Gemessenheit beibehalten, er stürzte los, ein Zeremonienmeister mit fliegenden Rockschößen, und streckte sein papiernes Zinnengebäude vor sich hin.

»Huldigung eines entzückten Onkels.« (Dreimaliges Lächeln mit gespitzten Lippen; drei Bücklinge.)

Aude dankte. Der Onkel machte noch zwei weitere Bücklinge, wich zurück, hob mit den Händen die Schöße seines Bratenrocks und betrachtete stolz sein Bukett. Sodann glaubte er, ungezwungen plaudern zu müssen, versicherte sie seiner toleranten Gesinnung, er sei für die Verschmelzung der Rassen durchaus eingenommen. Aude wollte das arme Bukett auf den schon gedeckten Tisch tun. Der Onkel war besorgt um sein Geschenk.

»Nein, nein, da wirds zuschanden. Geben Sie es mir, ich hebe es Ihnen auf meinen Knien auf und gebe es Ihnen nach Tische wieder, da können Sie ganz ruhig sein.«

Mit einem duftigen Lächeln versuchte er das Bukett in die Tasche des Schoßrocks zu schieben; das gelang nicht, aber er lächelte ruhig und vornehm weiter. Er behielt das Bukett in der Hand, gestand in geziertem Tonfall, er sterbe vor Hunger, gab zu, daß er ein Leckermaul sei, nahm einen der geräucherten Fische vom Tisch und knabberte kokett daran, ohne das Lächeln zu bemerken, daß Aude zu unterdrücken versuchte.

Da trat Gamaliel eilig ein, gefolgt von drei beturbanten Würdenträgern und fünf Gentlemen. Mit galanter Sicherheit bot Onkel Saltiel seiner Nichte den Stuhl an, der ihm bestimmt war. Mit krampfhaftem Eifer brachten Dienerinnen die Schüsseln. Der Rabbiner stimmte ein Lied an. Die Umstehenden setzten die Hüte auf, denn nackte Köpfe sind dem Ewigem, dem eifernden Gott Israels ein Greuel! Saltiel, der seine Mütze vergessen hatte, hielt es für hinreichend, sich mit seiner Serviette zu bedecken. Er bekam von den Gästen vorwurfsvolle Blicke ab, erhob sich verwirrt und ging hinaus.

Mit einem Dreispitz in der Hand, der seinem Großvater gehört hatte, kam er wieder, setzte die Kopfbedeckung prahlerisch auf und lächelte Aude zu. Wir beide verstehen uns, dachte er und rieb sich die Hände. Aude aß kaum. Saltiel schwelgte in der Vermutung, sie gehe mit einem Großneffen von ihm, den er schon herzlich liebte, schwanger, und so ermutigte er sie, sich reichlich zu ernähren und fragte, ob sie Lammskopf gern habe oder vielleicht, ein feines, köstliches Gericht, Lammsaugen.

Solal war gekommen und hatte sich an seinen Platz gesetzt. Er beachtete seine Frau nicht und sprach zu seinem Vater mit außerordentlicher Ehrfurcht. Gamaliels Antlitz war starr von Andacht und Alter, er hatte die Hand seinem Sohn aufs Knie gelegt. Saltiel glaubte, in Audes Zügen Traurigkeit wahrzunehmen, und bemühte sich, sie durch sprühende Beredsamkeit zu trösten. Mit dem Messer, das er beim Sprechen schwenkte, schien er ein Orchester zu dirigieren.

»Sie müssen mir verzeihen, wenn ich heut abend etwas wortkarg bin. Ich bin sonst von Haus aus unterhaltend. Aber heut abend gehen mir immerfort ein paar Erfindungen durch den Kopf: ein Füllfederhalter, der sechs verschiedene Tinten gleichzeitig enthält; ein Spiegel mit Doppelglas, in dem man sich nicht mit verkehrten Seiten sieht; eine Leitungsanlage, die den Schwindsüchtigen direkt ins Haus heilsame Luft befördert; nachts wird die Pyrenäenluft abgestoppt und statt ihrer Schweizer Milch fürs Frühstück durchgelassen. Und wenn die Milch sauer wird, werden Sie sagen? Nun, dann eben doppelter Tarif! Millionen!«

Aus purer Freundlichkeit und um sich in zärtlicher Vertrautheit mit Aude zu fühlen, pickte er Brotkrümel vom

Teller seiner lieben Nichte; er fühlte sich als Gegenstand großer Bewunderung und fing an, von einem noch schöneren Geschäft zu sprechen: Segelschiff mit Ventilatoren. Dann kam er auf sein Lieblingsthema: Pässe.

»Aber die Zollbeamten, diese Kinder einer verrufenen Mutter und eines Satans mit blauweißrotem Bauch verstehen sich nicht auf Nuancen und wissen nicht, daß Arthur die Übersetzung von Saltiel ist«, schloß er und goß ein Glas Wasser hinunter. (Er lächelte und beobachtete die hervorgerufene Wirkung. Da seine Nichte ihn nicht ansah, fing er leise an zu pfeifen, klimperte auf dem Teller, atmete heftig.)

Die Tischgenossen verstummten und warfen verlegene Blicke auf drei junge Leute, die dort eintraten. Wie ähnlich sie Sol sahen!

Auf Audes Fragen erklärte Saltiel, die drei seien Neffen des Rabbiners; Nadab war Professor an der Universität Berlin gewesen unter dem berühmt gewordenen Namen Mann, er hatte »in der Psychologie Dinge entdeckt, bei denen es einen kalt überläuft«. Dann sprach er von dem zweiten, »Saul, dem Erleuchteten, der in Polen die Begeisterung der Mystiker erregt hatte«. Von dem dritten, Ruben, wollte der Onkel natürlich nicht sprechen; er begnügte sich zu sagen, dieser Ruben sei Bankier, alle drei Brüder seien »im allgemeinen geistig ein bißchen krankhaft veranlagt«. Dann lenkte er die Unterhaltung von dem Thema ab.

»Die fünf Engländer da bei dem Rabbiner sind nicht alle Engländer. In jeder Metropole ist einer von ihnen. Alle fünf sind Solal von der älteren Linie. Sie kaufen und verkaufen alles. Aber sie haben mir nie Geld in Kommandit gegeben, denn sie haben kein Vertrauen in meine Fähigkeiten. Fünf Dummköpfe. Keine Spur von höherem Schwung. Da kann man nichts machen!« Er seufzte und knabberte zierlich an einem Krümel.

Ruben, der am Tische Platz genommen hatte, suchte sich das fetteste Fleisch, das Gekröse, die knorpeligen und angebrannten Teile aus und delektierte sich in syrischer Völlerei. Sein linkes Augenlid fiel ihm regelmäßig herunter, das gab eine zuckende Grimasse, ein Plinkern oder peinlich verständnisvolles Grinsen. In seiner Freßgier schwitzte er, und Tropfen fielen auf die Wollschals, die er um seinen Hals gewickelt hatte. Seine Augen trieften, die Lippen schmatzten ölig, und von Zeit zu Zeit kratzte er sich einen Pickel von der Stirn ab. Und dabei hatte er Solals schöne Augen!

Er bemerkte die junge Frau und lächelte ängstlich! Er unterbrach sich, um den Geruch einer blakenden Kerze einzuschnüffeln, und stürzte sich dann auf das Zuckerbackwerk, wobei er in den Spiegel sah, um seinen Genuß zu verstärken. Als er die Schale mit Süßigkeiten geleert hatte, schluckte er verschiedene Pillen – denn er hatte Furcht vor allen Krankheiten –, klimperte mit Geldstükken in seiner Tasche und babbelte Zahlen vor sich hin.

Eine hübsche Dienerin in geblümtem Kleid reichte Solal eine Kanne, die er seinem Vater hinhielt. Der Rabbiner netzte seine Finger, und sein Sohn gab der Dienerin das Silbergefäß zurück, die es dann ihm mit einem Knicks darbot.

Bald danach näherte Solal sich Aude. War das wirklich er oder einer von jenen dreien?

»Ich bitte Sie, heute abend bis zuletzt dazubleiben«, sagte er sanft. (Sie nickte zustimmend. Wie weit sie beide von einander waren.) »Was Sie auch zu sehen bekommen mögen. Und jetzt gehen Sie in den Nebensaal. Mein Onkel wird Sie begleiten.«

Die Dienerinnen öffneten die Tür, gegen die mächtig das Geheul eines tollen Saales brandete, in den sich ein lebensgieriges Volk ergossen hatte. Hände disputierten, Augen schimmerten. Als die Fremde eintrat, flammte der Lärm stärker auf und erlosch dann. Die ganze Versammlung schleuderte mit gepreßten Lippen einen einzigen Gierblick auf die Europäerin. Aber die Stille währte nicht lange. Die eben erst Scheuen wurden schnell vertraulich, scharten sich um Aude, befragten sie in verschiedenen Sprachen und schrien, um sich verständlich zu machen. Sie antwortete, so gut es ging, mit zugeschnürter Kehle.

Meister Eisenbeißer hörte auf, Honigkrapfen zu kauen, schob die Menge auseinander und stellte sich vor. Das Haar, das ihm aus dem Ohr wuchs, zu Löckchen drehend, nahm er sie ins Gehör und ersuchte um genauere Auskunft über den Betrieb der Gerichte in Frankreich. Saltiel zog seinen Dreispitz in die Stirn und herrschte ihn an, er solle den Mund halten. Eisenbeißer grinste, rülpste zur Seite und verschlang seinen siebenten Krapfen. Salomon zog ein blaues Heft aus der Tasche, in das er feine Wendungen einzuschreiben pflegte, die er dann, so gut es ging, in seinen Kondolenzbriefen unterbrachte. Er wurde feuerrot, faßte sich ein Herz und fragte schüchtern:

»Und was denkt die hohe Frau über Napoleon?«

Er wollte gleich die Antwort notieren, aber Mattathias schob ihn beiseite und fragte Aude mit mißtrauischem Blick:

»Mir ist zu Ohren gekommen, die Bank von Frankreich habe ihren Diskont herabgesetzt. Stimmt das? (Aude antwortete nicht.) Na, tut nichts. Ich habe einen Saphir ersten Ranges. Für Sie zum israelitischen Preis.«

»Verfluchter Krämer!« schrie Eisenbeißer, um die Ehre der Nation zu retten.

»Der Schlag soll dich treffen«, sagte Mattathias ruhig. »Ich mache Kontroversation und du unterbrichst mich. Und warum unterbrichst du mich, du Übel? Sag den Grund, warum du mich unterbrichst, wenn ich ein Geschäft mache.«

Onkel Saltiel kam dazwischen, die Stirn vor Verdruß gerötet.

»Seid still, im heiligen Namen Go–«

»–liaths. Goliaths«, rief ein frommer Talmudeinpauker. »Goliath. Der Name ist nicht ausgesprochen worden! Nicht ausgesprochen! Das Unaussprechliche ist nicht ausgesprochen worden.«

Saltiel fühlte die Gefahr: der Empfang, den er schön und würdig haben wollte, drohte ihm zu mißraten. Warum hatte Sol auch nur zugleich mit den Solal von guter Herkunft alle Solal von niederer Kaste in dies Unterreich kommen lassen? Und jetzt sollte er, Saltiel, allein diese wilden Tiere bändigen! Auf keinen Fall durfte seine Nichte einen schlechten Eindruck mitnehmen. Man mußte die Schwätzer zum Schweigen bringen. Eine schöne Legende, würdig erzählt, würde sie ruhig machen und Gelegenheit zu gelehrter, von langsamen Gesten schmückend begleiteten Erörterungen geben. So bat er Gott, das Antlitz dieses Volkes, für das er sich verantwortlich fühlte, nicht zu verdüstern, begab sich in die Mitte des Saales und klatschte in die Hände, um die Unterhaltungen abzubrechen.

»Ihr schlecht erzogenen Leute«, begann er, »oh du Rasse von Unwissenden!«

Dröhnender Protest im Chor:

»Nu, wenn wir unwissend sind, so belehr du uns!« kläffte ein Wasserträger.

»Seid vernünftig, und ich werde euch eine Geschichte aus eitel Myrrhe, Gold und Wohlgeruch erzählen.«

Das Volk gab seine Einwilligung kund.

»Wohlan, beginnt, Ehrengeachteter!« riefen einige Frauen und spähten nach der Französin, ob sie sich ihnen anschließen wolle ... »Beginnt und ergötzt uns mit euren kurzweiligen Geschichten!« fügte eine Dicke hinzu.

Dann schwiegen sie alle, erschreckt durch die eigne Kühnheit und verbargen ihr Lächeln mit schützender

Hand. Etwas verzweifelt wandte sich Saltiel nun wieder an Aude, verneigte sich vor ihr, setzte sich, kreuzte die Beine und begann:

»Es war in den alten Zeiten, da der Allmächtige sein Volk noch mehr in Ehren hielt.«

Salomon hatte eine Tüte hervorgezogen und aß gekochte Saubohnen. Mit dem Geräusch eines Blaserohrs spie er die Schalen aus und sah dabei unablässig die Französin an, die er maßlos bewunderte. (Den ganzen Morgen hatte er sich wollüstig träge in diesem Gewölbe, wo der Herr Minister so viele Söhne von den Solal mit köstlichem Lager und Speise versorgte, gesielt und ein Buch von Fénelon gelesen. In seinem Hirn tanzten noch die kläglichen Metaphern und wurden zu schönen Bildern. Was konnte schöner sein als diese »mit Blumen bunt durchwirkten Rasen« oder die »bittere Woge«? Sein harmloses Herz war durchbohrt von dem Pfeil des Schönen, und er bestaunte die Landsmännin des großen Fénelon.) Einer Dienerin, die an der halboffenen Tür horchte, schlug Mattathias mit leiser Stimme Abzahlungsgeschäfte vor und zeigte ihr Trauringe, deren Gold, behauptete er, durch eine Kupferschicht gegen die Unbilden der Witterung geschützt war.

Ohne auf die Tür zu achten, die sich jetzt vor einer Sänfte öffnete, fuhr Saltiel fort: »Es begab sich also, daß die Nichte des Mardochai . . .«

»Esther!« rief die eben vernünftig gewordene Menge.

»Ja, wie ihr sagt, ihr Vortrefflichen, Esther. Sie war vierzehn Jahre alt . . .«

»Ich will sie haben!« rief ein zartes Stimmchen.

Saltiel seufzte innerlich. Alles war verloren. Schlimmeres konnte nicht geschehen. Sein Vater war hereingekommen. Aufgeweckt von dem Lärm, hatte der ehrwürdige Maimon Solal den Mägden befohlen, ihn in den großen Saal zu bringen. Seit er hier im Kellergewölbe lebte, ließ er sich mondäne Romane vorlesen, redete davon, daß man sein Leben leben müsse und er sich in der Welt eine Braut suchen wolle. Heut abend hatte er Festkleider angelegt und sah aus wie ein paradiesischer Papagei. Saltiel versuchte, seine Geschichte weiter zu erzählen.

»Ahasverus wollte sich eigentlich nicht mit Esther vermählen . . .«

»Und ich heirate sie! Ist es die da?« rief der unbändige Todeskandidat und zeigte auf Aude.

Diese Unterbrechung gab einen Skandal. Aude fühlte sich verloren auf diesem mittelalterlichen Jahrmarkt.

»Ah, das ist das Weib des Mannes, der in fränkischen Landen mein Enkel und an Gewalt und Glanz ein Joseph ist? Ich hab verstanden. Du bist da, Saltiel, kleiner Sprößling meiner Lenden? Aus welchem Lande kommst du? Schweig still! Ich habe etwas Interessanteres zu erzählen.« – Den wirren Alten regten die Lichter der Kronleuchter auf. – »Hör mir zu, schöne Beischläferin meines Enkelkindes, im Jahre achtzehnhundertzwanzig hatte er seine Prämienanleihe (auf welchen längst Verstorbenen mochte der Sterbende anspielen?). Eine einzige Prämienanleihe hatte er und wollte sie verkaufen. Einen Mittwoch hatte ich ihn getroffen – erlöschen sollen die Jahre meines Lebens, wenn ich lüge, und vergehen wie der Tau!«

Er unterbrach seinen Bericht und fragte mit beinah donnernder Stimme.

»Hallo, ihr Frauen, bin ich ein Lügner?«

»Gott soll behüten!«

»Ich frag nicht, ob Gott behüten soll, ich frag, ob ich ein Lügner bin.«

»Ganz gewiß nicht«, sagte der friedliche Salomon.

»Dann sei Friede mit dir. Aber was hab ich gesagt? Du, sei still, Saltiel. Also er wollte die Prämienanleihe verkaufen. Nun betrug das große Los fünfundzwanzigtausend Dinare . . .«

Das Kritzeln von Bleistiften wurde in der Stille hörbar.

(Hier muß betont werden, daß die meisten der Rechner harmlose, unpraktische Träumer waren, unfähig, ihr Brot zu verdienen, Phantasten, die sich gerne vorstellten, wie sie mit Millionen manipulierten.) Salomon machte eifrig Notizen, Eisenbeißer hielt den Atem an, Mattathias war bleich geworden. Schlaffe Weiber, die ihre Kinder stillten, zogen die Brüste weg. Die beraubten Säuglinge wimmerten klagend.

»Aber ich weiß nicht, ob er sein Papier verkauft hat«, schloß Maimon mit majestätischer Schlichtheit.

»Ja, die Welt ist verzwickt, und das Leben hat seine Zufälle«, fühlte Salomon sich veranlaßt zu äußern. Er tröstete sich leicht darüber hinweg, daß er nichts verstanden hatte, und fing wieder mit philosophischer Ruhe an, seine Bohnen zu essen.

»Und das beweist«, schloß Maimon, »daß wir alle in Gottes Hand sind und daß selbst die Nummern der Lose vor Seinem Throne tanzen. Er sei gepriesen!«

»Amen, amen, amen«, fuhr Eisenbeißer dazwischen.

»Aber ich glaube, ich werde sterben«, jammerte Maimon. »Und wie hoch steht heut der Rubel des Zaren, den sie erschossen haben in einer Revolution? Und was sind das für Raubkatzen, die mir einreden wollen, der Rubel des Zaren sei nichts mehr wert? Wie kann das sein, wo ich doch siebenzigtausend von diesen Rubeln habe? Der Rubel steht al pari, ihr jungen Leute. Glaubt mir. Die Zeitungen wissen nichts.«

»Im Namen des Wahrhaftigen, ich hätte gerne die gewinnende Nummer gewußt!« sagte der alte Talmudeinpauker.

Auf ein Zeichen Saltiels nahm der Janitschar, der dies Geschwätz mit Verachtung angehört hatte, Maimon in seine Arme und trug ihn fort. Der Hundertjährige, der gern beim Lichterglanz sein Leben genossen hätte, sträubte sich und ballte die Faust gegen Saltiel, verfluchte und enterbte »diesen erbärmlichen Fliegendreck«. Erschrocken und enttäuscht trat das Onkelchen an Aude heran und riet ihr, wegzugehen. Mit bösem irren Lächeln weigerte sie sich. Verzweifelt ging er davon. Ihm ahnte Schreckliches.

»Im Namen des Wahrhaftigen, mich verlangts, die gewinnende Nummer zu erfahren«, wiederholte der einsame Talmudpauker.

Eisenbeißer trat ihm auf den Fuß und sagte sanft zu ihm:

»Dreiunddreißigtausenddreihundertdreiunddreißig. – Bist du nun zufrieden und wirst dein Pestmaul halten?«

Zu allgemeiner Verwunderung sagte grinsend der kleine Salomon:

»Da hätte ich ja beinah gewonnen! In meinem Los in der spanischen Lotterie sind lauter Neunen. Aber wer neun sagt, sagt drei!«

Ein schöner Jüngling mit zusammengewachsenen Augenbrauen kam herein. Das war Emanuel von den Solal, genannt der Verdutzte. Sein Erstaunen hatte nicht aufgehört seit dem Abend, an dem er dem munteren Treiben von fünf russischen Soldaten beiwohnen mußte, die an seiner Schwester Wohlgefallen gefunden hatten. Verwandte hatten ihn nach Griechenland kommen lassen, und Ruben Solal sorgte für seinen Unterhalt.

»Vernehmt, was für eine große Neuigkeit ich vernommen habe«, rief er. »Die Schwiegertochter des Rabbiners wird kommen!«

Michael sperrte ihn zwischen drei Stühle ein und sagte zu ihm, er sei im Gefängnis. Der Verrückte schrie, verlangte, man solle die englische Flotte ihm zu Hilfe rufen, denn die Schwiegertochter des Rabbiners werde ihn umbringen in diesen Höhlen. Man müsse an alle Regierungen telegraphieren und Kriegsflotten kommen lassen. Sein Schrecken war ansteckend, und immer wieder erregten seine Schreie die rasch reagierende Phantasie der Frauen. Der Talmudlehrer fragte dann nach der gewinnenden Nummer. Aude zitterte. Eine Hand betastete ihr Kleid. Sie drehte sich um: Ruben Solal lächelte ihr zu. Alles drehte sich um sie mit schwindelnder Starre. Fledermäuse schwirrten auf. Blindes Getier kroch aus der Tiefe.

»Platin?« fragte Mattathias und wog Audes Halsband in der Hand. Erkältete schneuzten sich düster. Ein Polnischer schlug jammernd mit der Stirn gegen die Mauer. Eisenbeißer erklärte, der Pole sei ein bißchen nervös und »wenn Sie mir eine Summe leihen könnten, nähme ich sie gern an«. Er dankte mit Würde, lobte Audes Freigebigkeit, wünschte ihr gute Geschäfte, schlug gegen seine rasselnde Brust und stellte den Galopp seiner Schwindsucht fest. Plötzlich war Solal da. Er ging von einer Gruppe zur andern. Er strahlte, er war begeistert, war den andern gleich, besessen, verhext. Aber war er es wirklich oder nur einer der drei? Der Talmudlehrer fragte den Rabbiner von Bagdad: »Wenn ein Haar durch ein Loch im Kleide dringt, bedeutet das eine Nacktheit, bei welcher die Lektüre der Heiligen Schriften verboten ist?« Auf einem Schachbrett rückten die Figuren in den Händen von zwei wie betäubt dasitzenden Spielern. In ihren metallisch aufleuchtenden Blicken blitzten rasche Bemerkungen.

Klagende Weiber unterhielten sich mit weinerlich kreischenden Stimmen. In ihren Augen war der Adel uralten Leides. Jünglinge waren da von rosiger Schönheit, einer Schönheit aus schillerndem Staub, unwirklich, ohne Dauer; und plötzlich wurden sie zu schielenden Tetrarchen mit fetten Nasen und blaubehaarten Händen. Falsche Messiasse liefen verlogen und erleuchtet umher. Schwermütige Wirre lächelten furchtsam. Hellseherische wußten alles und taten nichts.

Ein Frauenchor lauschte hingerissen und gähnend dem

Gespräch der Weisen; die Gesichter leuchteten auf, wenn ein namhafter Handelsmann das Wort ergriff. Eine Mutter wiegte einen frisch beschnittenen Säugling und war stolz auf das Blut, das dem kleinen Helden über die Schenkelchen lief. Töchter des Stammes beglückwünschten die Mutter.

Die großen Wandspiegel schufen eine ganze Menge von herumwandernden Rehabeam Solal. Lauter Hundertjährige, die hofften und warteten . . .

Ein Alter, der einen Olivenkern graviert hatte, überreichte Aude sein Werk. »Behalten Sie es, Dame Solal. Ich habe in den Kern Worte der Reinheit geritzt, und ringsum sind kleine Löwen. Ich habe für sie gearbeitet, seit ich die Kunde von ihrer Bekehrung vernahm. Behalten Sie es, es ist ein unentgeltliches Geschenk, dargebracht von einem israelitischen Herzen.« Er ging an seinen Platz zurück und schob seinen Bart auf die Schulter, um nicht den unaussprechlichen Namen zu beflecken, der aus der Gänsefeder auf das Pergament fließen sollte. Er lächelte und stellte sich vor, der gravierte Kern werde in diesem Augenblick einen andern Kern entstehen lassen, einen himmlischen Bruder aus Saphir, den der Allmächtige in seine Krone einfügte und dabei einen neuen Himmel schuf.

Salomon fröstelte und hatte Todesangst. »Ich glaube schon, daß die Toten leben, lieber Michael, aber sie leben nicht sehr, und es ist ihnen nicht wohl dabei.«

Mattathias blieb stehen, um sich nicht beim Sitzen die Hose zu ruinieren, war aber immerhin besorgt, seine Sohlen könnten sich abnutzen. Schwere Frauen wandelten ängstlich und vorsichtig umher. Ihre Reifröcke knisterten, ihre Ketten klirrten. Hochschwanger trugen sie ihre Last mit Stolz, fächelten sich mit Federfächern und rochen mit falscher feierlicher Wollust an künstlichen Blumen.

Alte Männer waren mit ihrer Gesundheit beschäftigt, behielten lange ein Thermometer im Mund und warfen dann begierige Blicke auf die Gradstriche. Einer wog seine Nahrungsmittel. Ein anderer lutschte an einem Diamanten. Rotbärtige mit Ohrenklappen rieben sich ihre knakkenden Hände, bis Funken sprangen. Neurastheniker lockten unaufhörlich ihr knisterndes Haar. Sie hatten Angst, große Angst.

Andere kommentierten Kommentare und redeten eifrig mit den Händen. Der Talmudlehrer sagte, auch nur den kleinen Finger einer Frau anzusehen, sei verboten. Ein Knochiger, mit einer kleinen viereckigen Kapsel vor der Stirn, knackte mit den Fingern und bat ums Wort. »Ich tu die Thefillim an; nun sind die Thefillim aus Leder von Ochsenhaut. Angenommen: dieser Ochse hat einmal aus Versehen oder absichtlich an ein Schwein gestoßen. Streitfrage: Sündige ich, daß ich ein Leder berühre, was hat berührt ein verbotenes Fleisch? Ich hab noch eine Frage: Ist es erlaubt, eine Wanze zu töten am heiligen Sabbat?«

Die schwitzende Rasse spuckte, hustete, röchelte, kratzte sich, fand sich zusammen, trieb wieder auseinander, lebte. Kinder machten Tauschgeschäfte mit Besitzstücken. Alte mit Wissenschaft. Alles kreiste umher, geschäftig, grinsend, schluchzend, überschwenglich, furchtsam.

Des Mattathias Sprößling, drei Käse hoch, piesackte seinen Vater, der entzückt war über die reizende Lebendigkeit des Kleinen, er vergötterte seinen Benjamin und wich seinen Fußtritten nur zögernd aus. »Das sollen viel Erdnüsse sein, oh Mattathias, lieber Vater? Gib mir mehr davon, ich habe Hunger und will leben und gedeihen.« Das Kind beobachtete Salomon und Michael, die über ein Tricktrackbrett gebeugt waren, paßte auf ihre Einsätze auf und rief, das sei ja Geld, richtiges Geld!

Ein schlankes lebhaftes Mädchen von königlichem Blut, mit Augen zwischen Geist und Irrsinn, kam näher. Sie sagte, sie sei Zilla, Nichte des Gamaliel und Schwester der drei. Und unvermittelt sprach sie von ihren Brüdern.

»Tags denkt Nadab, da herrscht geometrische Kälte, der Tropfstein sintert in das Schwarz der Wahrheit, das Räderwerk zahnt ins Leere. Nachts tritt Nadab ins Leben ein. Sein Eifer enträtselt, stellt gegenüber, vergleicht, schneidet ab, trennt, tut neu zusammen, unterschiebt, spekuliert und zerstört des Stolzes Scheingebilde . . . Tags ist Ruben ein fettes Weib und dickflüssigem Blut, trächtig, schmutzig, produktiv, er telefoniert mit Banken, Zeitungsschreibern und Königen. Er unterdrückt, nistet sich fest im Lebensdrang, widersteht in unerschütterlichem Eigensinn. Nachts ist er ein Verfolgter, der weint und bangt und nicht gesehen sein will, er speit Rache, möchte gern stolz sein, nicht lächeln noch nachgeben, die Furcht zersetzt ihn, aber dieser Schlamm ist durchkörnt mit köstlichen Keimen, er ist fromm und feige. Tags richtet Saul Gottes Hunde ab, die stürmisch die Lämmervölker dem Morgen und der Gerechtigkeit entgegenführen, er empört sich und verabscheut das Übel, sein Antlitz ist hart, aber in den Augen flackert Liebe. Nachts lächelt er matt, er weiß, das Reich ist schon heute verkündet, ihn begreifen die Frauen; schlicht ist er, geht mit den Kindern, er ist heiter, und sein Gesicht ist sanft, manchmal ritzt Bosheit sein linkes Auge, er ist das Lamm.«

Aude konnte diese Tolle nicht länger anhören. Die drei Brüder stritten sich wütend, schienen im Begriff, sich zu prügeln; dann sagte einer dem andern ein Wort ins Ohr, und alle drei wurden still.

Der Talmudlehrer erklärte der Neubekehrten, der ewige Gott gefalle sich so sehr darin, mit seinen Juden Rede und Widerrede zu führen, daß er ihre Gebete nicht erhöre. Hätte er sich darauf eingelassen, ihre Bitten zu erfüllen, so würden sie sich nicht mehr an ihn wenden. Ruben fragte: »Warum macht ihr dem armen Ruben Angst?« und bat um Gerechtigkeit mit einem blöden, nicht endenden Lachen.

Eine Stimme erhob sich schwer und hold. Saul strich lächelnd umher, die Hände an die Brust gedrückt, und sang das Lied vom Tag der Güte. Wie zärtlich und harmlos er dreinblickte, dieser schöne Königsohn, der nun mit einmal einen Kronleuchter packte und gegen Ruben schleuderte. Der hockte sich auf einen Tisch und heulte. Das Volk hier unten schien gewohnt an das phantastische Treiben der drei Brüder: man knebelte sie schnell und schleppte sie fort.

Emanuels Gejammer steckte die Anwesenden an. Über den Saal senkte sich ein Gewebe aus Gemurmel, durchbrochen von Lachen, Zank und schleudernden Armen. Ein krankes, melancholisches, todmüdes, wundes Volk lebte angstbebend unter den Gewölben. Mit schmerzlichem Grinsen besänftigten die unseligen Solal ihre Warteangst. Was Gamaliel murmelte, waren vielleicht Gott leugnende Worte. Der Minister Solal, der die ganze Zeit dagelegen hatte, zapplig mit schäumenden Lippen, erhob sich plötzlich mit ernstem Lächeln und ging langsam hinaus.

In der Tiefe des Saals aber waren plötzlich würdige alte Propheten erstanden, wahre Söhne des heiligen Volkes. Auf Samtkissen saßen sie im Gespräch und waren herrlicher als ein Jüngling ist. Sanft waren ihre Gebärden und machtvoll ihre Lippen, und Frühlingsglanz des kommenden Reiches war in ihren Augen. Ihre Augen schimmerten auf. Kinder kamen an ihre Knie mit bangen Blicken. Schutzsuchend für ihre Unschuld, noch eh sie gefährdet war.

Jünglinge lauschten dem Ruf von droben, sannen und wußten nichts von der Welt und ihren starren Goldgötzen. Sie schliffen Brillengläser, beugten das Weltall unter die Gesetze der Wahrheit und verachteten das Gold. Das waren die echten Söhne meines Volkes.

Da unten in der Tiefe des Saales, unter den Wölbungen in Schatten und Einsamkeit, wanderten Glutblicke von den Stätten der Zeit in das ewige Morgen. Es gab gewandelte Hoffnungen, Wartezeiten, ferne Galoppritte und hohe Flammen an der Wende der Jahrhunderte zu den wahren Söhnen des erstgeborenen Volkes. Das Unglück beugte sie nicht. Sie schritten einher im Lichte der Auserwähltheit, und ihre Verschwörung war Menschenliebe. Herr, laß den Tag der Wandlung meiner Brüder Antlitz bestrahlen, auf daß sie wunderbar erscheinen und sehr heilig, wie sie es eigentlich sind. »Ich werde ihre Schönheit dem Weltall kundtun«, spricht der Herr. »In eisiges Wasser werde ich sie tauchen, und unter dem Schmutz der Jahrhunderte werden Königssöhne erscheinen in hyazinthenem Kleid«, spricht der Herr. »Wahrlich, ich werde erhöhen meinen Sohn Israel«, spricht der Herr und lacht donnernd.

XXIX

Er ging in seinem Zimmer auf und ab, unruhig wie der Angeklagte, der den Urteilsspruch erwartet. Aude trat ein. Er begriff, was ihr Schweigen bedeutete, blieb stehen, schloß die Augen. Sie blieb einen Augenblick regungslos, dachte an die Welt, aus der sie eben entflohen war und bemerkte nach einer Weile zu ihrer Bestürzung, daß Solal eingeschlafen war.

Aufrecht stand er mit unheimlich geschlossenen Augen und war nicht von dieser Welt. Was für ein kaltes und hartes Gesicht er hatte. Unbegreifliches Volk. Sie wagte nicht, ihn zu wecken, ließ ihn, wie er war, in seiner Lethargie an die Mauer gelehnt stehen mit seinem leisen Lächeln. Als sie hinausging, wurde des Schläfers Lächeln deutlicher.

Eine Stunde später. Kurz vor der Dämmerung. Aude kniete und packte einen Handkoffer. Er stieß die Tür auf. Sie hob den Kopf, dann packte sie weiter. Er bewunderte ihre Art, die Kleider zu falten. Er begriff nicht, was ihn so glücklich machte. Es war ein überströmendes Gefühl, dem er nicht widerstehen konnte.

»Du packst? Du packst deinen Koffer?«

Sie nahm ein paar Nadeln aus dem Mund.

»Ja.«

»Um zu verreisen?«

»Allerdings.«

»Aude, du hast diese Menschen nicht richtig gesehen. Nicht so, wie sie wirklich sind.«

»Möglich.«

»Es ist ein großes Volk. Nur sind darunter Unglückliche und Verquälte.«

Energisch schloß sie ihren Koffer. Dann stand sie auf, ging auf ihn zu und faßte ihn am Arm. Er fühlte sich selten klein und erbärmlich.

»Die oder ich. Wähle. Ich bleibe nicht, wenn sie hier bleiben. Schick sie fort. Du bist nicht wie sie.«

»Ich bin ganz wie sie. Du hast sie nicht richtig gesehen, nicht die Richtigen gesehen, die vom Geist, die vermischt waren mit den andern gestern abend. Diese andern haben übrigens auch ihr Gutes, sind Söhne und Väter von Fürsten des Menschengeschlechtes. Ein vortrefflicher Dünger. Und dann sind sie alle, die wahren und die andern, Äußerste, Glühende. Begreif doch. Ein Dichtervolk. Ein äußerstes Volk. Bei uns ist das Groteske übetrieben grotesk. Die Geizigen übertreiben ihren Geiz. Die Verschwender – und derer gibts viel mehr – übertreiben ihre Verschwendung. Unsere Pracht ist zu prächtig. Wir sind das Volk des Übermaßes. Das alte Volk des Geistes, schmerzgekrönt, von königlichem Wissen und tief enttäuscht. Das alte irre Volk, das allein wandert durch den

Sturm und trägt seine klingende Harfe durch die dröhnende Nacht der Jahrhunderte und seinen unsterblichen Größenwahn und Verfolgungswahn.«

Er wurde kühner. Frühling der Vorzeit schimmerte in seinem Blick.

»Mein Volk ist das schönste der Welt, das edelste und verträumteste, das stärkste und mildeste. Schau mich an, und du weißt, ich sage die Wahrheit. Du hast nicht begriffen, daß du gestern in einer Stadt des heiligen Wahnsinns und unheilbarer Menschlichkeit warst. Die paar Lächerlichen, die paar Unhöflichen – so etwas spielt bei euch eine große Rolle – die Mißgestalteten haben dich daran gehindert, die Heiligen zu sehen, die Söhne des größten, größten Volkes der Erde. Manche, nun ja, befassen sich mit Geld. Sie tun das mit mehr Leidenschaft und Phantasie als alle anderen Menschen und Rassen. Glaubst du, die andern verabscheuen das Geld? Unsere Geldmenschen haben einen heiligen Beweggrund, sich mit diesem Metall zu befassen: leben, widerstehen, ausdauern. Sie tuns, auf daß das Volk daure, auf daß der Sohn lebe, auf daß der Messias komme. Das Geld ist für uns eine Festung, für uns arme Verbannte, uns arme Flüchtlinge. Und dann sind doch neben den wenigen seltenen, die das Gold zu meistern wissen, unter den Unsern so viel Träumer, Poeten, Hilflose, Selbstlose, Onkelchen, Harmlose, die es nie zu etwas gebracht haben, verloren in der Welt der Materie. Und andere gibt es, die schon heute erglänzen von übermenschlicher Schönheit. Übermenschlich«, wiederholte er herausfordernd. »Es gibt ein paar große Nationen. Wir sind die größte. Ich bin die größte. Wahrlich, wahrlich, ich sage dir, ich bin die größte Nation, ich Solal. Lächle du nur und spotte über mich und spotte über uns. (Pause.) Wir haben euch Gott gegeben. Wir haben euch das schönste Buch gegeben. Wir haben euch den Mann gegeben, den Würdigsten, geliebt zu werden. Wir haben euch den Weisesten der Weisen gegeben. Und soviele andere, mich unter andern. Mich, wie ich sein werde später. Und du wirst sehen alle Herrlichkeit, die wir euch geben werden und allen Glanz. Über ein kleines wirst du sehen. Aber genug geredet.« Er schlug die Augen nieder.

»Sol, verfehle nicht dein Leben um dieser Leute willen. Was hast du mit ihnen gemein? Du bist edel und schön. Du bist nicht wie diese Gespenster. Geliebter, schick die Leute weg.«

»Und wenn ich bei ihnen bleibe, ganz bei ihnen, immer da unten! Nicht mehr Minister. Immer Gespenst?«

»Ich bin mit so viel gutem Willen zu ihnen gegangen. Das habe ich nicht erwartet. Ich kann nicht. Ich mag sie nicht sehen, ich mag sie nicht hören, diese Menschen, die mir Glück zu meiner angeblichen Bekehrung und gute Geschäfte wünschen. (Sie beobachtete ihn böse.) Ich will leben in meinem Heim mit meinem Mann und nicht mit all den unmöglichen Kerlen.«

Ein langes Schweigen. Tränen kamen Solal in die Augen. Zweitausend Jahre altes Leid mutig ertragen, und das kam dabei heraus! Ein Volk, das nicht hatte Verräter werden wollen. Das der Verleugnung den Scheiterhaufen vorgezogen hatte. Und ihr noch heute die Verfolgungen vorzog. Lieber Schande als Verleugnung. Lieber Blutbad und Schmach. All die im Mittelalter, die lieber starben als abzuschwören. In Carentan, in Blois, Bray, Nürnberg, Verdun, Worms, Frankfurt, Oppenheim, Mainz, in Burgos, Barcelona, Toledo, Trient und all den anderen Städten – all die Helden, die ihren Gott nicht verleugnen wollten, die ihre Häuser ansteckten und sich in die Flammen stürzten, Psalmen singend, ihre Kinder im Arm. Helden, Gedemütigte um Gottes Willen, irrend und hungernd durch die Jahrhunderte mit dem großen Heimweh nach Gott. Wie ein Schwert war dies starke leidenschaftliche Volk durch die Geschichte gefahren und hatte der Erde sein Königszeichen, seinen Gott aufgebrannt. In erhabener Hoffnung findet es durch die Wüste nach Kanaan und durch Gefangenschaften in soviel fremden Ländern. Dies Volk, das in seinem heiligen Städtchen Rom standhielt und das mächtigste der Reiche erschütterte. Das Volk des Geistes. Das Volk vom ewigen Morgen.

Und das alles waren für die, die er liebte, unmögliche Kerle, Gespenster! Sie entfernte sich von ihm. Er begriff, es konnte nicht anders sein. Er schüttelte den Kopf, während er zaudernd dastand mit gesenkten Augen, überkam ihn ein wahnsinniger Gedanke.

Mit blutrünstigem Lächeln ging er auf sie zu, zerriß ihr Kleid und alles Zeug an ihr. Er bewunderte die Kraft und den Schwung des Leibes. Sie riß eine Decke vom Bett und verhüllte ihre Nacktheit.

»Feigling!« sagte sie, zitternd vor Empörung.

Oh, er wußte das besser, nein, feige war er nicht. Unglücklich war er und wußte nicht, was er tat. Oder vielleicht wollte er sich strafen und Aude einen Grund geben, ihn zu verachten? Ach warum hatte er die, gerade die zur Liebe gewählt? Er warf sie aufs Bett. Aber er gebot seiner Begierde und wich zurück.

»Damit du nicht wegläufst«, höhnte er, »werden wir dich so, wie dich Gott geschaffen hat, hier lassen und dich einsperren. Nachher hole ich dich und wir reisen zusammen mit den Gespenstern nach Jerusalem.«

Er schleuderte den Koffer und die Kleider seiner Frau ins Nebenzimmer, ganz erfüllt von der Lust, sich gehen zu lassen. Er lächelte liebenswürdig und verneigte sich.

»Auf bald, teure Dame Solal. Nächste Woche in Jerusalem. Du hast ein Gespenst geheiratet. Dein Schade! Mein liebe Jüdin!«

Er riegelte die Tür doppelt ab und ging fort. Er schämte sich.

Vierter Teil

XXX

Aude spähte aus dem Fenster ihres Zimmers in Les Primevères. Sie sah den Briefträger kommen, ging hinunter und eilte ihm entgegen. Langsam mit gesenktem Kopf kam sie zurück. Kein Brief. Keine Nachricht von Solal. Wo war er?

Seit zwei Monaten lebte sie nun in Les Primevères, und Tag um Tag bereute sie, was sie getan hatte. Sie hatte die Tür des Zimmers, in das er sie eingeschlossen, aufgebrochen. Erst Fahrt nach Paris, dann nach Genf. Ein paar Tage später zurück nach Saint-Germain. Sie fand die Komturei ohne Solal und ohne seine Gäste. In Paris konnte ihr der Ministerpräsident nur einen Brief zeigen: vier Zeilen, in denen Solal ihn seine Demission anzunehmen bat. Wieder nach Genf zurückgekehrt, hatte sie ihre Verzweiflung ihrem Großvater anvertraut. Zu den anderen hatte sie gesagt, ihr Gatte sei krank und mache eine Erholungskur in den Pyrenäen.

Als sie in den Salon eintrat, pfiff Herr Sarles gerade eine Arie aus der »Weißen Dame«; er brach ab und hob fragend die Brauen. Sie hauchte ein kaum hörbares Nein. Der Pastor warf einen ängstlichen Blick nach der Seite, wo seine Frau war, und näherte sich schräg lavierend seiner Enkelin. Sie sprachen leise miteinander. Ja, er hatte schon selbst daran gedacht, nach Kephalonia zu reisen, um den Unglücklichen zu suchen – sicher hatte er sich dahin geflüchtet.

»Na, seid ihr bald fertig mit euren kleinen Geheimnissen?« fragte Frau Sarles, und kam sich furchtbar maliziös vor. »Der Tee wird kalt.«

Der Pastor strich mit seinem mächtigen Taschentuch über die Stirn, dann fächelte er sich mit dem Käppchen. Kephalonia war eine Insel. Mit achtundsiebzig Jahren eine Reise aufs wilde Meer unternehmen, das war geradezu unmoralisch. Frau Sarles tunkte einen vitaminhaltigen Zwieback in ihren Tee und sprach von dem lieben Jacques, von dem sie soeben eine Photographie erhalten hatte; bald mußte er zu längerem Urlaub nach Les Primevères kommen.

»Major ist er jetzt!« rief sie und rührte eifrig mit dem geliebten Zwieback herum. »Schön muß er anzusehen sein auf seinem feurigen Roß, wenn er seine Morgenpromenade macht an der Spitze seines Regiments!«

»Bataillons«, verbesserte Herr Sarles.

»Das sagte ich ja. An der Spitze seines Bataillons.« Die gefühlvolle alte Dame lächelte zu der kriegerischen Vision, die sie heraufbeschworen hatte, dann merkte sie, was für ein Unglück passiert war: ihr Zwieback schwamm wie eine Qualle auf der Meeroberfläche.

»Was sagte ich doch?«

»An der Spitze seines Bataillons«, sagte geistesabwesend Herr Sarles. Er dachte an Kephalonia, und düster tauchte er seinen Teelöffel in das Mittelmeer.

Frau Sarles seufzte zurückhaltend und betrachtete ihre Enkelin. Sie sprach von Jacques und spielte auf den Schmerz an, der ihn bestimmt hatte, den schönen römischen Posten auszuschlagen und in Afrika Dienst zu nehmen. Sie pries seine hervorragenden Leistungen in Marokko und sein glänzendes Auftreten. Wie hoch mußten seine Vorgesetzten ihn schätzen, daß er dreimal im Tagesbefehl der französischen Heere lobend erwähnt wurde!

»Im Tagesbefehl der Brigade«, sagte Herr Sarles.

»Das sagte ich ja«, meinte die alte Dame.

»Ja, er ist tief gesunken«, schloß Aude.

Als sie nach dem Essen in ihr Zimmer trat, lag da auf dem Diwan Solal und wühlte mit den Fingern in einem katholischen Rosenkranz. In freudigem Schreck warf sie sich ihm in die Arme.

»Übrigens«, sagte er, als ihr Schluchzen nachgelassen hatte, »bin ich Katholik. Ich habe in Wien eine Erleuchtung gehabt und habe mich in Berlin taufen lassen.«

Groß war am nächsten Tag die Freude in Les Primevères. Frau Sarles seufzte, wohl ein bißchen. Aber der Pastor erklärte ihr: »Man muß nicht zuviel auf einmal verlangen. Daß er Katholik geworden ist, das ist schon etwas.«

In den folgenden Tagen war Solal von einer Atmosphäre des Wohlwollens umgeben. Der Pastor verbrachte viele Stunden an seinem Harmonium. Frau Sarles trällerte in den Gängen. Ruth war nicht mehr so häufig bei ihrer Freundin und strahlte bei Tisch religiöse Erbauung auf Solal aus. Nur Aude nahm nicht teil an der allgemeinen Munterkeit. Sie wäre lieber rasch nach Paris abgereist.

Eines Abends – es war eine Woche nach seiner Ankunft – sagte Solal zu ihr:

»Weißt du, an dem Tag, an dem du fortgingst, habe ich die Leute fortgejagt. Dem Vater rannen die Tränen aus den Augen. Er ist blind, der ›unmögliche Kerl‹. Laß mich allein. Gute Nacht.«

Er wollte das Licht ausmachen, fand den Schalter nicht und schleuderte die Bibel gegen die Birne, die zerbrach. Die phosphoreszierende Inschrift, die Frau Sarles tags zuvor heimlicherweise angebracht hatte, leuchtete auf: »Glaube und du wirst gerettet werden.« Solal blieb im Dunkel.

Beim Morgengrauen griff er nach seiner Gitarre, strich über die Saiten und dachte an seine Vagabundenwochen nach dem Fortgang von Paris und an seine Abenteuer: die Erzherzogin mit den harten Schenkeln, die Orangenverkäuferin in Venedig, die beiden Schwedinnen. So viel Tauchbad der Sinne ohne Sinn. Das unbeschreibliche Abenteuer in Dresden. Dann die Taufe, die er freudig hingenommen hatte. Aber wozu sich etwas vormachen? War nicht ein Solal Erzbischof von Granada geworden und doch wieder zum Glauben der Väter zurückgekehrt?

Er stieg die Treppe hinunter. Im Wintergarten fand er Ruth und Aude gerade im Begriff, mit Fassung Frau Sarles beim Vorlesen der Zeitung zuzuhören. Die drei Frauen wunderten sich innerlich über das russische Gewand, das er anhatte. Er grüßte förmlich und entfernte sich mit gleichgültiger Miene. Aude ging ihm nach auf sein Zimmer.

»Liebster, wir müssen nach Paris.«

Seine Aufmerksamkeit schien ganz von der Gitarre in Anspruch genommen, über die er strich. Sie bewunderte seine edle Haltung. Dann hob er die Augen und schüttelte verneinend den Kopf.

»Aber was willst du dann tun?«

Er hob wieder die Augen.

»Nichts.«

Mehrere Mal wiederholte er dies »Nichts« mit Genuß, mit Glut, als verkünde er eine Tat. Als er dann wieder allein war, fragte er sich:

»Weißt du, daß vor vierzehn Tagen die Wahlen in Frankreich stattgefunden haben? – Ja, ich weiß es. – Daß du nicht kandidiert hast, daß du nicht mehr Deputierter, daß du nichts mehr bist? – Das weiß ich wohl, o Herr. – Was tust du, Solal? – Nichts. – Recht so, Solal. Bleibe dabei, Solal.«

Offenbar hatte dieser junge Mann, dessen Laufbahn einen so bemerkenswerten Aufstieg genommen hatte, sein Pariser Dasein vergessen und schien entschlossen, lange in Genf zu bleiben. Wenn er in seiner russischen Aufmachung zu Tisch kam, sagte er kein Wort und hielt die Augen gesenkt. Sein Schweigen lastete. Und dann immer dies dumpfe Singen in seinem Zimmer.

Bald erschien er nicht mehr bei Tisch. Die Mahlzeiten

stellte ein Diener auf einer Schüssel vor seine Tür. Aude versuchte, den Ihren einzureden, ihr Gatte sei krank.

Wenn er es ihr erlaubte, beschäftigte sie sich mit ihm wie mit einem Kinde. Sie setzte sich an sein Bett und erzählte ihm sonderbare Geschichten. Dabei ließ er sich nur Streifzüge in vergangene Jahrhunderte oder in Traumländer gefallen.

Aber sie wurde dieser Wahngebilde, die sie beständig erneuern mußte, müde, und eines Abends sagte sie in sachlichem Ton zu ihm:

»Jacques ist in Genf auf Urlaub. Möchtest du ihn nicht sehen? Er ist unten.«

»Der Mann, dem ich dich gestohlen habe? Der wagt herzukommen?«

»Das ist alles schon so alt«, sagte sie mit erzwungenem Lächeln. »Er hat alles vergessen.«

»Tut er etwas? Arbeitet er?«

»Ja.«

»Dann will ich ihn nicht sehen.«

Ihm ahnte nahes Unheil. Er wiederholte ohne Stimme den Namen Jacques. Er starrte seine Frau an. Sie kniete hin, zog ihm die Schuhe aus, bat ihn, sich zu Bett zu legen. Trauervoll sah sie ihn an. Wenn er zugrunde ging, – war es nicht vielleicht ihre Schuld? Es mußte ein Mittel geben, ihn aus diesem Sumpf zu ziehen, aber sie konnte nicht lügen, konnte ihm nicht die Worte sagen, die er von ihr hören wollte. Sie dachte nach, was für eine Geschichte aus ihrer Kindheit sie ihm wohl erzählen könne.

»Als Adrienne zu den Ferien herkam ...«

»Was ist das?«

»Aber du weißt doch.«

»Ich weiß nicht. Streit nicht mit mir, das tut mir weh.«

»Adrienne von Valdonne.«

»Ja«, sagte er und betrachtete aufmerksam seine Finger, »ich habe den Namen verstanden. Und wann kommt sie?«

»Du weißt doch, sie ist tot.«

Seine Augen weiteten sich und bekamen schmerzlichen Glanz.

»Tot. Ich auch. Geh, geh zu dem Mann, der etwas tut.«

Am nächsten Tag benutzte Frau Sarles die Abwesenheit ihres Gatten, der botanisieren gegangen war, um zu ihrer Enkelin zu sagen, sie vermute, Solal wünsche Pension für seinen Aufenthalt hier zu zahlen, sie begreife sehr gut seine feinfühlige Besorgnis. Sie fügte hinzu, sie habe recht viel Sorgen, einige ihrer Papiere (sie sprach dies Wort schamhaft aus) brächten seit anderthalb Jahren nichts. Solal hatte hinter der Tür gelauscht und verstanden. Er schlug in die Hände. Aude kam zu ihm.

»Ich habe keinen Rubel mehr. Meine vierzig Millionen – lauter Banknoten – habe ich nach meiner Bekehrung verbrannt. Und die Komturei habe ich Saint-Germain gegeben, der Stadt, der Gemeinde, was weiß ich. Ich hatte vergessen, daß du mir dein ganzes Geld geborgt hast.«

»Aber das ist doch gar nicht wichtig«, sagte sie mit einem schönen Lächeln, das Solal zur Verzweiflung brachte vor Scham und Liebe.

»Ich weiß, du bist sehr edel. Neulich hast du von irgendeinem Idioten, oder wars ein Hund, gesagt: Er hat sehr gute Manieren. Und eine Stunde später hast du gesagt: Das ist Tradition in unserer Familie.«

Sie sah ihm gerade in die Augen.

»Nun und?«

»Nichts.« Er wich zurück. »Erinnerst du dich an Ruben? Der ist dein Vetter, nicht wahr?«

Sie ging. Er durchkreiste sein Zimmer. Warum hatte er die Leute in das unterirdische Gewölbe kommen lassen! Er brauchte doch nur Minister zu bleiben. Das war doch ganz schön. Und jetzt verachtete sie seine Leute, und in ihnen verachtete sie ihn. Beständig sah sie die »unmöglichen

Kerle« vor sich. Und er war in ihren Augen auch ein unmöglicher Kerl geworden.

Die Schmach hatte sich über alles gebreitet, herrschte starr und mörderisch, beugte alles unter ihr Gesetz, verunstaltete alles. Wie gern hätte er aus dem Munde seiner Frau Worte der Bewunderung über die Juden gehört. Und geglaubt daß dies ihre wahre Meinung sei. Ein Aufschrei ihres Innersten, nicht eine Äußerung ihrer Güte oder ihres Mitleids. Er wußte, daß er das Unmögliche erwartete. Aude kam ihm immer nur mit dieser Güte, dieser makellosen, ach für ihn so belanglosen Güte.

Die Einsamkeit würgte ihn. Jetzt hätte er sich unter die Leute hier in Les Primevères mischen wollen. Aber er wagte es nicht mehr. Er fühlte, Frau Sarles und Fräulein Granier sahen in ihm einen Sünder, den man lieben müsse trotz seiner Fehler. Zu seinem Unglück war Herr Sarles nicht mehr da. Vor ein paar Tagen hatte er sich von Solal verabschiedet: Er mußte einen Monat lang einen seiner früheren Schüler, den Pastor von Brassus, der erkrankt war, vertreten. Im Lauf des Abschiedsgesprächs war der Sprachfehler des lieben Großvaters stärker hervorgetreten, und plötzlich hatte dann der alte Calvinist ihn geküßt. Seine aufwallende Herzlichkeit hatte Solal wohlgetan, und ein paar Stunden lang kam er sich wie neubelebt vor.

Wenn aber der Geist der Geselligkeit Frau Sarles überkam, wurde sie, die Frau mit den kleinen Schrullen und den soliden Tugenden, zur Quälerin, wohlmeinend und unerträglich. Für den einsamen Solal bedeutete sie geradezu eine Folter. Wie ein Tintenfisch seinen Saft, spritzte sie dauernd Wölkchen von Ordnung und Sitte in sein Gesicht. Beständig machte sie in seiner Gegenwart Anspielungen auf sein Leben ohne Rang und Rahmen. Sie ahnte nichts vom Leid und von der Verwirrung dieses allzuheißen Herzens, das nicht wählen konnte zwischen der geliebten Frau und dem geliebten Volk, sich beiden gegenüber schuldig fühlte, nicht mehr zurückfand in das Leben, das grausam ist mit allen vom Absoluten Besessenen.

Als er einmal beinahe eine Tasse zerbrach, fuhr Frau Sarles theatralisch zusammen; sie vergötterte Gegenstände und gefiel sich darin, die adlige Familienlaufbahn dieses Porzellans nachzuziehen, das als Erbstück von dem Urgroßonkel eines sehr vornehmen Fräuleins herrührte, einer Tante des Major de Nons.

»Der liebe Jacques. Der hat seinen Weg gefunden und weicht nicht von ihm ab. Ja, ja«, schloß Frau Sarles mit einem Lächeln voll Liebe und triumphierender Sicherheit.

So oft sie mit Solal zusammen war, machte sie ihre unschuldigen kleinen Attacken und Schachzüge. Sie hatte die sanfte Gewalt des Regens. Ohne sich Schlimmes dabei zu denken, entnervte sie Solal. Sie wunderte sich, daß der Aussätzige ihren ätherischen Kuß verschmähte und für ihr Lächeln kein Gegenlächeln hatte. Aude sah mit Erstaunen, wie ihr Gatte fast demütig den unerschütterlichen, lächelnd vorgebrachten Urteilssprüchen lauschte, die von den winzigen gekräuselten Lippen der alten Dame, dieser Repräsentantin der Gesellschaft, kamen.

Manchmal vergaß man, ihm die Mahlzeit zu schicken. Dann ging er fort, um seinen Hunger zu vergessen, lief im Regen herum, kam wieder nach Hause und durchkreiste sein Zimmer. Die Frauen hatten ganz recht, wenn sie seiner überdrüssig wurden. Ja, er wußte es, er war unerträglich. Mit welchem Recht blieb er noch in diesem Hause?

Als er einmal abends sein Zimmer verließ, hörte er das wichtige, zierliche, sichere, besitzerische, spürerische Getrippel von Frau Sarles' Schuhen. Er wollte sofort umkehren, aber zu spät, er war schon erwischt: die freundliche Bombe platzte.

»Sie sind doch nicht etwa leidend, mein Lieber. Wir waren recht erstaunt, Sie nicht bei Tisch zu sehen.« Was tun?

Antworten? Von seiner Reue sprechen, seiner Schande, seinem Stolz auf die Seinen, von seiner Qualliebe zu Aude? Sagen, er warte auf das Wunder, das wieder Einklang in sein Leben bringen würde? Ob mit Recht oder Unrecht, dieser Mensch litt. Er antwortete nicht, zuckte die Schultern. Tapfer nahm Frau Sarles sein beleidigendes Benehmen hin, beschloß, für ihn zu beten und lächelte ihn mit einer wahrhaft schauerlichen Erbaulichkeit an.

Befreit stürzte er sich in sein Zimmer, stopfte sich die Ohren zu, um nicht das dürre Trappeln von Frau Sarles zu hören, die eine kleine Runde durch die zweite Etage machte, nachzusehen, ob Köchin und Stubenmädchen ihre Kerzen gelöscht hätten. Ein wenig ruhiger geworden, dachte er: »Offenbar fürchte ich mich vor ihr. Wäre ein Löwe hier im Zimmer, ich würde mich mit ihm abfinden: lächeln würde er jedenfalls nicht. Sie jagt mir Schrecken ein, weil sie mich liebt, zu ihrem sittlichen Vergnügen und zu meinem Ruin.« Er hatte Durst, wollte Wasser holen, wagte aber nicht, aus dem Zimmer zu gehen aus Furcht, der alten Dame zu begegnen.

Am nächsten Morgen gabelte Frau Sarles ihn wieder auf und zeigte ihm in einem Anfall von Begeisterung die Photographie eines bekehrten Schwarzen in europäischer Kleidung; mit bedeutungsvoller Eindringlichkeit sagte sie ihm, wie arbeitsam, höflich, ordentlich, wie zuvorkommend zu seiner Frau, fromm und dabei doch modern dieser Neger sei.

Ostersonntag fiel dies Jahr mit dem ersten Festtag des israelitischen Passah zusammen. Solal dachte an das frohe Fest in Kephalonia: Eltern und Freunde waren um den Tisch versammelt, und der Vater erklärte den Sinn der alten Feierlichkeit. Bittere Kräuter und ungesäuertes Brot ... Ach, abgeschaffte Erinnerung. Seine Brüder in Kephalonia hatten jetzt frohes Fest. Er zog aus der Tasche ein Stück Mazze, das er sich gestern verschafft hatte, und kaute langsam daran. Der einsame Abtrünnige feierte das Gedächtnis des Auszugs aus Ägyptenland.

Er strich um die Synagoge herum, wagte sich aber nicht hinein. Als er wieder nach Les Primevères zurückkam, sah er die gefärbten Ostereier auf dem Tisch. »Ich gehöre nicht dazu. Und doch ist es einer von den Meinen, der heute aufersteht. Und ich liebe Ihn so sehr wie seine Gläubigen. Mehr vielleicht, denn Er ist meinem Herzen so schrecklich nah. Immer muß ich an ihn denken, meinen ehrfürchtig geliebten Bruder.«

An die Fensterscheibe gelehnt, überschaute er den Garten. »Vierzehn Gäste. Da Jacques. Ja, er hat sich verändert. Männlich, ruhig. Damals hatte er eine Zeit jugendlich harmloser Geziertheit. Dann hat ihn die Gesellschaft verschlungen. Dieser Säbel! Er sticht Menschen ab und läßt sich dafür bewundern. Aude ist glücklich, mit ihm zu sprechen. Sie haben beide ein freimütiges Lächeln. Und warum sollten sie nicht ein freimütiges Lächeln haben, die glücklichen Erben? Auch sie ist auferstanden heut. Sie faßt seine Orden an. Verruchte! Wird sie ihm die Sporen lekken? Los, ins Bett, ihr Beiden! Ihr möchtet doch so schrecklich gern! Nun gehen sie in den Salon, Tee trinken und ihre Ostereier schlürfen, vermute ich. Hunger hab ich.«

Er hielt sich die Ohren zu, um nicht das liebenswürdige Lachen zu hören, mit dem die drüben ihren Anteil am lieben Nächsten oder wenigstens an der Unterhaltung mit ihm bezeugten. Er hatte Hunger. Wieder einmal sah er deutlich das Tragische seiner Lage. Er gehörte nicht mehr zu seiner Rasse und war doch auch nicht Christ. Allein war er. Und seine Frau dachte nicht einmal daran, ihn zu holen. Dies schallende Salongelächter galt vielleicht ihm.

»Sie nehmen es mir auch übel, daß ich arm bin. Hätt ich Geld, wär ich ein Original. Sie grollen mir und ich, ich liebe sie alle, im Innersten lieb ich sie. Wenn Mutter Sarles wüßte, wie ich sie lieben könnte! Sie braucht mir nur nicht innerlich mein Dasein und meine Rasse vorzuwerfen, ich errate, was in ihr vorgeht –, und ich würfe mich ihr in die Arme und sagte: ›Großmutter, tröste mich, tröste deinen unglücklichen Enkel.‹ Ich warte auf das Wunder. Wenn man auf das Wunder wartet, kann man nicht Geld verdienen. Was würden die für seelische Vorzüge an mir entdekken, wenn ich reich wäre, wenn ich ein Endchen Schwanz vom Goldnen Kalb erwischt hätte. Und dann, ich bin ein Einsamer. Das lieben sie nicht, die Mehrheitsleute. – Wenn sie bewundern, sagen sie: ›Das ist ein Typ‹, und wenn sie verachten, sagen sie: ›Dies Individuum.‹ – Ach, ich beneide sie. Krepier, Einsiedler, du störst sie. Sie sind munter und vergnügt, wenn du nicht dabei bist: recht haben sie. Schau, jetzt singen sie einen Psalm. Einen Psalm Davids. David, mein Bruder im Blute! Wenn er aufstünde, gähnen würde er in eurem Salon. Zu mir würde er kommen, und wir, wir würden uns verstehen, er und ich.«

Aude bemerkte, daß es ihr gar nicht unangenehm war, an diesen Belustigungen teilzunehmen, die sie früher gelangweilt hatten. War es so schlimm, wenn sie sich ein wenig erholte? Jacques, der gerade von einem merkwürdigen Schriftstück sprach, welches bewies, daß sein Stammbaum bis ins dreizehnte Jahrhundert zurückreichte, hielt mit einemmal ein.

Aus der Tiefe der Zeitalter hatte sich eine warme, wunderbar schwermütige Stimme erhoben. Der Salon erstarrte, die Gäste lauschten beklommen dem tragischen Ruf einer Heimwehsprache. Da oben in seinem Zimmer, fern von seinen Brüdern, aber hingekniet auf die Kissen, wie es der heilige Brauch vorschreibt, feierte der einsame Abtrünnige, so gut er konnte, den Passahtag und den Auszug aus Ägypten. Er sang den Hymnus, den Mose und die Kinder Israels zum Ruhm des Allmächtigen gesungen hatten, den Ostergesang, den die Solal angestimmt hatten in Kanaan unter den Zelten, unter den Palmen:

Die Wagen Pharaohs und seine Macht,
Er hat sie ins Meer geworfen!

Er trat in den Salon ein. Die Gäste verstummten angesichts dieses Menschen mit dem schleppenden Gang, dem abgemagerten Gesicht. In geweiteten Höhlen lagen seine geröteten, glänzenden Augen. Man sprach freundlich zu ihm, man bot ihm eine Tasse Tee an. Der Gequälte hatte ein zitterndes Lächeln, konnte nicht sprechen, sah alle herausfordernd an. Er schämte sich, daß er der menschlichen Gesellschaft bedurfte, daß er seine Einsamkeit nicht ertrug.

»Aber gewiß werde ich eine Tasse Tee nehmen. Aber gewiß werde ich trinken. Warum sollte ich das nicht annehmen? Bin ich nicht ein Mensch wie ihr? Nicht wahr, Aude, ich werde Platz nehmen neben dir.«

Er erwiderte nicht auf das allgemeine Entgegenkommen; steif, mit falscher Sicherheit trank er eine zweite Tasse Tee und wandte sich dann mit unangebrachter Ironie an Jacques. Der Major sprach schlicht von seinem letzten Feldzug, und seine Orden klirrten. Solal zwang sich, ihm mit verächtlichem Lächeln zuzuhören, aber seine Lippen zitterten. Kraftvoll saß er da, dieser Krieger, er war an seinem Platz, war glücklich; für ihn war das Leben einfach: Er lebte es mit seinesgleichen. Und er, Solal, war ein Fremder unter Fremden.

Aude sah eine Träne auf ihres Mannes alterndem Gesicht. Sie stand auf und legte den Arm um ihn; ein schöner Entschluß erhellte ihr Gesicht.

XXXI

Aude versuchte, die kleine möblierte Wohnung in der Rue Calvin, die sie seit drei Tagen bezogen hatten, so nett wie möglich herzurichten. Mit aufmerksam zusammengekniffenen Lippen nagelte sie, um die schmierige Tapete zu verdecken, Rupfenstreifen an die Wände.

Als sie fertig war, betrachtete sie ihr Werk. Schon liebte sie dieses Heim, dem sie eine Seele verliehen hatte. Sie hatte die häuslichen Bilder verschwinden lassen und dafür schöne Reproduktionen an die braune Rupfenwand gehängt. Solal war auf ihre Bitte schon früh aus dem Hause gegangen, um erst am Abend zurückzukehren. Sie freute sich auf seine Überraschung beim Anblick der verwandelten Räume.

So gut war er, seit sie Les Primevères verlassen hatten. Sie war Arbeit suchen gegangen. Bald werden sie nach Paris reisen, und es wird ein noch glänzenderer Aufstieg werden als zuvor. Oh, das wußte sie ganz sicher. Sie setzte sich und bog den reizenden Kopf zur Seite. »Und später in Paris werden wir Kinder haben, sehr viele Kinder. Wenn sie miteinander streiten, werde ich dazwischen treten und sie ausschelten, liebevoll, aber energisch.«

Damals, vor drei Tagen, als sie den Einsamen singen hörte, war ihre Brust vor Mitleid fast zersprungen. Sie hatte es verstanden, Solal gut zuzureden, ja wirklich, er mußte jetzt gleich weg von Les Primevères. Für die Großeltern hinterließ sie einen Brief, in dem sie bat, keinen Versuch zu machen, sie wiederzusehen, bevor sie selbst schriebe. Sie weckte den Gärtner, der sie im Wagen bis zum Hotel fuhr. Am folgenden Tag verkaufte sie ihren Schmuck und ihren Pelzmantel und wunderte sich, daß all das so wenig Wert hatte, nur fünftausend Franken. Auf den Gedanken, daß die Händler sie betrogen haben könnten, kam sie nicht einmal.

Sie trat ans Fenster, um nach dem Gatten auszuspähen. In der engen Gasse erkannte sie das Pferd, den Wagen und schließlich den breitrandigen Zylinderhut des alten Herrn Sarles, der mühsam ausstieg. Vermutlich hatte ihm die Großmutter telegrafiert. Aber wie hatte er sich ihre Adresse verschaffen können? Vielleicht auf der Polizei.

Es klopfte schüchtern an der Tür. Sie wagte nicht, aufzumachen. Dann hörte sie das Aufsetzen des Stocks und die Schritte des Großvaters, der wieder hinabstieg. Mit pochendem Herzen lauschte sie, fürchtete, daß der alte Mann auf der dunklen Treppe einen Fehltritt tun könne. Dann lugte sie durch einen Spalt der Fensterläden. Unten stand Herr Sarles mit seinem Hut in der Hand und blickte ratlos zu den Fenstern im vierten Stock hinauf.

Kurz darauf kam Solal. Er gab Aude furchtsam lächelnd einen Kuß, strich ihr übers Haar und zog ein Veilchensträußchen aus der Tasche, das er ihr mit gesenkten Blikken hinhielt. Er wagte nicht, ihr zu gestehen, daß seine Glaubensgenossen, die er um Arbeit gebeten, ihn mit Mißtrauen empfangen hatten. Sie brachte das mit viel Liebe und Ungeschick zubereitete Abendessen.

»Liebster, wie schön, allein zu sein.«

Ein Angstschauer überlief ihn bei diesen letzten Worten, die in seinem Innern nachhallten.

Wochen vergingen. Ihre Liebe hatte die Zeit, in der sie aus sich selber wächst, hinter sich und hätte nun durch Einordnung in das gesellschaftliche Leben gehalten und gefestigt werden müssen. Aude suchte, ihrem Ehedasein Inhalt zu geben, indem sie Bücher, Blumen und seltene Früchte herbeischaffte. Sie ertappte sich sogar bei dem Wunsch, Solal möge ihr eine Szene machen. Das wäre vielleicht eine Abwechslung gewesen. Aber auf wen hätte er denn eifersüchtig sein können? Sie verkehrte doch mit niemandem. Und jetzt besaß sie nur noch achthundert Franken. Trotz der Not, die ihnen bevorstand, hatte sie eine

Kunstgeschichte in fünf Bänden gekauft. Sie lasen des Abends darin, die armen Einsamen.

»Ich verliere meine beste Zeit«, dachte Solal. »Statt selbst einer von jenen zu sein, von denen man in Büchern spricht oder die ein großes Werk schreiben und dann gütig, müde und ein wenig herablassend lächeln, lese ich Bücher. Wir bilden uns. Wie komisch! In meinem Alter hat Christus . . . Ich bin ja selbst daran schuld, wenn ich keine Arbeit finde. Dieser alberne Hochmut. Die Christen erschrecke ich durch eine ganze Reihe erfundener hebräischer Vornamen. Den Juden erzähle ich stolz, daß ich eine Christin geheiratet habe. Achtung, sie hat zu lesen aufgehört.«

»Ja doch, Aude, die Primitiven, die Primitiven.«

»Du solltest ausgehen, Sol.«

»Glaubst du?« fragte er mit einschmeichelnder Stimme. »Es ist doch so nett bei dir in der Rue Calvin.«

»Sag Sol, möchtest du gern ein Kindchen haben?«

Sein Lächeln war so schmerzverzerrt, daß sie mit schwerem Herzen beschloß, ihr Geheimnis noch für sich zu behalten.

Sie gingen ins Konzert. Sobald sie mit dem gesellschaftlichen Leben in Berührung kamen, hatten sie wieder Freude am Dasein. Mit glücklichen Gefühlen kamen sie in ihre Wohnung zurück und waren sich nahe wie früher.

Am nächsten Morgen sagte er sich: »Diesen Weg müßten wir einschlagen. Aber wie? Mit wem sollen wir verkehren? Um Audes willen möchte ich die Meinen nicht mehr sehen. Und um meinetwillen möchte sie nicht mehr – oder schämt sie sich, die Ihren zu sehen. Aude ist nicht schuldig, ich bin nicht schuldig, keiner ist schuldig.« Sie blieben den ganzen Tag beisammen. Aude verwandte ihren ganzen Liebesvorrat darauf, die Wohnung in vollem Glanz erscheinen zu lassen, und er sah ihrem Eifer mit Gleichgültigkeit zu.

»Sol, ich hab dir Eierschnee gemacht.«

Ihn schauderte. Er aß, den Kopf gesenkt, und betrachtete sie verstohlen. »Jetzt duzt sie mich. In Palästina wirft man eine Drachme. Los, los, heiraten wir!«

Nach dem Abendessen las sie ihm mit lauter Stimme ein Kapitel über Botticelli vor. Aus der Nachbarschaft kamen fröhliche Lieder und Harmonikaklänge. Der Magistratsbeamte feierte ein vaterländisches Fest. Wie frisch, frei und einträchtig diese Bergbewohner ihre Lieder sangen. Und er und Aude? Sie waren zwei Verfluchte. »Ach wär man doch wie diese Menschen. Die Liebste, sie ist ja so gut. Tut alles, was sie kann. Der Trauring ist ihr schon zu weit. Arme, abgemagerte Finger. Wehe den Einsamen! Sie lachen, die Leute da drüben. Sie sind zahlreich, sie sind zufrieden, ihre Blicke glänzen, ihre Augen sehen sich liebend an. Und wir? Wir lesen über Botticelli und langweilen uns zu Tode. Solal und Aude: zwei von der Gesellschaft Ausgespiene. Daß das Unglück leiden macht, was tuts? Aber es erniedrigt auch. Das ist ungerecht.«

»Wie unausstehlich unsere Nachbarn sind«, sagte sie, »ich kanns nicht mehr ertragen.«

»Ha, du bist überführt«, brüllte er.

Er verfiel wieder in seinen Erschlaffungszustand. »Meine Herren, nur die Gesellschaft macht die Liebe dauerhaft. Meine Herren, nur die Gesellschaft verleiht dem physiologischen Vorgang Glanz. Meine Frau genießt nicht mehr beim Lieben, meine Herren, weil der Kontrast fehlt. Man fühlt nur dann am Abend die Wonnen der Zweisamkeit, wenn man den Tag im Verkehr mit den andern verbracht hat.«

Sie setzte sich ans Klavier. Er betrachtete diese Frau, die da ganz für sich allein auf ihrem Stühlchen herumrutschte. (Er hatte heimlich ein wenig getrunken.) »Ja, ich stehe da und mache den Zuschauer, und sie, sie reitet die hohe Schule. Armes Weib. All das, um mir die Langeweile zu vertreiben. Dafür hat sie ein Piano gemietet. Komisch. Wir sind verloren.«

Sie hörte zu spielen auf.

»Möchtest du ausgehen?«

Er nickte ihr geheimnisvoll zu, den Kopf zwischen die Schultern geklemmt, den Blick verloren. O die Traurigkeit, die ihn überkam, als er sie einen letzten Blick in den Spiegel werfen sah! Es lag ihr also noch daran, ihm zu gefallen? Lange konnte das nicht mehr dauern.

Sie kamen am Theater vorbei. Aude tat, als erkenne sie zwei bekannte Damen nicht, sie verachtete diese Menschen mit ihrem äußerlichen, oberflächlichen Leben. Solal blieb stehen, starrte gierig auf die Lichter des Theaters, auf die Gesellschaftsmenschen, die da hineingingen, um sich zu amüsieren. Er kratzte sich an der Stirne. Sie sah ihn an, unterdrückte eine Art Schamgefühl und reichte ihm den Arm. Sie gingen an der Arve spazieren und wußten sich nichts zu sagen. Sie hatten nichts gemeinsam als ihre Liebe.

Ein Werkmeister, Anhänger des Blauen Kreuzes, erbarmte sich des Unglücklichen mit den zerrissenen Schuhen. Solal sagte seiner Frau nicht, wo er arbeitete, sprach in unbestimmten Andeutungen von Finanzoperationen. Er verrichtete sein schlichtes Tagewerk mit Eifer.

Doch eines Tages bekam er das alte Schimpfwort zu hören. Es geschah keineswegs in böser Absicht, eher aus lieber, alter, fast herzlicher Gewohnheit. Solal fuhr auf, schlug den Beleidiger und wurde entlassen. Am Mittag meldete er die Neuigkeit.

»Da bin ich, Aude. Entlassen. Ich war in einer Uhrfederfabrik beschäftigt. Hast du vielleicht eine Uhr zu reparieren? Ich bin Fachmann.«

Solch eine Arbeit hatte also der Liebste auf sich genommen, und sie hatte es nicht einmal geahnt. Eigentlich hätte sie es sich doch denken müssen. Immer war er so früh am Morgen weggegangen. Und das war derselbe Mensch wie der schmale, geschmeidige Minister, der sich bei seinen Empfängen so herablassend benehmen konnte. Ein Schluchzen wollte in ihrer Kehle aufsteigen, ein Schluchzen des mütterlichen Mitleids und der Dankbarkeit. Sie küßte seine Hand.

»Hör, Geliebter.« (Er machte eine Grimasse der Abwehr.) »Du hattest damals in Paris so riesige Erfolge. Papa ist wieder ganz hergestellt – Großvater hat's mir geschrieben – und wünscht sich nichts Besseres, als dir bei einem Wiederaufstieg behilflich zu sein. Willst du?«

»Ich habe weder das Recht noch die Lust. Übrigens bin ich Spezialist für kleine Räderwerke.«

Sie lächelte mechanisch, etwas erschöpft. Er fing an, im Zimmer auf und ab zu gehen, empfand das Verlangen, sie zu fragen, ob sie ihn weniger liebe, und unterdrückte es. »Nein, nein, sie soll es nicht wissen, daß sie mich weniger liebt. Der Augenblick, in dem sie sich wohl oder übel davon wird Rechenschaft geben müssen, soll möglichst hinausgezögert werden.«

Sie blickte fast heiter auf.

»Komm, Liebster, wir wollen spazieren gehen, es ist so schönes Wetter.«

»Wie langweilig«, sagte er und dachte, sie würde sich draußen mit ihm genau so langweilen wie zu Hause.

Sie legte sich auf das ungemachte Bett.

»Was tust du da?«

»Ich leg mich hin«, sagte sie.

Sie schloß die Augen, versuchte, zu schlafen, nicht mehr zu denken. Aber die Sonne schien ins Zimmer, und dieser Mann lief immerfort unruhig im Zimmer auf und ab. Der Kopf tat ihr weh. Sie stand auf.

»Willst du, daß wir uns trennen, Lieber?«

Er sah sie angsterfüllt an.

»Nein, nein, Lieber, ich bleibe bei dir.«

Was für einen überlegenen Ton sie ihm gegenüber anschlug. Nur ein Mittel hatte er noch, um diese Übermacht für eine Weile zu brechen. Hastig griff er nach ihr. Sie ließ es bestürzt und beschämt geschehen. Einige Augenblicke lang war die Bürde des Lebens weniger schwer zu ertragen. Nur kurz währte die arme Lust.

Wieder ging er rastlos auf und ab, er begriff nicht mehr, warum er in diesem Zimmer, warum er auf der Welt war. Schließlich machte er die Türe auf und sagte:

»Bilanz der Mischehe: ich werde von meinen und von deinen Leuten gehaßt. Du wirst von deinen und meinen Leuten gehaßt. Wir beide hassen einander dafür, daß wir gehaßt werden. Leb wohl, ich verlasse dich auf immer.«

»Zieh deinen Überzieher an, es ist kalt draußen.«

Was, sie glaubte nicht, daß es ihm Ernst war? Er wird es ihr schon zeigen! Das heftige Zuschlagen der Tür machte auf Aude keinen Eindruck. Sie trat ans Fenster. Der Unglückliche, der dort in der engen Gasse entschwand, das war ihr Leben, das war ihr Geschick.

Am Nachmittag kam der Besuch, den sie am meisten fürchtete. Herr von Maussane setzte sich, warf einen Blick auf die zum Trocknen aufgehängte Wäsche, zog die Handschuhe aus und zwirbelte den Schnurrbart. Während er sprach, beobachtete er Aude: ihre zusammengesunkene Gestalt, ihre verklebten Wimpern, den verstörten Ausdruck ihres verbrauchten Gesichts.

Abschließend sagte er: »Du wirst diese Wohnung sofort verlassen. Ich übernehme es, Solal zur Einwilligung in die Scheidungsformalitäten zu bewegen. Also gehen wir, mein Kind.«

Sie lächelte mit bebenden Lippen.

»Aber es fällt mir doch gar nicht ein, zu gehen.«

»Du bist zufrieden mit deinem Los?«

»Ja«, sagte sie ernst.

Maussane seufzte, rieb sich die Nase, zog die Luft ein, griff in der Tasche nach dem Umschlag mit dem Scheck, den er für alle Fälle bereit hielt (– Aude saß sinnend mit niedergeschlagenen Augen da –), legte den Umschlag sachte auf den Kaminsims neben einen Haufen Papiere und hüstelte:

»Töchterchen, vergiß nicht, daß man in Les Primevères auf dich wartet.«

Sie hielt sich stolz und gerade und widerstand dem Drang, weinend ihren Vater zu umarmen. Der Diplomat war klug genug, nicht in sie zu dringen. Er wußte, früher oder später würde sie zu ihnen zurückkehren. Er ging.

Inzwischen trieb sich der unglückliche Solal in einer Straße von Annemasse herum, einem savoyischen Städtchen, einige Kilometer von Genf. In Genf gab es viel Arbeitslosigkeit, er hatte sagen hören, in Savoyen finde man leichter Beschäftigung. Am Schaufenster einer Kolonialwarenhandlung hing ein Zettel: »Junger Mann als Austräger gesucht.«

Die Ladenbesitzerin, die gerade mit einem Vertreter für Teigwaren sprach, lächelte der neuen Kundschaft liebenswürdig zu, runzelte aber die Stirn, als sie erfuhr, was den Mann herführte, und blätterte wichtigtuerisch in seinem Paß. Schließlich begab sie sich in die rückwärtigen Räume. Die Stimme eines kranken Mannes ertönte.

»Was fällt dir nur ein, du bist ja ganz verdreht! Das ist doch klar wie Tinte. Ich habe einen beim Regiment in Marseille gekannt, der hieß gerade so und gehörte zu den Brüdern. Ich kann kein Mauschelpack bei mir gebrauchen. Vorwärts marsch nach Jerusalem. Sag dem zudringlichen Kerl, daß er nächste Weihnachten wiederkommen soll.«

Solal ging hinaus, ein paar Schritte, dann blieb er stehen.

»Bei der Arbeitslosigkeit heute gibt man doch Landsleuten den Vorzug«, sagte die Ladenbesitzerin. »Klar, die sollen nur machen, daß sie zurückkommen nach Polen«, pflichtete der Vertreter bei, der endlich die Bestellung festmachen wollte. »Falsch wie Judas und geizig wie Rothschild«, verkündete die Stimme des Abendlands aus dem Hinterzimmer. »Tut man was Gutes, muß mans bereuen.« – »Na klar«, sagte die Ladenbesitzerin zerstreut, denn eben ging eine ihrer Kundinnen vorüber, ohne stehenzubleiben, mit einer Einkaufstüte, die anscheinend von der Konkurrenz stammte. »Nichts als Undank heutzutage«, folgerte sie mit bebender Stimme. »Also, Frau Hermelin, sagen wir hundert Kilo Fadennudeln, mittel?« – »Mittelfein«, bestätigte sie mit vornehmem Nachdruck, denn mit ihr mußte man respektvoll reden, weil es ja ihre Bestellung war.

Solal traf seine Frau in der Crèmerie, in die sie alle Abende zu gehen pflegten. Sie dachte an eine Freundin, der sie gerade begegnet war, und die weggeschaut hatte. »Ich pfeife auf ihr Benehmen. Wir haben noch ungefähr hundertundfünfundzwanzig Franken. Macht fünfzig Mahlzeiten für jeden. Lieber hier essen, als nachher alles Geschirr waschen. Die Portionen sind zwar klein. Dieses Beefsteak ist ganz sehnig. *Die Stute, die im fernen Skythenlande der Wind besprang.* Früher liebte ich diese Verse.« Sie beugte sich über ihren Teller.

Sie kauten niedergedrückt ihren Fraß in tierischer Vertraulichkeit und sahen einander dabei nicht an. Jeder war für den andern ein Bild des Elends.

Am Nebentisch ein proletarisches Paar. Die Arbeiterfrau las die Speisekarte mit riesiger, schlecht verhehlter Freude. »Ich, Aude de Maussane, bin jetzt diesen Leuten gleich geworden.« Der Begleiter der Arbeiterin rief im Kommandoton den Kellner, um zu zeigen, daß er das gewohnt sei, und bestellte das »feine Menu« zu vier Franken. Der arme Privatlehrer, der sich zum Mittagessen nur einen Milchkaffee gönnte, drehte sich um. Das Proletariat bewahrte feierlichen Ernst.

Als die Hors d'oeuvres kamen, biß sich das Arbeiterpaar verlegen auf die Lippen, um nicht vor Freude zu grinsen. Die Frau hätte gar zu gerne ausgerufen: »Ach, wie niedlich!«, fand die Kraft sich zu beherrschen, warf ihren Zahnstocher hin und sagte mit gespieltem Zorn, sie hätten lang genug warten müssen. Ganz hingerissen von diesem Bild des Reichtums überhäuften sich der Arbeiter und seine Braut mit ungewohnten Zuvorkommenheiten und boten sich gegenseitig die Hors d'oeuvres an. Der Mann war schon im Begriff, die beiden Messer zu schleifen, doch hielt er rechtzeitig inne, blies auf seinen Teller und wischte ihn ab.

Aude lachte gepeinigt und stand auf. Solal zahlte und folgte ihr. Zwei Sträflinge, gingen sie Seite an Seite.

Als sie zu Hause angekommen waren, bat er sie, Feuer zu machen. Das feuchte Holz wollte nicht brennen, sie schluchzte vor Gereiztheit. Sie nahm alles Papier, das sich auf dem Kaminsims fand, darunter auch den Umschlag, den Herr von Maussane ohne ihr Wissen hingelegt hatte. Sie knüllte die staubigen Blätter zusammen und warf sie in den Kamin, wo sie in Flammen aufgingen.

Solal sprach von den ersten Tagen ihrer Ehe. Er sprach mit gespielter Ironie, hinter der sich so viel Verzweiflung und Hoffnung auf ein Wunder verbarg. Aude erhob sich angeekelt:

»Nicht einmal das willst du mir lassen! Nicht einmal eine schöne Erinnerung!«

»O süße Angetraute, gedenkst du noch, wie komisch wir neulich waren, als wir beide den Schnupfen hatten, und uns aus Leibeskräften egoistisch und ehelich schneuzten? Hymen, o Hymenaios!«

»Genug, ich bitte dich, laß das.«

Sie war am Rande ihrer Geduld, fühlte nicht, daß dieser Zynismus nur seinen Schmerz verdecken sollte, den Schmerz über den langsamen Verfall ihrer schönen Liebe, die in der Einsamkeit zu zweien und in der Not verkam. Er nahm sich stolze Zurückhaltung vor. Vielleicht würden ihm Schweigen und Kälte die Liebe seiner Frau wiedergewinnen. Aber sie kannte ihn zu gut, wußte, daß dieses Benehmen nur Fassade war, und mußte sich zwingen, nicht herauszulachen, wenn sie sah, wie er sich mühsam Schweigen auferlegte.

Eine Viertelstunde später hatte er seinen Entschluß vergessen. Um die beängstigende Stille zu brechen, bedrängte er seine Frau mit sinnlosen Fragen, hoffte auf eine zärtliche Antwort, auf das Wunder, aus ihrem Munde. Konnte sie nicht in plötzlicher Erleuchtung sagen: »Komm, laß uns zu den Deinen gehen?« Und so wiederholte er denn unermüdlich:

»Wie? Was? Was hast du denn?«

Aber das Wunder, auf das er hoffte, stellte sich nicht ein: Sie dachte an anderes, verlor sich in gefährliche Träumereien. Mit idiotischem Gelächter, mit der schaurigen Lustigkeit eines völlig Verstörten versuchte er auf Aude Eindruck zu machen, sie aufzurütteln, indem er seinen Trauring, den er noch immer trug, verbog. Doch all das verfehlte seine Wirkung. Er hätte etwas Unerhörtes tun müssen, und es gab nichts Unerhörtes mehr. (Immer leiden! Das große Leid vertiert, macht die Seele arm, den Körper häßlich. Und ihr blöden Dichter, ihr kleinen Seelenzärtlinge, deren Herz niemals schwarzes Blut gekocht hat, singt mir von der Größe und den Segnungen des Leidens!)

Um neun Uhr gingen sie zu Bett, da sie ja doch beide nichts mehr anzufangen wußten. Als sie neben ihm im Bett lag, rückte er von ihr weg, um diesen fremden Leib nicht zu fühlen. Sie liebten jetzt jeder den eignen Körper und haßten den des andern. Seltsam, diese nachsichtige Verliebtheit des Menschen in seinen Körper, den alten Unglückswurm, der in allen Mißgeschicken um ihn ist.

»Weg da, du störst mich.«

Vor Kälte schaudernd, setzte sie sich in einen Lehnstuhl und flehte Gott an, sie beide zu retten.

»Schlag die Nägel ein, Heißgeliebte!«

Er drehte sich nach der Wand. Er wußte, das letzte, was ihm blieb, den Rest des Kapitals von Edelmut und Männlichkeit, das er in der Zeit vor der Ehe angesammelt hatte, vertat er jetzt.

»Die Sargnägel. Weg da!«

Jetzt war er allein, begriff, daß er schuldig war, weinte, das Gesicht in den Kissen. Aber was war da zu tun? Gottes Hand lag schwer auf diesen armen Kindern.

Er konnte nicht einschlafen, das Dunkel erstickte ihn. »Warum töte ich mich nicht? Nur aus Angst, mich zu verfehlen. Die Möglichkeit, ein Krüppel zu werden. Übrigens ist der Revolver ja immer bei der Hand. Vielleicht morgen.«

Er brauchte sie! Er klopfte an die Wand und wartete auf ihr Kommen mit großer Hoffnung. Sie wird alles verstehen. Das vergangene Übel wird ausgelöscht, alles fängt von neuem an, alles wird wieder gut. Aber kaum war sie da, blickte er sie haßerfüllt an und griff nach einem Glas Wasser, um es ihr an den Kopf zu werfen. Sie sagte verächtlich:

»Was soll das? Das hat doch wirklich keinen Sinn.« (Sie war zu wohlerzogen, um zu sagen: »Wie dumm«, aber sie dachte: »Wie tief ist er gesunken.«)

»Sag mir, wie du heißt.«

»Aude Solal.«

»Wenn du in Paris Bestellungen bei deinen Lieferanten machtest, wie nanntest du dich? Du hast wohl die Silben verschluckt. Sag, bereust du deine Heirat? Sag, daß du sie bereust! (Die Wangen brannten ihm vor Scham.) Sag deinen Mädchennamen.«

»Aude de Maussane.«

O wie gut sie ihren schönen, alten Namen aussprach. Langsam, auskostend. Was wollte er nur in diesen Ländern? Ach, könnte er doch mit seinem Vater, mit seinem Onkel sein, mit den Tapfern lachen, wenn sie ihre Paßgeschichten erzählten, oder wenn sie Oliven aufspießten und dabei ungeniert ihre furchtbare Angst vor den Gendarmen gestanden! Er war so müde, daß er für eine Minute einschlief.

Als er wieder die Augen öffnete, fiel er vor seiner Frau auf die Knie. Audes Hand streichelte mechanisch Solals Hand. Sie war nicht einmal mehr traurig, sie war gleichgültig. Um Schmerz zu empfinden, muß man noch ein Restchen Freude in sich haben. Er hatte alle Hoffnung zerstört. Sie glaubte nicht mehr an ihn. Sie blieb bei ihm aus vornehmer Gesinnung und weil sie ihrem gegebenen Worte treu war. Er blickte liebesverzückt auf die Hand.

»Meine Heißgeliebte, meine Braut! Nie wieder. Ich bereue. Ich bitte um Verzeihung. Liebste, ich weiß, daß wir ein Kind haben werden. Warum hast du mirs nicht gesagt? Ich wagte nicht zuerst davon zu sprechen. Hassest du es, weil es *mein* Kind ist, weil es *ihr* Blut hat?«

Mit Mühe stieß er die Worte hervor. Er konnte vor Weh kaum sprechen. Sie hörte ihn nicht mehr an, ihre Augen waren hart geworden. Sie entzog ihm ihre Hand und dachte an ihre Kindheit. Große christliche Worte drängten sich ihr auf die Lippen: »Kommet her zu mir alle, die ihr mühselig und beladen seid, ich will euch erquicken.« Christus, der Herr, ihr Gebieter seit je, lächelte ihr zu. Solal hatte sein von Tränen leuchtendes Gesicht auf die Knie seiner Frau gelegt. Sie wich ein wenig zurück.

»Verachte mich nicht, verlaß mich nicht«, stammelte er fassungslos. »Hab mich doch lieb, da ich dich so liebe.«

Nun wollte er sie mit Gewalt wiedergewinnen, aber er war zu aufrichtig, um etwas zu erreichen. Um sie auf die Lippen zu küssen, zog er sie so ungeschickt an sich, daß ihre Zähne zusammenschlugen. Sie stieß ihn zurück.

»Du hättest mir einen Zahn ausbrechen können«, sagte sie, um ihn noch lächerlicher zu machen. Dann warf sie ihm einen langen schadenfrohen Blick zu.

Ein Wunder geschah. Solal straffte sich, fand sich wieder. Empört über seine Schwäche, brach er in ein so schrilles Gelächter aus, daß Aude Angst bekam. Endlich faßte er sich, steckte eine Zigarette an und warf sie fast im gleichen Augenblick wieder auf den Teppich.

»Dummes Weib«, sagte er. »Du Närrin, ich habe dir die königliche Ehre erwiesen, aufrichtig und waffenlos vor dir zu sein. Auf Knieen hast du mich gesehen. Mich! Wie berechtigt war doch die Verachtung, die ich stets den Frauen gegenüber empfunden habe. Schon vor meiner Geburt habe ich sie verabscheut, diese sklavischen Geschöpfe, die die Faust, den Brustton und die Prominenz anbeten. Gemeine Erinnerung mein Leben im Mutterleib! Das also hättest du gebraucht: Mannesschweigen, Manneskälte. Ja, das mögen die kleinen Seidenfrätzchen gern und brennen darauf, es zu brechen. Poch, poch, poch, schöner willensstarker und schweigsamer Ritter, darf ich hinein? Dummes Weib. In all diesen Tagen habe ich die Theatermaschinerie beiseite gelassen. Ich wollte dich nicht als Frau behandeln, ich wollte dich ehren. Aber das Vögelchen hat nichts davon wissen wollen und ist husch, husch davongeflogen. Ja, ich weiß schon, kühl und berechnend hätte ich sein müssen. Nichts leichter als das: Wenig Worte, bisweilen ein schwerer unverwandter Blick. Ja, all dies feierliche Getue hättest du gebraucht, bei dem die dummen Weiberchen hinschmelzen, alles was man ihnen angetan hat, vergessen, nur noch daran denken, sich recht herzen und drücken und mit meinen siebzig Kilo belasten zu lassen.

Und seit Tausenden von Jahren zwitschern wir uns für diese kleinen Geschöpfe die Kehle wund! Armer Petrarca. Seine Laura schlief mit dem Dragonerrittmeister. Ich will dir ein Geheimnis verraten: es ist leicht, männlich zu sein, schöner, menschlich zu sein. Nun, was hast du mir darauf zu sagen?«

Die Hausmeisterin kam, ihnen im Auftrag des Hausbesitzers die Wohnung zu kündigen. Lange genug hatte man geduldig zugewartet und die Vierteljahrsmiete immer wieder eingemahnt, aber der Krug geht so lange zum Brunnen ... Das Gepäck müsse sie behalten. Selbstverständlich wolle man ihnen Zeit lassen, sich eine andere Unterkunft zu suchen. Aber in drei Tagen zögen die neuen Mieter ein, sehr anständige Leute. Na, einen Koffer konnten sie mitnehmen, man war ja nicht aus Stein.

Die Hausmeisterin ging. Solal zählte seinen einzigen Reichtum und letzten Luxus: einen Stoß sehr feiner, sehr weißer Taschentücher, die er vor einigen Tagen gekauft hatte und nun mit Wohlgefallen ausbreitete. Aude trällerte: »Ach, wie soll das alles enden?« Aus Vergnügungssucht streckte sie sich in einen Lehnstuhl und knabberte dabei ein Stück Zucker. Solal bespritzte sich mit Kölnischwasser und sprach ruhig und freundlich zu seiner Frau. Er hob sogar die Hand, um ihr die Stirn zu streicheln. Doch sie zuckte zusammen und hielt den Arm vor, wie um einen Schlag abzuwehren.

Er pfiff, machte ein paar Tanzschritte. Die Bestie wollte sich amüsieren. Das war nicht mehr Sorglosigkeit der Jugend, sondern Gewöhnung an das Unglück, Erniedrigung aus Gewohnheit. Er benahm sich wie ein Verrückter, warf eine Wasserflasche auf den Boden, zielte aber, um sie nicht zu zerbrechen, auf den Teppich. Aude wollte sich vor Lachen ausschütten und streckte ihm die Zunge heraus.

»Ich hasse die ganze Welt«, sagte sie.

Dann sang sie, indem sie Großvaters Sprachfehler nachahmte: »Kinderlein, lasset uns ssingen im Ssoonenssein«, und bemerkte, daß Solal prächtige neue Socken trug. Wo er nur all die schöne Wäsche hernahm?

»Hör mal, Herzensschatz, sag mir doch ein Schimpfwort. Du weißt schon, die beiden Worte, die man zu den Gespenstern, zu den unmöglichen Kerlen sagt.«

»Liegt dir so viel daran? Na meinetwegen, wenns dir Vergnügen macht: Dreckiger Jude!«

Er zuckte zusammen, aber eine seltsame Wollust überkam ihn.

»Aude, ich habe geträumt, du seist tot. Liebst du Jacques?«

»Vielleicht.«

»Bedauerst du, daß du nicht ihn geheiratet hast? Schreib das auf. Schreib auch, was du über meinen Vater denkst.«

»Schön, soll geschehen.«

Sie schrieb: »Hätte ich doch niemals Israeliten kennengelernt. Ich glaube, es tut mir leid, daß ich nicht Jacques de Nons geheiratet habe.«

Sie war glücklich, ihn zu kränken, ihm dies eine Mal wenigstens Gleiches mit Gleichem zu vergelten.

»Soll ich meinen Namen darunter setzen«, fragte sie gelassen und unterschrieb: Aude de Maussane.

Er griff nach dem Blatt. Sie empfand Mitleid mit ihm, wollte es wieder zurückziehen. Er las, zuckte zusammen. Ihm fiel ein, daß sie schwanger war. Mit zitternden Fingern gab er ihr das Blatt zurück und wollte mit liebevollem Lächeln einen Kuß auf die Stirn seiner Frau drücken. Doch sie wich mit verächtlichem Blick aus.

»Ich will Geld auftreiben gehen«, sagte er schüchtern.

Er suchte den Dienstmann Einstein auf, der die Umzüge der Studenten besorgte. Vor Jahren hatte Solal ihm an einem vergnügten Tag tausend Franken geschenkt. Einstein gab vierzig Franken, sein ganzes Vermögen, und führte ihn zur Kunstakademie. Aus Barmherzigkeit ließ man ihn einige Stunden Modell stehen, das brachte vierundzwanzig Franken. Mit etwas über sechzig Franken war es wohl zu machen. Als er nach Hause kam, bemerkte er zu seinem Erstaunen, daß seine Frau nicht fortgelaufen war.

Sie gingen. Einstein trug den Koffer. Vor ihm Solal, hinter ihm die junge Frau. Sie schien geistesabwesend, sann wohl einem geheimnisvollen Plan nach. In der Rue de Carouge meldete am Schaufenster eines Fleischerladens ein Zettel, daß ein Zimmer zu vermieten sei. Sie betraten den Laden.

Die magere Metzgerin hatte den Vorderarm mit einem röhrenförmigen Überärmel geschmückt, den Kopf mit einer blonden Perücke bedeckt, so hielt sie Reden vor einer Kundin und fuchtelte dabei mit ihrer Brille. Rechts von Frau Quelut hingen brüderlich nebeneinander drei Hammel, zu ihrer Linken blühte ein mit frischem Grün gezierter Ochse. Frau Quelut, deren wie zum Pfeifen gespitzter Mund gerade die letzte Heirat in der Nachbarschaft mißbilligt hatte, hielt inne, um das ärmlich gekleidete Paar von Kopf bis Fuß zu messen. Sodann hörte sie der beiden Anliegen an, wobei sie vornehm Brösel, Reste eines belegten Brotes, aufpickte.

»Dreißig Franken. Selbstverständlich Beleuchtung extra. Aber ein reizendes Zimmer«, setzte sie hinzu, indem sie liebevoll das Ohr eines Kalbskopfes umstülpte. »Und selbstverständlich im voraus zu zahlen.«

Frau Quelut ging dem Paar voran, wobei sie die Fleischfasern, die der Zahnstocher nicht hatte entfernen können, zwischen ihren Zähnen heraussaugte. In ihrem Gang lag würdevolle Zurückhaltung, denn das magere Gepäck der beiden war ihr ziemlich unsympathisch.

Nun saßen sie auf dem Eisenbett. Aude blickte auf die blecherne Waschschüssel, auf den Reklamespiegel, dann auf ihren hohen Leib. Solal berührte zart den Arm seiner Frau und bat sie mit einem Blick um Verzeihung. Dieser Leib, in dem sein Kind wohnte, erfüllte ihn mit Ehrfurcht und Liebe. Angstvoll sah er sie an und wartete demütig.

Plötzlich stand sie auf und ging. Die Tür ließ sie offen. Er begriff, erhob sich schwankend, schleppte sich bis an das Treppengeländer, rief ihr nach. Keine Antwort. Sein Geist kam aus dem Lot, trieb ab wie ein gerammtes Schiff. Solal lief im Zimmmer hin und her, summte: »Verloren, alles verloren«, schlug sich an die Brust, ins Gesicht. Dabei war er ganz klar, beobachtete dieses Theater, das seinen Gemütszustand verdecken, ablenken oder betäuben sollte.

»Sie wird nicht mehr wiederkommen. Recht geschieht mir«, stammelte er.

Dann fiel er hin. Lange lag er am Boden, die Arme zum Kreuz verschränkt. Nach einer Stunde erhob er sich, fing wieder zu hoffen an. Sie wird wiederkommen. Sie hat ihn strafen wollen. Aber sie wird wiederkommen. Noch einmal wird sie gut und geduldig sein.

»Ich muß für sie das Zimmer schön machen.«

Mit irren Augen, ohne recht zu wissen, was er tat, schloß er die Fensterläden, wischte den Staub vom Tisch, stellte die Stühle zurecht. Er kämmte sich, wusch lange seine schmalen Hände.

Die Sonne war seit einer Stunde untergegangen. Solal saß im Dunkeln, wartete auf die Rückkehr seiner Frau, sprach leise vor sich hin:

»Meine Liebste, die hat Haar so schön, so schön. Ein Kleid so wunderschön, ein Abendkleid.«

Er hatte sich von dem zarten Gewand nie trennen wollen, es war im Koffer. Nun breitete er das silbrige Gewebe auf dem Bett aus und streichelte es.

»Sie hat goldbraune Augen. Der Schalk saß einst in diesen Augen. So schöne, schöne Augen. Sie hat eine tiefe Stimme, doch klingt sie manchmal sehr hell. Eine so schöne Stimme. Aude kommt zurück. Ich weiß, sie kommt zurück.«

Nun war es Nacht. Das Zimmer war kalt und schwarz. Da war der Vorhangstrick. Er riß ihn ab, machte eine Schlinge. Er zauderte.

XXXII

Die Stunde zwischen der Nacht und der Morgenröte war frisch. Der Dorfälteste trat aus seiner Baracke, während die andern Siedler noch schliefen. Er verrichtete seine Waschungen, betrachtete sich in einem an der Pumpe angebrachten Spiegelscherben und freute sich über seinen haselnußbraunen Bratenrock, den er nicht hatte im Stich lassen wollen, trotzdem er seit einigen Monaten in Palästina ländliche Arbeiten leitete. »Freundchen«, sagte er sich, »im Lande Israel ists doch unendlich viel besser als in dieser Stadt des Heiligen Germanen – oder wie er schon heißt, ich habs vergessen.«

Nach dem unrühmlichen Auszug aus Saint-Germain hatte Saltiel sich ins marokkanische Rif begeben, um dort Harfen zu placieren, sodann nach Rom, wo er infolge einer Reihe von Mißverständnissen – sie auseinanderzusetzen würde zu weit führen, er konnte nichts dafür – wo Saltiel, im Augenblick, da er vor dem Vatikan einer Kutsche entstieg, die er, um die wartenden Tapfern zu verblüffen, gemietet hatte, für eine hochgestellte zionistische Persönlichkeit gehalten wurde, welche vom Papst empfangen werden sollte.

Ein eleganter Prälat half dem Onkel aus dem Wagen. Der war zwar ein bißchen erstaunt, ließ aber alles mit sich geschehen, folgte seinem Führer und wußte die auserlesenen Umgangsformen der vatikanischen Behörden zu schätzen. »Mit Gottes Hilfe wird sich alles zeigen.«

Monsignori gaben ihn von Saal zu Saal einander weiter bis an eine rote Pforte, wo ihm einer der Würdenträger ins Ohr flüsterte, er solle ja nicht vergessen, die »mula« Seiner Heiligkeit zu küssen. Der Onkel, der nicht wußte, daß die Mula in diesem Falle keine Mauleselin, sondern ein Pantoffel war, suchte mit angstverdrehten Augen den störrischen Vierfüßler.

Eine Viertelstunde später kam er wieder heraus. Sein Gesicht strahlte Triumph.

Er traf die Tapfern im Hotel, schloß die Zimmertür mit dem Schlüssel ab, hieß die Freunde erst beten, dann ihn umarmen. Schließlich, nachdem er die Frage an sie gestellt hatte, ob »sie im großen ganzen begriffen, was ein Papst sei«, nachdem er sie mehrmals hatte aufstehen und niedersetzen lassen, verkündete er, er habe zu Seiner Heiligkeit gesprochen wie mit Engelszungen: lebhaft und gewandt, aufrichtig, rührend und gerührt, geistreich und patriotisch. Worauf der Heilige Vater ihm eine Sympathieerklärung für die zionistische Bewegung überreicht habe. Die Tapfern riefen hocherfreut: »Gott beschütze den Papst« und beteten die ganze Nacht für den erlauchten Greis.

Bei Tagesanbruch machte Saltiel sich daran, die Geschicke Israels zu leiten, allein die Zionisten entrissen ihm das Dokument und wiesen den Usurpator zurecht. Der Onkel tröstete sich schnell, denn er war der Politik schon wieder überdrüssig. Ein großer Coup war ihm gelungen, das genügte ihm. Nach einem kleinen Zwiegespräch mit Titus unter dem Triumphbogen, den man dem Jerusalembesieger errichtet hat, begab er sich, fest entschlossen, seinen Lebensabend an ein nützliches Werk zu wenden, wieder auf den Weg nach Kephalonia. Er hatte nämlich während der Unterhaltung mit dem Papst seine wahre Heimat entdeckt.

Sein Feuereifer überzeugte auch seinen Vater. Der großmächtige Herr Maimon, der in seiner Geldtruhe eine recht beträchtliche Menge von Dublonen, Livres, Unzen, Dukaten, Pesos, Piastern und Gulden aufbewahrte, hatte seinen Sohn zwar mit ausführlichen Verwünschungen bedacht, ihm aber schließlich zweitausend Goldstücke übergeben.

Davon kaufte Saltiel ein schönes Stück Land zwischen Jaffa und Gaza. Dreißig junge Männer und zehn junge Mädchen, alle aus Rußland, folgten ihm freiwillig zwecks Gründung einer neuen Siedlung, der sie trotz der heuchlerischen Proteste des Onkelchens den Namen Kfar-Saltiel gaben. Die Freundlichkeit und der Feuereifer des Gründers und sogar seine Ungeschicklichkeiten gewannen ihm die Liebe und Achtung der Kolonisten.

Als die Tapfern die Gründung von Kfar-Saltiel erfuhren, verkündeten sie jedem, der hören wollte, ihren Entschluß, Palästina wieder aufzubauen, nahmen Unterricht in Landwirtschaft, Fechtkunst und Viehzucht und rüsteten zur Reise.

Als erster war Mattathias bereit, er hatte gerade sein ganzes Vermögen verloren. Da die englische Verwaltung an der Grenze die Vorzeigung einer Geldsumme verlangt, zeigte Mattathias den Beamten in Jaffa einen Hundertpfundschein, den der Herr Maimon ihm gnädigst geborgt hatte. In Kfar-Saltiel angelangt, schickte er die Banknote an Eisenbeißer, der zehn Tage später, den Kopf mit einem Zylinderhut bedeckt, den Leib in einen lehmfarbenen Abenteurermantel gehüllt, landete. Er hielt es für passend, einen Zipfel der Pelerine vor sein Gesicht zu halten, so daß nur die Augen sichtbar waren. Die ewige Banknote wanderte nun von Eisenbeißer zu Michael. Mittels derselben Kriegslist trafen zahllose andere Söhne der Milliardärrasse ein, unter ihnen auch Salomon, der Frau und Kinder verloren hatte und Gott unablässig pries, daß er nicht auch ihn hinweggenommen habe.

Mattathias und Michael machten sich mit allem Ernst an ihre Arbeit. Eisenbeißer und Salomon verloren einige Wochen damit, über die Kleidung, die einem braven palästinensischen Landmann geziemt, zu disputieren. Salomon entschied sich schließlich für die Tracht eines Schweizer Kuhhirten. Eisenbeißer gab der Pfadfinderuniform den Vorzug: kurze Hose, kurze Khakibluse. Doch konnte er sich nicht dazu verstehen, den Zylinderhut wegzulassen. Innerhalb kurzer Zeit legte die »Unqualifizierte Arbeitskraft« – der neue Name der Tapfern – ein ziemlich großes Moor trocken.

Das Morgenlicht weckte die Lilien auf dem Felde, und am Meeresufer, das einen Augenblick lang amarantrot aufblitzte, reckten sich die Palmen. (Vielleicht wirst du, Mirjam, meine Tochter, die ich liebe, eines Tages dieses Land sehen.) Saltiel dachte daran, daß heute zum ersten Male das Gras auf seiner Domäne gemäht werden sollte. Ganz benommen prüfte er die Schneide der Sensen, die Michael am Tag zuvor geschärft hatte.

Gesang ertönte. Die jungen Pioniere umdrängten den Chef, der mit erstickter Stimme den Befehl gab, die Sensen zu schultern.

»Vorwärts marsch!«

Der von Sonne und Wind gebräunte Schwarm zog, das Lachen verbeißend, hinter dem feierlichen Bratenrock her an der Schmiede vorbei, in der Michael schon kräftig hämmerte, während Eisenbeißer teils mit seinem Husten, teils mit fächelndem Zylinderhut die Glut anblies. Mattathias betätigte sich, über eine Kiste gebeugt, mit Leidenschaft als Buchhalter der Siedlung und drehte mit seinem Stahlhaken die Blätter des großen Hauptbuches um. Unter den prüfenden Blicken seiner drei Freunde hob Saltiel sein feingeschnittenes Gesicht. Salomon, der sich dem Trupp angeschlossen hatte, geriet in seine Sense, schnitt sich in die feiste Wade, lächelte und meinte, es hätte nichts zu bedeuten.

Nun begann die Arbeit auf der Wiese. Die jungen Pioniere schwangen im gleichen Takt die Sensen. Saltiels Gesicht begleitete das Werk seiner Hände mit lebhaftem Fältchenspiel. Plötzlich stieß Salomon ein Geheul aus. Er hatte sich mit der riesengroßen, schlecht geführten Sense die Spitze seines Holzschuhes glatt abgehauen. Er stand wieder auf, lächelte, sagte, es habe nichts zu bedeuten, es gehe ihm sehr gut. Saltiel zog aus seinem Rockschoß eine Kindersichel hervor, wetzte sie und hielt sie schweigend dem kleinen Dummkopf hin.

Die Burschen und die Mädchen machten schweißtriefend ab und zu eine Pause und warfen dann besorgte Blicke auf den alten Onkel, der seine siebenundsechzigjährigen Waden straffte, um die vollbrachte Arbeit zu überblicken. Sein krankes Herz tat wahre Wunder. Zwei Mädchen baten ihn, mit der Arbeit aufzuhören. Er weigerte sich, mähte mit gesenktem Kopf in dumpfem Eifer weiter. Es tat ihm furchtbar leid, den lieben Blumen die Köpfe abzuschlagen, er bemühte sich, die Kornblumen zu verschonen.

Mittlerweile hatten sich auch Michael und Eisenbeißer den Landarbeitern zugesellt. Die Russen drehten sich bewundernd nach dem riesigen Janitscharen um, der großartig mähte.

Drei Sektierer aus Polen, die Saltiel vor Jahren in einem italienischen Zug getroffen hatte, staken samt ihren nassen Kaftanen bis zu den Knien in einem Sumpf. Mit geschlossenen Augen hoben sie den Schlamm auf die Schaufeln und sangen Psalmen dazu.

Sie alle, diese früher Heimatlosen, wußten, daß sie ungeschickt waren. Doch was tat das? Sie schafften unter der Sonne, ihre Nachkommen sollten fette Felder vorfinden. Im Schweiße ihres Angesichts verrichteten sie friedlich ihr Werk. Ehre sei Zions neuen Söhnen!

Nur der ehemalige Verwickler der Prozesse ermangelte

völlig des Eifers. Häufig hielt er inne, um eine Mücke zu verfluchen oder um mit Genugtuung die Blasen auf seinen ungeheuren, knochigen, geäderten, zottigen Händen zu betrachten. Dann gab er seinem Zylinderhut einen Stoß, gähnte heimlich und rief aus, er bestelle seiner Väter Boden. Woraufhin er sich ausruhte. Studentinnen aus Kiew, die ein paar Schritte weiter auf der Landstraße tapfer Steine klopften, lachten über den trägen Südländer.

Salomon aß während der Mittagspause nicht, sondern schlief sofort ein und wachte erst um drei Uhr wieder auf. Da er nach Beschäftigung verlangte, erhielt er den Auftrag, auf einem zu Versuchszwecken bestimmten Stück Erde Saubohnen zu säen. Er hockte sich nieder und bohrte mit seinem Zeigefinger kleine Löcher, in die er je eine Bohne legte. Von Zeit zu Zeit fragte er Jaroschewsky, der Vorstand der chirurgischen Klinik in Odessa gewesen war, ob diese Bohne auch gesund sei und man sie ohne Schaden »im Heimatlande« säen könne.

Manchmal schrie er auch Michael, der nicht hinhörte, zu:

»Du, weißt du, daß man sich hier die Hände schmutzig macht? Ich habe die Nägel voll Erde und bekomme Zahnschmerzen davon.«

Darauf lief er ins Dorf, sich die Hände zu waschen, und blieb im Hühnerhof stehen, um einem reizenden Eselchen oder einem Zicklein – höchst ängstlich, weil er fürchtete, es könne nach seiner Hand schnappen – auf einem Stück Papier ein bißchen Gras hinzuhalten. Nun kam er, vor Eile und Eifer immer wieder seine Holzschuhe verlierend, zurück, fragte: »Was gibts jetzt zu schaffen? Ich werde es tun«, verlangte immer noch eine Extraarbeit, die er vergaß, weil ein Schmetterling ihn verführte oder die Pioniere ihn pufften.

»Söhne Palästinas«, schrie Eisenbeißer und wies auf seine Blasen, »habt Mitleid! Sehet hier mich armen Bauern. Betrachtet das Mißgeschick, das meinen Händen, den Händen eines Intellektuellen, widerfahren ist durch die Schuld dieser Zionisten aus dem hintersten Rußland, die mich in diese Sahara, in dies Pollakstina geführt haben!«

Aber dann drückte er sich den Hut ins Gesicht und nahm ziemlich gutwillig seine Arbeit wieder auf.

Auch der ehrwürdige Maimon, der seit einer Woche im Lande war und soeben um die fünfte Stunde des Nachmittags und im hundertfünften Jahre seines Lebens erwachte, forderte eine Arbeit. Sein Sohn vertraute ihm ehrerbietig einige Ziegen an, damit er sie hüte. Beim Eukalyptuswäldchen konnte man die lange klapprige Gestalt, den wehenden Kinnbart und die Baskenmütze des greisen Kabbalisten sehen, der den vier Geschöpfen des Satans zuschrie:

»Beim feurigen Namen! Warum hüpft ihr denn immerzu hin und her? Wär's nicht besser, friedlich im Kreise um mich meinen belehrenden Fabeln zu lauschen?«

Die Stunden vergingen. Da war auch Tartakower, ein ehemaliger Zionistenführer, der zur Opposition übergegangen war. Von Zeit zu Zeit tauchte er auf, redete patriotische Tiraden, schwang seinen kleinen Körper, seine falbe Mähne, seine Löwenschnauze, seinen roten Schlips und reckte sich auf. Doch die Arbeitenden hörten kaum hin.

Auf einer Böschung sinnierte Eisenbeißer und pflegte liebevoll seine Hände. Er hatte sich entschlossen, die Arbeit erst nach Verheilung seiner Blasen wieder aufzunehmen. »Das Land, wo Milch und Honig fließt!« höhnte er und versetzte einer leeren Büchse Fußtritte. Sie hatte Kondensmilch enthalten, die ihm zur Mastkur diente.

Onkel Saltiel hörte auf zu mähen und sah sorgenvoll auf das Barackenlager aus Holzgerüst und Wellblechdächern, über denen ein blauweißes Fähnlein wehte. Er hatte Angst um seine Siedlung. Seit Tagen schwirrten beunruhigende Gerüchte. Die letzten religiösen Feste schienen die arabischen Bauern aufs äußerste aufgebracht zu haben. Michael hatte sogar einige von ihnen bei Unterredungen mit Häuptlingen eines nomadischen Stammes überrascht.

Doch schließlich beruhigte sich Saltiel bei dem Gedanken an den Stacheldrahtzaun, der sein kleines Dorf einhegte, und an das Maschinengewehr, das er aus Ägypten hatte kommen lassen. Ein Eseltreiber trieb sein Tier vorbei und näselte verliebte Rufe nach einem Beduinenweib, das, sein schämiges Lächeln in eine Wassermelone tauchend, davonlief. Als er an den Juden vorbeikam, schrie er ihnen zu, morgen würden ihre Köpfe an den Bäumen hängen.

Die Sonne ging unter. Die arbeitende Schar verließ die Wiese. Die Reihen waren unregelmäßig, das Gras nicht ganz richtig gemäht. Nächstes Jahr wird man es besser machen.

Weit hinten war Salomon ganz versunken bei seiner fünfhundertsten Bohne angelangt und hatte die Abenddämmerung und die Stille nicht bemerkt. Vor einer Schnecke wich er mit einem Entsetzensschrei zurück und sah erst jetzt, daß die Wiese drüben einsam lag. Das Kerlchen bekam einen panischen Schreck und lief aus allen Kräften seines Leibes und seiner kindlichen, feigen Seele. Es bildete sich ein, Beduinen seien hinter ihm her und dürsteten nach seinem Blut.

In der Tat überwachten, hinter dem Eukalyptushain versteckt, arabische Späher alle Bewegungen der Siedler.

Freund Salomon im Mondschein. Er saß an einen Pflug gelehnt und bemühte sich, eine zionistische Hymne zu entziffern, die er aus Jerusalem hatte kommen lassen. Doch nach kurzer Zeit hatte er es satt, denn er verstand von diesen fünf Linien und den bald weißen, bald schwarzen Notenköpfen gar nichts. Er stand auf, kratzte sich und suchte nach einer andern Unterhaltung. Er gab einem neugeborenen Kamel ein Stückchen Schokolade, wischte ihm mit seinem Taschentuch die Lefzen ab und verlieh sich selbst den Titel eines Kornak.

Mittlerweile kam der schwindsüchtige Winkeladvokat herbei. Er befliß sich gerade einer Bananenkur und trug die Früchte an einer Koppel aufgereiht. Michael und Mattathias folgten ihm. Am andern Ende des Dorfes sangen und tanzten die jungen Pioniere um ein Feuer.

»Sag mal, Eisenbeißer«, fragte Salomon, »was tun wir denn heute, was spielen wir denn heute?«

»Es scheint, daß sie heute kommen«, sagte Eisenbeißer hohlbrüstig. »Armer Salomon, so jung zu sterben! Schrecklich ist der Araber und haut Köpfe ab, daß sie meilenweit fliegen.«

Salomon stampfte mit dem Fuß, versicherte, er fürchte sich nicht, und rief zu Saltiel hinüber, der mit sorgenvollem Antlitz auf und ab ging:

»Ich bin hier in meiner lieben kleinen Heimat. Wenn die Araber kommen, dann rotte ich einen aus!«

Er legte die Nase in fürchterliche Falten und nieste. Eisenbeißer schlug seinem kleinen Freund mit liebevollem Blick vor, ihn im Waffenhandwerk zu unterrichten, auf daß er Palästina rette. Der ehemalige Korporal im 141. Regiment verlieh sich den Titel »Hauptmann Haudegen« und gab dem jungen Rekruten Salomon eine Erläuterung über den militärischen Gruß, die dieser mit unablässigem leidenschaftlichem Salutieren begleitete.

Tamar, ein schönes Mädchen mit vollen Formen, kam aus der Baracke vom Duschen, blickte auf die beiden Militärs, ließ ein Lächeln leuchten, schüttelte die Wasserperlen aus dem kurzen Haar und gesellte sich zu den Tanzenden.

Saltiel zerbrach sich den Kopf darüber, ob auf den Sternen Israeliten wohnen. Er höhlte seine Hände teleskopisch um sein rechtes Auge und durchforschte die Weltgeheimnisse. Schließlich kam er zu dem Ergebnis, daß es bei dieser Unzahl von Himmelskörpern in den anderen Welten auch viele Saltiel Solal geben müsse, von denen einige vielleicht gerade den Himmel betrachteten, genau wie er und zu dem gleichen Zeitpunkt. Es gab also eine Form der Unsterblichkeit, an die er noch nie gedacht hatte.

Nun näherte er sich den Tanzenden. Die Mädchen hatten nackte Beine und die Burschen zeigten im Wirbel des Tanzes die entblößte Brust. Der alte Saltiel schlug in die Hände, warf seine Bibermütze hoch und rief:

»Platz da für mich!«

Mit jugendlichem Ungestüm mischte er sich in den Ringelreihen und setzte seine Ehre darein, höher zu springen als alle andern. Plötzlich erstarrte der Tanz. Michael lief mit erhobener Hand herbei.

»Hinter den Eukalyptusbäumen lauern Dutzende! Fünfzig zu Pferd, die übrigen zu Fuß!«

Schnell goß man Wasser auf die brennenden Äste. Die Burschen ordneten sich im Karree. Die jungen Mädchen brachten die Gewehre und eine Kiste mit Munition. Michael zog die Hülle von dem kleinen Maschinengewehr, das er wöchentlich einmal schmierte, zwirbelte den mächtigen Schnurrbart und wartete selbstgefällig. Der Vorstand der chirurgischen Klinik zündete eine Zigarette an und empfahl Saltiel, sich in Sicherheit zu bringen. Der arme kleine Sechzigjährige, noch ganz zerschlagen von den Mühen der Heuernte, hatte einen Augenblick der Schwäche und gehorchte zitternd. Die Freunde folgten ihm.

Die drei Polnischen hatten die Kragen ihrer Kaftane hochgeschlagen und stimmten mit zum Himmel erhobenen Augen einen schwindsüchtigen Psalm an. In der Ferne knallte ein Schuß. Reiter sprengten herbei, von zerlumptem Fußvolk gefolgt. Sobald sie sich auf etwa hundert Meter genähert hatten, setzte Michael mit militärischer Gelassenheit das Maschinengewehr in Tätigkeit. Die arabischen Reiter schossen, die Flinte an der Hüfte. Tartakower fiel, stammelte noch die Schlußworte seiner Rede beim ersten Zionistenkongreß, seine Hände wühlten in der Erde, umkrampften sie, wurden starr und ließen sie nicht mehr los. Mehrere Pferde waren gestürzt und die Feinde schon verschwunden. Michael verkündete, die »Vettern« würden bald wiederkommen und empfahl den jungen Mädchen, die für die verwundeten Männer eingesprungen waren, auf die Pferde zu zielen.

Jetzt kam aber Saltiel aus der Baracke, die als Küche diente. Er wollte seine Ehre retten. Salomon schauderte beim Anblick des Leichnams, über den Tamar ein Tuch breitete. Michael befahl, sechs Ackerpferde zu satteln und in der Mitte der Siedlung bereit zu halten. Einige hartnäkkige Beduinen griffen wieder an.

Michael, die schöne Tamar und vier junge Männer bestiegen die Pferde, die schwerfällig über den Stacheldraht setzten. Während die sechs Reiter den ungreifbaren Quälern nachjagten, gaben die Zurückgebliebenen Feuer auf die »Vettern« und wechselten dabei Scherzreden über deren regelwidrige Taktik. Die Feinde schossen und suchten über die Stacheldrähte zu springen. Einer von den mystischen Sektierern fiel. Seine beiden Gefährten stimmten, reglos im Kugelregen, das Totengebet an.

Salomon, ganz begeistert über Michaels tapferen Ausritt, bemächtigte sich einer Sichel und warf sie auf einen Araber, der lachend nach ihm zielte. Der Herr der Heerscharen wollte, daß die Waffe ihr Ziel erreichte und der Feind vom Pferd sank. Ein Siegesgeschrei ausstoßend und halbtot vor Angst sprang Salomon, ohne recht zu wissen, was er tat, über den Stacheldrahtzaun und kletterte auf das Pferd des Gefallenen. Schon machte er sich bittere Vorwürfe und wollte wieder herunter, da setzte sich sein Reittier in Bewegung und raste in wildem Galopp auf drei Scheiksöhne zu, die spornstreichs flüchteten. Salomon flehte sein Pferd an, nach Kfar-Saltiel zurückzukehren, doch die verwünschte Bestie wollte nicht verstehen. Im Lager erschallte Gelächter, man klatschte dem kleinen Helden Beifall. Mattathias harpunierte mit seinem Haken einen Araber, der sich, in der Absicht, Feuer zu legen, an eine der Baracken geschlichen hatte, band ihn, nahm dem Gefangenen die Pistole ab und wog sie mechanisch in seiner Hand, wahrscheinlich zwecks Abschätzung.

Durch diese Aufeinanderfolge von Heldentaten entflammt, suchte sich Saltiel einen Sohn Sems mit besonders unmoralischer Visage aus, knüpfte einen Lasso, schleuderte ihn gewandt und – fing sich selbst. Er hätte sich erdrosselt, wäre nicht Eisenbeißer schnell zur Hand gewesen. Dieser hatte zunächst beschlossen, sich nur als Krankenträger zu betätigen, jetzt aber entschied er sich dafür, gegen einen herannahenden Entsatz mehrere Flaschen mit konzentrierter Schwefelsäure zu werfen, die unter den Feinden panischen Schrecken verbreiteten.

Drei Studenten der Philosophie, fünf Mediziner und zwei Antimilitaristinnen verließen jetzt das Lager und setzten den Säureverletzten nach. Saltiel ergriff eine Sperberschleuder, wirbelte sie kräftig und tötete mit einem Stein, der geradeswegs in das Auge drang, das einzige Kamel der Siedlung, das sich hinter ihm befand. Das edle, hochmütige Tier warf, bevor es zum Sterben niederkniete, seinem Mörder einen vorwurfsvollen Blick zu.

Vor Scham außer sich, packte der Onkel einen Säbel, lief auf einen ungeheuren Araber zu, der sich hinkend heranschleppte, und rief ihn ritterlich an. Der Riese wandte sich traurig um. Saltiel forderte ihn auf, mit ihm die Allmacht des Gottes Israels anzuerkennen. Da der Araber hierauf sein Gewehr lud, glaubte Saltiel, im Stande der Notwehr zu sein und erhob seinen Säbel. Doch hatte er Angst, seinem Gegner weh zu tun und Blut fließen zu sehen. So begnügte er sich denn damit, die Augen zu schließen und geschwind mit dem flachen Säbel auf den Kopf des Ungläubigen zu schlagen. Der fiel. Nach so vollbrachtem Kampf zog Saltiel sich zurück.

Das junge Volk war schweißbedeckt zurückgekommen. Sie setzten sich, verschnauften und blickten sich mit fröhlichem Lächeln an. Saltiel stieg auf eine Kiste. Zwei Finger in der Weste, eine Hand als Schild über die Augen haltend, übersah er das Schlachtfeld von Austerlitz oder Valmy. Weit und breit keine Araber.

Aus der Ferne kam Michael mit seinen Reitern zum Lager zurück. Doch warum gingen die Pferde so langsam? Saltiel drückte die Hand an sein Herz als er sah, daß Michael in seinen Armen den kleinen, von Kugeln durchbohrten Salomon hielt. Man legte den Sterbenden auf das Heu, und er nahm von den Tapfern, seinen treuen Lebensgefährten, Abschied.

»Ich habs ja immer gewußt, daß ich jung sterben muß. Ich werde euch nie wiedersehen, Freunde. Leb wohl, teurer Eisenbeißer, leb wohl, lieber, lieber Michael. Onkel Saltiel, möchten Sie mir nicht bitte die Hand geben?«

»Und zu mir sagst du nichts?« fragte Mattathias mit einer Art Schluchzer.

Salomon bat um Entschuldigung, lächelte, schloß die Augen und stammelte, man müsse alles den Armen geben. Ein melodisches Röcheln kam aus seinem offenen Munde, und der Tod legte seine Hand auf das erstaunte Gesichtchen.

Saltiel drückte dem armen Schelm die Augen zu. Eisenbeißer und Michael wandten sich ab und weinten. Dann trugen sie ihren Freund in die Scheune, in der die drei andern Toten waren. Dort hielten die Tapfern stehend, mit niedergeschlagenen Augen, die Totenwache bei Salomon.

Die Pioniere hatten sich in den Baracken auf heubedeckten Brettern schlafen gelegt. Über jeder Pritsche hing ein Sack, der Hemden, ein Stück Seife, die kurzen Nachrichten des Vaters und die langen Botschaften der Mutter, die sozialistischen Bücher und die Bibel enthielt. Um vier Uhr morgens schlief das ganze Lager mit Ausnahme – der Tapfern. Die jungen Gesichter sahen müde aus. Die Königin Esther mit ihren pulvergeschwärzten Fingern lächelte. Jaroschewsky hatte einen Alptraum und beschimpfte auf deutsch seinen Anatomieprofessor.

Um halb fünf Uhr wachte Maimon auf, der mit der Sonne schlafen gegangen war. Er wußte nichts von dem Kampf. Er ging hinaus, beschnupperte die Schöpfung, sah, daß sie gut war, und freute sich des Lebens. Hinter einem Heuhaufen erblickte er den arabischen Gefangenen, der sich von seinen Fesseln befreit hatte und sich nun über die Gewehre hermachen wollte. Die Erscheinung des durchsichtigen Greises, der ihn in chaldäischer Sprache verfluchte, erschreckte den Dieb; er entfloh.

Kurze Zeit nach dem Überfall, am Tage von Gamaliels Ankunft, kam ein Emissär in das Lager, um Saltiel zu sagen, die Bevölkerung der Gegend wolle keine Juden haben, der erste Kampf sei nur ein Kinderspiel gewesen; wenn die Juden nicht auf der Stelle abzögen, müßten sie alle sterben. Saltiel wählte den Tod.

Der zweite Angriff wurde von den Arabern trefflich geführt und war mörderisch. Die Juden verteidigten sich, so gut sie konnten. Saltiel, mehrmals verwundet, übertraf sich selbst. Gamaliel mit der zernarbten Stirn schmetterte einen Araber, der dem Blinden die Gesetzesrollen entreißen wollte, mit einer Pflugschar nieder. Gerade zur rechten Zeit waren Hilfstruppen aus Ruhama, der Nachbarsiedlung, angekommen, und die Ruhe wurde wieder hergestellt. Aber nur wenige unter den Bewohnern von Kfar-Saltiel waren noch am Leben.

Jaroschewsky sagte den Tapfern, sie müßten sich auf den baldigen Tod ihres Freundes und Führers gefaßt machen. Am selben Abend kam aus Kephalonia der Talmudhilfslehrer mit einer großen Neuigkeit.

»O Gevatter Saltiel, du Glückskind, dein Türkenlos hat den Haupttreffer gemacht!«

Ein halbes Jahrhundert lang hatte das Onkelchen die prachtvollen Festlichkeiten und die Schenkungen genau ausgemalt für den Tag, wo sein Türkenlos gewinnen würde. Nun hörte er den Hilfslehrer mit zerstreutem Lächeln an, fragte, wie es dem Kamelbaby ginge, und empfahl dieses Waisenkind der Obsorge seiner Freunde. Dann sog er den Duft der kleinen Blumen ein, die ihm Michael mitgebracht hatte. Blüten Israels.

»Seid ihr alle drei da? Meine Freunde, ich glaube, ich werde bald zu Salomon gehen, Gott weiß wohin.«

»Na was denn, na was denn?« sagte Eisenbeißer mit besonders belegter Stimme, »wer spricht denn hier von Sterben?«

»Warten Sie doch, bis wir ein paar Panzerkreuzer gebaut haben«, sagte Michael mit erkünstelter Lustigkeit. »Sie werden doch jetzt nicht sterben wollen, jetzt, da wir das Reich haben?«

»Er ist immer ein Original gewesen«, sagte Mattathias streng, doch hatte er rotverweinte Augen.

Der Sterbende bat, man solle ihm aus dem blauen Heft vorlesen, das Salomons Werke enthielt. Lächelnd erkannte er die ins Leben verliebten, neuartig singenden Gedichte wieder, die der Wasserverkäufer verfaßt hatte, wenn er von seiner Ware trank.

»Ein guter Überflüssiger, ein kleines Salz der Erde. Wie wir. Jetzt gib die Reisetasche her, Eisenbeißer.«

Er mußte ein bißchen kichern beim Anblick der alten Freundin. Lange betrachtete er die Photographien seines Neffen, dann schloß er vor Müdigkeit die Augen und schlief ein.

Eine Stunde später erwachte er mit jenem »Lächeln der Todesstunde«, von dem er mit seinem Neffen eines Abends am Seineufer gesprochen hatte. Seine Freunde beugten sich über das Lager, um ihn besser zu verstehen. Er schien ein Vermächtnis zu diktieren.

»Ich bin viel gereist. Wer hat gesehen, was ich gesehen habe? Wollt ihr Auskunft über die Welt, so fragt nur Saltiel. Die Franzosen haben das anmutige Betragen, die Engländer sind größer als der Babylonier, die Italiener haben ein junges Herz und die Deutschen Melodien, bei denen man weint. Und wer ist frei, ehrenhaft und unabhängig wie der Schweizer? – Möge der Ewige Genf beschützen, wo mein heißgeliebter Sohn die Frau gefunden hat, die er liebt. O, Freunde, solltet ihr nach meinem Tode nach Genf gehen, grüßt sie von mir und bringt ihr eine Rose von Onkel Saltiel. Ich war einmal ganz allein dort, um meinen Liebling zu sehen, ohne daß er es ahnte.« (Er lächelte und röchelte.) »Aber wir sind Gottes Kind. Ihr müßt allen Menschen sagen, daß sie gut sind, damit sie sich daran erinnern. Die Christen sind sehr gut, und sie leiden auch. Grüßt sie von Onkel Saltiel, der sie liebt. Mein Gott ist meine Kraft und mein Turm. Achtung auf die Kinder, wenn sie über die Straße gehen. Du wirst fallen. Du bist zu lebendig, mein Sol. Sie lieben nicht, was zuviel Leben hat. Mein Sohn, du leidest, und dein Onkel verläßt dich. Liebling, heute ist der Kältetod der Welt. Was für Zeichen denn, meine überaus hochgeschätzte Tante? O mein Sol, wo bist du und was tust du?«

Seine Lippen, auf die Blut trat, riefen den einigen Gott an. Der liebenswerte, kindliche Kopf, in dem so viel Erfindungen gebrodelt hatten, sank zurück, für die Ewigkeit beruhigt. Die Augen waren verwundert über das, was sie sahen, und lächelten unheilbar traurig.

Nach einem Trauermonat schüttelten die drei Freunde, die der Tod verschont hatte, die Asche von ihren Mänteln und wandten sich wieder dem Leben zu. Eisenbeißer erklärte, er wolle abreisen, er habe genug von diesem Palästina,

»das seine besten Söhne auffrißt«. Michael gab ihm zu bedenken, daß sie dem Onkel geschworen hatten, in Kfar-Saltiel zu bleiben. Eisenbeißer höhnte:

»Na schön, wir haben versprochen. Und willst du auch noch, daß wir halten? Ja, wer hat dich denn gezeugt, du Dummkopf?«

»Mein Vater.«

»Ich frage mich, ob das wahr ist. Auf alle Fälle ist Schwören eine Sache, Worthalten eine andere. Wozu beides? Eines genügt.«

»Aber«, sagte Mattathias, »schau dir doch unsere Brüder aus Rußland an, wie sie mit Feuereifer arbeiten!«

»Sie sind die Gurken, und wir sind das Salz«, versetzte Eisenbeißer rätselhaft.

»Doch was verstehst du unter Gurken?«

»Gurken«, erklärte Eisenbeißer. »Ich reise ab. O meine Freunde, dieses Palästina ist ein Land, wo, wenn du auf die Erde spuckst, eine Heuschrecke herauskommt und dich ins Gesicht beißt! Ich habe genug davon. Und um alles zu sagen, es gibt zuviel Araber in dieser Gegend, das ist meiner Gesundheit nicht bekömmlich. Jetzt wißt ihr's.«

Rabbi Maimon wachte auf.

»He, junge Leute, was tu ich in diesem Land? Erklärt es mir. Bin ich ein Christ, daß ich meine Jahre in Palästina welken lasse? Ich brauche ein Land, wo man sich rührt. Bin ich ein Heide, daß ich auf eine Mauer schaue? Und wer sagt mir, daß diese Klagemauer echt ist?«

»Der Alte spricht gut«, sagte Eisenbeißer. »Und warum sollten wir hier bleiben, da Rabbi Gamaliel höchstselbst heimlich mit einer achtzehnjährigen Sulamith entflohen ist!« (»Das ist eine Verleumdung!« schrie Michael. Eisenbeißer zuckte die Achseln.) »Übrigens«, fügte er grimmig hinzu, »warum gibt es hier polnische Juden? Weil in ihrem Land die Geschäfte schlecht gehen. Da haben sie sich gesagt: ›Gehn wir nach Palästina, auch dort wird Gott sorgen.‹ So stelle ich mir das vor.«

Ein Jude aus Warschau zuckte die Achseln und wetzte weiter seine Sense. Er war sich seines Glaubens und seiner Liebe bewußt. Er liebte Jerusalem und wußte, daß Millionen waren wie er.

»Liebe Kinder«, sagte Eisenbeißer abschließend, indem er dem Mäher einen düsteren Blick zuwarf, »ich fühle, daß ich, wenn ich hier bleibe, Antisemit werde. Ich werde einen Pogrom machen, auf Ehrenwort! Es gibt hier zuviel von den Söhnen Jakobs. Kurz, ich habe Heimweh und möchte furchtbar gerne wieder Christen sehen.«

»Wahr ist«, sagte Michael schläfrig, »daß man sich in diesem heiligen Lande langweilt.« Er sog an einem Blümchen.

»Es gibt nicht genug Handel und Wandel in diesem Lande, von dem man behauptet, daß es Kanaan sei«, sagte Maimon und hob sich in seinem Sarge. »Ist es gerecht, daß ich keine andern Länder mehr sehen soll, bevor ich in den Armen des Todesengels vergehe? Bin ich eine Bevölkerung, daß ich in diesem Palästina bleibe? Das Salz soll verstreut werden und nicht auf einem Punkt vereinigt.«

»Mir scheint, der Alte redet richtig«, sagte Eisenbeißer. »Wir sind das Salz, ich hab's gesagt. Es verlangt mich, die Länder der Erde zu salzen.«

»Du brauchst das nicht weiter auszuführen«, sagte Mattathias, »wir haben begriffen. Wir sind keine Araber.«

»Ihr werdet zu Arabern werden, wenn ihr hier bleibt!« rief Eisenbeißer mit Nachdruck und erhob sich. »Kurz, ich setze in dieser Gegend ein schlechtes Fett an. Bin ich ein Jude aus Rußland und aus Nebelländern, daß ich mich hier abrackere? Was haben denn diese Russen gemein mit mir, der ich ein Sonnenjude bin? Mein Freund, diese Russen haben Nasen, daß du deine Kaffeetasse daraufstellen kannst, auf Ehrenwort, und nachher kannst du im Schatten dieser Nase dein Mittagsschläfchen halten.« (Der Mäher legte seine schwere Hand auf die Schulter des Unverschämten. Der grinste verlegen und schwieg.)

Am selben Abend noch verließ Eisenbeißer Kfar-Saltiel und lenkte seine Schritte nach der Küste. Er ging im Mondschein auf der großen Straße, sein verzerrter Schatten wurde länger und länger. Allein und frei träumte der Kauz vor sich hin oder näselte eine Freiheitsarie. Nach stundenlanger Wanderung hörte er hinter sich ein Rufen, das Feldgeschrei der Tapferen. Er wandte sich um und erblickte Mattathias und Michael, die ihm zuwinkten.

Er wartete auf sie. Mit Tränen in den Augen glaubte er weit hinter ihnen die Schattengestalten von Saltiel und Salomon zu erkennen.

XXXIII

Solal erwachte und erinnerte sich, daß Wochen verflossen waren seit der Flucht seiner Frau. Er lief zum Spiegel. Vielleicht würde er auf seinem Gesicht lesen: das Unglück ist zu Ende? Nein, das war immer noch er, immer noch der Elende.

Zitternd vor Kälte legte er sich auf das Bett und dachte nicht daran, sich zuzudecken. Wenn sie in zwei Tagen nicht kam, ja, dann würde er nach Les Primevères gehen. Mit Schrecken dachte er an Frau Quelut, der er Geld schuldete. Vor ein paar Tagen hatte er dem ewigen Bettler, der an einer windigen Straßenecke Gitarre spielte, vierzig Franken gegeben und hatte dann seiner Vermieterin nur eine Anzahlung machen können. Die hatte sich darauf eingelassen, noch eine Woche zu warten. Sie überwachte ihren Mieter und fragte ihn von Zeit zu Zeit: »Nun, die Dame ist immer noch nicht zurückgekommen?«

Er stand auf, ging aus, streifte umher und geriet in einen Garten vor der Universität. Vier Pensionierte wärmten sich auf einer Bank. Er setzte sich neben sie. Einer von ihnen sagte, er habe ein schönes Begräbnis mit angesehen, eins, woran man seine Freude hat. »Alle Honoratioren waren da. Herr Sarles, das war ein Mann. Um euch ein Beispiel zu geben, was für ein Mann das war: Einmal bin ich auf dem Nachhauseweg. Da seh ich ihn auf dem Bürgersteig gegenüber. Ich sage mir: Grüß ihn nicht, du würdest ihn nur stören, er wird dich sicher nicht wiedererkennen. Denkt euch, dieser Mann, der Präsident vom Roten Kreuz gewesen ist, Rektor der Universität, dieser imminente Mann, imminent, sage ich euch, der hat mich erkannt, hat die Hand gehoben, mir zugewinkt und hat gesagt: Guten Tag, Herr Perrolaz! Ob ihr mirs glaubt oder nicht, mir sind die Tränen in die Augen gekommen! Solch ein Mann war das. Eine aristokratische Familie. Da ist auch gehörig Geld.«

Seine drei Gefährten pfiffen leise vor wehmütiger Hochachtung. Herr Perrolaz nahm die Pfeife aus dem Mund, spuckte aus und blickte träumerisch vor sich hin. Dann schneuzte er sich, weil er gerührt zu sein glaubte, in Wirklichkeit aber, weil es warm war in der Sonne, weil Herr Perrolaz froh zu sein und die Jahre des Ruhestands auszukosten gedachte, und schließlich, weil ein ausführliches Schneuzen das Beste ist, um hinter eine Geschichte einen Punkt zu machen.

Solal fröstelte und stand auf. Der Großvater war tot. Friede mit dir, alter Großvater, rein warst du wie der See und gut wie Genf. Er trat in einen Blumenladen, bat um einen Rosenstrauß und bezahlte.

»Sind die Rosen schön?« fragte er die Verkäuferin mit einem armen, kindlichen Lächeln.

»Aber gewiß doch.«

»Gut, danke. Tun Sie noch ein paar schöne hinzu. Es ist für meinen Großvater. Geben Sie junge, noch ganz kleine, die noch Tränen vom Morgen haben.«

Auf dem Kirchhof setzte er sich an das Grab des Pastors. (Da du auch bald in die Erde gegraben wirst, du, der dies liest, leg die Eitelkeit ab und kleide dich von nun an in Güte!)

Er stand auf und sah nicht, daß Aude und Jacques kamen. In seiner Nähe war ein kleiner Mann in Sonntagskleidern, auf einem Klappstühlchen sitzend, damit beschäftigt, den Granit eines Grabkreuzes mit Politur zu bestreichen; der unterbrach seine Arbeit, um ein gelbes Blatt zu entfernen, das die Ordnung des schmucken Grabes störte. Solal zeigte auf das Emailbildnis, das an dem Kreuz angelötet war, und fragte den eifrigen Putzer, wer es sei. Der schlug fachmännisch mit einem leichten Hieb des Gartenmessers einen welken Zweig ab und pustete auf die kleine Weide.

»Meine Frau, jawohl. Sie starb gerade, als ich pensioniert wurde. Wir hatten uns vorgenommen: jetzt machen wir eine Reise nach Venedig. Da hat eine Eitergeschwulst sie hinweggerafft.«

In diesem Augenblick erkannte Solal mit Entsetzen seine Frau und entfernte sich rasch. Aber als er aus dem Kirchhof heraus war, bereute er es. Was? Hatte er nicht das Recht, seine Frau zu sehen? Er würde auf sie warten. Würde sie verhören. Sie sollten vor seinem Richterstuhl stehen, die beiden Schuldigen.

Majestätisch ging er auf und ab, krampfhaft zuckten die Muskeln seines ausgehöhlten Gesichtes. Er blieb stehen, schlug den Staub von seiner Hose ab, stellte den Kragen seines Mantels hoch.

»Ein Richter muß anständig angezogen sein«, flüsterte er mit einem kleinen Lachen.

Aber als er dann die beiden so gut gekleidet ankommen sah, schämte er sich, verbarg sein Gesicht mit den Händen, doch ohne die Feinde aus den Augen zu lassen.

Das weiche Surren des langgestreckten Autos empörte

ihn. Er lief. Mitleidig sah Jacques auf den armen Teufel, der seine Hand auf Audes Handgelenk gelegt hatte. Der Wagen fuhr ab. Solal lief ein Stückchen nach. Dann gab er es auf, blieb stehen, griff einen Stein auf und schleuderte ihn der verdammten Bestie nach, die verschwand. Er legte sich am Wegrand hin, breitete die Arme aus und stöhnte.

Ein kalter Schmerz zwischen den Schultern weckte ihn auf. Der Wind trug das Glockenspiel von Saint-Pierre herüber; es mochte neun Uhr abends sein.

»Nach Les Primevères!«

Er war außer Atem, als er am Gitter ankam. Die Läden waren geschlossen. Er läutete. Niemand zeigte sich. Er klopfte am Gärtnerhäuschen. Ein kleines Mädchen machte auf, stotterte, Papa sei nicht da, und vergaß ganz den Brei, den sie auf einem winzigen Kocher zubereitete.

»Frau Aude ist heut abend mit Herrn Jacques und dem Baby abgereist.«

»Wohin? Nach Paris?«

»Ich weiß nicht.«

»Sicher nach Paris. Hab keine Furcht vor mir. Was machst du da?« (Er fühlte große Zärtlichkeit für das gebrechliche Geschöpfchen.)

»Schokoladencreme.«

»Ist er gut?«

»Ich weiß nicht«, sagte lächelnd die Kleine.

»Und die Menschen, sind die gut?«

»Ich weiß nicht. Ja.«

»Du hast recht. Küß mich. Auf die Stirn!«

Er zog den Ehering, den er noch immer trug, vom Finger, nahm ein paar Taler, die auf der Truhe lagen, und ein Stück Brot. Dafür gab er der Kleinen seinen Ring. Dann ging er davon mit langen Schritten und verschlang dabei das Brot.

»Nach Paris!« rief er immer wieder wie toll in den Wind.

XXXIV

Vor dem Ministerium des Auswärtigen ging er den Bürgersteig auf und nieder. »Gut, ich bin seit zehn Tagen in Paris. Gut, ich wohne Rue Damrémont bei einer Schlächterin in Miete. Warum schon wieder eine Schlächterin? Hihi!« Gefährlich und verschlagen war sein Lächeln, er spähte weiter umher. Er wußte, sein Schwiegervater würde kommen. Vor ein paar Tagen hatte er gelesen, daß Maussane beauftragt worden sei, das neue Kabinett zu bilden. Was für ein Laster war das bei diesem Menschen, Kabinette zu bilden? Von ihm würde er erfahren, wo sie wohnte.

In diesem Augenblick bemerkte er Aude, der ein Chauffeur mit dreifarbiger Kokarde aus dem Wagen half. Er entschloß sich, einzutreten. Aber der Pförtner stieß sanft den Bettler zurück, der keinen Widerstand leistete, den Kopf senkte und sich darauf beschränkte zu bitten, der Dame, die soeben eingetreten sei, mitzuteilen, daß Solal Rue Damrémont 4 wohne.

Dann ging er fort und die Quais entlang. Am Quai des Grands Augustins blieb er vor einem Antiquitätenladen stehen. Ein schöner kurzer Dolch zog seinen Blick an. Lange betrachtete er ihn. Wieder dies verschlagene Lächeln. Dann ging er weiter. Um Mitternacht legte er sich schlafen.

Am nächsten Morgen klopfte es an seine Tür. Er ging aufmachen: die Schlächterin stand vor ihm und kaute an einem Stück Käse. Er fragte nach Briefen. Frau Glerre würdigte diese wunderliche Frage keiner Antwort, lachte bitter und erklärte:

»Von Ihnen hat man genug! Wenn es in Ihren Gegenden üblich ist, allein mit lauter Stimme zu reden, bei uns macht man das nicht! Der Mieter nebenan, ein ernster Mann, ein gesetzter Mann, der hat genug davon. Wenn Ihnen das nicht recht ist, brauchen Sie mir bloß zu bezahlen, was Sie mir schulden, und auf Wiedersehen! Wovon Sie leben, weiß man sowieso nicht. Uje!«

»Sagen Sie meinem Nachbarn, daß ich nicht mehr denken werde«, sagte Solal und roch dabei an einem Fläschchen Eau de Cologne . . . »Sie können gehen.«

Das machte auf Frau Glerre Eindruck, sie zog sich zurück. Aber beim Anblick ihres neuen Geschirrs mit den Goldstreifen kehrte ihr das Selbstgefühl wieder, sie schmiß eine Tür zu und schrie vor Solals Zimmer:

»Leute, die heulen wollen, brauchen bloß in ihre Synagoge zu gehen!«

Beim Waschen betrachtete er mit Erstaunen seine Hände. Seltsam. Sie bewegten sich ganz selbständig; er war Zuschauer. Was wird in zehn Tagen mit ihnen sein, mit seinen Händen, seinen armen Freundinnen?

»Gleichviel, wer weiß, vielleicht, wenn dies Stück Seife aufgebraucht ist, werde ich glücklich sein, werde ich bei ihr sein.«

Er war im Freien. Brücke. Place Clichy. Mitgezogen vom Strom der Vorübergehenden, an den Häusern der glücklich Besitzenden entlang ging er durch die Straßen, die nährenden Flüsse der Einsamen. Er ließ seine Sohlen hingleiten. Seine Brauen hoben sich:

»Ich bin ein treibender Leichnam«, dachte er mit leiser Befriedigung.

Ein Regiment marschierte vorüber. Er jubelte mit der jubelnden Menge und wußte nicht, warum; dann gähnte er. Unterhalten muß man sich und Zucker auf das Elend streuen. Aber vielleicht war ein Brief von Aude zu Hause. »Zu Hause!« Er lief.

Frau Glerre hatte gerade mit ihren vertrauten Beraterinnen eine Konferenz gehabt. Sie war nunmehr überzeugt, ihr »Akrobat« sei ein Revolutionär. Na, dafür dankte sie! Ärger mit der Polizei haben in diesen Zeiten! Da saß sie inmitten aufgeregter Zuschauerinnen, eine Göttin vor ihrer

Waage, umrahmt von Rinderstücken, und nahm großzügig die Urteilsvollstreckung an dem Verdächtigen vor. Sie teilte ihm mit, er solle sich nur aus dem Staube machen und ein Zimmer bei irgendeinem koscheren Schlächter mieten. »Kein Logis, noch logischer«, dachte er fast vergnügt.

Er vergaß, seinen Handkoffer mitzunehmen, und irrte bis zum Abend umher. Mehrere Male kam er wieder an den Quai des Grands Augustins, um den hübschen Dolch anzusehen. Es fing an zu regnen. Angesichts all dieser Menschen, die, alles in allem, beschaffen waren wie er, stieg eine Woge der Andacht in ihm auf. Er fühlte sich als aller Menschen Sohn.

– Des Menschen Sohn . . .

Er zitterte, schüttelte sich, irrte weiter durch den Nebel, begleitet von den mißtrauischen Blicken der Schutzmänner, die den Frieden der Gesellschaft mit ihren mächtigen gestrengen Profilen hüteten.

Vier Uhr morgens legte er sich am Lyoner Bahnhof schlafen. Um sechs weckte ihn Lärm. Mit offenem Mund versank er lange in dic Betrachtung der Lokomotiven, die so sicher wußten, was sie zu tun hatten. Seine Finger fuhren durch sein Haar. Schau, sein Bart war gewachsen. Er mußte jetzt ein ganz anderes Gesicht haben. Ach ja, er wollte doch zum Ministerium gehen. Vorwärts!

Nutzlos stellte er sich auf, stundenlang. Kein Maussane. Er lehnte sich an die Brustwehr und sah die Seine an. Fünf wunderliche alte Männer waren stehen geblieben, sahen ihn an und blieben geduldig in seiner Nähe. Was wollten sie von ihm, die unmöglichen Kerle mit dem trüben Blick, die träumerisch Haare aus ihren Bärten zupften und betrachteten?

Als er den Major de Nons aus dem Ministerium kommen sah, forderte er einen der Alten auf, diesem Manne zu folgen und nachher ihm zu sagen, wohin er gegangen sei.

Der Alte erwiderte dem Gebieter Solal: »Ich höre und gehorche.«

Nach zwei Stunden kam er wieder und teilte mit, der Mann mit dem Degen sei in verschiedene Läden eingetreten, wo er ›Nahrungsmittel und Luxus bestellt‹ habe, sodann habe er ›einen Wagen ohne Pferd‹ genommen, der ihn zum ›Bahnhof des Heiligen Lazarus‹ brachte, wo er einen Fahrschein nach ›der Stadt des Heiligen Germain‹ genommen habe.

Saint-Germain, natürlich. Sie hatte wohl von der Gemeinde die Komturei gemietet, in der noch alle seine Möbel waren. Also auf nach Saint-Germain!

Seine Gefährten, in Kaftanen voll vom Staub der Jahrhunderte und der unfreiwilligen Handelsgeschäfte, und so wunderbar lang und rührend wie ihre Bärte, setzten sich in Bewegung und wanderten schlurfend mit. Er dachte nicht daran, sich die alten Brüder vom Hals zu schaffen. Er erkannte sie jetzt: es waren Solal, denen er damals im Kellergeschoß Gastfreundschaft gegeben hatte. Sie sahen voll Hoffnung auf ihn, als erwarteten sie von ihm eine Wundertat. Sie besannen sich, und mit nachdenklichen Händen verzwirbelten sie die Strähnen ihrer argwöhnischen Bärte.

Als der Zug in Saint-Germain eintraf, breitete Solal die Arme aus und atmete tief. Endlich würde er sie sehen. Rasch schritt er zu. Die Alten mit den Pelzmützen folgten, so schnell sie konnten.

Die Komturei. Er war sicher: sie ist hier, die Braut, die jeder Blutstropfen in ihm liebte. Sie wird ihn sehen, wird verstehen, wird ihm die Arme auftun, und alles beginnt von neuem.

Er schaute durchs Buschwerk. Aude und Jacques saßen im Garten in der Sonne. Wie schön sie war. Schau, sie trug ein Reitkleid. Sie ritt, während er, ihr Gatte, das Pflaster trat seit Monaten. Und sie mochte ihre Lust daran haben, zu Pferde zu sitzen neben diesem prächtigen bronzebraunen Offizier. »Jacques ist ein Mann geworden und Solal ist ein Unglücklicher.«

Ein Bedienter brachte den Tee. Schimmer geschliffenen Kristalls und vergoldeten Geschirrs. Und das kleine Kind, das unbekannte . . . sein Gesicht konnte er nicht sehen, es schlief in rosigem Dämmer. Sein Kind.

Aude bediente Jacques mit reizendem Lächeln, das ihre herrlichen Zähne hell aufleuchten ließ. Bald darauf führte der Gärtner zwei Pferde vor.

»Ihr Sadi wird ungeduldig«, sagte sie zu Jacques. »Reiten Sie immer schon voran. Ich hole Sie in der Charmeraie ein. Ich muß hier noch Anordnungen geben.«

Gerade, als er klingeln wollte, machte sie die Tür auf. Sie zog die Augenbrauen zusammen und sah ihm mitten ins Gesicht. Sie war aus einem Geschlecht, das seit Jahrhunderten keine Furcht kannte.

»Was wollen Sie?«

Er lächelte, streckte die Hand aus. Sie trat einen Schritt zurück.

»Guten Tag«, sagte er schüchtern und ließ die verschmähte Hand sinken.

»Was wollen Sie?«

»Aude, du bist meine Frau«, stammelte er nach langem, schweigend bewunderndem Anschauen.

Von mehreren Tagemärschen ohne Rast und von Hunger geschwächt, stützte er sich auf den Tisch. Die Teekanne fiel und zerbrach. Er sammelte die Stücke auf und betrachtete sie.

»Es macht nichts«, sagte er mit armseligem Lächeln.

»Gehen Sie! Bitte gehen Sie!«

Er zitterte, seine Finger zerrten am Tischtuch.

Dies verhaßte demütige Lächeln, er konnte es nicht unterdrücken. Er griff nach einem Zwieback und aß geistesabwesend. Sie betrachtete ihn mit leisem Ekel. Wieder kam aus seinem Munde die hartnäckige Behauptung:

»Du bist meine Frau, du bist meine Frau, du bist meine Frau.«

Gierig trank er den Tee, der in einer Tasse übrig geblieben war, dann warf er die Tasse hin.

»Komm mit mir. Ich bin unglücklich. Ich bin elend. Sieh, in welchem Zustand ich bin durch dich.«

Sie sah die verhaßte Zeit in der Rue Calvin wieder vor sich.

»Kommen Sie mir nicht nah!«

Er fing an zu lachen, trunken von Schmerz. Was denn? Er hatte dies Weib entjungfert, er war ihr Meister gewesen, er hatte ihr die Knie auseinandergeschoben! Er streckte die Hand aus. Aude wich zurück. Er faßte sie an den Schultern und wollte ihre Lippen küssen. Sie stieß ihn mit Gewalt zurück, hob die Reitpeitsche.

Der Striemen auf seinem erblaßten Gesicht wurde rot. Er sah auf seine Frau. Das war die, von der er eben noch so sicher geglaubt hatte, sie würde Mitleid haben mit seinem Schmerz. Die Augen voll Tränen, qualvoll herausfordernd, reichte er die geschändete Backe hin. Wie vom Teufel besessen – vielleicht um sich zu strafen für die aufsteigende Reue – schlug sie zum zweiten Male. Lange sah er sie an, schüttelte den Kopf und ging quer durch den Garten, den Rücken gekrümmt, die Hand an der Backe, die jetzt blutete.

Hinterm Gitter warteten die Alten. Sie folgten ihm schweigend. Einer von ihnen küßte die Hand des Beleidigten. Die ganze Nacht wanderten sie im Walde. Beim Morgengrauen geleiteten ihn die alten Brüder zum Bahnhof.

Straßen. Paris, ja, das war Paris. All die zum Tode Verurteilten um ihn her, die des Weges gingen, all die Verräterinnen. Zickzack liefen die Streifen der Trottoirs, die Mauern der Häuser zitterten, Fliegen summten. Er gebot den Alten wegzugehen. Sie stellten sich gehorsam, folgten ihm aber von fern.

Deputiertenkammer. Da drin hatte er gesprochen. Wie still es wurde, wenn der junge Minister die Stufen der Tribüne betrat.

Brücke. Menschen. Menschen. Alle diese gelehrigen Affen liefen auf zwei Pfoten.

Quai des Grands Augustins. Er blieb vor dem kleinen Laden stehen. Er trat ein, erkundigte sich frech. Die erschrockene Händlerin wagte nicht, ihn wegzuschicken. Sie sagte, es sei ein »Gnadenstoßer« aus dem dreizehnten Jahrhundert. »Gnade!« Er lachte und ging hinaus. Er wußte nicht, wohin er sollte, gähnte vor Hunger und dachte nicht einmal daran, sich Nahrung zu verschaffen. So war er zu dieser Frau gegangen, frohgemut und in unbefangener Erwartung, und jetzt trug er ein Liebeszeichen, zwei Liebeszeichen auf seiner Jahrtausendwange. Ihn hungerte, ja, ihn hungerte. Vor allem fror ihn. Er hätte die Schokoladencreme des kleinen Mädchens essen sollen. Wann hatte er das kleine Mädchen gesehen? Gutes, kleines Mädchen! Nein, auch sie später eine Feindin.

Er wanderte ohne Unterlaß. Straßen und Straßen. Seine Müdigkeit betäubte ihn, ihn trugen die Wogen seiner Müdigkeit. Allein war er. Ganz und gar verlassen. Beschimpft von allen. Alle drehten sie sich um und spotteten seiner heiligen Striemen. Er war tot. Der toteste aller Menschen. Oh, den Kopf lehnen an die Schulter von Adrienne und schlafen Jahre lang.

Ein Platz. Ein Jahrmarkt. Trübe Lampen durchlöcherten die Finsternis. Wieder ein Leierkasten. Der käute die Azetylen-Lüste des Volkes wieder. Karusselle drehten leer. Der winzige Besitzer der verlassenen Schaukeln schaukelte selbst und machte den Spaßvogel, um Kunden anzulocken. Solal betrachtete ihn zärtlich.

Vor Notre-Dame überkam ihn ein sanfter Schauer: er blieb stehen. Diese Kathedrale war ein Haus der Güte. Die Menschen nahmen ihre Waffen ab, wenn sie hier eintraten. Und es war doch Nacht, die gute Nacht, seine Schwester Nacht. Das Wasser des Flusses rann zärtlich. Der verlassene Platz war umgeben von großen schwermütigen Flächen.

Er tanzte ja! Wahrhaftig, er tanzte, und sein Tanz tröstete ihn.

Er tanzte vor den Königen von Stein. Er war das Opfer und war der Tempel. Die Sterne sahen ihm mitleidig zu. Da oben segneten ihn die Augen aller seiner Verstorbenen.

Morgenkühle weckte ihn auf den Stufen der Kathedrale. Klappernd vor Kälte begab er sich wieder auf die ewige Wanderschaft. Quai des Grands Augustins. Es war sieben Uhr morgens. Die Menschen gingen zu ihrer Arbeit. Und er hatte Hunger.

Der Striemen. Sein Weib hatte ihn geschlagen. Seine Augen funkelten. Wer sollte sich denn auch scheuen, wer Angst davor haben, ein Gespenst zu schlagen? Was hatte sie ihm angetan, diese Frau! Leben von nun an ohne sie, nicht mehr ihren Blick sehen, nicht mehr ihren Adel genießen, nicht mehr geliebt werden. Warum noch leben?

All die . . . Diese Verfluchten spotteten seiner und bedrohten ihn. Und sie wußten, was er war. Sie wußten genau Bescheid. Diese Dummköpfe kannten sein Unglück. O eine Pest, um sie aus ihrer gradlinigen Bahn zu bringen, diese Anständigen, die ihres Morgen sicher waren! »Ach die Armen! Eigentlich, selbst jetzt noch, liebe ich sie.«

Starr vor Hunger trat er in einen Hausgang. Die Milchtöpfe waren verführerisch. Aber er schämte sich und stillte seinen Hunger am Wasser des Brunnens auf einem kleinen Platz.

Er setzte sich auf eine Bank. Eine Frau war da neben ihm. Mit leichter, freier Stimme, um ohne Gefahr die

Wahrheit zu sagen, mit einer Stimme so gleichmütig, als handele es sich um eine Erinnerung, als sage er ein Stück von einem Gedicht auf, erklärte er:

»Ich bin der Herr.«

Die Arbeiterin sah diesen Verrückten in zerlumpten Kleidern, der an allen Gliedern zitterte, an. Da stand er auf und ging rasch weiter. Straßen, Menschen. Soviel Menschen. Nie waren soviel Menschen auf Erden gewesen. Soviel Gerichtete. Rue Damrémont.

Aufgepaßt, keine Langeweile aufkommen lassen. Der Schmerz benutzt die erste Spalte Langeweile, um sich einzuschleichen mit seinem Gefolge. Zum Zeitvertreib drückte er gegen seinen Augapfel: eine wirkliche Straße war jetzt oben, eine weniger wirkliche, rechts unten überquer. Man tut, was man kann.

Er trällerte und summte vor sich hin, wie es seit Wochen seine Gewohnheit geworden war. Warum war er hier in die Rue Damrémont gekommen? Ach richtig, er hatte früher einmal in dieser Straße gewohnt. Zwei junge Mädchen kamen vorbei. Um nicht allein zu sein, ging er mit ihnen im gleichen Schritt.

»Ei, Jesus Christus ist wieder in unserer Gegend«, meinte die Blonde.

Schon wieder dieser Name! Ja, so hatte man ihn genannt, seit er hier aufgetaucht war. Das hatte Frau Glerre ihm hämisch mitgeteilt. Sicherlich nannten sie ihn wegen seines Bartes so. Er war nicht mehr Solal mit dem nackten Gesicht von früher, er war jetzt ein König, erhaben und verfolgt. Seine rechte Hand machte mechanisch und feierlich große Bewegungen. Kinder liefen ihm nach, lachten über seine hochgezogenen Brauen, sein Selbstgespräch und seine Rednergebärden.

»Da schau den Herrn Jesus an! – Wie schön er angezogen ist, der Herr Jesus! – Tut dir die Backe weh, Jesus?«

»Ruhig, Kinder«, sagte er und drehte sich mit einem

scheuen Lächeln zu ihnen um: plötzlich liebte er diese Kleinen von ganzer Seele.

Eines der Kinder schleuderte mit aller Gewalt eine Orange, die Solals Haar und Bart befleckte. Ein Schlächterjunge schrieb auf ein Stück Papier: »Bei mir piept es« und heftete das dem Elenden hinten an den Mantel. Er aber lächelte den Kindern zu und hob seine zitternden Hände, um Glück auf sie herabzuzaubern.

Gähnend vor Hunger trat er in ein Café der Rue Caulaincourt, verlangte warme Milch und Brot, viel Brot. Da saßen Studenten und verfaßten gerade eine Balleinladung in altem Französisch, sie sahen ihn gutgelaunt an. Der Kellner hatte eine Peitsche. Genug der Qual! Alle diese Leute hatten Peitschen. Weh, weh! Die Backe tat weh.

»Zahlen kann ich nicht«, sagte er in drohendem Ton.

»Hier wird für ihn gezahlt!« rief ein Student.

Solal wandte einen Blick voll Liebe zu dem jungen Mann, erhob sich mühsam und grüßte ihn lächelnd. Auf seinem Bart zitterten die Orangenfasern. Ja, ja, die Kleine hatte recht. Die Menschen waren gut. Dank dir, mein Gott, danke. Aude, ich vergebe dir!

»Wir zahlen für unsern Freund, unter der Bedingung, daß er uns eine Rede hält!« – »Ja, das soll er«, sagte ein anderer Student.– »Los, Jesus, eine Parabel!«

Er stieß das Glas Milch beiseite und richtete sich auf mit flammenden Augen. Schon wieder hatte man sich über ihn lustig gemacht! Schon wieder hatte man ihn gepeitscht! Er wollte schreckliche Worte sagen, fand sie nicht und ging hinaus. Nach ein paar Schritten ging er auf eine friedliche alte Dame zu, eine Hausbesitzerin, die ihre Mietegelder eingetrieben hatte und die Hände pathetisch an den Verschluß des Beutels preßte.

»Ich bin Jude, Judensohn«, sagte der Verrückte zu ihr mit sanft trunkener Stimme. »Ich bin der Juden König, ich bin der Fürst der Verbannung.«

Die Alten, die dem Schmerzensmann unentwegt gefolgt waren, standen jetzt nah bei ihm und lauschten achtsam. Er hätte weinen mögen, aber die Kehle war ihm trocken. Er war auf dem Gipfel des Elends und der Verhetztheit. Die Alten kannten das Leben dieses Menschen, sie hofften auf diesen Menschen, der ehedem mächtig gewesen war und vielleicht später ein Heiland in Israel sein würde.

Der arme Heiland setzte sich auf den Bürgersteig. Ein Sonnenstrahl spielte auf seinen Tränen in Regenbogenfarben. Frauen wurden gerührt, Männern war es peinlich, sie gingen weiter. Eine Zeitungsverkäuferin neigte sich zu ihm, streichelte seine Schulter und sprach zu ihm. Aber der Verrückte hörte nicht und sah nicht. Er segnete diese Leute und die ganze Stadt. Eine Klageweise sang in ihm, eine alte Gefährtin. Er war eins mit seinem Volk, er war das Leiden und die Demütigung seines Volkes. Er war der Gehetzte, der Aussätzige, der Verhöhnte, der Geschlagene. Allein sein Stolz und seine Erregung hinderten ihn nicht, einen Schutzmann herankommen zu sehen. Mit verschlagenem Blick stand er rasch auf.

Wandernd ohne Unterlaß kam er vor ein Krankenhaus. Da drinnen litten Menschen. Um so besser. So litt er wenigstens nicht allein. Jetzt wird er sich keinen Peitschenschlag mehr gefallen lassen! Und bald wird er die Gerechtigkeit wieder einsetzen. Die Stunde der Sühne war gekommen.

Er trat in eine Bäckerei ein. Drei Kuchen auf einem Teller. Er packte sie und verschlang sie mit ein paar hastigen und festen Bissen. Alles gehörte ihm. Er hatte magisches Recht auf alles.

»Noch einen«, sagte er mit heiserer Stimme zu der kleinen Verkäuferin.

Wen könnte sie betrügen, dies dumme Mädchen, das krumme Schenkel hatte und einen Bauch voll Schmutz und ein dreckiges kleines Herz-Hirn, das Gott weiß wo saß? (Eigentlich amüsierte er sich, sogar noch, wenn er tödlich litt.) Er ging hinaus, ohne zu zahlen. Die Verkäuferin verlangte Geld. Er stieß sie heftig zurück und ging mit langen Schritten hinter einer mächtigen räudigen Katze her, die an der Mauer entlang strich.

Diese Katze war sein Leben. Die Geliebte von einst. Sie verachtete ihn. Glücklich waren sie, all diese Leute. Und er war der räudige Kater, der dreckige Jude. Dort, der Schutzmann hatte ein Auge auf ihn. All diese Menschen mit ihren trüben, gräßlich gleichgültigen Augen. Und diese geschminkten Zieräffchen, die ihre schlecht riechenden Organe unter dem parfümierten Kleid verbergen. »Ich speie auf euch alle. Ich, den ihr besiegt habt mit eurer Ordnung, eurem System. Ich bin euch überlegen. Die da lächelt distingiert und gefühlvoll, weil sie sich gerade erleichtert hat in irgendeinem finsteren Unterschlupf ... Schlecht, alle schlecht. Kanaillen. Sie sprechen von Gerechtigkeit, Liebe, Zusammenarbeit der Klassen. Heuchler! Zusammenarbeit! Der Arme hungert. Der Reiche hilft ihm; er ißt für den Armen mit. So teilen sie sich die Arbeit. Haha! Der eine hat das Verlangen, der andere die Befriedigung. Genug. Was gehen mich diese zweibeinigen Affen an, die sich so wichtig nehmen?«

Quai des Grands Augustins. Niemand im Laden. Er trat ein, nahm ruhig den Dolch und ging pfeifend hinaus. Die beiden Striemen schmerzten.

Da erblickte er seinen Vetter Saul und wunderte sich gar nicht. Was wollte der von ihm, dieser Trottel, er ihn so mitleidig ansah? Sie gingen ein Stück zusammen. Die Laternen beleuchteten von Zeit zu Zeit die Qual auf ihren Gesichtern.

»Ich habe keine Zeit, mit dir zu plaudern. Ich nehme jetzt den Zug nach Saint-Germain. Dort habe ich Angelegenheiten zu regeln. Du bist verrückt und ich auch. Ich spucke auf dich! Was für Verbrechen hast du im Sinn? Gib mir Geld! Ich will Blumen kaufen für meine Braut.«

Er kam aus dem Blumenladen und hielt mit steifer Würde einen Strauß, unbekümmert um die spöttischen Zuschauer. Er sah sich in einem Schaufenster von der Seite. Sein Mantel war befleckt und zerrissen, aber die Herrlichkeit der Blumen paßte zu der Pracht seines düster glänzenden Haares. Er warf das weiße Papier weg, in das die Rosen gehüllt waren. Der Duft der nackten Blumen tat wohl. Er zwinkerte Saul zu, um ihn auf ein gasbeleuchtetes Bestattungsinstitut aufmerksam zu machen. Ein Schutzmann umfaßte die beiden Gestalten mit einem Blick. Solal lächelte tückisch.

»Wir müssen dich sprechen«, sagte Saul. »Wir haben dich etwas Wichtiges zu fragen.«

»Kommt morgen nach Saint-Germain. In die Komturei. Wenn die Sonne aufgeht, werde ich euch zweitausend Jahre lang zuhören.«

Rasch war er fort. Da drüben unterhielt Saul sich mit den fünf Alten. Solal ging weiter, lange Zeit, in der Hand seine Rosen und in seinem Ärmel verborgen den Dolch. Schon wieder diese dreckige Katze vor ihm. Ein beständiger verhaltener Krampf wühlte in diesem verdammt festen Käfig von Brust, ein Schluchzkrampf verhärtete ihm die Kehle. Er drehte sich um. Sein Vetter war verschwunden. Eine Halluzination vielleicht, wie oft, wenn er die drei Brüder zu sehen oder zu hören meinte.

Bahnhof Saint-Lazare. Schalter.

»Ja, Saint-Germain. Nein, kein Retourbillett.« (Er grinste.)

Er litt in seiner Einsamkeit. Ach, ein Kind sein wie einst und in der Sonne laufen, zwei Perlen in der Hand. Diese glücklichen Tage waren vorbei. Und all die Leute, die ihn mißtrauisch beobachteten. »Was tun?« wiederholten die Räder immer wieder.

Er stellte sich ans Fenster und heulte seinen Schmerz, seine Angst, seine Wut über das verdorbene Leben aus. Vor ihm stand der Schaffner. Solal antwortete ihm schüchtern. Und doch mit dem Dolch, den er da in seiner Tasche hatte, konnte er diesen Glücksmenschen hindern, heimzukommen und seinen Vater, Weib und Kinder zu Hause zu finden.

Er setzte sich wieder. In dem düstern Abteil fürchtete er sich vor dem, was er bald tun sollte.

XXXV

Er lehnte eine Leiter an die Mauer und stieg leise hinauf. Durch die Spalte des Ladens sah er, wie Jacques und Aude einander küßten.

Nicht mehr hinsehen. Erst schlafen. Aber wo? Der Stall. Er öffnete die Tür, ließ sich auf die Streu fallen. Die beiden Pferde wandten ihre Köpfe um wie zu einer traurigen Frage, dann versanken sie wieder in ihre Gedanken.

Geräusch am Gitter weckte ihn auf. Er erhob sich, lief und erkannte die Umrisse von Jacques, der fortging. Er stieg wieder von neuem auf die Leiter und betrachtete die Verfluchte. Wozu nahm sie diese Mohnkörner? Sie litt vielleicht an Schlaflosigkeit. In den ersten Monaten ihrer Ehe konnte sie nicht einschlafen und trank manchmal dies Mohngetränk. Wie gut sie die Körner spaltete. Diese Leute machten alles sorgfältig. Sie hatte ebenso schöne Bewegungen wie wenn sie nicht allein war. Sie war anmutig für sich selbst, die Heidin!

Lange wartete er, ehe er ins Haus eindrang. Die Eingangstür war verschlossen. Er ging ums Haus herum, ging ein paar Stufen hinunter, betastete die Kellertür. Das Schloß gab nach. Im Finstern tappte er vorwärts, beschritt weitere Stiegen, öffnete vorsichtig, war im Salon und machte Licht.

Wie sie es verstanden hatte, das Aussehen des alten Hauses zu ändern. Woher das Geld? Ach natürlich, der alte Sarles war gestorben. Familienbilder, schöne Sessel, Seidentapeten.

Er setzte sich und führte die Hand an das Gesicht, das die Ungetreue, die ihre Lippen einem andern gab, gepeitscht hatte. Er zog den Dolch heraus und prüfte die Schneide an dem Samt eines Sessels. Ein schmerzlich entschlossenes Zucken ging über sein Gesicht. Er verließ den Salon.

Die Treppen knarrten unter seinen Schritten. Zweites Stockwerk. Er trat in sein Zimmer von damals. Im Mondlicht erkannte er seinen Koffer. Er öffnete. Leise. Kein Geräusch machen. Sie nicht wecken.

Und was war in diesem Schrein? Mit dem Dolch sprengte er das Schloß. Adriennes Halsband. Das hatte er vergessen. Arme gute Adrienne. Diese Perlen sollten ihm von Nutzen sein. Er würde der toten Aude verzeihen und ihre starre Ruhe schmücken.

Auch er war es sich schuldig, schön zu sein in dieser letzten Nacht. Er zog seine zerrissenen Kleider aus. Er ließ Wasser in die Wanne. Zu laut. Nein, Audes Zimmer war weit weg, und die Mauern waren dick. Lange wusch er seinen schönen Leib. In einem Schrank fand er die sieben russischen Gewänder. Er nahm eins davon.

»Das zieh ich an. Wenn mir das Spaß macht, verrückt zu sein? Ich speie auf euch, ihr albernen Vernünftigen!«

Ja. Und jetzt dies Gesicht säubern. Er suchte in den Schubladen, bis er ein Rasiermesser fand. Er führte mehrere Male die Klinge über die Backen. Das alte Gesicht von früher erschien, strahlend vor Jugend, schöner denn je. Während er die breite schwarzsamtene Hose, die weichen Stiefel und die Leinenbluse mit der goldenen Gurtschnur anzog, dachte er an das Schreckliche, das er vorhatte. Der Mond, schon mit erstem Dämmer vermengt, goß milchige Bläue aus. Solal entdeckte den hebräischen Gebetsmantel, entfaltete ihn und warf ihn um die Schultern. Jetzt war er ein Fürst in Seide und Fransen.

»Sie spotten meiner. Mögen sie spotten, die Armseligen. Wie sollten sie begreifen?«

In einer Hand die Perlen, in der andern den leuchtenden Dolch, stieg er hinab, durchglüht von Freude und Kampfeslust, wie ein Erzengel. Er war Solal. Wer konnte ihn in dieser Stunde hindern, Solal zu sein?

Sanft machte er die Tür auf. Aude schlief den tiefen Schlaf eines glücklichen Geschöpfes. Er sah auf die geschlossenen Augen, auf die Lippen, die plötzlich zärtlich den Namen Jacques aussprachen. Er faßte den Dolch mit der schönen Schneide und betrachtete die Schuldige, die Ursache seines Unglücks, die grausame Reiterin, deren Verachtung ihn gezeichnet hatte. Aber dann hob er die Augen und sah sich im Spiegel, die Hände leuchtend von Perlen, und das Gesicht strahlend. Die Güte war ein Licht Gottes auf dem Gesicht dieses Menschen. Er fiel auf die Knie und pries Gott. – Gott der Güte, Gott der Güte, Gott der Güte. Schrecklicher Gott der Güte! Herr auf Erden und in meinem Herzen.

Er wußte nicht, wohin mit dem Perlenhalsband und legte es sich um den Hals. Aude seufzte, atmete sanfter, wandte sich zur Wand und deckte sich auf. Sie schlief nackt. Ein erster Sonnenstrahl berührte den festen länglichen Leib. Wie tief der Mohn sie eingeschläfert hatte.

Er betrachtete dies Leben. Tränen des Mitleids kamen ihm in die Augen. Wie schön, wie anbetungswürdig war ein lebendes Wesen. Vorm offenen Fenster schaukelte ein blühender Zweig unter der Last eines Rotkehlchens. Er schnitt mit dem Dolch eine Blüte ab, legte sie als Opfergabe auf das Fußende des Bettes und ging hinaus.

Er wußte, nie würde er dies Haus wiedersehen, und bald würde seine Frau die Frau eines andern sein. Und doch hatte er vor der Schlafenden ein machtvolles, geheimnisvolles Gefühl von Dankbarkeit. Ja, sie hat mich geschlagen. Ja, ich habe durch sie gelitten. Sie sei gesegnet. Sie hat mein Leben zerbrochen. Sie sei gesegnet und mit ihr alle Menschen auf Erden.

»Gott, Gott«, stammelte er und sah auf seine Hände. Aber, eh er starb, wollte er seinen Sohn sehen. Er stieß eine andere Tür auf. Da stand die Wiege, da war Solals Sohn. Er wußte nicht einmal, was für einen Namen sie ihm gegeben hatte.

»Gott meiner Väter, nimm dies Kind auf in deinen Bund unter dem Namen David Sohn des Solal.

Das Kind wurde wach und lächelte. Solal hob es vorsichtig auf und trug es, an seine Brust geschmiegt, fort.

Im Garten raschelte der Wind in der Gebetseide. Das wache Kind spielte mit dem Griff des Dolches. Das Tor des Stalles stand auf, und der Schimmel wieherte in die junge Sonne. Solal lehnte seine Wange an den Widerrist.

»Du willst hinaus? Warum nicht, Bruder? (Er machte den Halfter los.) Wenn es dir Freude macht, komm heraus und freu dich an dem neuen Tage. Wir sind Freunde, du und ich, Kinder Gottes, du und ich.«

Schweigend, zufrieden, einträchtig gingen das Tier und der Mann auf der frischen Straße. Solal trug sein Kind auf dem rechten Arm, und seine linke Hand faßte in die Mähne des Pferdes. So ging er gedankenlos und glücklich. Ein Vagabund kreuzte seinen Weg. Solal zerbrach das Halsband, behielt zwei Perlen wie damals am fernen Adriennentag und schenkte den Rest dem Elenden.

»Nimm sie und lebe in Freuden. Aber vorher, vorher, Vater, segne mich.«

Er ging weiter, das Kind fester fassend, das nicht weinte, sondern ihn lächelnd ansah mit wunderbarem Vertrauen. Sein Kind, sein Kindchen, das nichts wußte von der Welt, noch nicht wußte, was ein Vater ist und was der Tod ist und was der Schmerz, der Sehnsucht macht nach dem Tode.

Jetzt war er entschlossen, er hob den Arm, ein schreckliches Lächeln zog über seine schönen Lippen. Sein Blick war voll Aufruhr. Die Sonne, die auf dem erhobenen Dolch funkelte, drang mit einem einzigen Strahl in seine Brust.

Er zog die Waffe heraus, auf der Blutstropfen perlten. Seine Beine zitterten, sein Körper war leicht, aber er versuchte weiterzugehen, damit der Tod schneller käme. Um ihn das Leben. Die Bienen, von der Sonne gewärmt, summten tätig. Alles lebte. In den Bäumen kreiste das Blut. Selig von Morgenfrische plusterte sich ein Vögelchen, sträubte seine tauglänzenden Federn, putzte sich, zufrieden mit sich und der Welt.

Zwei Mädchen kamen. Er nahm das Kind an sein Herz, um das fließende Blut zu verbergen. Die wunderbare Blonde zog ihren Gurt fester, dann fing sie zu lachen an, um den Blick des seltsamen Königssohns auf sich zu ziehen, er sollte sehen, wie frisch ihr Körper war und daß sie nicht zu ihm hinsah, um ihre jungfräuliche Erregung zu verbergen. Solal fühlte einen stechenden Schmerz im Rükken. Wie war es möglich, daß er noch weitergehen konnte? Er lächelte den Mädchen zu, die in den Wald hineinliefen und sangen. Ihre Stimmen verbanden sich zu einem Ruf des Lebens. Sie warteten vielleicht im Wald auf ihn. Zu spät. O wieviel verlorene Schönheit.

Der Schimmel folgte treu. Solal riß einen Ast von einem Baum, er biß in eine Blume. Der leichte Wind trug laue Düfte her. Zu spät. Er grinste vor Lust über die Rache, die er an sich selbst verübt hatte. Irrtum über Irrtum. Es gab das Leben, es gab Solal, und warum hatte er das Leben in Solal zerstört? Da das Gehen ihm Mühe machte, setzte er sich, legte das Kind in das Gras, und der Kleine schlief sofort ein.

Aude fuhr aus dem Schlaf, sah die Blume auf ihrem Bett, stürzte in das Zimmer des Kindes. Die Wiege leer. Blitzschnell begriff sie alles. Der Verrückte hatte das Kind gestohlen! Nackt, wie sie war, stürzte sie aus dem Zimmer. Da unten waren sie, da unten am Saum des Wäldchens. Sie lief.

Solal, die Hand emporgestreckt, die starre, ganz weiße! Sein Gesicht teilnahmslos, sanft und stark. Der Tod hatte seine Einfachheit auf ihn getan.

Aus den heimlichsten Schlupfwinkeln der Komturei, die sie weiter bewohnt hatten in Erwartung eines Wunders, kamen die fünf Alten, die drei Brüder, andere Alte, Bettler, Erleuchtete und Frauen und betrachteten den hingestreckten Solal. Und siehe, er zitterte und stand auf, und eine Frau warf einen Schleier über Aude, die das Wunder des gestorbenen und auferstandenen Menschen anschaute. Solal legte die Hand auf seine Wunde, führte an seine Lippen die Finger, getaucht in den Wein des Fleisches, und segnete das Leben. Er wußte nicht mehr, warum er hatte sterben wollen. Sein Herz schlug. Was vermochte ein bißchen Stahl gegen dies Solal-Herz? Sie hatten ihn tot geglaubt. Er war nicht tot. Schau, das Blut rann nicht mehr aus seiner nackten Brust, die die Sonne vergoldete.

Bis zur Erde neigte er sich vor dieser Frau der Vergangenheit, die sein Kind an sich gepreßt hielt, er küßte die Erde, erhob sich und vergaß sein vergangenes Leben. Es gab andere Leben. Es gab neue und königlichere Traurigkeiten. Herzzerreißende und stolze Rufe wurden laut von Sonnenaufgang her. Er war ungeduldig, fortzugehen und zu leben.

Die Armseligen halfen dem Lebenden, den Schimmel zu besteigen. Sie reichten ihm seinen Sohn; er reichte ihn der Sonne hin. Dann küßte er seinen Sohn auf die Lippen und gab ihn der zurück, die ihn geboren hatte. Er lachte auf. Das Pferd gehorchte und ging. Die Armseligen folgten. Es gab andere Leben, und es gab andere Frauen. Der Reiter des Morgens hob ein wunderbares junges Mädchen, das zu seiner Rechten ging, zu sich herauf und küßte eine Sonne auf die Lippen des Mädchens. Von allen Blumen duftete das Leben. An einem Zweig war eine Frucht, die riß er ab, und seine Zähne schimmerten, und aller Jammer der Vergangenheit war verschwunden.

Rein, und mit einmal ernst, fragte er die Diener, wohin sie ihn führten. Und sie antworteten ihm: »Du weißt es, Herr.« Am Kreuzweg saß auf seinem nägelbeschlagenen Koffer ein Elender und wartete auf sie. Am Wegrand wartete ein anderer und breitete segnende Hände aus. Bauern, auf ihre Schaufeln gestützt, spotteten über den abgeschmackten Aufzug und über die Irrwanderer mit den Hoffnungsaugen. Ein Stein flog auf und verwundete das Gesicht des nackten Reiters. Die Sonne erleuchtete die Tränen des blutenden Gebieters mit dem Empörerlächeln, des wahnsinnigen Liebhabers der Erde, der, gekrönt mit Schönheit, hinging in das Morgen und in seinen wunderbaren Untergang. Am Himmel breitete ein königlicher Vogel die Flügel aus. Solal ritt und sah die Sonne von Angesicht zu Angesicht.

Verlagsgemeinschaft Ernst Klett Verlag
J. G. Cotta'sche Buchhandlung
Die Originalausgabe erschien 1930
unter dem Titel »Solal«
bei der Librairie Gallimard.
Der Text der deutschen Übertragung,
zuerst erschienen im Drei Masken Verlag, 1932,
wurde nach der letztgültigen Fassung des
Originals von 1969 überarbeitet.
Redaktion: H. Pitzer

In der Maschinensetzerei Hans Janß, Pfungstadt gesetzt.
Der Druck und die buchbinderische Verarbeitung führte
Wilhelm Röck, Weinsberg, aus.

Zweite Auflage, 1987

CIP-Kurztitelaufnahme der Deutschen Bibliothek
Cohen, Albert:
Solal: Roman / Albert Cohen.
Ins Deutsche übertragen von Franz Hesse
und Hans Kauders. –
2. Aufl. – Stuttgart: Klett-Cotta, 1987.
Einheitssachtitel: Solal ⟨dt.⟩
ISBN 3-608-95180-6

Albert Cohen:
Die Schöne des Herrn

Roman. Aus dem Französischen übersetzt
von Helmut Kossodo
889 Seiten, Leinen mit Schutzumschlag,
ISBN 3-608-95104-0

»Der faszinierendste Liebesroman der zeitgenössischen Literatur«, »das schönste Buch der Liebe seit Tristan und Isolde«: mit solch hochgespannter, enthusiastischer Zustimmung feierte die französische Literaturkritik Albert Cohens Roman »Die Schöne des Herrn«. Er wurde mit bedeutenden literarischen Auszeichnungen bedacht, dem »Prix Goncourt« und dem Romanpreis der Académie Française, und war für Präsident Mitterrand der Anlaß, seinen Lieblingsautor Cohen für den Literatur-Nobelpreis vorzuschlagen. Die Gunst des Publikums ließ den Roman zu einem Bestseller werden.

Eisenbeißer

Roman. Aus dem Französischen übersetzt von Eugen Helmlé
420 Seiten, Leinen mit Schutzumschlag.
ISBN 3-608-95273-X

»›Eisenbeißer‹ ist für mich fast das einzige Beispiel in der zeitgenössischen Literatur für ein komisches Epos, d. h. für ein komisches Werk großen Stils. Ein Epos, und trotzdem kann man nicht aufhören, schallend zu lachen.«

Félicien Marceau

Das Buch meiner Mutter

Aus dem Französischen übersetzt von Lilly von Sauter
108 Seiten, Pappband mit Schutzumschlag: ISBN 3-608-95179-2
Cotta's Bibliothek der Moderne Bd. 25

Ein ungewöhnliches *document humain*: Der Autor, selber alternd, erinnert sich an seine Mutter, die während des Krieges im besetzten Frankreich starb. Er verklärt nicht ihr Bild, er ehrt sie durch die Aufrichtigkeit seiner Darstellung.

Klett-Cotta